Paris,*Paris*

# 巴黎，巴黎

## 漫步光之城

[英] 大卫·唐尼 著

陈丽丽 吴奕俊 译

生活·讀書·新知 三联书店

## "旅行之道"丛书出版说明

　　"道"是道路、旅途，通向一个不同于日常生活的新世界；"道"是习俗、方式，蕴含着不同文明的历史文化；"道"是经验、阅历，是让自己的生命与陌生的情境融合，诞生新的生命体验；"道"是言说、倾诉，游走过的、经历过的，都以文字和画面展现。

　　这套小丛书化用瑞士作家尼古拉·布维耶（Nicolas Bouvier）《世界之道》的书名，为读者介绍现当代旅行文学经典，刻画不同文化的风貌。每部作品都蕴含着对旅行的人文关切，以期为读者呈现不同的旅行之"道"。相信不同阅读者的解读与个人经历相碰撞，会产生新的感悟，从而构筑自己的"旅行之道"。

生活·讀書·新知 三联书店

谨以此书献给

我们亲爱的朋友芭芭拉·布瑞，

她曾与无数的朋友和陌生人

分享她的如珠妙语和幽默感，

令巴黎充满令生命增辉的光芒

# 目 录

# 图片目录

# 序 言

　　在每年出版的所有关于巴黎的书中，我想不出有哪本书会告诉您，到哪里去寻找玛德莲娜广场（Place de la Madeleine）中著名的"新艺术派"（Art Nouveau）公厕，更不必说告诉您在拉雪兹神父公墓（Père-Lachaise cemetery）里有什么值得期待的景点了。大卫·唐尼（David Downie）有着令人愉悦的感受力和最善于发现令人愉悦的事物的眼睛，还有最强的毅力，bien sûr（当然），他的法语也无懈可击，这些优点令他能够揭秘探幽。他揭开了这座迷人的城市的秘密，而且，这些秘密是您在别处都无缘读到的。您知道那些让巴黎人无法在人行道上停车的丑陋的棕褐色桩子叫"bittes"吗？这句俚语对应的估计是我们所说的"pricks（阴茎）"。把这本书当成一本指南，带着它出门并追随他的脚步就是去经历重重冒险，去看任何人都能看到却几乎无人真正看到的巴黎的另一面。

　　假设您不在巴黎，或者您正身处于雨天的巴黎，只要坐在屋里读这本书，它就会将您送到那里去，因为唐尼最重要的身份就是优秀且博学的作家。这些散文本身读来就令人心旷神怡，不过，在天气晴好的时候，我也推荐您丝毫不差地按照他的计划去走走，比如，花上一天时间看看1900年的巴黎——它依然存在。您可以在于连餐厅（Julien）用餐，在安吉丽娜茶室（Angelina）喝咖啡，去宝塔影院（La Pagode）看电影，看看蜡像博物馆——格雷万博物馆（Musée Grévin）中的幻影宫（Palais des Mirages），唐尼建议我们忽略那些蜡像，好好领略这座在1900年万国博览会后绝处逢生的建筑奇迹。

如果1900年离您还太近，那就到博马舍生活过的巴黎去看看吧，这位生活在路易十五和路易十六时期的剧作家是费加罗的创作者。唐尼会告诉您如何进入他的德比塞伊宅邸（Hôtel Amelot de Bisscuil），这座史上有名的宅邸从博马舍生活的时代至今并未发生多少改变。在看门人把您轰出去之前，一睹这座庭院中非同寻常的雕塑吧。您会了解到19区那座风景宜人而又远离旅游路线的公园，柏特－休蒙（Buttes-Chaumont）的地形地貌；这座公园有一座由埃菲尔设计的桥和模仿著名的埃特勒塔（Étretat）而建造的尖塔。

您觉得这位奉上如此美味而又丰盛的飨宴的先生怎么样？一方面，他称得上是一位美食家；另一方面，他又是一位充满传奇色彩的厨师。我对他写的食谱《教你做罗马美食》（*Cooking the Roman Way*）很熟悉，但是，现在我发现令他爱上烹饪的个性，同样会让他爱上在所见所闻中搜罗古怪的信息和大杂烩式的知识，并尝试新奇的事物。除了一位学者和有才华的闲逛者之外，如有可能，您一定还会需要一位美食爱好者来担当您的向导，而唐尼恰恰三者兼备。

还有摄影师。从摄影师杜瓦诺（Doisneau）到卡地亚·布列松（Cartier-Bresson），巴黎一定是世界上入镜最多的地方。出自艾莉森·哈里斯（Alison Harris）之手的这些美丽的专题作品显示出其在形式表现方面的过人天赋，令这部文学作品的内涵更加丰富。她的镜头充满感情，令匆忙的旅行者可能注意不到的细节纤毫毕现，本书也因此成为一件佳品，堪称藏书者的珍宝。

迪亚娜·约翰逊

作于巴黎

# 导　论

　　巴黎是这样的一座城市：如果将其比作蝴蝶，那么捕蝶者是难以将其网住、固定起来、细细研究的。它和所有的大城市有相似之处，但又显得与众不同——它鲜活而富有生命力，在塞纳河流域的微风吹拂中，随光影而变幻。这个叫作巴黎的地方是文学和电影之城，是一片存在于想象中的土地，是通过不断移动的、迷蒙的镜头看到的远景，是让－保罗·萨特在圣日耳曼德普雷咖啡馆中安有镜子的墙上留下的烟蒂，也是我和两百多万人在其中缴税、给鞋子换鞋跟、买卷心菜和清洗液的城市。

　　那些旅游宣传手册和闪烁着的网页、令人屏息静气的阴谋惊悚小说、电影化的寓言故事，还有以巴黎为背景的披露内情的年代记录，都为我们提供了一瞥这座城市某个熟悉街区的机会。所有这些景点几乎都忽略了在上个世纪于环城公路以内和外区域的房屋建筑工程中建设起来的巴黎，这是正在迅速发展而又完整真实的巴黎。二十年来，我的办公室都是位于与时尚无缘的 20 区。通过办公室的窗户，我饱览了万花筒般五光十色的巴黎美景——这是一座由亚洲人、非洲人和东欧人组成的城市。我注视着他们的城市，从中走过，在他们当中工作，但却谈不上对他们或者这座城市有多少亲切感，也无从了解他们和这座城市。金光闪闪的 7 区在我看来也是如此——那是属于贵族世家、古老家族、古老家具、古老的艺术品和非常古老的沉甸甸的用皮革包裹起来的文化包袱的世界。

本书中的巴黎不是 7 区或 20 区的产物。它会以玩世不恭、飘忽不定的方式从一个地方、一个人或者一个现象飘向下一个地方、下一个人和下一个现象，触碰一下历史的方方面面，又落在当代的枝头，无论是芳香的还是散发着罪恶气息的花朵都可能是它的选择。

本书中加了强调标记的巴黎指的是母语为英语的人们眼中的巴黎，而以斜体书写的，是巴黎人心目中的巴黎（*Paris*）。它们是截然不同的城市。对于法国人来说，"巴黎，巴黎"（**Paris**, *Paris*）是一语双关的文字游戏："Paris"是"Pari"的复数形式，意思是打赌、挑战、风险、赌注。将"p"变成大写字母，您就会见到由一连串滚动的骰子、生命的赌注和挑战组成的城市，这些挑战就和蒙古人或迈阿密人眼中的曼哈顿一样令人望而生畏。

在语言歧义之外，"巴黎"这个名称引起的是一种独特的悦耳的回音。虽然实际上我的耳朵没有听到这种回音，但是我经常听到它在我的脑海中回响。比如，当我坐在巴黎 14 号线高速地铁的子弹头式树脂玻璃车厢里时，我就能听到这种回音。我很享受这班地铁嗖一声向前冲下黑暗的隧道的感觉，还有广播系统里传出的语音讯息。

如果您乘坐这班 Météor 地铁从，比如，玛德莲娜广场到里昂火车站，那么，在每一站，你都会听到一个清晰的女声在地铁驶入车站前，不止一次，而是两次，用流畅而又自信的巴黎腔，加强语气，抑扬顿挫地大声报出 "Pyramides（金字塔站）"。"*Pyramides*"，当地铁门滑开的时候，这个声音又会重复一遍，不过现在听起来显得不耐烦，仿佛是凯瑟琳·德纳芙（Catherine Deneuve）[1] 手执猎鞭上了车。

这种腔调上的变化很微妙，不像字体变成那些模棱两可的斜体字一样那么明显。往返于这条未来主义式的地铁线路上，车上报出的站名听起来会发生变化，而且有了**些许**新的内涵。经年累月之后，地铁中这种双重奏式的副歌会在我的脑海中播放，而我却还不自知。一只"耳虫"在我耳畔低语，它说的不是站名，而是"巴黎，巴黎"——这两个词对于我来说意味着巨大的赌注，我生命列车的**站点**，我要在这里走下这一趟我一直以来都漫无目的地乘坐的列

---

① 凯瑟琳·德纳芙，法国著名女演员，有"冰美人"之称。——译者注。除注明处，全书其他注释均为译者所加。

车，稍作停留。

　　也许是因为我在来巴黎时并不期望获得什么优待，也没有什么幻想，而且充满了好奇心，所以我还不像某些游客和暂居于此的居民们一样感觉这里辜负了我的期望，甚至生出隐隐一丝怨恨。爱发牢骚的侍应生、地平线上的污染和狂怒的司机并非巴黎独有，还有，就我的经验来讲，令人难以捉摸的神秘的巴黎人会将他们所谓的鄙夷之情投向任何国籍的人，这也并非巴黎独有的现象。在超过二十五年的时间里，我有幸与许多人一道在许多地方搜寻巴黎的真容，这些人当中偶尔还有巴黎人。这些散文是我捕捉成果的一部分。我每天都在追逐这些扑闪着的翅膀，但是，我依然看不清这座城市到底是"巴黎"还是"巴黎"。所幸的是，我并不希望把它们用别针固定位，毕竟，巴黎永远都有办法从我们手中飞走。

# 巴黎的场所

# 那一片水

塞纳河畔的垂钓者，1997

桥底下，时光磨蚀了冰冷的石头，河水流过岁月，仿佛带走了它们自己身上的故事。

——埃米尔·左拉，《左拉作品集》（*L'Oeuvre*，1886）

巴黎这座城市有种说不清的魅力，而最能让人们感受到这种魅力的就是塞纳河。它缓缓流动，蜿蜒成一条灰绿色的曲线，倒映着两岸上一字排开的倾斜的铁皮屋顶和巴黎大区（Île-de-France）阴晴不定的天空。海风把大西洋清新爽冽的空气送进了这座城市。从我和妻子艾莉森住的地方走十分钟，就能到圣路易岛①。每一天，当我走出家门，在圣路易岛周边散步的时候，我都会问自己，如果没有塞纳河，巴黎会是什么样子。答案很简单：没有塞纳河，就没有巴黎。

塞纳河曾经是法国的水源、下水沟、生命线、护城河，也曾泛滥为患。这条河哺育了最初的法国文明。它令巴黎的诞生成为可能，令一个曾经满是土屋的定居点变成了一个都城。自1210年起，这个都城的象征物就是一艘船，船上有一个引人注目的图

---

① 圣路易岛（Île Saint-Louis）是塞纳河上的两个天然河岛之一，位于法国巴黎市。

案，上面写着 Fluctuat nec mergitur ——"随波起伏但是永不沉没"（用拉丁语读起来更动听）。几个世纪以来，这条浑浊的水道让激情抑或同样程度的绝望充溢于巴黎人的心田、头脑和鼻腔。

回想 20 世纪 70 年代中期，那是巴黎城市化的低谷期。当时，第一次来到这座城市的我被眼前的景象惊呆了：整条河流散发出化工品的恶臭，刚建好的河畔高速公路上的车流旁边飘动着从肮脏的波浪里飞起的泡沫。十年之后，我努力忘记了这些细节，计划好要搬到这里来生活。我的心被这样的场景撩动了——塞纳河畔铺满鹅卵石的码头上的舞者和桥梁在长焦镜头中尽收眼底——这是电影《探戈》（Tangos）①中的场景，而这部电影可能是史上最糟糕的电影作品之一。尽管我怎么学也学不会跳探戈，而且从一开始就知道，幻想有这样的梦一般的所在是自欺欺人，但我还是从那个时候起就在潜意识里追寻镜头中的巴黎码头。虽然有时候我觉得自己对巴黎的热情稍减，但是塞纳河总在无意间挑起我的兴致，它流淌着，经过这个明知如此却甘心受折磨的牺牲者身边，一如往昔。

不久以前，我到巴黎最东边的国家图书馆去完成一项研究任务，但无功而返。我从托尔比亚克桥（Pont de Tolbiac）向下望，瞥见这条河，我才意识到，尽管已多次漫游巴黎，实际上我却从未沿着塞纳河顺流而下，穿过这座城市到第 15 区的几个码头上去看看。走过去要花多长时间呢？虽然还没有确定的答案，而且

————————

① 此处指 1985 年电影《探戈，加德尔的放逐》（Tangos, l'exil de Gardel）。

没有穿上特别舒适的鞋子，但是我还是动身了，我要看看自己能走多远。

在河的上游，大烟囱高高耸立，国家图书馆塔楼的玻璃闪耀着光芒，水上夜总会停驻于塔楼前方，蓬皮杜高速公路（Pompidou Expressway）更是车来车往，这些热闹的场面令我难以相信，塞纳河曾经是一条被沼泽包围的荒凉的河流。这里曾经是凯尔特居民的栖身之所。五千年前，这条仁慈的河流为法国人被视为神话的"我们的祖先高卢人"（Nôs ancetres les Gaulois）提供了食物、饮用水和防御，有了这些，他们的岛上城镇才得以建立。后来，罗马人把这个城镇叫作"卢泰西亚"（Lutetia）。直到 20 世纪 80 年代，人们才发现了这些在塞纳河水域打鱼为生的早期居民的踪迹。在对原工业区贝尔西区（Bercy area）货栈进行改造时，工人们找到了几条新石器时代的独木舟。贝尔西独木舟大街（Rue des Pirogues de Bercy）就是为纪念这座神圣的遗址而得名的，这条街夹在一家多银幕影院和会展中心之间。市政府官员马上就抓住这些独木舟大做文章，把它们视为前罗马时代文明的象征，这也解决了词源学上的一个谜题。独木舟印证了凯尔特语中关于"卢泰西亚"（Lutetia）一词起源的假设：luh（河流）+touez（中央）+y（房子），意思是"水中央的房子"。显然，这指的就是现在的西岱岛（Île de la Cité）和圣路易岛（Île Saint-Louis）。

当然，大家都知道，这个名字的由来还有一种让人倒胃口的解释，维克多·雨果在 19 世纪中期就曾指出：在拉丁语中，"lutum"的意思是淤泥，所以，"卢泰西亚"（Lutetia）就是"淤泥之城"。而如果要对"巴黎"这个词追根溯源，人们可以很方便地从这些独木舟上找到解释，这个源自古代凯尔特语的词似乎是"par"（一种独木舟）+"gw-ys"（船夫或者航海老手）合并而成，所以，"巴黎西"（Parisii）部落成员就是驾着独木舟的航海老手。罗马人将这个泥泞的居住地命名为"卢泰西亚－巴黎西"（Lutetia Parisiorum），这个名字很拗口，所以后来的住民将其简化为"卢泰西亚"，然后又将其法语化，变成了听起来很悦耳的"吕泰斯"（Lutèce）。菲利普·斯塔克（Philippe Starck）[①]设计了几十个船桨形状的信息板，人们在城镇中的许多地方都能见到这些信息板，它们再现了巴黎新石器时代的独木舟。

如果你相信征服者尤利乌斯·恺撒（Julius Caesar）在《高卢战记》（*The Gallic Wars*）中的描述，你就会认为法国的独木舟航海老手们（还有其他好战的居民）不仅爱吃塞纳河中的鲈鱼，还爱吃人肉。这些可怕的高卢人管他们的这条河叫"塞广纳"（Sequana，又译塞奎阿纳），意思是"蛇形的"，想必是因为从位于勃艮第（Burgundy）海拔约为 1500 英尺[②]的朗格勒高原（Langres Plateau）开始，塞纳河的河道蜿蜒 482 英里[③]，每隔

---

[①] 菲利普·斯塔克（1949—），法国久负盛名的设计师，曾囊括几乎所有国际化设计奖项。
[②] 1 英尺等于 0.30 米。
[③] 1 英里等于 1.61 千米。

一英里都会有个小拐弯，最后才汇入大西洋。罗马人不失时机地将蛇形的塞广纳河拟人化了，把它比作一位曲线优美的水中女仙，她和这条河流同名。在塞纳河的源头，有一个人造洞穴，其中矗立着水神塞广纳的雕像。这个与世隔绝、被包围在水乡泽国中的地方就在尚索（Chanceaux）的村庄中。宣布塞广纳河的源头在巴黎境内的不是恺撒，而是另外一位皇帝——拿破仑三世。

从国家图书馆开始，沿着风景宜人的左岸继续顺流而下，在一排接一排的白杨树下，越过驳船、游艇和流浪者的营地，你会发现巴黎圣母院（Notre-Dame）的尖顶突然映入眼帘。无论从哪里量起，它都是法国的中心点。在离巴黎圣母院不远处，罗马人以环绕四周的塞纳河作为天然的护城河，依势建立了他们的大本营，或称城邦（Civitas）——后来这个词被误用为"la Cité"，即西岱岛。就像现在一样，在西岱岛附近，这条河的河面最窄，水位低的时候人们可以涉水而过，这也正是罗马工程师们首先在此架桥的原因。

在恺撒统治的时代，日光之下，并无新事。这块塞纳河的浅滩位于几条年代更为久远的青铜器时代贸易航路的交汇之处。这几条航路南至地中海，西通英吉利海峡。最后，卢泰西亚变成了一个熔炉，南方的铜和西方的锡在这里交相融合，锻造出青铜兵器。当巴黎的地位上升，公元4世纪，在"叛教者尤里安"（Julian the Apostate）治下成为罗马帝国的都城时，塞纳河俨然成为新罗马的台伯河。罗马人撤离后，没过多久，在河流上游赤脚涉水的中世纪传教士们和与他们同样顽固的北欧人把心思都放在了贸易、劫掠和改变他人的信仰上。常言道，过去的都已成为历史。那是一段笼罩几个世纪的黑暗传说，实在令人难以捉摸，卢泰西亚变成了"巴黎"，塞广纳变成了"塞纳"，而我的双脚才向下游走了一英里就已经酸痛起来了。

从 21 世纪起，就连奥斯德利茨（Austerlitz）火车站前的码头上那一条短短的、破旧的路都被改成了步行道。现在，你可以不受车流干扰，顺着河的西岸，畅通无阻地走上几英里，最后你差不多能走到奥赛博物馆（the Musée d'Orsay）。我在奥斯德利茨桥上驻足，仔细观察四周的景物，顺便也让我这双有拇囊炎的脚歇息一下。在听到几则都市传说之后，我突然想起来，也许最早的高卢食人渔夫与这一带的邻居发生过冲突，从那时起，塞纳河就一直是杀人犯们最爱的帮手，也是奸夫、武士、革命分子、保皇党人和大屠杀受难者们汲取生命给养的便利渠道。

巴伐利亚的伊莎贝尔（Isabeau of Bavaria），这位查理六世的不幸的新娘就是一个例子。公元 1400 年前后，查理六世一时嫉妒心起，将王后的一位倾慕者缝进了麻布袋，扔进了这条河里（发生地点就在现在右岸的路易－菲利普桥处）。而那场无人不知的，把塞纳河染成红色的圣巴托洛缪大屠杀[1] 又是何等酷烈啊！在法国大革命期间，此番景象又再次重演。18 世纪的编年史家

---

[1] 圣巴托洛缪大屠杀（法文为 Massacre de la Saint-Barthélemy）是法国天主教暴徒对国内新教徒胡格诺派的恐怖暴行，开始于 1572 年 8 月 24 日，并持续了几个月。由于胡格诺派不妥协的强硬态度，该事件成为法国宗教战争的转折点。

让-路易斯·梅西埃（Jean-Louis Mercier）描述了路易十六在协和广场（Place de la Concorde）上被处决的情景。他提到，当这位君主的血流向这条河时，一位旁观者用手指蘸了他的血放入口中，并对众人称，那尝起来特别咸。以写散文见长的维克多·雨果对塞纳河的排水系统情有独钟，在《悲惨世界》中，许多令人难忘的场面都是在此发生，不过，他给自己笔下误入歧途的警官沙威（Javert）安排的葬身之处却是这条河里的大漩涡。

我一边缓缓向下游走，一边努力地回想，在乔治·西姆农（Georges Simenon）的小说《马格雷探长》（*Inspector Maigret*）中，马格雷探长有多少次从塞纳河中打捞出尸体或者残肢。马格雷每天都在"犯罪河岸"（the Quai des Orfevres）的办公室中注视着这条河。银幕上的情景无疑是对这条河的食人本色的肯定。就像在几乎已被人们淡忘的《夜巴黎》（*Paris by Night*）中表现的一样，有人被推入塞广纳河的双臂，也有人自己扑了进去，这种事件出现的次数频繁得惊人。在更近的历史中，我们也看到了这条河被染成了胭脂般的殷红色：1961 年 10 月，在阿尔及利亚战争期间，臭名昭著的纳粹勾结者莫里斯·帕蓬（Maurice Papon），也就是后来的巴黎警察总局局长，下令殴打、捆绑几百名阿尔及利亚示威者并将他们扔进塞纳河中。这一罪行被掩盖了几十年，从戴高乐到密特朗，每个人都在充当帕蓬的保护伞，因此，直到 1999 年，帕蓬都得以逍遥法外。圣米歇尔桥上的一块纪念牌记录了这一事件。2001 年，巴黎市长贝特朗·德拉诺埃将这块纪念牌安放于此。

电影制作人、文人、历史学家和统计学家们提到，平均每年都有大约五十个人投河轻生，不过，我怀疑大部分到巴黎来的现代游客都不会支持那些人的病态论断。他们和我一样，心情好的时候会把塞纳河想象成一个浪漫的地方，爱侣们成双成对地流连于河畔。放眼望去，在河流中游，成片的无花果树的树荫下，圣路易岛上游的一角正是这番景象。这样的场景令我相信，在这条河的河边，每个人都能找到自己想要的东西。比如，那里有蒂诺·罗西（Tino Rossi）雕塑公园，公园里有沙坑和随处可见的雕像，是无忧无虑的遛狗人的好去处。混凝土衬砌的散热系统是为寻找阳光的乐天派们而设；圆形露天竞技场为探戈爱好者提供了便利；人行道可供跑得面红耳赤的慢跑者使用；很多人还能找到一段偏僻小路，垂钓者们在那里钓鱼解闷；而流浪汉们在对着墙小便。

无论白天还是夜晚，这条河上的游船都穿梭不息，扬声器发出刺耳的鸣响，泛光灯发出耀眼的光芒，欢快地迎送着每年数百万名到迷人的巴黎来寻欢作乐、展开一段奇幻之旅的人。

不过，塞纳河的魅力在多大程度上是精心编排出来的幻象呢？巴黎圣母院周边掩埋的尸体总会令我不由自主地带着嘲讽的心态联想到，这条河从卫星上看起来就是一道弯曲的弧线：就像是因惊奇而挑起的眉毛。它会为所有关于巴黎的浪漫想法感到惊奇——就从我的浪漫想法开始。浪漫？两百年前，曾经的诗人拿破仑一世将这条河称为"连接巴黎和鲁昂的交通要道"。在充满灵感的 20 世纪的规划师手里，塞纳河作为交通要道的地位屹立不倒，两岸铺上了柏油，左岸河堤下铺设的通勤列车轨道环绕河畔。工业驳船和游船搅动着黯淡的河水。

每年有两千五百万吨的货物，其中有很多还是有毒物品，要经过这条河运送出去。从卢泰西亚时代开始，首都和塞纳河流域上游的污水和垃圾就是从塞广纳的怀中流过。艺术桥（Pont des Arts），浪漫主义风格桥梁中的典范之作，连接着卢浮宫和法兰西学会。清道夫就在这座长长的桥上倾倒废物。20 世纪 70 年代的塞纳河又脏又臭，从统计数据上来看，它的情况已经触及改造标准的基准线，因此，有人宣称这条河"濒临死亡"。前工业化时代的渔民们能用他们的网捕捉到几十种鱼，但科学家们发现，那时的鱼至今只剩下了三种。20 世纪 90 年代初，时任巴黎市长的雅克·希拉克（Jacques Chirac）将鳟鱼和鲑鱼投进了当时还像污水坑一样的河里，虽然这种做法为时尚早——那些鱼很快就肚皮朝天死去了，但是河流的状况在慢慢地改善，生活在水底的鱼，例如雷鱼，又回到了河中。当然，一些从圣马丁运河（Canal Saint-Martin）死里逃生的鱼有时确实会游经巴黎，它们拼尽全力摆动鱼鳍、快速游动，抵达勒阿弗尔（Le Havre），最终游入大海。2010 年，一位幸运的垂钓者捕到了一只圆滚滚、健健康康、准备产卵的鲑鱼，这件事情备受关注——差点就上了新闻头条。

今天，塞纳河与河畔的码头和几座大桥都被联合国教科文组织认定为世界文化遗产，因此，没有几个巴黎人会察觉到她戴着防毒面具：河的两岸隐藏着六个供氧装置，以此来保住在水中挣扎的鱼的性命。没人注意到卡车或驳船会分别清理水面下拦截垃圾的挡板。而且，几乎没有人想过，上百名工人在不分昼夜地工作，来保证这条河的整洁。他们打扫污物，控制水流并净化河水。这种做法可不只是为了使环保主义者或旅游局满意。事实上，巴黎的饮用水中有百分之八十是出自塞纳河。河水中看不中用，每天有三百万立方米的水要由四个工厂进行处理，才能通过管道输入毫不知情的居民家中。我想起某天听到过这样的传言，在塞纳河水每次进入我家厨房的水槽之前，它通常已经在五个人的身体中流淌过了。你可以试试把这事说给坐在河畔咖啡馆中醉心于景色的游客听。

巴黎人对这一类的传说不屑一顾。他们似乎接受了氯和经肾脏过滤的水的味道。带着这个愉快的念头，我喝了一大口特浓咖啡和一杯塞纳河水，然后拾级而下，走到圣米歇尔广场下游处的河堤上。我正好碰到了驻扎在艺术桥附近的"河流护卫队"（Brigade Fluvial），他们正在艰难地挤进潜水服中，勇敢地潜入水中。我向水神塞广纳祈祷，希望这些河流护卫队队员都接种了疫苗，可以抵御每一种已知的由水传播的疾病，而且都投了高额保险。我希望塞纳河上的警察也是一样。他们乘着快艇飞驰而过，脸上的太阳眼镜闪闪发光，看起来，他们正是风华正茂的年纪。要是他们这理想的工作中不包括与自杀身死的人和许许多多想自杀但却没死成的人打交道，那就太好了。

虽然媒体大肆报道了雅克·希拉克放到河里的鳟鱼和鲑鱼的死讯，许多巴黎人还是继续梦想着能在塞纳河中捕鱼、游泳。他们的渴望是如此强烈，以至于巴黎港务局和任职多年的市长德拉诺埃都开始研究打造一个市内浴场的可行性了。2002年夏天，德拉诺埃的脚趾踩在"沙滩"上，开始涉足"巴黎沙滩"（Paris Plage）计划。他下令暂时关闭右岸的高速公路，建造出泊船区风格的露天咖啡馆，支起阳伞，在柏油碎石路面造出可移动的游泳池。现在，这个方案已经变成定期举行的夏季盛事，而且高速公路从周日上午到午后都是关闭的，于是，这条坑坑洼洼的柏油路就变成一条被施了魔法的黄砖路①。不过，迄今为止还没有人会莽撞到拨开河岸上的沙子，纵身跳入水中。

当我拖着脚从造型优美、风格现代的索尔费里诺桥（Solferino footbridge）上走过，抵达杜伊勒里宫（Tuileries）侧面的右岸码头时，我驻足停留，迷人风光尽收眼底。我承认，这附近如果能有个沙滩，那是不错的。但是，等到水变得清澈，人可以游泳的时候，人们还是得面对塞纳河年年泛滥的问题，泛滥的河水常常会造成严重的破坏，而且可能会卷走市长打造的沙滩。

加利福尼亚州经常爆发地震，那里的人们生活在"大地震"（"the big one"）的恐惧中。而巴黎人担心的则是1910年的大水会卷土重来。城中随处可见纪念那场洪水的水位和范围的标牌。如果没有1910年洪灾之后改造的水库、水坝、水闸和堤防，旱季的塞纳河就是泥泞的细流，而在多雨的月份中，河水会冲到巴

---

① 黄砖路（yellow-brick road）是小说《绿野仙踪》中的元素，是主人公桃乐丝从小人国到翡翠城去寻求大魔术师奥兹帮助所走的路。

士底、奥德昂和歌剧院街区。1910 年的洪灾被警方和市政当局称为"巴黎人的切尔诺贝利事故",如果这一幕再次上演,那会令这座城市付出几十亿欧元的代价,而且城市会因此瘫痪几个月。

洪水确实如噩梦一般可怕,但有时水位高也可能是一件好事,水位在米尺上的某个标记范围内,步行者们能安心行走,不受干扰。水位较高意味着汽车无法使用高速公路,而行人依然能在水坑之间找出一条小路。按照惯例,巴黎人会用"轻步兵"雕像(Le Zouave)①——也就是一尊巨大的士兵雕像——来测量河水的高度。"轻步兵"就站在阿尔玛桥(Pont de l'Alma)桥面上,当塞广纳爱抚他的脖子时,这座城市就陷入了困境。幸运的是,当我慢吞吞地走过阿尔玛桥时,河水还没有舔到这尊雕像的靴子。我转回左岸,沿着码头上的小路走着,整段路都笼罩在埃菲尔铁塔的影子中。

带着阵阵抽痛的双脚,我一瘸一拐地踏上了天鹅小径(Allée des Cygnes),它位于河流中游的一个半英里长的岛屿上。小径连接着多层的毕哈肯桥(Bir-Hakeim)和格勒纳勒桥(Grenelle),把桥上分别象征着希望、骄傲或者自欺欺人心态的纪念碑联结为一体,至于怎么看,则取决于你对历史的理解和你的世界观。在毕哈肯桥,一块 1949 年的纪念牌提醒着人们,在第二次世界大战中"法兰西从未停止战斗"。下游处,格勒纳勒桥上,一尊三十英尺高的自由女神像面朝西方,把她那曲线优美

---

① 它与 "soave"(苏伟瓦白葡萄酒)谐音。

的臀部转向巴黎圣母院。在天鹅小径上，我没有看到天鹅，只发现许多身着时尚运动装的"孔雀"。他们懒散地坐在长椅上，似乎在欣赏与众不同的 20 世纪 50 年代至 70 年代的高层建筑。

再顺游而下走四分之一英里，在雅韦尔——Javel，与"Eau de Javel"（漂白水）的读法一样，自 18 世纪 70 年代起，这里开始生产漂白水——塞纳河奏响优美的旋律，从米拉波铁桥（Pont Mirabeau）流过。在水流湍急的中游，我能听到纪尧姆·阿波利奈尔（Guillaume Apollinaire）那表达依依不舍之情的叠句，咏叹着飞逝而过的时间和爱情，每个法国高中生都能背出这段诗句："米拉波桥下塞纳河流淌／我们的爱随波逐浪／不思量自难忘／甜蜜总在痛苦之后……"（Sous le pont Mirabeau coule la Seine et nos amours faut-il qu'il m'en souvienne la joie venait toujours après la peine...）

但是，我走这三个小时不是来为怀旧之情而落泪的。引领我一路向前的目标很近了：一尊巨大的青铜女神像，那是这条河流的象征，紧挨着米拉波桥。她头部上方的围栏是一个王冠，形状就像有角塔的城堡，上面的铭文是"随波起伏但是永不沉没"（fluctuat nec mergitu）。雕像袒胸露乳的设计令人觉得，比起塞纳河，雕塑家更感兴趣的是他的模特儿那丰满的胸部①。我俯瞰着她那已被腐蚀但却笑意盈盈的双眼，认出了她：水神塞广纳。

———————————

① 法语中的胸部为 seins，与塞纳河（the Seine）的拼写与发音相似。

# 公园一日

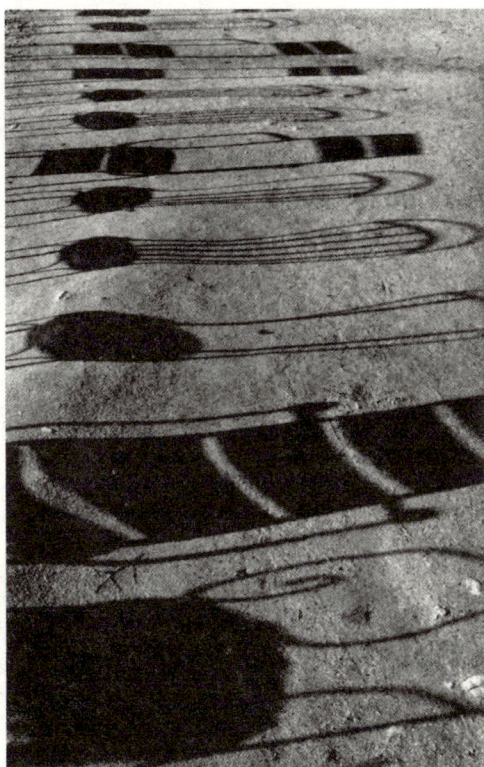

卢森堡公园，椅子的影子，1994

你会见到一些散步者和过着退隐生活的人，他们和她们都是勇士和淑女，有些是郁郁寡欢的傻瓜，有些是勤奋用功的学者，有些是兴高采烈的市民。有人在草地上或坐或卧，还有人在奔跑、跳跃，有人在玩滚球和其他球类，还有人在跳舞唱歌。一切都在无忧无虑中……

——约翰·伊夫林的日记，

1644 年 4 月 1 日

　　"公园全年开放，开放时间为日出至日落，但上午 7 时之前不开放。"《卢森堡公园条例》九项条款中的一项写道。卢森堡公园是巴黎诸多公园中的巅峰之作，它染绿了拉丁区（Latin Quarter）和蒙帕纳斯（Montparnasse）之间的左岸。与过去四个世纪中到公园参观的无数发烧友一样，天一亮，我就站在锻铁大门前，等着城堡的看守人放我进去。在温暖的夏夜里，当太阳和月亮的光芒在卢森堡宫（Palais du Luxembourg）西面的七叶树的树冠处交会时，我躲在树影下，欣赏着暮色微光，直到公园守门人的目光把我送出了那一扇扇高大坚硬的门。

　　你没有机会见到卢森堡公园的日出和日落（还有夜晚的乐

趣），但除此之外就没有什么值得一说的缺点了。公园自成一体，构成了一个完美的世界：六十英亩的阶梯式树林和散步用的人行道，喷泉和池塘。沿着精准修剪过的树木围成的林间小路游览，无限风光尽收眼底。这里有一个老式的音乐亭、两间古色古香的咖啡馆、一家餐厅和几家小吃店。城市与乡村在此交融，诱惑着你。比起研读学术性的大部头，在这里闲逛一天能让你对巴黎和巴黎居民有更多的了解。

有些巴黎人在卢森堡公园中总结出了一套研究人的行为的门道。我的一个朋友曾经夸口，凭借上班前慢跑的人的呼吸急促程度、午餐时间闲荡者面色红润的程度和下午出来散步的婴儿们、女侍者们和笑容满面的年轻母亲的音量分贝数，他就能判断出那是一天中的什么时间。我对他的自夸提出质疑，但是我不得不承认，尽管我已经到过这些花园很多次（它们距离我住的地方只有半小时的路程），但实际上我从未在此度过一天的时间。我决定要来这么一回。

一个春日的早晨，我从奥德翁广场（Place de l'Odéon）到公园去，我径直走进了一个木制的凉亭，公园里有几个这样的凉亭。亭中展示着一幅地图和一张海报，说明了园中树木的种类——榆树、无花果、银杏、巨杉，树木的名称都用法文和拉丁文标了出来，方便未来的植物学家们阅读。你还能看到一段以四种语言写成的简史，介绍卢森堡宫和宫中庭院的情况。

据说这个公园从“叛教者尤里安”（331—363）治下的古罗马军营在此驻扎时就已经存在了。但是我看不出有这回事。从尤里安的时代到 11 世纪，这个地区被用于农耕，那些农场如今早已消失无踪。13 世纪时，圣路易斯将部分社区分给了加尔都西会的教士们——唉，修道院也已经找不到踪影。

至于我们今天熟悉的繁花似锦、阳光普照的公园，它的生命始于 17 世纪早期，像一个绿色的花环，装点着建筑师萨罗蒙·德·布洛斯（Salomon de Brosse）为亨利四世那孀居的皇后玛丽·德·美第奇（Marie de Médicis）建造的宫殿。她是一个佛罗伦萨人，在娘家的名字叫 Maria de' Medici（意大利文）。她想要一座意大利式的豪华宫殿，好让她回想起家乡的皮蒂宫。然而，她最终得到的却是在典型的法式城堡上附带建成的、有乡土气息的石头建筑，周围环绕着中规中矩的法式庭园。

我一路上和慢跑者挤来挤去，从凉亭走到美第奇喷泉（Fontaine de' Médicis），在喷泉边坐下。这个长方形的池子两侧是成排的无花果树，很高大，上面散覆着弯弯曲曲的常春藤，那是有生命的装饰花环。无论什么季节，这里都清凉潮湿。那种令人感伤的氛围似乎很能吸引感情丰富的游客。池子的一边，坐着一个年轻的男子，他孤身一人在假装阅读《世界报》（Le Monde）。对面是一个模样清秀的年轻女子，那才是他真正关注的对象。她若有所思地看着"艾西斯与加拉堤亚"（Acis and Galatea）的白色大理石雕像，雕像中的两个人在喷泉的洞穴中如痴如醉地缠绕在一起。躲在他们头顶上的是一个浅绿色的青铜怪物——体积是他们的两倍——一个凶神恶煞的独眼巨人。那个年轻女子的眼睛扫过池塘，落到常春藤花环上，落到半开半合的报纸上，最后落到了年轻男子那英俊的脸庞上。每当她的目光落在他的身上时，《世界报》就会颤动。

我的思绪回到了运气不佳的玛丽·德·美第奇身上，她是如此钟爱这个喷泉。她于1625年搬入了宫殿，当时墙上的石膏还是湿润的。没过多久，她就被忘恩负义的儿子路易十三逐出了法国。这处地产的前主人，丹格里-卢森堡公爵（Duc de Tingry-Luxembourg）的名字又重新被人们记起，而玛丽·德·美第奇则被遗忘了。其后，这座宫殿转到了奥尔良公爵（Duc d'Orléans）、纪斯女公爵（Duchesse de Guise）、路易十四和几个名声没有那么响亮的继承者的手里。在几个世纪中，花园里不多的几件值得注意的大事儿似乎就是华托（Watteau）[①] 来过这里，他在此画出许多令人感官愉悦的油画，还有就是百丽公爵夫人在夏季午夜纵酒狂欢，她把所有的大门都用墙围住，只留一扇门，这样她就可以"与众人群欢而无人目睹，无拘无束地"寻欢作乐。

正当我要离开玛丽的喷泉时，一位步履蹒跚，八十多岁的老妇人走到了我身边，把她摇摇晃晃地带过来的是她的小孙子。"金鱼在哪里呢？"男孩挥动着一根棍子，问道。"它们肯定在另一头。"这位妇人说道。他们避开那个心神不宁的年轻女子，一起慢吞吞地向前走。这吸引了正在读《世界报》的男子的注意。他把报纸叠起

---

[①] 让·安东尼·华托（Jean-Antoine Watteau，1684—1721），法国18世纪洛可可时期最重要的也最有影响力的一位画家。他的绘画题材大多是演员和纨绔子弟们风花雪月的生活，色调轻柔、形象抚媚，被人们称作"香艳体"。

来，然后慢慢踱到池边。"你是西尔薇，对吧？"他问道。她说她有一个朋友名叫西尔薇。也许他们曾在西尔薇的家里见过面？"对。"那个心情急切的年轻男子答道。"是这么回事……我们去喝杯咖啡吧？这个喷泉旁边挺潮湿的。"附近的七叶树正在开花，七叶树林中是公园咖啡馆，于是两个人局促不安地朝着那家咖啡馆走去。

话说回来，喷泉的另一头也没有金鱼的踪迹。那位老妇人和她的孙子朝"大八角池"（Great Octagonal Pool）走去——那是这个花园中最引人注目的部分，池子面朝着卢森堡宫。我跟在后面，在一张扶手椅上安坐下来，嗅闻着如海的鲜花，静观世事流转。

我很难把这个地方想象成一个监牢。然而，在大革命中最黑暗的日子里，这些庭院被封死，上百名保皇党人和王室的支持者都被拘禁于此。到过这里的客人包括丹东（Danton）、画家大卫（David）和汤姆·潘恩（Tom Paine）——潘恩曾做出反对处死路易十六的放肆举动，他花了许多天的时间在花园的小径中徘徊，想找到出去的路，而且他很侥幸，没被送上断头台。没几个人有这么好的运气。

革命分子们还把宫殿洗劫一空。鲁宾斯（Rubens）创作了一系列的画作，描绘玛丽·德·美第奇的生活，这些在此悬挂了一个世纪的画作被匆匆送到了卢浮宫。时至今日，你仍能欣赏到这些画作。

从那时起，经过几次变动，这座建筑变成了法国参议院的办公场所。拿破仑一世曾摧毁加尔都西会的修道院，并下令扩大庭院的面积，到19世纪60年代，拿破仑三世又缩减了庭院面积，并命令他的警察局长，乔治－欧仁·奥斯曼男爵（Baron Georges-Eugène Haussmann）重建街区。如果不是一万两千名愤怒的市民涌上街头阻止他，奥斯曼会把这些花园都夷为平地，铺上路面。因此他改为将美第奇喷泉搬到了现在的位置，并在庭院前铺了一两条路。

但是奥斯曼和他的团队的确给这个公园留下了造型美观的圆形音乐亭、华而不实的咖啡馆、养蜂小屋和其他可爱的19世纪元素。多年来，我最喜欢的东西就是那些磨损了的绿色金属椅。我还发展出了一个关于这些椅子的理论，这些椅子形态各异，每张椅子似乎都有自己的性格，会吸引特征和它相配的人。有些椅子笔直严肃，有些椅子则后背悬空，令人想入非非，还有些椅子有宽大的圆形座位，座位上有精致的针孔图案作为装饰，扶手的形状则是阿拉伯式样。这些椅子被我视为祖母椅，但令人痛心的是，它们已经消失了。它们能抚慰人们的心灵，而且饱经风霜。对那些思想有深度、眼中闪烁着对往事的依恋的中老年散步者来说，这些椅子很有吸引力。

工作日的早晨，公园不太拥挤，有许多椅子供人们使用，在这时候你依然能猜出什么样的人会选择什么样的、放在哪个位置上的椅子。太阳诸神沿着碎石路轻快地奔跑，然后在各种低矮的东西上随意地摊开手臂，通常都在橘园（Orangerie）附近。橘园具有散热作用，那里有橘子树，还有特大号的棕榈盆栽。下棋的人们喜欢把那几张笔直、无扶手的椅子（好放他们的棋盘）拼到一起，那几张椅子的对面就是扶手椅。他们在桐木林中摆出棋局，春天就在紫色的花雨中下棋。热恋的情侣们则更喜欢隐蔽的小路，他们把两张无扶手的椅子并排摆在一起。那些空着的椅子依然按上一批坐在上面的人摆弄出来的样子摆放着，它们诉说着幽会、决斗和圆桌谈判的故事。

我坐在八角池旁的舒适的老扶手椅上，看着孩子们玩那些褪了色的木帆船，他们用长木棍捅这些木帆船。一个表情凝重的中年男子在玩一艘无线电操控的潜水艇，当他的 U 型潜水艇在水面下潜行时，他哈哈大笑了起来。

无论晴天还是雨天，那个出租帆船的干瘦妇人都会推着推车，车里陈列着几十个破旧的小工艺品。人人都知道她很凶，她会保护自己的船，不让它们被难管的孩子们乱弄一通。有时，当一艘潜水艇或机动船撞上了帆船时，她就会暴跳如雷。

孩子们经常会乱用她给他们的木棍，用棍子来打池中硕大的老鲤鱼。我亲眼看到了之前在美第奇喷泉那里遇到的寻找金鱼的孙子：那个出租船的女人叫来了一个公园看守员，命令他管住这个孩子，没收他的棍子。

当那位祖母和她那受到责罚的孙子偷偷溜走的时候，我对旁边坐在一张笔直的椅子上的人说，那个看守员可能太过严厉了。

"先生，"坐在我旁边的人争辩说，"规矩是一定要照办的。"高卢人的声音齐声应和。"规矩，规矩，规矩。"那些刚硬的椅子发出了回声。

那温和的责备让我涨红了脸，于是我悄悄离开，到公园咖啡馆去。在枝繁叶茂的七叶树下有一张摇摇晃晃的金属桌子，我就在这张桌子旁边安坐了下来，用三明治和啤酒抚慰我的自尊心。

啤酒凉爽清新，三明治则像橡皮一样难嚼，而且价格高得离谱。不过，一支管乐队在音乐亭的遮篷下演奏，阳光透过正在发芽的树丛斜射进来，我沉醉其中，不能自已。

还没到五分钟的时间，看守队就出现了，他们到这里来休息。这些大腹便便、面目模糊的男人们点了难喝的红葡萄酒，很快，酒就像美第奇喷泉一样流淌了起来。看守员们身穿缝着黄铜扣子的深蓝色的制服，还戴着与之相衬的法式平顶军帽（képis）。在冬日里，他们用深蓝色的大衣或者厚重的黑色斗篷把自己包裹起来，看起来就像复仇天使。他们带着无线步话机和哨子，而且他们用起这些东西时毫不畏缩。哔－哔－哔——从草坪上走开！哔－哔－哔－哔——不要摘花！把相机收起来！——不许用三脚架拍照！

有时在午后时间里，鸟儿们的鸣叫盖不过看守员的尖叫声。但现在，他们吃着东西，喝酒抽烟，似乎完全是些普通人。每个王国都必须有自己的规矩，而且必须有人执行这些规矩。

后来，当我徘徊于英式花园西边的散步主道时，我仔细思考了这个简单的问题：如果没有那些条条框框（règlement），卢森堡公园会失去它的魔力吗？照现在来看，没人会偷摘袖珍果园树墙上的梨子，植物学家们用果树打造了树墙。也没有人会往法国养蜂业联合会（the Société Centrale d'Apiculture）安置的蜂房里扔烟幕弹。自19世纪60年代起，这个联合会就一直定期开设课程，旨在带领巴黎人与大自然进行亲密接触。公园对面是蒙田高中（Lycée Montaigne），如果几千名爱幸灾乐祸的学生都被允许走到繁茂而精致的草坪上，他们会不会很快就把草地给踩薄了？一位19世纪的编年史家曾评论，常到这里来的高中生和大学生多得很，如果那些树上都住着鹦鹉，那么那些鹦鹉都会说拉丁语了——不过，如今他们爱说的语言似乎是美式法语（Franglais），也就是掺杂了很多美式英语词的法语，现在还加入了少量的阿拉伯语。

这里有一尊带着鹿群的牡鹿的青铜像，还有一群在他们所在的时代声名显赫，现在已被遗忘的人的半身像。在这些塑像的不远处，竖立着华托的大理石塑像，他的身旁是一位丰满的风尘女子。他看起来很愉悦，自在；和他一样快乐的还有醉醺醺地从骡子上跌落的森林之神西勒纳斯（Silenus），还有喜滋滋地从散步道上穿过的潘神（Pan）。从宫殿中一眼望去，我们能看到潘神那轻盈的手指仿佛被先贤祠（Panthéon）巧妙地框了起来。

我在庭园中又转了一圈，这次领略到的是波德莱尔（Baudelaire）、魏尔伦（Verlaine）、钱拉·德·奈瓦尔（Gérard de Nerval）和德拉克洛瓦（Delacroix）的风采。这些人不是军人，也不是实业家。半神、诗人和艺术家如同守护神一样，一直栖居于这个公园中。在他们的脚下，孩子们有的在一个古老的旋转木马上转动着，这些安装了踏板的古老三轮脚踏车看起来就像皇家马车；还有的在公园里那永远开放的木偶剧场中，看着吉尼奥尔（Guignol）和尼亚弗龙（Gnafron）①放声大笑。成群的供观赏的小马来来回回地走着，后面跟着积极的马粪清洁工，他们手中的扫把都已经残旧了。商人和公车司机们解开了领带，也解开了

---

① 吉尼奥尔和尼亚弗龙是一个法国著名木偶剧中两个主要角色的名字。

心结，在连片的无花果树的树荫下玩滚球游戏。

正当我陶醉于一片欢乐的景象中时，附近的圣苏比教堂（Saint-Sulpice）的钟声敲响了四点的钟声。不一会儿，公园里就充满了perambulators、poussettes、cochecillos de niño 和 carrozzine[1]；还有说着各种语言的家政服务互惠生（au pairs）和年轻妈妈用其他语言描述的"婴儿手推车"。是不是日托中心刚好到了关门时间？再晚些时候，一群表情古板的女管家会走出公园附近的豪华公寓，与移民来的女佣和年轻的中产阶级保姆闲聊起来。

路易斯·塞巴斯蒂安·梅西埃[2] 在两百多年前写下的话在我脑海中浮现："这个静谧的花园没有城市的奢侈，看不到、也听不到傲慢无礼和放荡不羁举动和话语……园中满是人群但却万籁俱寂。"实际上，在今天的卢森堡公园中，欢乐的笑声多于肃穆宁静，而且我敢保证，这里一直都是如此。

不知不觉间，太阳沉到了树缝中，看守员的哨子也开始响起。孩子们停止了游戏。爱人们松开了热情拥抱的双手。下棋的人停止了计时。夜幕垂下，我们慢慢地恋恋不舍地起身离开了。从大门外看进去，白天几乎从不露面的园丁们挥动铲子和耙子开始工作，为下一个黎明的卢森堡公园做好准备。

---

[1] 此处为"婴儿手推车"在英语、法语、西班牙语和意大利语中的说法。

[2] 路易·塞巴斯蒂安·梅西埃（Louis-Sébastien Mercier，1740—1814），法国剧作家、散文家。除了下文将提到的《巴黎图景》和《新巴黎》，其代表作还有乌托邦式小说《公元 2440 年：一个曾经的梦想》，后者描述了一幅令人惊叹的未来图景。——编者注

# 生机勃勃的死亡之城

## 拉雪兹神父公墓

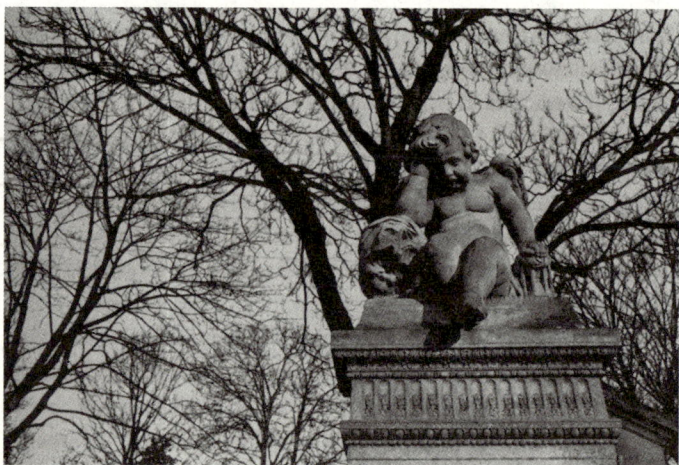

拉雪兹神父公墓，丘比特，2005

我很少出门，但是我出去闲逛的时候，都会去拉雪兹神父公墓提提神。

——引自奥诺雷·德·巴尔扎克1819年的一封信

对死亡的迷恋，在法语里被称为"nécrophilie"（恋尸癖）。它的表现形式有很多种。其中，有一种形式很常见，两百多万人为其所苦，每年都忍不住到巴黎20区去，走进拉雪兹神父公墓（Père-Lachaise cemetery）那一扇扇神圣的门。山丘起伏，草木葱茏，一条条小路蜿蜒曲折，环抱着摇摇欲坠的坟墓。毫无疑问，这就是欧洲最负盛名的不朽死亡之城。令人意想不到的是，它居然就在大肆向郊区扩张的法国首都的地界里。它和我租了二十年的办公室之间相距不过150码[1]，乌鸦就在办公室旁飞来飞去，正因为如此，我成了拉雪兹神父公墓的常客。这个地方有许多令我喜爱之处：青葱的草木，无车流之喧嚣；无论从哪条碎石路上望去，都是一片开阔的景色；当然，那些空寂阴森的纪念

---

① 1 码约等于 0.91 米。

碑也同样迷人。不知不觉中，拉雪兹神父公墓让古往今来对死亡有着疯狂迷恋之情的人们都聚到了一起，因此，它长期稳居巴黎旅游景点前十名。最近流行起来的盎格鲁撒克逊人的节日万圣节期间，还有 11 月 1 日和 2 日，也就是传统上的万圣节和万灵节期间都是到此参观的旺季。但是，对那些想要一窥究竟、成群结队到墓地朝圣的人们来说，无论是哪个季节，什么样的天气，他们都会到此一游。

墓地里上百亩成片的绿茵上，矗立着仿造的埃及金字塔、希腊和罗马神殿、新哥特式的礼拜堂，这些建筑建于两百年前浪漫主义大行其道之时，墓地也正是在那时开门营业的。这些遗迹都是我的心头所好，它们周遭的环境也令人浮想联翩。墓园里第一批坟墓苔藓丛生，地衣遍布，掩映在年深日久竞相生长的草木之间。这些坟墓是模仿古典风格而建，更确切地说，是模仿沿途布满坟墓的阿皮亚古道而建。它们现在也成了古迹——时间能让原本虚假的东西变得真实，这就是明证。

在最初建立的纪念石碑中间，散落着几堆丑陋的坟墓，它们的风格属于法兰西第二帝国时期盛行的新古典主义，体现的正是1853 年到 1870 年间臭名昭著的巴黎警察局长，乔治 - 欧仁·奥斯曼男爵的本色。与此相比，从 18、19 世纪之交存留下来的另外一些坟墓数量较少，但却更加引人注目，它们是怪诞精美、天马行空的新艺术派（Art Nouveau）作品。点缀在四周的勒·柯布西耶（Le Corbusier）式的混凝土板已经荡然无存，人们再也不能切身感受到这位可敬的瑞士天才的幽默感与人性美。每座坟墓都是其创作时期的忠实反映。这里甚至还有一些后现代主义大杂烩——比如，树脂玻璃、钢铁和石头建成的翻花绳式的作品——这些作品属于近几十年来风行的杂乱无序的野兽派艺术。

墓园的上三分之一部分盖在装饰性的托底上，托底延伸到了墓园墙外的甘贝塔广场（Place Gambetta）。墓园的这一部分是遵循19世纪50年代的官方指令而建，因此呈现为缺乏生气索然无味的棋盘式布局。如果难度没那么大，或者有实现的可能的话，奥斯曼男爵的手下们在19世纪50年代会像他们对待整个巴黎一样，对拉雪兹神父公墓进行改建：他们会把蜿蜒曲折的小路和不对称的坟墓尽数毁掉，换成省事的棋盘式布局，把墓地切分成许多小块来安放尸体。不过，这些现代主义的拥趸失败了，这让喜欢老巴黎的怀旧情调的维克多·雨果和乔里－卡尔·于斯曼（Joris-Karl Huysmans）等人松了一大口气。于斯曼在他1880年的作品《巴黎速写》（Croquis Parisiens）中猛烈抨击了奥斯曼式的对称格局，称其"枯燥乏味"；而杂乱无章的拉雪兹神父公墓和它周围的乡村景致，在他看来是"疼痛的灵魂梦寐以求的安息地"。

令人啼笑皆非的是，1871年，上千名煽动民众掀起暴动，被拿破仑三世的军队残杀的巴黎公社社员被葬于拉雪兹神父公墓的法兰西第二帝国对称式墓区。而奥斯曼，这位仇视巴黎公社社员和老巴黎的人物，最后则葬在墓园第4区，一个风格更加老式，格局不太对称的地方。离他的葬身之处不远的地方躺着吉奥阿基诺·罗西尼（Gioacchino Rossini）和阿尔弗雷德·德·缪塞（Alfred de Musset），他们和奥斯曼完全不同，是富有自由精神的人。实际上，与奥斯曼为邻的还有颠覆传统思想、热爱女性、精于编排错综复杂的情节的科莱特（Colette），她的墓地距此仅 50 码。死亡面前是不存在公平正义、诗学标准或者其他因素的，人人皆平等。

拉雪兹神父公墓总能给人们带来惊喜。它在有修整癖好的奥斯曼之流的手中能幸免于难，保存至今，是因为一个法律观念的存在。和宗教信仰一样，这个法律观念不拘于逻辑，正因为如此，它才能免受人世沧桑和改朝换代的影响。这个观念就是"永久租用权"（concession à perpetuité）。从字面上来看，它指的是巴黎市向拥有拉雪兹神父公墓部分墓地的家庭授予的特许永久租用权，这在 18 世纪晚期是一项创举。当时，在巴黎城外建立墓地的计划还只是个雏形。在那之前，几乎所有人死后都只能草草葬在乱葬岗中；只有位高权重的神职人员、贵族和巨富才配拥有私人坟墓。这些私人坟墓一般都在教堂的铺路石下。

然而，启蒙运动带来的科学进步令人们对卫生问题有了新的看法，加之人们对古罗马的丧葬习惯又重新熟悉了起来，因此，巴黎市的管理人员们禁止人们使用市内墓园和在地板下埋葬尸体，鼓励人们使用城墙外的墓场。不过，这些改革举措的直接导火线是"冤屈之墓"——位于今天的雷阿勒商场附近的同名广场中——的崩塌。当时，成千上万的巴黎人的尸骨和腐朽的尸体挤破了墓地的围墙——这些历史达七百年之久的尸骨倾泻到邻近的城区中，这让管理人员们惊慌失措。他们在废弃的采石场建起了地下墓穴。后来，在 1804 年，他们举行了东部公墓（Cimetière de l'Est）的落成典礼。"东部公墓"就是拉雪兹神父公墓的官方名称，这一名称沿用至今。

说起来也许有点令人难以置信，不过，这个墓地在 1804 年就已经矗立在巴黎城墙外山峦起伏的乡村中。这个地区有很多名称，其中一个是路易山（Mont Louis）。山上遍布着林木、葡萄园、果园和蔬菜农场，其历史至少可以追溯到中世纪。17 世纪中期，耶稣会神父弗朗索瓦·代·德·拉雪兹（François d'Aix de la Chaise），也就是一般人们口中的拉雪兹神父，成了路易十四的忏悔神父。拉雪兹是个雄心勃勃、老于世故的家伙，他最终成功地劝说国王帮他买下了路易山，并把它变成了巴黎耶稣会会士们的乡村度假胜地。这场交易还包括一幢专供拉雪兹个人使用的小别墅，它就坐落于这座小山的最高点上。18 世纪 60 年代，耶稣会会士们被赶了出去，路易山也在私人手中数度易主。最后，巴黎市政当局买下了这块地方，兴建了墓园，供巴黎市东部各区使用。再后来，同一届市政府拆除了拉雪兹的别墅。1820 年前后，原址建起了一间礼拜堂，礼拜堂屹立至今。

名称有什么意义呢？弗朗索瓦·代·德·拉雪兹并没有被埋葬在以他的名字命名的墓园里，他长眠于玛黑区的圣保罗教堂地下。很显然，墓园刚开放的时候，"东部公墓"这个听起来冷冰冰的名字不像是埋葬至亲至爱的理想之地。因此，最早开发这个地方的人们突发奇想，把它命名为"拉雪兹公墓"，令它蒙上了一种神圣的耶稣会主义的色彩。当时的这种做法就像现在人们把对宗教的狂热作为一种有效的营销工具一样。这个墓园过去不是耶稣会管辖的圣地，如今也没有经过祝圣。根据法律规定，法国市政府墓地必须欣然接纳信仰不同教派、不同教义、不同宗教的所有人，连不可知论者和无神论者也不例外。

这些开发者们还用了另外一种巧妙的营销策略来推销墓园。其中包括将一些死去的名人的坟墓重新安置，这样一来，墓园的潜在客户们就会说："嗯，如果拉雪兹公墓适合安葬修道院院长和王室成员，那么它肯定也适合我。"名人的尸体很快被运往墓园，第一批运到的名人尸体实际上就是倒霉的修道院院长阿伯拉尔（Abelard）和他的学生艾洛伊丝（Héloïse），这对 12 世纪的恋人上演了一出悲剧，男方惨遭阉割，两人被强行拆散，这个悲剧在浪漫主义当道的 19 世纪广为流传。阿拉伯尔和艾洛伊丝的新哥特式坟墓高高耸立，如今它依然是拉雪兹公墓中最为壮观的坟墓，也是墓园最古老的第 7 区的亮点。出于相似的营销目的，亨利三世的遗孀路易丝·德·洛琳（Louise de Lorraine）之墓也被人从卡普西纳女修道院移到了拉雪兹公墓，也许这一举动是为了吸引王室客户（她的坟墓后来被拆除了）。为了让知识分子和艺术家们感觉此处也会接纳他们，园方把莫里哀（Molière）和拉封丹（La Fontaine）分别从圣约瑟教堂（Saint Joseph）和"冤屈之墓"中挖了出来，把他们安葬在小山头上第 26 区的新家中。这两位剧作家和作家的尸骨与其他人的骸骨混在了一起，请不要介意这一点：因为他们的坟墓实际上是衣冠冢，没人能搞清楚其中到底埋着谁。

在这些名人尸体转移过来后不久，又有一位享负盛名的剧作家从坟墓里被挖了出来，移到了拉雪兹神父公墓中，那就是《费加罗的婚礼》（*Le Mariage de Figaro*）的作者，加隆·德·博马舍（Caron de Beaumarchai）。他原来的坟墓在他的城市住房的花园中，也就是位于现在的博马舍大道（Boulevard Beaumarchais）上，挡住了巴黎的进步之路，因此他的坟墓非迁不可，而且搬迁者不辞辛劳。

尽管一开始的时候墓园生意很清淡，但是有了富有耶稣会特色的名字，又有名人尸骨迁移到墓园中，这两项策略最后还是奏效了。到了19世纪前十年，拉雪兹神父公墓已经变成了显贵和伟人的安息地。换句话说，埋葬于此的人都是有钱购买永久租用权并修建一个纪念碑的人。墓园的周围有最理想的社区，这一点为人们所称道，他们认为这些社区可以与巴黎的高尚住宅区（beaux quartiers）相媲美。这也告诉了我们，为什么在19、20世纪的剧院等处的遮檐上刻着的人名加上拉雪兹神父公墓里的一席之地，就相当于跻身巴黎的名人榜了。

许多我最崇敬的人都长眠于墓园中，其中有因马铃薯而出名的植物学家、农学家奥古斯特·帕门蒂尔（Auguste Parmentier）——他的坟墓四周都种着马铃薯，《巴黎图景》（*Tableau de Paris*）和《新巴黎》（*Le Nouveau Paris*）的作者散文家路易-塞巴斯蒂安·梅西埃，还有军事英雄内伊元帅（Maréchal Ney）和凯勒曼（Kellermann）——巴黎有两条街道是以他们的名字命名的，至于肖邦、巴尔扎克、大卫、古斯塔夫·多雷（Gustave Doré）、奥斯卡·王尔德（Oscar Wilde）、纪尧姆·阿波利奈尔、阿梅代奥·莫迪利亚尼（Amedeo Modigliani）、马塞尔·普鲁斯特（Marcel Proust）、伊迪丝·琵雅芙（Edith Piaf）、格特鲁德·斯泰因（Gertrude Stein）和伊夫·蒙当（Yves Montand）就更不消说了。过去两百年中，每位有幸在巴黎或者巴黎附近去世的杰出诗人、作家、音乐家、作曲家、政治家、军事英雄、医生、演员、剧作家、科学家、贵族、工业家和富豪都被安葬于此。相比之下，赫赫有名的蒙帕纳斯（Montparnasse）墓园鬼气森森，黯然失色。

上百万杰出人物躺在此处的七万座坟冢中。这些坟冢沿着十里小径，在整个墓园的绿地上错落有致地排列着，构成了一幅独特的画面。不过，游客们之所以被吸引到这个不可思议的巴黎墓园，并不仅仅是出于这个原因。我每次漫步于此都会注意到，墓园还有另外一层难以为人们所察觉的吸引力：此处寄托了人们对死亡的狂热崇拜，人们醉心于与死亡、时间流逝和集体记忆相关的各种现象给他们带来的鲜活感受，这种对死亡的迷恋有时甚至达到了病态的程度。这种迷恋有很多种形式，而拉雪兹神父公墓对所有形式都照单全收，无论是传统罗马天主教徒、犹太人、穆斯林、佛教徒、拜火教徒的仪式，还是黑魔法术士的，它都敞开怀抱欢迎入内。甚至连相信灵魂轮回说的人们也能在此处满足自己的需要。为了赢得通灵术信徒的欢心，此处还设置了亚兰·卡甸（Allan Kardec）的墓碑。身为通灵术这种古怪的学说的创始人，他的墓碑四周铺满鲜花，永远被人们围得水泄不通。

拉雪兹神父公墓之所以对游客来说具有浪漫的魔力，自然和自然界的各种元素功不可没。参天大树从坟墓中发出新芽，从坟墓中一点点地吸取滋养。竞相生长的树根和树干把石头、金属或者骨头撑了起来。树木吞噬着坟墓，据我了解，其中最惊人的是在"龙之路"（Chemin du Dragon）的一棵需要双手才能环抱的欧洲山毛榉（位于墓园第27区）。在过去几十年间，它那灰色的、巨大的树根一直钻到了杜乌雷家族（Duhoulley family）的墓地中。这些树根已经摧毁了其中至少一个坟墓，而且还在慢慢地向邻近的坟墓推进。

如果你想体验一下战栗的感觉，那就到墓园第8区看看壮观的魔术师艾蒂安·加斯帕德·罗伯逊（Etienne Gaspard Robertson，1763—1837）之墓吧。加了翅膀的头骨犹如恶魔的守卫，高居于这座巨墓的每个角落。黑魔法术士们信誓旦旦地说，在没有月亮的夜晚，这些头骨会随罗伯逊一起在空中盘旋。在许多废弃的家庭小礼拜堂中有活生生的野猫和猫头鹰在活动，这正与迷信的象征不谋而合。有些动物还在古老的马栗树的大树枝上做了窝。在暮色微光中，它们上下翻腾，振翅而飞，捕食不计其数的老鼠。那些只花一天时间到此一游的游客几乎看不到这些老鼠的存在。我曾有几次在夜幕低垂、随最后一批游客走出墓园时，见到了这些老鼠和野猫、猫头鹰和蝙蝠。

直到现在朋友们还会问我，办公室差不多就在墓园的后院里，在里面办公是什么感觉。我实话对他们说：我几乎每天都会去拉雪兹神父公墓散步、冥想。而且每周我至少会横穿巴黎一次，到我最喜欢的坟墓和纪念碑去走走看看。在这方面，奥诺雷·德·巴尔扎克（葬于墓园第48区）是我的导师。在19世纪的前二十几年，这位擅长讽刺的小说家记录道：他常常在坟墓间漫步，让自己提神醒脑。从某种意义上来说，在这里散步的确能让人精神为之一振。天气晴好的时候，在坟墓间的长椅上享用午餐，这在我看来并不是什么怪事。不过，对大部分我认识的人来说，在拉雪兹神父公墓野餐的想法还是会令他们望而却步。

我得说，纯粹的野餐是一回事，顺手牵羊地找纪念品就是另外一回事了。偶尔会有一些巴黎地下墓穴的参观者从墓穴中出来，背包里掖着几块头骨或者胫骨。和这些参观者一样，某些打纪念品主意的人会在拉雪兹神父公墓到处搜寻陶瓷花圈、石雕头像、黄铜饰品，当然，还有骸骨。在墓园中最引人争议的住客詹姆斯·道格拉斯·莫里森（James Douglas Morrison）的坟墓周围，就有这种盲目搜寻纪念品的过分行为的例子：很多树上和坟墓上都被人刻上了"吉姆"的字样。

吉姆正是大名鼎鼎的"大门"乐队的主唱。1971年，他因药物过量在巴黎去世。一开始的时候，他的坟墓吸引了人们的注意力，不过那是因为大部分人不欢迎他的到来。然而，在奥利弗·斯通（Oliver Stone）的电影《大门》（The Doors）上映后不久，吉姆的崇拜者们闹哄哄地蜂拥而至，人数涨到了好几千。很多崇拜者肆意毁坏莫里森和附近的其他坟墓。有人甚至趁着夜色扭断了莫里森的半身像，把它偷走了。

这是何苦呢？也许18世纪在毕业前周游列国的旅行家们把罗

马、那不勒斯和雅典的墓地洗劫一空，也是出于同样的原因。对一些心灵蒙昧的人来说，这很有可能代表着将过去占为己有，让时间停止，或者通过对过去的占有而爬回另一个世纪的一种手段。

"终有一天，这些小山丘和山丘上的骨灰瓮、墓志铭都会变成我们这一代人的遗物和他们不起眼的创造。"19世纪初，一位有先见之明的人物，艾蒂安·比凡赫·德·塞南古（Pivert de Senancour）如是写道："它们会构成一座回忆之城，就像人们口中的罗马一样。"

法语中的"纪念品"一词既表示物体，也表示记忆。尽管"永久租用权"意味着对永恒的追求，但是，没有什么能够永世长存，无论是骨灰瓮，还是墓志铭都不能例外，甚至连与之关联的记忆最后也会灰飞烟灭。说到这一点，谁还会记得不朽名作《男子本性幻想曲》（*Reveries sur la nature primitive de l'homme*）的作者比凡赫·德·塞南古，或者境遇相似的另外一位作家邦雅曼·贡斯当（Benjamin Constant）呢？贡斯当是斯塔尔夫人的长期情人，也是广受赞誉的《阿道尔夫》（*Adolphe*）一书和其他几十本书的作者，在他1830年去世的时候，他已经声名大噪，其葬礼吸引了十万人前来参加。尽管弗朗索瓦·热蒙（François Gémond）的方尖碑（在墓园第25区）是拉雪兹神父公墓里最高的建筑，但是谁还记得他呢？那么，费力克斯·博茹尔（Félix Beaujour，1765—1836）又怎么样呢？他的石塔位于墓园第48区，状如阳具，底部粗琢成石鼓状，高度令人目眩。它肯定是世界上最让人目瞪口呆的墓碑。这些石造建筑矗立依旧，但是这些男男女女和他（她）们的生平事迹早已被人们遗忘了。

每年倒塌的坟墓都有几十座，地底下垂直堆放的好几代人的棺材暴露在外。礼拜堂的屋顶垮了。树木在暴风雨中倒下，把墓石和雕像压个粉碎。铁锈和石子不断剥落，最终化为乌有。名门望族也是这般，不复存在。如果市政府将一座坟墓认定为危坟——一般是因为这座坟墓可能会危及路人——那么坟墓的拥有者就要在三年之内做出回应，修缮坟墓。如果他们不这么做的话，市政府就会撤销他们的租用权，清除坟墓中的残骸，将墓地重新出售。

永恒？拉雪兹神父公墓的二手墓地现价还不到一万欧元。其中不包括将场地改造为适合墓葬的地方所需要付出的劳动，或者，说白了，不包括建墓树碑的费用。私营公司或者家庭成员要负责坟墓和墓地的维护。巴黎市政府只负责清扫、修缮人行道和砂石路，并在墓园里的多处植栽床上栽种三色堇或菊花。

死亡在继续——你可能会这么说。但生命也在继续。不谙世事的孩子们在纪念碑间玩耍；恋人们在隐秘的小路上缠绵，不知不觉间，阿伯拉尔和艾洛伊丝之间的激情在他们的身上重新上演；年长的绅士们坐在阳光下，读着《巴黎人报》《世界报》或者《费加罗报》；寡妇的人数总是比他们多，她们要么把花岗岩墓石擦得发亮，要么就给流浪猫喂食；当然还有游客们，大部分游客手里拿着地图，从一座坟墓逛到另一座坟墓。很多人肯定在想，为什么这些坟墓设于此处，这个墓园在大千世界中到底又意味着什么。拉雪兹神父公墓确实是一座生机勃勃的死亡之城，而且还将会一直如此。虽然无法永世长存，却能经久不衰。

# 弗朗索瓦的花架子工程

## 城里博物馆的大重建

光、影与人物，1989

一想到一两个世纪之后巴黎可能会变成日本旅行公司的专属飞地，密特朗就怒发冲冠。

——吕克·特西尔，1988 年"大项目"（Les Grands Projets）协调机构主管

"法老"、"皇帝"和"国王"是人们最喜欢安在前总统弗朗索瓦·密特朗（François Mitterrand）身上的头衔。因为他有种伯伯的气质，所以崇拜者和批评者们都喜欢叫他"伯伯"（Tonton）或者"青蛙"（Le Grenouille），因为他的样子和青蛙出奇地相似。密特朗的总统任期从 1981 年持续到 1994 年结束。但是，作为一个建造者，他的遗产依然存在。他像法老一样委托了一项建造金字塔的任务（卢浮宫入口）和建造亚历山大图书馆（即在托尔比亚克的"巨大图书馆"，TGB）的任务。他以拿破仑式的专横态度下令建造一座凯旋门（位于拉德芳斯区）。为了证明他能够对前任总统们的建设兼容并包，他接手了瓦勒里·季斯卡·德斯坦（Valéry Giscard d'Estaing）① 未完成的工程：拉维

---

① 瓦勒里·季斯卡·德斯坦是 1974 年至 1981 年的法国总统。

列特公园（La Villette）、奥赛博物馆和阿拉伯世界研究院（the Institut du Monde Arabe）。

那些认为密特朗的所谓"大项目"并非新闻的人应当反思：密特朗的影响不仅仅是令巴黎人每天不得不在有些人所说的"让众人无法直视"的情景中生活，他的影响还渗透到21世纪。他计划在埃菲尔铁塔附近的布隆利河岸（the Quai Branly）建一个国际会议中心，但是这项工程直到他死后才开工。他的继任者雅克·希拉克炮轰这个计划，转而下令建造布隆利河岸博物馆。那艘连环漫画中才会出现的巨轮或货船上载着锈红色、淡黄色和赭石色的船运集装箱，从那个饱受非议的建筑群中伸出一角。该建筑群是明星建筑师让·努维尔（Jean Nouvel）的设计，其中藏有许多富有争议性的非洲、亚洲和全球多元族群、多元文化的收藏品。不过，这个大败笔不是"伯伯"的错。他的"功劳"在别处。

怀着一种近乎敬畏的心情，我看着密特朗的"花架子工程"逐渐成形，而且有幸在这些建筑还未完工时从它们身旁走过，并采访推动这些建筑工程的人们。不久之前，我又去看了看这位总统的主要遗产。它们是否如密特朗所希望的那样，令巴黎免于变成一个与市郊无关的"博物馆之城"呢？长久以来，它们是否令法国建筑师们声望日隆，而且让密特朗的名字永留史册，不可磨灭？

一号地铁线将三个最牵动密特朗的心的地方联结在一起：巴士底广场（Bastille）、卢浮宫和新凯旋门（Grand Arch）。考虑到建筑年代和路线的便利性，我将卢浮宫作为第一站。密特朗最早开展的，也是最雄心勃勃的一项运动就是给这个已经变得灰尘满布、死气沉沉的地方做一个移植手术。它的衰败对高卢人的荣光和历史构成了威胁，对旅游业的收入产生的影响就更不用说了。在参观华盛顿的国家艺术馆之后，"伯伯"大手一挥，招来了设计师贝聿铭（I. M. Pei）打造"大卢浮宫"（Le Grand Louvre）。他没有举办建筑师比赛，这在技术层面上来说是一种犯规。密特朗只要求贝聿铭尊重卢浮宫那些具有历史意义的部分。他的方案就是如今已经家喻户晓的 70 英尺（22 米）高的金字塔，这座塔由玻璃和十字交叉的钢铁组成，入口设在地下，配有地下剧院、购物广场和停车场。

与大部分的巴黎居民一样，我对贝的提案感到不以为然。但是我记得，当批评者们称这座金字塔会"损伤"拿破仑庭院的门面时，我同样感到迷惑不解。这些建筑是复古主义的大杂烩，在它们诞生的年代，它们就和 80 年代的这座金字塔一样是庸俗之作。事实上，问题是人们认为这位社会主义党派总统玷污了这块皇家禁地。就像某些专家说的一样，密特朗像狗一样给这块地方留下了污点。

从地铁站到卢浮宫地下洞穴，人群熙熙攘攘。穿梭其中的我不禁惊叹于贝的成功，他将高雅艺术与消费主义成功联系到一起。暮气沉沉的老人们曾在此解读晦涩难懂的文字，拼命睁大双眼盯着那些陈列形式糟糕、令人提不起兴趣的珍宝（其中大部分都是过去的法国国王和皇帝们掠夺得来），现在这里却都是笑容满面的人，他们一边在卢浮宫旁那些令人目不暇给的餐馆中体验异国美食，大快朵颐，一边在被大量的复制品、CD、时髦运动服饰、电脑和小玩意儿弄得眼花缭乱之前，向用精心设计的灯光照亮的艺术品投去快乐的一瞥。

贝的入口设计是为了令卢浮宫那迷宫一样的通道变得简单化。专家们称这个入口能让人们可以花更少的时间到达蒙娜丽莎的画像面前（这依然是百分之九十的访客的目标）。起初，爱吹毛求疵的常客们认为，为新访客们构想的"大卢浮宫"简单粗俗，他们对此牢骚满腹，而且支持重新开放博物馆的几个侧门。但是他们很快就学会在"花廊"（Pavillon Flore）举办临时展览的时候，从那里偷偷溜进来，避开地下的汹涌人潮。

在工程刚开始的时候，支持者们就说过，这座金字塔会与城市景观融为一体。他们的看法是对的。正如贝所预料的一样，那些玻璃窗格映照着千变万化的天空。不过，尽管常常有人擦拭，它们还是很招灰。撇开外观问题不谈，当我现在挤在成千上万的人中间，从雕塑广场慢慢穿过重建后的文艺复兴展室和奢华的第二帝国展览大厅（原为财政部长办公室）时，我看不到有哪一个人在一脸严肃地发掘中世纪堡垒的美丽。回到室外，我在马列咖啡馆（Café Marly）找了张桌子坐下，看着参观的人在羽毛般的水雾边起舞，或者在金字塔侧面的喷泉中浸湿双足。到此参观的人数已经从20世纪80年代初的二百五十万人增加至今天的近九百万人。对一位君主来说，还会有什么方式比这个更能表达人们对他的赞许呢？

人们口中的"凯旋大道"（Triumphal Way）是由路易十四

的皇家建筑师勒·诺特（Le Notre）设计。这条大道从卢浮宫的卡利庭院（Cour Carré）向西延伸，穿过玻璃金字塔和附近的卡鲁塞尔凯旋门（Carrousel Arch），越过杜伊勒里宫，到香榭丽舍大道（Champs-Elysées）的尽头，凯旋门（Arc de Triomphe）下方，再径直通向城市另一头的拉德芳斯区（La Défense），点缀着这个区的顶部的是密特朗的新凯旋门（Grand Arch）。我乘坐的地铁开了二十分钟，即便是从拉德芳斯区的最高点回望过去，我依然无法望见巴黎市中心，我知道凯旋大道——又称"动力轴线"（Power Axis）——就在那里，从卢浮宫向东延伸至巴士底广场。

令人意想不到的是，在密特朗的工程项目中，新凯旋门是唯一一个在建造时就几乎获得全票赞成的项目。这栋建筑是典型的平庸之作，它矗立在装满镜面玻璃的摩天大楼中间，旁边夹杂着像地堡一样的混凝土公寓。这个"莫斯科遇上曼哈顿"式的卫星城没有车流喧嚣，景观美化工程又在最近刚刚完成，倒也有些可取之处。

新凯旋门周围建筑的层层环绕，就像一个旋涡。当我到达新凯旋门下方，迎着风，站在这个被人们戏谑地称为"广场"（piazza）的旋涡中排队，然后乘坐玻璃景观电梯到达顶层的时候，我回想起自己在 20 世纪 80 年代末看着人们把这个观景台建在 300 英尺（100 米）高处的情景。建造这座拱门需要非凡的巧思。从这座建筑的高处看到的远景和从埃菲尔铁塔上看到景象不可同日而语，但是如果你不要求视野达到大炮的射程那么远，这里还是不会让你失望的。

凯旋门的设计者约翰·奥都·冯·斯波莱克尔森（Johan Otto Von Spreckelsen）模仿卢浮宫的中庭广场（Cour Carrée）的倾斜度，将他的铅垂巧妙地倾斜了 6.30 度，但又不会对"动力轴线"造成阻碍。从理论上来讲，一个会玩保龄球的超人能让球穿过拱门下通风的"广场"，滚到贝设计的金字塔的肮脏窗格上。在二十几年的时间里，这个想法听起来就像是耗费劳力去满足一种自娱自乐，但是"伯伯"的设计人员们始终全神贯注地在做这件事。

爱吹毛求疵的人也许会挑剔地认为，这个拱门的卡拉拉大理石包层被烟雾弄脏了，拱门内部的地毯很俗套，或者顶层的露台设计得像战俘营。甚至连热爱凯旋门的人也不得不说，那被称为"云彩"（Nuages）的悬挂式帆布防风棚看起来不太像冯·斯波莱克尔森设想的盘旋的云朵，倒像贝都因（Bedouin）[1] 流浪者那破旧脏污的帐篷。它们没起什么作用。不管刮不刮风，拱门都在经受时间的侵蚀，而且，在拱门完工之前，冯·斯波莱克尔森就去世了，这看来也是一桩憾事。

这条具有历史意义的中轴线的东端就是巴士底歌剧院，一座体积较小、周身覆盖着闪闪发光的深色花岗岩的拱门，令这座歌剧院增色不少。在"伯伯"所有的花架子拱门中，这座拱门的老化程度最严重，尽管时常有人对它的外观进行保养，这座刚到成

---

① 贝都因人，一个居无定所的阿拉伯游牧民族。

年期的拱门看起来已经像一个衣衫褴褛、体重超标、偶尔戴着发网的老妓女。罩在上面的网时有时无，具体情况要视拱门的破损危险程度而定。网在这里已经安了十几年了，为的是避免这座建筑外层摇摇欲坠的灰色花岗岩落下来，砸到路过的行人身上。为了这个问题，政府在 2000 年后已经砸进去几百万欧元，到 2010 年，外墙上构成危险的部分大多已经被换了下来。

巴士底拱门设计失败的原因现在已经一目了然。为了能赶上 1989 年 7 月 13 日的法国大革命二百周年庆典，又想趁这次机会表现出公平的一面，密特朗为这个项目举办了一次"盲选"。很快，巴黎的每个人都了解到，总统的选择是受幕僚们远程操控的，而这些幕僚们以为自己已经认出了明星设计建筑师理查德·迈耶（Richard Meier）歌剧院模型。一片混乱中诞生的就是拥有加拿大-乌拉圭双重血统的卡洛斯·奥特（Carlos Ott）的作品，一座体型庞大、价值三千五百万美元的丑陋建筑。它的周长约有半英里（800米），高达 150 英尺（48 米）。"人们不喜欢我设计的歌剧院，因为他们说它很丑陋，臃肿，里面没有半点金色或红色的天鹅绒，而且看起来像座工厂，"1989 年，面红耳赤的奥特对我说，"这一切对我来说都是褒扬！"从《新闻周刊》第一次将其代表作比喻为"产出公厕的外星母舰"以来，他已经受到多次类似"褒扬"。

不过，当我在喧闹之中和一群品位高雅的歌剧迷们走进这头巨兽的体内，欣赏了一场赚人热泪的歌剧表演——《波希米亚人》（La Bohème）时，我不得不承认，主观众厅的共鸣效果极佳（这是奥特协助设计的）。当灯光暗下来，蓝灰色的花岗岩墙面、橡木的地板和褐色的丝绒座椅仿佛都消失了，这些东西在今天看来都既美观又实用，但与此同时，这座建筑的外观无论在过去、现在还是在未来都是一如既往的滑稽。

往东再走十分钟的路，我走到了密特朗那籍籍无名的财政部楼群。刚建起来的时候，这排建筑是欧洲最长的连体建筑，看起来就像是斯大林的苏联遗留下来的产物。它排成 L 形，像迈正步一样从里昂火车站跨到塞纳河的贝尔西段。我记得说话滔滔不绝的联合建筑师保罗·舍梅托夫（Paul Chemetov）和博尔雅·于多布罗（Borja Huidobro）在 20 世纪 80 年代末曾向媒体发表过评论。他们说，贝尔西的地铁高架桥有两座白色石拱，这对石拱是他们的灵感之源。可惜的是，这点灵感只体现在这两位建筑师的夸夸其谈之中。

批评者们很快就将这个价值五亿美元，但却没什么用的作品评价为"未来主义式"、"斯大林式"、"梦魇般的"建筑。为它提供防御的是一条壕沟和一座立方体的玻璃城堡（供部长私人会晤之用）。它就是一个蜂房，一间间完全相同、标准化的办公室组成了一个蜂巢，里面住着六千个文员。那按颜色编码的引导标识是用来引导雄蜂们通过长达 35 公里令人目眩的走廊的。当我在 1989 年第一次参观这座大楼时，带我参观的公关向导出了洋相，她在 C 座的六楼迷路了，惊慌之下，她只好向人求救。虽然贝尔西如今被烟雾弄得脏兮兮的，未来主义的特征看起来没那么明显了，而且"智能化"（指大楼百分之百由电脑控制）程度似乎也不如以往，但是这种情况至今没有什么改变。现在，我从大楼中走过，听说这里在打开窗户时依然会把空调关掉，我感到很欣慰。内部邮件依然是通过一个叫"Télédoc"（电传文件）的系统发送，这是一个安装在房间天花板上的电子传输系统。部长会坐着直升机飞进来（屋顶上有个停机坪）或者乘坐快艇从水路而来（开到塞纳河上一个安全性很高的码头）。电梯会用电脑合成的声音告知访客们到了几楼。但还是有无数人会找不到方向。

离开之前，我凝视着窗外财政部街对面的多功能体育馆（Palais Omnisports）。这座体育馆有一半是在地下，建造时间是在密特朗当政之前的1980年，它引以为豪的特点是那色彩缤纷的管状金属框架、玻璃墙面和高度倾斜、顶上铺着草皮的屋顶。这座建筑证明了草能在呈六十度角的地方生长。巴黎的孩子们会爬到上面去，再滑下来。某些涂鸦爱好者可就没这么斯文了。几年前，我注意到有人结结实实地扯下了几大块草皮，弄成"¥""€""$"的形状，用"¥"表示日元，"€"表示欧元，"$"表示美元。还加了一个"YES!"最有可能读懂其中奥妙的人当然是财政部大楼中的掌权者们。不可思议的是，我发现，直到现在那个"YES！"依然清晰可辨。那些草就像长期失调的欧洲经济，从未真正从冲击中恢复过来。

我一边坐在财政部的壕沟外享受着令人精神一振的咖啡，一边问酒吧招待员，这个堡垒式的建筑群对周边地区造成了什么改变。"当地的商家赚了不少，"他哈哈大笑说道，"房价升高了。""谁管莫斯科那里是不是这样，"他的大拇指往东边一指，"超大图书馆比这个更糟糕！"

我往上游走去，走到位于托尔比亚克区（Tolbiac）的左岸，在印加风格的国家图书馆基座前驻足停留。在密密麻麻的工程起重机中，图书馆在基座之上拔地而起。当地政府花了四分之一个世纪的时间，翻修这个图书馆，但现在工程仍在进行中。图书馆的官方名称很朗朗上口，"法国国家图书馆——密特朗馆"（Bibliothèque de France, Site François Mitterrand）。不过大家都把这个造价逾十亿美元的奇物称为"TGB"，这个叫法是从"法国高速列车"的缩略语 TGV（Train à Grande Vitesse）而来。不管你叫它什么，这座图书馆都是权势自大狂（folie de grandeur）的化身。

这是精巧之作？这座图书馆由四幢高达 300 英尺的玻璃结构塔状建筑构成，设计者想以此模仿打开、竖起的书本。从塞纳河的河堤上看去，这几幢建筑就像在近一千英尺长的舞池上摆开了 V 字队形。超大图书馆俗不可耐，它可能是世界上最具有代表性的后现代主义艺术作品。

粗劣的作品会对人们造成危险吗？在塔楼的阴影下，绑在一起的热带林木暴露在风中，我放轻脚步，从上面匆匆走过。被围起来的冬青树在风中嘎嘎作响，我一番好找才找到了入口——幸亏我之前来过这里，还能模模糊糊地认出这条路。图书馆的核心区不易为人察觉，那是一个四周被玻璃围住的地下花园，足有两个足球场那么长，人们可以通过一架倾斜度很大的自动扶梯到花园去。据说，密特朗把这里想象为 21 世纪里仿中世纪的修道院的隐居之地，他的灵感来自于翁贝尔托·埃科（Umberto

Eco）在 20 世纪 80 年代创作的畅销书《玫瑰之名》[1]（*The Name of the Rose*）——后来这本书被拍成了一部好莱坞大片，主演为肖恩·康纳利。故事就发生在修道院中，在密特朗的侍臣们想出"超大图书馆"计划的时候，这个故事还是非常受欢迎的。实际上，法国政府还打算请埃科担任顾问。和那些被围起来的冬青树一样，花园中高大的红松树还要充当被束缚的艺术作品，人们把它们用钢丝绳捆了起来，以免它们撞破窗户。

超大图书馆的问题还不只是大风。我还是适应不了为人和善的青年建筑师多米尼克·佩罗（Dominique Perrault）设计的地下阅览室，也接受不了他将书籍藏在玻璃塔楼中的巧思，塔楼中改装的木板会把日光挡住。原来的设计更糟糕：传送带会通过敞开的院子，上面的书就暴露在雨水和阳光中。此刻的我站在西面的中庭，悠闲地看着漏水的天花板和向东排开的塑料桶，那些塑料桶排到了差不多 700 英尺以外的地方。当你拿着一张有电脑芯片的借书证，在半英里之外的阅览室中借出塔楼里的一本书时，时间已经过去好几小时了。最要命的是临出门的那一下：如果你遇到的情况和我一样，还回去的书还没有扫描进入系统，那么你就不能出去：红灯齐闪，闸门转不动，图书管理员和警卫会立刻采取行动。直到监视着你的"老大哥"按动某处的按钮，你才能脱身。

---

[1]《玫瑰之名》（意大利语：*Il nome della rosa*）是意大利符号学家与小说家翁贝尔托·埃科的神秘探案小说，出版于 1980 年，亦是作者的第一部小说。该书出版后迅速获得评论界和普通读者的一致认同。目前被翻译成多国文字，销售量超过一千六百万册。

批评者们乐于把超大图书馆贬得一文不值，以至于当我多年之后重新站到这里时，心里竟有了想保护这个巨大、冰冷而又效率低下的图书馆的念头。超大图书馆的雇员们早年曾举行罢工，为"非人的工作条件"和"存在根本性缺陷的电脑系统"而抗议，但这些日子已经一去不复返了。当然，尽管馆方花了几十年的时间和几百万美元进行微调，那辆回收书的微型数控车有时还是会出轨。至于这个图书馆的其他一些小瑕疵——漏水，树木患病，巨洞般的建筑中的死胡同，空气沉闷、阴湿——不多花几十亿欧元和几十年的工夫是修复不了的。

最重要的是，成千上万的法国大学生似乎很喜爱超大图书馆。当我在快餐厅排队时，我和一位活泼的小姐站在一起。她对我说，这间图书馆反映着我们这个时代的精神。学生们对这间图书馆的认可是显而易见的，当我走进户外区——其高度与一棵树的顶端相当，也就是作为吸烟区的露天平台时，就明白了这一点。未来的博士们几乎清一色地拿着装咖啡的黑色塑料杯，故作姿态地吞云吐雾，看起来活像是一身 21 世纪装束、脸上打着洞、身上有刺青，还佩戴着电子设备的让－保罗·萨特[1] 和西蒙娜·德·波伏娃[2]。

为什么会想到西蒙娜·德·波伏娃呢？波伏娃是一位典型的

---

[1] 让－保罗·萨特（Jean-Paul Sartre，1905—1980），法国 20 世纪最重要的哲学家之一，法国无神论存在主义的主要代表人物。

[2] 西蒙娜·德·波伏娃（Simone de Beauvoir，1908—1986），法国 20 世纪著名文学家和思想家。

法国知识分子，女性主义先驱作家，她的生活伴侣是最花心的一流哲学家让 - 保罗·萨特。因为抽烟、酗酒，她早早就去世了。因此，最近刚刚完工的那座把超大图书馆和河对面贝尔西公园连接起来的吊桥就以她的名字命名。这座桥很精致。根据个人的不同看法和灯光照射的方式，你可以把摇曳的西蒙娜·德·波伏娃桥（La Passerelle Simone de Beauvoir）看作一段 DNA 序链、一头跳入水中又浮出水面的木鲸、一条蜈蚣，或者是一种法国人一边狼吞虎咽、一边喃喃自语地提到的海中生物，这种美味的海洋生物有个颇有诗意的名字"海中蝉"（cigale de mer）——也就是琵琶虾。

我顺着平台吸烟区走出去，上了那条琵琶虾一样的桥，在摇摇摆摆中三步并成两步跨过塞纳河。在整个过程中，我一直对头顶上舞动的工程起重机很好奇。从 20 世纪 90 年代中期开始，这些起重机就在工作了，从那时起，巴黎的某些报纸杂志就一直在大肆宣传，称超大图书馆附近的新兴街区就是"新玛黑区"（new Marais）或者"新拉丁区"（nouveau Quartier Latin）——也就是说，这个街区很快就会变成时尚、热闹、理想的居住地、工作地点和购物场所。这是一厢情愿的想法吗？的确，公寓中住满了无所畏惧的雅皮士。索邦神学院（the Sorbonne）的一个系——也就是托比亚克学区——（于十年前）搬了过来。一些具有影响力的当代艺廊也搬了过来，随它们一起来的有玛黑区的极简抽象派艺术家和区外的反叛艺术家们。他们越过铁轨，从超大图书馆附近搬到了路易斯·韦斯街（Rue Louise Weiss）和弗西格街（Rue des Frigos）。但是别的机构没有几家是跟随它们的脚步的，一些艺廊已经放弃等待，搬回玛黑区了。办公塔楼、研究所和其他高档商品房和铁路站场上的绿化带还在修建当中。它们什么时候才能完工呢？

我曾问一个性格开朗的建筑工头工程进度。他的回答和我1998年第一次参观这间图书馆时听到的一模一样，而且我在2000年、2005年、2008年和2010年时听到的回答也是一样的。也许连对我说这句话的建筑工头都是同一个人："再过三十年，托比亚克区也不会完工！"当我步步紧逼的时候，他坦承道，再过二十年就会完工。在全球经济毫无保障并陷入习惯性衰退的年代，这听起来简直就是一份终身的差事。开发商们的口号令这位工头更加确信自己的观点，他们的口号依然是"巴黎从东边醒来"。我打趣道，也许有人该把它醒来时要喝的咖啡冲得浓一点。

和之前这里空旷的土地、铁轨、20世纪70年代的建筑、废弃的工业用地和仓库相比，几乎任何改动都算得上是进步——几乎算得上。

在河岸边上，我沿着经过景观改造的阿尔蒂尔·兰波①小径（Allée Arthur Rimbaud）漫步，畅想着这位曾饱受折磨、写出《醉舟》（*The Drunken Boat*）的诗人是否喜欢这里栽种的各

---

① 阿尔蒂尔·兰波（Arthur Rimbaud，1854—1891）法国著名诗人。他是早期象征主义诗歌的代表人物，超现实主义诗歌的鼻祖。他用谜一般的诗篇和富有传奇色彩的一生吸引了众多的读者，成为法国文学史上最引人注目的诗人之一。

种枝条下垂、柔软的树木，他对超大图书馆又会有什么样的看法。对兰波这样一个热爱出走的人来说，河岸改造有一个好处，这个好处是他一定会欢迎的——人们现在可以从以他的名字命名的人行步道徒步走到塞纳河畔的拉丁区，路上完全不受车辆干扰。在巴黎这样一座车满为患的城市，这可是个不小的成就。作为一个虽死不悔的社交青年，兰波无疑会更享受在超大图书馆前面、码头周围的娱乐热点地区生活，这些发展是密特朗当初没有料到的。那里停泊着六七艘"醉舟"——上面有水上咖啡厅、餐馆和夜总会。

　　出人意料的是，我对自大狂密特朗的成果的探索之旅在第19区的拉维莱特公园（Parc de La Villette）有了一个快乐的结局。它在乌尔克运河（Ourcq Canal）西边，原本是肉类加工厂。作为四个"大工程"的合成版，它有蓬皮杜中心的三倍大，自1986年开放以来一直是世界上最大的科学博物馆。这里没有牛肉，我一边走过这个充满高科技的"绿宝石城"①，一边想到这个。密特朗扮演了奥兹魔法师的角色，在民意调查中击败季斯卡·德斯坦之后，他强行控制了这个项目，但他却无法让这个项目完全改头换面。而且你会看到在摆满电子小玩意儿、像洞穴一样的主厅中，有一块青铜纪念牌，上面写着的就是大大的密特朗的名字。

　　跨过运河，我找到了通往改装过的牲畜拍卖厅的门，这

_____

① 绿宝石城，Emerald City，童话《绿野仙踪》中的仙境。

个 19 世纪 60 年代的"大展厅"由玻璃和铁构成，现在是举办展览会和音乐会的场所，它令我想到了往日由维克多·巴尔达（Victor Baltard）打造的雷阿勒区，还有季斯卡·德斯坦提议创建的奥赛美术馆和阿拉伯世界研究院，这两座建筑同样大获成功，即使是密特朗这样的人物也无法撼动它们。

"伯伯"在拉维莱特公园的事情上当了一回"代理父亲"，这让他觉得很不满足，于是他下令兴建了"音乐城"（Cité la Musique），对这个国家音乐厅和乐器博物馆来说，这个名字太傻气了。设计师克里斯蒂安·德·波特赞姆巴克（Christian de Portzamparc）后来获得了久负盛名的普利兹克建筑奖，而且他可能是唯一一个如密特朗所愿、赢得世界性荣誉的法国人。（派头十足，追求时髦的让·努维尔现在已经名声大噪，他也获得了普利兹克奖，但是有几个严肃的建筑界学者会把他列入名人堂呢？这个问题值得怀疑。）德·波特赞姆巴克还设计了品位高雅的"波堡[1] 咖啡馆"（Café Beaubourg），那家咖啡馆就在蓬皮杜中心前；这里也有个相似的咖啡馆，不过这家看起来就像一架被翻了过来的巨型钢琴。和其他的大项目（Grands Projets）一样，德·波特赞姆巴克设计的建筑表面粗糙，显得有些未老先衰。上层的金属结构是多余的，它象征性地"联通"了附近的环形公路，而那用浴室瓷砖铺就的正面似乎已无可挽回地陷入了后现代主义的审美怪圈。不过，弧形的室内"街道"像是

---

[1] "波堡"（Beaubourg），意为"美丽之城"，是蓬皮杜艺术文化中心的昵称。

内耳，使人产生奇妙的联想，博物馆的陈列品和现场音乐也配合得天衣无缝，令人心旷神怡。

回家之前，我在拉维莱特公园附近转了一圈。这个公园是解构主义者的梦想，它的设计者美国建筑师伯纳德·屈米（Bernard Tschumi）把它称为"21世纪的都市公园"，也就是说，他拒绝将它建成一个躲避城市喧嚣的地方。屈米的想法是典型的20世纪的产物，他是误入歧途。现在，人们普遍拒绝接受他的想法，但是他设计的"非连续型建筑"，也就是由二十六个"花架子公园"（garden follies）系列倒是很新奇，这些被粉刷得像消防车一样的红色公园风格怪诞，分别位于鹅卵石小径、草坪和乌尔克运河边。在这方面，屈米的成功是无可争议的：他创造的公园绝非与城市隔绝的清静之地。汽车和卡车在附近的环形公路上轰隆作响，河船鸣笛而过。这些花架子建筑集合了儿童攀登架、消防站和救生站的特点。尽管有"请勿靠近"的标志，孩子们还是兴高采烈地在克拉斯·奥尔登堡（Claes Oldenburg）设计的特大号雕塑作品"掩埋的脚踏车"（Buried Bicycle）上爬来爬去——这座雕塑的设计用意似乎就是让人们想怎么用就怎么用。还有些孩子则在点缀着竹子的沼泽中捕捉青蛙，他们没有意识到自己的猎物活像某位前总统，就是这个人下令建造这个公园的。我突然想到，在这些快乐的孩子们当中，没有一个人经历过密特朗的黑暗统治，而且可能没有一个人知道他的名字。

# 塞纳河上的岛屿

圣路易岛，1990

如果漫步于圣路易岛的街头，你会感到心中一紧，一种忧伤的感觉紧紧地抓住你的心，不要问为什么。只要看看这个与世隔绝的地方、昏暗的房屋和巨大而空旷的豪宅就知道原因何在……

——奥诺雷·德·巴尔扎克

一座壮观的石造步行桥越过五个石拱，将巴黎的右岸和塞纳河中游那永不沉没的"豪华客轮"连接在一起。这座桥就是玛丽桥（Pont Marie），建于 17 世纪早期。这艘豪华客轮就是圣路易岛，这座岛屿的长度从头到尾不到一英里，但却满载着历史和谜团，很有氛围。住在岛上的主要是身家丰厚、归隐田园的人，岛上街道狭窄，沿路有许多地标性的连体别墅。和水面齐平的鹅卵石码头环绕整座岛屿，码头上还点缀着白杨树。站在这座岛屿上微微低下头，可以看到位于喧闹的西岱岛上的巴黎圣母院大教堂近在咫尺，它就在一座宽阔的步行天桥的另一头。这座天桥在一年中的大部分时间里都处于折叠状态，仿佛是表演哑剧、吞火和独角滑稽秀的喜剧演员的舞台。在岛屿的另一面，在玛丽桥的另一边，玛黑区（the Marais）里时尚精品店、艺廊和豪宅林立，向东铺展开来，直至孚日广场和巴士底纪念碑。

乍看之下，圣路易岛和巴黎本土之间的物理距离似乎可以忽略不计，然而这座岛屿依然有一种独特的说不清道不明的味道。对某些人来说，它就是"奥林匹斯山"，从伏尔泰（Voltaire）和雷斯蒂夫·德·拉·布列塔尼（Restif de la Bretonne）到泰奥菲尔·戈蒂耶（Théophile Gautier）、夏尔·波德莱尔（Charles Baudelaire）、多斯·帕索斯（Dos Passos）和不能不提的海明威（Hemingway），作家和艺术家们都曾在这里生活，工作，恋爱。眼红的人会说这里是一个设施完善独立自足的生活圈，专供本国贵族和外地来的富豪享受。这里是巴黎城内房价和租金最高的地区。罗斯柴尔德家族一直雄踞岛屿的上游顶端，从朗贝宅邸（Hôtel de Lambert）的镀金展厅开始，往上的区域都是该家族的地盘。朗贝宅邸建于 1642 年，建造者是皇家建筑师路易斯·勒·沃（Louis Le Vau），宅邸四周围绕着几乎坚不可摧的高墙，对一座这样的豪宅来说，这倒也很相称。

不过，大多数的巴黎人一直都把这座岛视为一艘游轮——岛的形状和它体现出的精神都很像，它自在地漂浮于政治分化的右岸和左岸地区之间，因此，化妆品皇后赫莲娜·鲁宾斯坦（Helena Rubinstein）于 1935 年推倒了一座 17 世纪 40 年代建造的豪宅，在贝郡堤道（Quai de Béthune）24 号为自己建起一座带有些许"装饰艺术"（Art Déco）风格、饰有巨大的越洋巨轮式舷窗的高大建筑。法国前总统乔治·蓬皮杜和他的时尚达人太太克洛德（Claude），也就是"法兰西艺术教母"也曾住在这栋建筑中，也许他们是想靠近他们的朋友罗斯柴尔德家族。航运大王的女继承人南希·库纳德（Nancy Cunard）曾住在雷格拉提耶路（Rue Le Regrattier）2号，福特·马道克斯·福特（Ford Maddox Ford）则曾在安茹堤岸（Quai d'Anjou）29号创办《大西洋评论》（*Transatlantic Review*）杂志，该刊物发表过庞德、康拉德、卡明斯、斯泰因、乔伊斯和其他作家的作品。

我的妻子拒绝把这一切和航海扯上关系，她认为这座岛屿是一个露天式的修道院，修道院朝阳的一面正对着拉丁区，朝北的一面地衣覆盖，十分阴凉。这种想法颇有道理：这座岛屿就像修道院一样，而且在大部分的时间里比修道院更加幽静、沉闷；它的码头比城镇中的其他任何地方还要僻静，这是当地的政治势力努力的结果，他们的努力令当地的单行道和桥梁系统得以维持，这个交通系统设计精妙，几乎可以阻碍一切，但是精明的计程车司机还是能想出办法穿梭其间。

经常到这里来的人们慢悠悠地踱着步，他们不是来凑热闹，也不去寻找必看的纪念景物，他们想看的是打着旋涡、缓缓流动的塞纳河，河面在过往的河船和星星点点的海鸥、鸭子和偶尔迷路的加拿大雁的搅动下翻腾着。在岸边的护墙上，无花果树和垂柳的树荫底下安放着许多长椅，懒洋洋的垂钓者钓着生活在水底、不能食用的鱼，爱享受日光浴或欣赏月光的人、野餐者和成双成对的爱侣们在这里打成一片。

安静？也许天气热的时候就不是这番光景了，开派对的年轻人和太过激动的邦戈鼓乐手把码头围得水泄不通。这股最近才进发出来的活力似乎感染了整座岛屿：存有肖邦纪念物的波兰图书馆曾经覆满灰尘，如今已被粉刷一新，但是它的开放时间不固定，而且，老实说，那里几乎无人问津。岛上的圣路易教堂过去引人注目的只有它的镀金时钟。现在教堂拥有一台由三千根管子组成的管风琴，专门演奏巴洛克音乐。如果你想进入归市政府所有的联排别墅洛森宅邸（Hôtel de Lauzun）俯瞰岛上风光，那么你就得采取近乎央求的方式。此外还有几家带有户外露台的咖啡馆，都面朝巴黎圣母院或圣热尔维教堂（Saint Gervais）；一家旅行书店，店主是一位有趣的女士，她似乎喜欢将顾客拒之门外；一家与众不同的捕鱼和假饵钓鱼商店，这家商店叫"苍蝇屋"（La Maison de la Mouche）；一些温馨舒适但却价格高昂的酒店和不起眼的餐馆，这些酒店和餐馆招待的就是海明威鄙视的同胞们，这里的情况基本上就是这样。当然，我还没有提到那些巧克力商店、面包店、肉店和"古董"店、卖小玩意儿和质量低劣的纪念品的商店——它们全都位于这座岛的主干街道的南端，现在那里成了精力旺盛的购物者们，也就是那些不知疲倦地打量着橱窗中的展品的人们常去的地方。

诚然，2003 年，在这条街上，米其林三星级厨师、来自斯特拉斯堡 Buerehiesel 餐厅的安东尼·韦斯特曼（Antoine Westermann）开办了一家别致高雅的餐厅，"老友记"（Mon Vieil Ami）。这座餐厅，或者仅凭这座餐厅就足以为美食之岛的名望再添光彩。名声在外，但有些人认为是声名狼藉的"高卢祖先"（Nôs Ancetres les Gaulois）餐厅距此不过一个街区，这是一家典型的伪高卢风格餐厅，那里的食客就是认准了"高卢"标志的旅客。

这座岛的迷人之处还在于，岛上住宅周边环境和纵横交错的道路都给人不急不躁、波澜不惊的感觉。晨昏时分，围绕着这艘"豪华游轮"的甲板散步往往是我的一天之中最精彩的部分，这不仅仅是因为我就住在玛丽桥和通往该桥的市内地铁站东面几百码之外的地方——肮脏的地铁不曾玷污圣路易岛；最重要的是这里如乡村一般能看到开阔的天空，建筑物低矮，河流宽广，勒阿弗尔① 的海风阵阵吹来。巴黎圣母院，这道城中最美的风景耸立于岛后；奥尔良码头上的树木连成一线，先贤祠的大圆顶就在树叶之间若隐若现。你可以看到丰富的建筑细节：精雕细琢的拱顶石、奇形怪状的人面装饰、锈迹斑斑的系索环、石造的花环。傍晚，从岛上的波旁码头（Quai de Bourbon）望去，形如塔楼、周身覆盖着雕塑的"Hôtel de Ville"，也就是巴黎市政厅，看起来更像是在 19 世纪 70 年代伪造出来的建筑作品。码头之所以被命名为"波旁"，不是源自什么酸麦芽威士忌② ，而是源自波旁王朝。这个王朝孕育了法国大革命前权势滔天的路易王们，包括路易十三（1601—1643）。

这位君主原本平淡无奇，但他于 1614 年批准开发商克利斯

---

① 勒阿弗尔（Le Havre）位于法国北部诺曼底地区，塞纳河河口，是继鲁昂之后的第二大城市，也是法国最重要的港口之一。
② 指美国的波旁威士忌（Bourbon Whiskey）。

朵夫·玛丽（Christophe Marie）和他的合伙人修建了玛丽桥，并将这座岛从养牛牧场变成贵族的游乐场。玛丽设计出创新的网格状街道，并用石头路堤将街道围起来。岛上的建设是房地产投机的早期典范，当我如往日一样背着手在此漫步的时候，我注意到同一批常客又出现了，他们牵着纯种的宠物，慢慢地绕着圈，视线或步伐落向苔藓丛生的老宅院。他们小心翼翼地在慕名而来品尝冰淇淋的人群中穿梭走动，这些人都在岛上最繁华的交叉路段——双岛路（Rue des Deux Îles）和圣路易岛路（Rue Saint-Louis-en-l'Île）的交界处嗒吧嗒地抿着甜筒。在美食家和旅行指南作家们的圈子里，今天的圣路易岛的名气更多来自于美味的"贝蒂咏"（Berthillon）冰淇淋和果汁雪糕店，而非该岛在建筑或文学方面的历史沉淀，这让岛上的居民很是恼火——他们的家谱就像岛上成片的、盘根错节的无花果树一样复杂，这些果树生长在我最喜欢的景点周围，也就是朝向下游的码头处。

　　人们把过去的辉煌写在了石头上，好让非专业人士也能从纪念牌上读到那些往事。在标志性的联排别墅中，有一半建筑上都安装了纪念牌。这些建筑几乎都曾属于 17 世纪中期为皇家税务官和其他"持证搜刮"的人。纪念牌上有他们的姓名和出生日期，还有一些简明扼要的话，能让你愉快而轻松地翻阅历史的一页。在面向拉丁区的贝郡堤道 22 号，你会发现以下文字："马尔迈松的勒弗菲尔宅邸。前主人为国会议员。1645 年开工。波德莱尔 1842 年至 1843 年居住于此。"也就是说，这块纪念牌说的是这座宅邸的名字（Hôtel Lefebvre de la Malmaison）、开工日期和《恶之花》（ Les-Fleurs-du-Mal ）的作者，诗人波德莱尔曾在 19 世纪中期住在这里。这栋建筑的正面没有引人联想之处，除了悬在正门上方的一个蝙蝠模样、长着女人头的怪物。但是，你依然会忍不住猜想，是否就在这几堵墙后面或是波德莱尔在岛上的其他住处里，在洛森宅邸中吞云吐雾的瘾君子中间，这位精神上饱受折磨的天才的笔下流淌出 "Luxe, calme et volupté"（ 奢华、宁静与乐趣 ）① 的诗句。人们常常把这个句子和马蒂斯② 的画作联想到一块儿去。你可能会问，当波德莱尔身在此处时，或者怀想他在圣路易岛上的时光时，他描写了神话中凄凉阴暗的基西拉岛（ Island Cythère ）③ ，一个 "所有老傻瓜共有的黄金乡"（ Eldorado of all the old fools ），这是一个巧合吗？

波德莱尔说的不是名车 "凯迪拉克"（ Cadillac ），而是伏尔泰在《赣第德》④（ Candide ）一书中想象出来的黄金天堂。这一句话里提到了两个人：18 世纪 40 年代，伏尔泰也住在这座岛

---

① 诗句源自波德莱尔的《遨游》（ L'Invitation Au Voyage ）一诗。

② 亨利·马蒂斯（ Henri Matisse, 1869—1954 ）20 世纪最伟大的善于运用色彩的画家，野兽派的代表人物。

③ 指波德莱尔作品《恶之花》中《基西拉岛之行》一诗。基西拉岛是希腊南端的海岛，维纳斯的圣地。维纳斯由海中出生后，先在这里上岸。

④ "赣第德" 是书中主人公的名字，意指 "老实人"。这部小说的主题思想是批判 17 世纪德国哲学家莱布尼兹。莱布尼兹认为世界上的一切现实都是自然的安排，是完全协调的，因而是尽善尽美的。赣第德的老师潘葛洛斯是莱布尼兹的信徒，可是他的学生却对此怀疑，认为这一切都是维护旧政权、旧社会、旧制度、旧礼教的谎话。伏尔泰通过他创造的故事，辛辣地讽刺并揭露了这些旧政权、旧制度的腐败和不合理。

上，他和他的女友沙特莱侯爵夫人（Marquise du Châtelet）在历史悠久的罗斯柴尔德家族的住宅朗贝宅邸中过着安逸的日子。在这座宫殿般宏伟壮丽、面积达四万三千平方英尺的联排别墅中，没有哪块纪念牌提到此事。同样，没有任何纪念物说明曾经出尽风头，后来却避世隐居的赫德男爵，亚历克西斯·冯·罗森博格（Alexis von Rosenberg, Baron de Redé）自 1949 年起至 2004 年去世时，都居住在这座豪宅中富丽堂皇的二楼房间中，身边满是珍贵的古董和艺术品。他是家财万贯的阿图罗·洛佩斯·威尔肖（Arturo Lopez-Willshaw）的情人，也是男爵夫人玛丽-埃莱娜·罗斯柴尔德（Marie-Hélène Rothschild）的灵魂伴侣。男爵夫人会以引人注目的方式轻快地走过"大力神赫拉克勒斯的画廊"（Gallery of Hercules），画廊中的无价画作是皇家艺术家夏尔·勒布伦（Charles Le Brun）[1] 所作，描绘的是衣着暴露的英雄大力神。与此同时，另一位男爵夫人——玛丽-埃莱娜的丈夫居伊（Guy）——常年在外，而洛佩斯·威尔肖名义上的妻子帕特里夏则如一位记者所言，"在她自己的风流韵事中抽不开身"。

为了配合这座宅邸天方夜谭般的传奇色彩，关于这座宅邸的历史故事中新近一章的主角是一位卡塔尔王子。2007 年，哈马德·本·阿卜杜拉·阿勒萨尼（Hamad Bin Abdullah Al Thani）

---

① 夏尔·勒布伦（1619—1690），法国画家。作为路易十四的首席画家和皇室挂毯及家具的总设计师，他统治了法国美术界二十年。

出了相当于一千一百万美元的价格，把这座标志性的建筑原封不动地买了下来，并且计划要再花近一倍的钱对它进行修缮和改建。正是这番"改建"把他拖进了法律的迷宫，直到 2010 年他才得以脱身，而且得了不少教训。

波德莱尔自己的风流韵事中就有他将黑白混血的情妇，为他带来灵感的缪斯女神，又名"黑色维纳斯"的让娜·杜瓦尔（Jeanne Duval）安置在雷格拉提耶路 6 号的情节。各种肤浅肮脏的故事在此甚嚣尘上。

波旁码头 15 号面对着圣热尔维教堂，画家和诗人埃米尔·伯纳德（Emile Bernard 1868—1941）曾在此生活、工作。他创立了由象征主义者组成的阿凡桥画派（Pont-Aven Group）。纪念牌没有告诉我们，在他的工作室中的镀金横梁下，宫廷画家菲利普·德·尚贝尼（Philippe de Champaigne）曾于 17 世纪中期在此工作。这位画家的正式住所是位于岛上游的 11 号宅邸。

从 1899 年到 1933 年，雕刻家卡米尔·克洛岱尔（Camille Claudel），这位罗丹的门徒和善变的情人在波旁码头 19 号的一楼开设工作室。岛上的居民们想起这个就一脸痛苦，因为在电影《罗丹的情人》（Camille Claudel）上映后的几个月内，人们都来向这位死在精神病院里的疯狂艺术家致敬，人行道都堵得水泄不通。那间工作室你是进不去的，但是你可以在奥赛博物馆中看到她在此创作的雕塑之一：《成熟》（Maturity），作品喻示人生苦短。

我们还能从史书中挖掘出另一个令人好奇心大动的地方，波旁码头尽头的那栋联排别墅。别墅建于1659年，人们把它叫作"人马屋"（House of the Centaur），因为别墅正面有一对浅浮雕，上面描绘了大力神赫拉克勒斯与神话中野蛮的人马怪涅索斯（Nessus）打斗的场面。露易丝·福尔-法维耶夫人（Madame Louise Faure-Favier）曾多年在此举办文学沙龙，她的座上宾有诗人纪尧姆·阿波利奈尔、画家玛丽·洛朗桑（Marie Laurencin）、作家弗朗西斯·卡尔科（Francis Carco）和毕加索的那位身无分文的朋友、诗人马克斯·雅各布（Max Jacob）。人马浮雕俯瞰着一个袖珍公园，那里是人气很旺的举行野餐和欣赏广阔景色的地方。艾莉森和我经常为了这番风景而来此。别墅现在的居住者显然是个好客之人。我们不止一次地看见出身上流的女士和绅士们穿着定制女装和燕尾服，在二楼宴会厅中绘有壁画的天花板下进行社交活动。

也许就在同一栋别墅里，正是这番鲜活绝妙的场面给18世纪的作家尼古拉-埃德姆·雷斯蒂夫·德·拉·布列塔尼带来了灵感，创造出了新的文学体裁：夜潜类文学（the nighttime prowl），从1786年开始，他就以漫无边际的方式，在《夜巴黎》（*Les Nuits de Paris ou Le Spectateur nocturne*）中描绘了巴黎街头上演的一千零一夜的故事。他那漫无边际的描述常常是从自己居住的圣路易岛开始。趁着夜色，环岛漫步，看着那些房屋里的景象如幻灯片般闪过，这也是我喜欢的偷窥方式。

还有一种无论是白天还是夜里都一样有趣的游玩方式。岛上的宅邸大多不接纳外人进入，因此在这些宅邸中阴凉的庭院里闲逛别有一番趣味。被称为"数码锁"的电子密码锁把下层民众都拒之门外。但是我已经发现了两种避过门卫的办法：在门外等候，当有人出门时，我就自信满满地大步走进去，或者，在上午 10 点左右跟在当地的邮递员身后，他们在工作时都带有万能钥匙。在躲躲藏藏和耍花招的过程中，单纯的探索之旅变成了一场冒险。我和看门人玩了好几年猫捉老鼠的游戏，凭着这些手段我曾进入波旁码头 15 号。我躲在这个宽阔的铺满鹅卵石的庭院中，发现一道石梯，石梯的扶手精雕细琢。石梯上方的屋顶处是一道三角墙，上面安装了一个滑轮——大概是用来把家具或者像我这样的入侵者吊起来的。

我按部就班地把岛上宅邸的门都试了一遍，后来我发现有一些门几乎总是敞开的。最不设防要数圣路易岛路 15 号的舍尼佐宅邸（Hôtel de Chenizot），巨大的狮鹫支撑着阳台，阳台下方就是嵌满装饰图案的门。走进门内，在第一个残垣断壁的庭院里，你会看到一个洛可可风格、有着花卉图案的浅浮雕上满是缺口。楔石上雕刻的人都向下凝视着你。这座宅邸的粗琢部分建于 17 世纪 40 年代。较高的附加部分是 1719 年后建起来的，当时从鲁昂来的皇家税务官让－弗朗索瓦·居约·德·舍尼佐将这里重新修葺了一遍。后来，这座建筑的地位就急转直下，变成了酒库、巴黎大主教的住处、宪兵的营房，再变成仓库，后来又变成行将崩塌的公共住宅。如鳞片般斑驳的石膏掩盖了必不可少、连绵曲折的楼梯，也掩盖了后方的庭院，庭院中还有一个饱受日晒雨淋的日晷。虽然宅邸的某些部分已经被擦洗过了，但是这个地方依然透露出砖块之间湿答答的灰浆气息。

我还掌握了一种进入圣地的办法：找个导游。这样一来，你的秘境之旅就变成了单纯的历史遗迹参观活动，但这是进入唯一那所向公众开放的洛森宅邸的唯一方法。在这里，不论你喜欢与否，喋喋不休的导游都会带你浮光掠影地感受一下波旁王朝路易们——从十三世到十六世——的上流生活方式。他们的介绍可以浓缩如下：

1657 年，军事建筑师夏尔·沙穆瓦（Charles Chamois）为个性古板的骑兵总督格鲁因（Grüyn）设计了洛森宅邸。不过这里看不到马的踪迹：格鲁因的野猪头纹章出现在壁炉和墙壁装饰上。相比之下，1682 年至 1684 年居住于此的洛森公爵（Duc de Lauzun）显得更爱玩、爱闹，他和路易十四的堂妹拉格兰德小姐（La Grande Mademoiselle）在此同居，洛森宅邸因此得名。

令人惊讶的是，这所宅邸几乎完好无损地保存了下来，当然，不包含继承人们能拆除或出售的那些东西，比如具有年代感的家具和原有的画作。不过，珍贵的凡尔赛橡木地板仍在人们脚下吱嘎作响，听来让人心安。数吨重的黄金在精心装饰过的横梁上和墙壁上闪闪发光，当光线透过小块玻璃镶拼起来的窗户时，那种效果令人目眩神迷。19 世纪 40 年代，波德莱尔和泰奥菲尔·戈蒂耶曾在此拮据度日，当时这些镀金装饰都已经发黑了——哈齐钦俱乐部（Club Des Hachichins）① 的精英们燃烧大麻时产生的烟雾无疑是部分原因。大麻激发了波德莱尔的诗意幻觉——他看到了裸女和云朵构成的风景——显然，他的灵感还有一部分是来自于这所宅邸中的音乐室，那是一个艺术品的展室，顶上饰有一个如梦似幻、用灰泥抹成的少女形象。

二楼的天花板装饰画名为"爱能征服时间"（Love Conquers Time），但是，唉，几个世纪的时光已经令它无力招架。天花板下多少桩婚姻转瞬即逝，岛上许多类似的宅邸也暗示着时间能征服一切。对圣路易岛来说，这是句不错的格言，不过，这座岛不变的品质显然在于这些石造豪宅和如走马灯一般的富人住户们，因此我能想到一句更好的格言——那是法国才子阿方斯·卡尔（Alphonse Karr）1849 年说过的话："变得越多，不变的也越多。"

---

① 哈齐钦俱乐部是艺术家团体的集会地。作家巴尔扎克、戈蒂耶，画家马奈、奥诺雷·杜米埃（Honore Daumier），漫画家康斯坦丁·居伊（Constantin Guys）以及诗人波德莱尔都是其中的成员。

# 蒙苏里与柏特－休蒙公园

## 人造的艺术

栏杆、巨石和树，柏特－休蒙公园，1999

我们在这个用欲望搭建起来的布景中走走吧，这个布景里尽是令人想入非非、心荡神驰的事物……

　　　　　　　　——《巴黎农人》中路易·阿拉贡

　　对柏特－休蒙公园（Buttes-Chaumont）的评价

　　人行道上方的马栗树叶子突然轻快地跳动了起来。烟雾和蒸汽从叶子间倏地穿过，拂过街边的树篱。我们正在位于巴黎第14区、富有历史感的蒙苏里（Montsouris）公园外的街上闲逛。艾莉森从树篱中探出头来，叫我跟上她的脚步。我听到一阵声音，嗖嗖，轧轧，眼前一列老旧的黑色蒸汽火车沿着巴黎环城铁路（Petite Ceinture）的轨道钻进了公园下方的隧道中——按理说，这条铁路已经废弃了。幽灵列车？我曾听说，在19世纪那些轨道在巴黎外缘连成一圈。我还在书上看到，火车爱好者们有时候会利用这些轨道来练习操纵各种型号的老式火车。

　　当艾莉森和我慢慢地越过蒙苏里公园中绿树成荫、风景如画的山丘，坐在湖畔长椅上津津有味地吃起野餐的时候，我们已经把那列火车的事情抛在脑后了。鸭子在嘎嘎叫，光线闪烁变化，草木青葱，漫步于此的人们从我们的眼前走过，一切都令我们心情平和、如痴如醉。游人中有附近的大学城（Cité Universitaire）的学生们，通常还有一些帮忙做家务事换取食宿的互惠生（au pairs）、穿着蓝色粗布工作服的泥水匠，还有脚蹬跑步鞋的游客。蒙苏里酒店（Pavillon de Montsouris）风格华而不实，里面的巴黎人身着节日盛装，举止做作，看起来仿佛是从大家熟悉的印象派画作中被拉出来的人。在刚修剪好的草坪上，倾斜的碎石路上，那些体积大得吓人的婴儿车、花里胡哨的野餐篮子，还有那些建于19世纪70年代散布在我们身边的雕塑，都看起来很不自然。大约一个半世纪以前，拿破仑三世的建设规划师们在废弃的矿场上建起了这座公园。除了游客、慢跑的人，还有大门外停着的汽车，这座公园和刚建成时基本上没什么变化。

蒙苏里的意思是"鼠山"，由一些小圆丘组成，它们在花朵簇拥之中占据了大约四十英亩的最佳地段。当我们在这些小圆丘边环行时，我忍不住地低声笑了起来。这个地方是用作古罗马墓地的，由巴黎往南至奥尔良，一路过去原本都是坟墓，因此"鼠山"这个名字实在令人意想不到。在这个阴森的墓群中曾耸立着一座坟墓，如今却已消失无踪，坟墓的主人应该是一位伟人：墓碑的长度约二十英尺。等我们看到这位已被人遗忘的伟人的名字时，字迹已经扭曲难辨了，可能是"伊索荷"（Ysorre）、"伊苏瓦尔"（Issoire），或者很可能是发音类似老鼠的"苏里"（Souris）。"伊苏瓦尔"长眠于"伊苏瓦尔墓园大道"上，这是附近的一条交通要道。

从中世纪到19世纪60年代，在破败的坟墓和矿场间立起了风车。蒙苏里的山丘高度适中，如今山丘上晾出了巴黎气象站的抛物线型天线。我们从公园的瞭望台向下望，看到一道钢铁反射的闪光——一列货车从"巴黎快铁"（RER）①轨道上咔嗒咔嗒地驶过。这条铁路自蒙苏里成为公园之初就已经在这里，它原来连接着巴黎与市郊的索镇（Sceaux）。负责社区景观美化的工程师们利用矿场和当地的地形，以不易被察觉的方式让火车穿了过去。巴黎环城铁路隐藏得更深，是在地下跑动的。

一想到那些隧道，我就想起了我们在那天早些时候瞧见的那列蒸汽机车。我的大脑仿佛投进了一枚硬币，一个生锈的阀杆转动了起来，我回想起另一个像时光隧道一样的公园，那个公园也是我的最爱，也建在废弃的矿场上，不过是在柏特－休蒙。那是在十年，或许是十五年前，我无意中发现了柏特－休蒙公园，而我当时正在第 19 区镇上的另一头。在那里，我也听到了藏在树木之间的蒸汽火车隆隆作响。这时，我异想天开，猜想我们早些时候看到的那列幽灵列车会不会是绕着巴黎跑的，我们能不能到镇子的另一边去截住它。

我拉住艾莉森的手，从蒙苏里公园那蛇一般弯弯曲曲的小道往下跑到"巴黎快铁"车站。我们在巴黎北站（Gare du Nord）换乘地铁，然后从乌尔克站（Ourcq）小跑到柏特－休蒙公园北门。像公园小道上成群结队的慢跑者一样气喘吁吁、大汗淋漓的我们发现了巴黎环城铁路上方的人行桥。我们看到那列黑色的旧蒸汽机车正好鸣笛驶过了吗？当然没有。但是当我喘着粗气，靠

① RER，Réseau Express Régional，巴黎快速铁路网交通系统。

在桥上烫得像烤架一样的铁栏杆上时，我为自己如此冲动而感到快乐。在我身边的是转来转去的婴儿车、晃来晃去的野餐篮和举家出游的中产阶级家庭，他们似乎是从蒙苏里公园跟在我们后面飞奔过来的。虽然我们周围的景色都颜色鲜明——绚丽的花朵、俗艳的户外休闲服——我的心灵之眼却注视着棕褐色的怀旧影像，那是1865年前后的第二帝国。

影像里有崭新的林荫大道，沿道是有阳台的楼房，地平线上是异常熟悉的景象，竖立着许多像教堂的塔楼一样的烟囱。我的大脑从左拉和巴尔扎克的小说中、波德莱尔的诗歌中、拿破仑三世和奥斯曼的官方摄影师查尔斯·马威勒（Charles Marville）的照片中，点中、拉取一幅图像。我几乎能从中嗅出第二帝国新兴资产阶级那蓬勃的、贪婪的欲望。成千上万的农民涌入城镇，在烟囱之间谋生计，他们的悲惨遭遇还带着卷心菜的气味，但资产阶级的贪婪就像香水，足以盖过那种悲惨的气味。在19世纪60年代的巴黎醒来会是什么样的感觉呢？只见一座新城市一夜之间拔地而起，不仅有崭新的道路和大楼，还有蒙苏里和柏特－休蒙这样的公园，还有新的精神、新的生活方式——现代人诞生了。

艾莉森用力拉了拉我的手。天气太热了，我们不能就这么闲站着等一列也许永远不会出现的蒸汽火车。我们在远离湖岸的地方找了一块阴凉地。一座造型优美的吊桥跨过绿莹莹的水面。几座石造的尖峰从湖心拱出。其中的一个尖峰顶端筑有一座悬空的有柱廊的神庙，我们身边是几群吵吵闹闹、划着漏水的小船的少年，那座神庙就在我们上方，距离我们至少有100英尺。一道瀑布在岩洞中隆隆作响，水雾透过岩壁的裂缝飘出来。假山上溅出的水花汇成了激流，冲刷出一个个凹槽，住在附近的孩子们在凹槽里玩着色彩斑斓的万花筒。忍受阳光炙烤的怪人们从湖里扯出体形硕大、懒洋洋的食泥鱼，又把它们在蹒跚学步的孩子们的面前晃来晃去，孩子们惊讶得瞪大了双眼，然后怪人们又把鱼扔回湖中。天鹅和鹅悠然游过，对着雪花般飞来的走味面包屑哦哦、嘎嘎地叫着。在阴凉的细流中，我们避开鹅群，让双脚享受了一阵清凉。艾莉森大声问道："这么多年来，有多少城市里长大的孩子和像我们一样感觉炎热困顿的大人在这座公园中得到了放松？"

对于柏特－休蒙公园的历史，我从公园的展板、旅行指南和法国文学作品中得到了一些模糊的印象。比如说，我知道这个地方过去叫"荒山"（Chauve Mont），一座光秃秃的山。因为土壤中含有石膏和黏土，种下去的蔬菜长不起来，所以，当这个地方被改建成公园的时候，人们运来了成吨的马粪肥和表层土。我记得，几乎就在同一时间——19世纪60年代，第二帝国的鼎盛时期（Grand Siède），修建柏特－休蒙公园的同一班规划师、建筑师和设计师们在布洛涅森林（Bois de Boulogne）、文斯森林（Bois de Vincennes）、蒙苏里和二十几个城市广场施展了他们的魔法。当时，浪漫的英式园林和充满异国情调的亚洲园林正大行其道，我推测，公园里那蜿蜒曲折的小路、刻意布局的小树林和外露的石块，就都源自当时的风尚。和每个读过法国历史的人一样，我偶然读到了一些故事，其中的大部分都不够准确。我读到了"蒙特福孔绞刑架"（Gibet de Montfaucon）的故事，也就是建在附近斜坡上的一个绞刑架，从中世纪到文艺复兴时期，无数的男男女女在那里被绞死。当然还有关于血腥镇压巴黎公社成员的传说。1870年，皇帝从凡尔赛派来了军队，公社成员们就在柏特－休蒙抗击这些反革命军队。他们遭到杀戮，并被埋葬在柏特的草地上，或者遭到焚尸。

但是当我们坐在树荫下，在溪流中晃荡着双脚的时候，我们已经看不见、听不到，也感觉不到在这座公园里上演过的暴行。笼内的孔雀在绿草如茵的小山上鸣叫，孩子们尖叫着，少男少女在拥吻。我想我听到了那列老式蒸汽火车的呼啸声，那声音在克里米亚路（Rue de la Crimée）下方的狭窄通道回响。但是我觉得脑袋昏昏然，惬意非常，不愿意爬上斜坡去看一眼。

炎热的天气、夏日花园的香气、呢喃的水声让我出了神。我带着那种眩晕的感觉回了家，那种感觉令我对这个公园产生了强烈的好奇心，驱使我翻开了几本关于巴黎、第二帝国，特别是柏特－休蒙的参考书。很快，我发现了一些耐人寻味的事情。比如，这个公园的尖峰是模仿第二帝国上层阶级人士（和包括莫奈在内的画家们）最喜爱的度假胜地埃特勒塔（Étretat）[①]的悬崖而造。根据参考书中的信息，我还确定了尖峰顶上的西布莉神庙是位于罗马附近的蒂沃利（Tivoli）[②]的自然女神神庙的翻版，

---

① 埃特勒塔是法国西北部的一座海滨小镇，被誉为"法国第一海岸"。白色的悬崖、雄伟的象鼻山和奇特的针峰，是埃特勒塔三大标志性景观，法国著名画家莫奈曾以这三大景观为主题，创作了大量作品。
② 蒂沃利，意大利中部城市。

庙里供奉的是灶神。我注意到湖上有长达 120 英尺、高达 35 英尺的吊桥，还有另外一座较短的桥，连接神庙和公园上部区域，被称为"自杀之桥"。长久以来，这座高达 70 英尺的桥都对失恋的人有独特的吸引力，他们纷纷在这里做自由落体运动。我还偶然发现了另一则珍闻，公园中最不起眼的几座桥是古斯塔夫·埃菲尔（Gustave Eiffel）建的。各种统计数据显示，在 25 英亩的草地、3.3 英里铺有路面的道路和 1.5 英里的曲径上种有大约三千两百棵树。据我估计，树木的实际数量应该是这个的三倍，大约一万棵，不过很多人会对我的看法不以为然。在这些草木之间，许多建筑拔地而起——有些看起来无伤大雅，有些则滑稽可笑——还有一些新哥特式、新文艺复兴式、中英结合式和仿瑞士风格的园林建筑，这些都是 19 世纪晚期典型的折中主义产物。

虽然奥斯曼男爵总揽全局，掌控第二帝国治下的巴黎的改造任务，但是公园的真正建设者是让-夏尔·阿尔方（Jean-Charles Alphand），他既是工程师，又是公共工程设计师，他的左右手是景观设计师爱德华·安德烈（Édouard André）和建筑师加布里埃尔·让·安托涅·达韦奥德（Gabriel Jean Antoine Davioud）。他们创造的几座大公园由超现代化的巴黎环城蒸汽铁路连接起来，而且在人们看来，这几座公园远非改造工程这么简单。比方说，柏特-休蒙的几个废弃矿场后来划归贝尔维尔（Belleville），它已经变成了贝尔维尔的垃圾场、杀马屠户的露天屠宰场，还有谋杀犯、强盗和文学作品中侠盗亚森·罗宾

（Arsène Lupin）<sup>①</sup>式英雄的藏身之所。

表面上看来，拿破仑三世委派他的手下修建柏特－休蒙公园、蒙苏里公园和城中的其他绿地，是因为1867年举行的国际博览会。但是，他们口中的这些"大众绿洲"最主要还是社会工程的一个实验项目，超现实主义作家路易·阿拉贡在他的奇书《巴黎农人》中称这些园林是"人造天堂"。阿拉贡和其他人都认为，在绚丽的新巴黎中，这些新公园和林荫大道一样不可或缺。它们是崇尚家长制的资本主义时代中的安全阀，它们的建设要依赖于移民劳工。每片叶子、每座经过景观美化的小山和潺潺的流水都被精心设计过，目的就是要超越自然。在公园里待上几个小时，你就能明白其中的道理。帝国的工蜂们大多是迁移到城里来的法国乡下人，或是忍饥挨饿的意大利人，他们更能承受工厂的压力、过分拥挤的城市，接受失去心爱的森林和土地的现实。所以，这些抚慰人心的绿地实际上是剥削的工具、一种镇压革命的麻醉剂？

从我最喜欢去的地方——巴黎东北方向的拉雪兹神父公墓，越过梅尼蒙当（Ménilmontant）和贝尔维尔街区，只要半个小时的路程就能走到柏特－休蒙公园。所以，闻够书香，满足了对拿破仑三世和他那些邪恶的游乐园的好奇心之后，我和往常一样到墓园里走了走，然后又急切地跑回柏特－休蒙公园去看了一眼。对我来说，在巴黎市的人造天堂之中，这座公园令人叹为观

---

① 亚森·罗宾，法国作家勒布朗（Maurice Leblanc）笔下的侠盗。

止，风景最美、景致最迷人。我想在对它有所了解的情况下再看看它。这座由独裁者构想的、仿佛迪士尼幻想乐园原型般的公园，如今是否仍和当初我对这位皇帝的秘密毫不知情时一样迷人？

"我们在这个用欲望搭建起来的布景中走走吧，这个布景里尽是令人想入非非、心荡神驰的事物……"爱故弄玄虚的超现实主义者阿拉贡在描写柏特－休蒙时写道。"布景"（décor）这个词选得好：当我再站在人工洞穴中或水声轰鸣的瀑布边，我能看出那些钟乳石和人造石径上的仿石栏杆一样，都是用混凝土浇注出来的。但是它们的表面覆盖着鲜嫩的苔藓，而且看起来非常有年代感，所以，我还是打从心眼儿里觉得它们很讨人喜欢。

从西布莉神庙望出去，周围的景致一览无余，但是我看到的东西都是杂乱无章的——有蒙马特区那庸俗的圆顶和东北方向天际线上的庞丹（Pantin）住宅区。这不是为了取悦游客而设计好的景象，但是我却觉得别有一番趣味。这是社会工程的又一实例，根据20世纪60至70年代的法国总统乔治·蓬皮杜提出的构想而设计。往下瞥一眼尖峰底部周围的湖面，我注意到在尖峰那丑陋的混凝土底座上，水管都缠成了一团。

这是《奥茨国的巫师》（Wizard of Oz）的演出幕布正在拉开吗？我感伤地想。

我顺着浇注混凝土的台阶拾级而下，穿过人工洞穴，最后坐到一群絮絮叨叨的钓鱼者身边的绿色旧长椅上。

"不，我们不抓沙丁鱼，"当我和他们聊起钓鱼时，其中的一个人开玩笑地说，"我们抓的是白杨鱼、鲤鱼和梭子鱼，而且我们都知道其中一些鱼的名字啦，我们还知道那只鹅的名字，哦，它的名字叫乔乔。"

这显然是他们经常挂在嘴边的话，钓鱼者们都轻声笑了起来。他们解释道，因为他们每年都从养鱼场买鱼，把湖里撒满鱼苗，而且按照法律规定，只有他们有权钓底层鱼类，所以他们要多了解就有多了解这些鱼。

又是假象，我叹了一口气，意识到这些可怜的笨鱼在日复一日地咬同一帮钓鱼者的鱼钩，上钩，又被放掉，直到它们年老死去。湖边小路的景致和神庙顶端一样，无论从高处还是低处望去都美得令人目眩，但是，当我顺着经过精心布局的小路在湖边绕着走的时候，当我在独裁者的宠臣们设计的华而不实的咖啡馆中品尝饮品的时候，那令我备感亲切的，不仅仅是过去那些上了当的移民劳工，他们曾在做完苦工之后到这里来休息。实际上，我喜欢的还有钓鱼者们放到湖里的白杨鱼、鲤鱼或梭子鱼。我喝了一口咖啡，想道，也许，正是因为我热爱的柏特－休蒙公园、蒙苏里公园和其他第二帝国的公园完全是人工建成，雕饰的痕迹是如此之重，所以我才会在他们棕褐色的魔法钓钩、渔线和铅垂前一再上钩，谁让我就生活在巴黎——幻觉艺术的世界之都呢？

# 到地底去

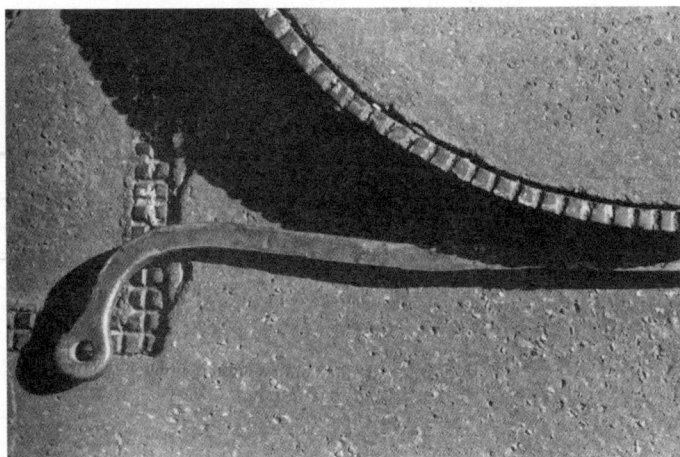

井盖、工具和影子，1991

通过我，进入痛苦之城，

通过我，进入永世凄苦之深坑，

通过我，进入万劫不复之人群……

——但丁《地狱篇》，地狱之门上镌刻的文字


　　一切都是从两个貌似毫无关联的地下活动开始的。第一个是我们的常规活动，去看看我们的地窖有没有破损。有记录显示，我们在玛黑区住的建筑正门是在 1784 年圣保罗大教堂附近社区改造时安上的，但是这栋建筑物的建造时间要追溯到 1630 年前后，其中的房基和地窖的则是更久以前就已建成。它悬在圣凯瑟琳修道院（Sainte-Catherine-du-Val-des-Ecoliers）上方，该修道院于 13 世纪建成，如今早已被拆除。

　　你得用一根筷子和一把钥匙才能打开我们的地窖门。然后顺着一段很陡的朽坏的楼梯走下去，走进几个世纪前，走进白垩覆盖的泥泞的巴黎的下腹部。维克多·雨果用"卢泰西亚，淤泥之城"（Lutetia, City of Mud）来称呼这座曾经的古代罗马帝国统治下的高卢城市。我点燃一根火柴，每走一步都能听到蛛网在嘶嘶作响，推开腐坏的木门，走进我们的地下储藏室，挖出了一个

工业文明以前的烛台。在闪烁的烛火中，我发现那块我从未注意过的砖石上有一道裂缝。当然，我没看到里头有什么东西——完全是漆黑一片，但想象自己到了冥界。

罗马时期建成的从卢泰西亚到默伦（Melun）的主要道路——也就是现在的圣安托尼路（Rue Saint-Antoine），它长达几百码，直达我们住处的南边。从13世纪到18世纪70年代的五百年间，那座修道院都屹立在此。这附近的老住户们告诉我，从我们的酒窖到地下墓穴、矿场和早已消失无踪的堡垒，一路都是暗道。

"在巴黎地下有另一个巴黎，"我的一个邻居，一位古生物学家引用雨果的话，吟诵道，纪念已被埋葬的卢泰西亚。当我站在地窖中，脑海里回响起这位古生物学家的话，后背顿时一阵酥麻，一股畅快的感觉传遍全身。

吹熄了蜡烛，我跳进时光隧道，进入这座罗马时代的高卢城市，然后钻来钻去地进入散发恶臭的中世纪，进入奥斯曼男爵和冉阿让①生活的时代，占领期的法国抵抗组织战士们和他们的地下网络又缓缓地重现在我们眼前。最后我们爬了出来，这也意味着我们爬回了舒适平庸的今日生活。我把蜡烛重新点燃，把一些腐烂得挺彻底的废弃物从地窖拉进了垃圾堆。

在这次奇妙旅程的不久之后，我在附近的孚日广场（Place des Vosges）的拱廊下散步，决定要走进一家摆满乱七八糟东西

---

① 雨果的《悲惨世界》中亡命天涯的主人公。

的商店。我从这家商店门前经过不下千次，但只进去过两次。和蔼可亲的店主皮埃尔·巴尔梅斯（Pierre Balmès），古董钟表方面的行家提醒我，他从1949年起就开店做生意了。搬到这里来的时候，他发现了一件稀罕事：这个广场上有几个一模一样的展览馆。他说，这几个展览馆是在1605年至1612年间建起来的——这尽人皆知。但是没几个人注意到，孚日广场北翼就盖在杜尔纳尔皇家城堡（Hôtel Royal des Tournelles）地窖的上面。这座城堡建于1388年，1563年凯瑟琳·德·美第奇皇后（Queen Catherine de' Médicis）一声令下将其摧毁。"当我注意到那扇看起来像天窗的门时，"巴尔梅斯描述，"我正在打扫地窖的地板……"那扇门通向底下另一个圆拱状的石洞，石洞里充满历史的残骸。

巴尔梅斯的话令我觉得难以置信。我们家离这里只有200码远，他的地窖会不会像鼹鼠洞一样连着我们家下面的地窖？

强烈的好奇心令我不可自拔。接下来的日子里，每走一步我都是盯着脚下而不是往上看。我往楼梯井里看，到教堂里找，想看看他们有没有地下墓室，检查道路施工现场、排水沟和水井。慢慢地，我开始对地下遗址了如指掌，心中有了一幅巴黎地洞图，其中包括但不限于下水道和地下墓穴这样的典型地道。

在我的名单上有夜总会、超市和商场、水库、参议院大楼、电影院、剧院、泳池、地下墓穴、水井、坟场、矿场、酒窖、六家博物馆、百货商店、河流、地铁、密道、运河，以及几十条火车线路、一间美轮美奂的新艺术派公共浴室，等等。

先把话说清楚：我从来都不是迷恋地下世界的人。但是有两点一直让我对地下的巴黎着迷：地下世界就像夹心蛋糕一样，能真实地展现层层叠叠的文明，它是由千年来的高卢建筑、罗马统治时期的高卢建筑、中世纪建筑、文艺复兴时期的建筑和一些现代建筑糅合而成的油酥千层糕（mille-feuille）；而且它还承载着与之相关的传说。

不过，最吸引人的也许是我遇到的那些为这座被埋藏起来的大都市而痴迷的人。比如，成千上万的法国人（大多是年轻人）花了无数的时间，手脚并用地探索巴黎城中长达 175 英里的废弃石灰矿场。这座地下城就像人人皆知的瑞士格鲁耶尔干酪（gruyère）一样疏松多孔，维克多·雨果的比喻比我更生动，他把它比作海绵。人们把巴黎的探洞怪客们叫作"地下探险者"（cataphiles）——热衷于探索地下墓穴的人。因为这些矿场自 1955 年起就禁止进入了，所以"地下探险者们"就和一支专门的警察小队玩起了无止境的猫捉老鼠的游戏，这支警队是防暴干预大队（BDIC），警队成员的绰号是"地下警察"（cataflics）——专管地下墓穴的警察。

穿上救生装备，套上橡胶靴子，带上防水包和强力电筒，"地下探险者"们会想尽办法钻进像肠子一样盘根错节的矿场通道和泡在水里的闸室，这些地方都在距离这座城市表面达一百多英尺的深处。这里是鼹鼠的天堂，气候、光线和温度——50 至 55 华氏度——从未改变。他们开毒品派对，举行令人毛骨悚然的幽冥仪式，把自己当作歌剧中的魅影或者逃避宪兵的冉阿让。

他们用天然的岩墙凿刻出桌椅或整座地下剧院，举行秘密会议并拍摄电影，挖掘城市地下电网获取电力供应。每当尸骨从上方的墓园坠落到黑暗无光的隧道中时——比如在拉雪兹神父公墓或蒙帕纳斯公墓时——狂热的"地下探险者"们会英勇无畏地从朽骨堆上爬过。头骨是很受欢迎的战利品。

我一直很好奇，"地下探险者"是被误解的浪漫主义者，还是脑袋不正常的蠢人。不管他们属于哪一种，当中有些人是互相敌对的乐队迷，穿着角色扮演的服装——包括纳粹军服。大部分人有故弄玄虚的绰号。他们经常躲过"地下警察"在388个已知的矿场入口安装的金属条或钻通混凝土砖墙，有很多矿场入口是在废弃的铁路隧道中。他们有时候会用炸药打开新的入口。为了避开"地下警察"或其他"地下探险者"，他们会投掷烟幕弹，然后消失在地下迷宫中。有些人会几个小时甚至几天都找不到出路。有些人会受伤。当然，还有些人会在地下丧生，比如菲力拜·阿斯贝（Philibert Aspairt）——1793年，这位迪瓦勒－德－格蕾丝女修道院的看门人进入地窖去取一瓶酒，他走错了方向。十一年后，人们在今天的亨利·巴比塞路（Rue Henri Barbusse）的地下找到了他。从此，那个地点就成了"地下探险者"们的圣地。

神秘，危险，拒绝服从，渴望找回丢失的、隐匿的、逝去的东西——这就是许多巴黎探洞怪人的动机，他们是互联网时代的异类，因此即使他们算不上讨人喜欢，但也算是非同寻常。

但是，有一天，一位曾长期担任 BDIC 指挥官的警察告诉我，那些想要临时加入"地下探险者"行列的人要知道，有些愤世嫉俗的老手会用他们的烟幕弹吓走初来乍到的游客，并让他们迷失方向。老手们有时还会用戏弄的方式表达他们的亲昵之情，新来的人的手电筒和衣服会被抢走，被孤零零地扔在望不到头的黑暗中啜泣。"如果这还不够让你泄气的话，"指挥官的继任者对我说，"大自然的力量总会让你知难而退。"真正的幽闭恐惧是让人不好受的，但是比起细螺旋体病菌来说，这还是小巫见大巫，那是一种可能致人死命的疾病，鼠尿中会携带这样的致病菌。因此，在冒险进入卢泰西亚城那泥泞的内脏部分之前，懂行的"地下探险者"们会注射疫苗，防止这种疾病。"小心为妙。"地下警察们说，他们的口吻听起来就像是但丁的地狱中注定没有好结果的占卜。

大部分的地下玩家——也就是你和我这样的人——会在"地下墓穴"（Les Catacombes）开启和终结他们的巴黎地下之旅。你最好还是花点时间读一两页《悲惨世界》，或者看看菲利克斯·纳达尔（Félix Nadar）于1861年拍下的超凡影像，他的照片记录下了这个离奇古怪的世界——事实上，为了永久记录巴黎的下水道和地下墓穴，纳达尔发明了闪光摄影术。开始地下之旅的更好地点是在默默无名的"地底挖掘遗迹"（Crypte Archeologique），它位于巴黎圣母院教堂前的广场上。大家都认为这里是个乏味的遗迹展示处，只是灯光照明设计得很巧妙，不过，这里让人们了解到巴黎从前罗马时代至今的缩略史。你会看到这座城市在从西岱岛向外延伸的过程中各个时期的地图和实物模型。其中有罗马时期的道路和房屋中的房间、中世纪的楼梯和水井，还有 19 世纪排水隧洞的蛋形部分。这个地穴是一个大杂烩，它提示人们注意这座古老的、被重写的城市底下埋藏的真正宝藏：那就是对过去的了解和对当下的理解。

你可以在克吕尼博物馆（Musée de Cluny）继续罗马至中世纪的历史之旅。克吕尼博物馆建在罗马时期的浴场之上，冷水浴、温水浴和热水浴的房间依然在那里，周围是一片废墟和许多考古发现。在地穴和克吕尼博物馆之间相距几百码，这段路上有好几个经历了几个世纪的左岸地窖，都向公众开放。最容易进入的地窖位于有名的（或者说是臭名远扬的）玉榭墓穴（Caveau de la Huchette）和地牢墓穴（Caveau des Oubliettes）下方，这两个地方都是红灯区。从这里往下，你会走进光怪陆离的地穴，在古老的拱顶下，多少令人难以形容的可怕行径——拷打、囚禁和处决——都曾每日在此上演。玉榭墓穴中甚至还展示着一具骷髅和一条残破的贞操带。往西四分之一英里处，另一条贞操带藏在路易十三饭店中用扶壁支撑起来的地下室里，这家店建在如今已不复存在的大奥古斯丁修道院（Grands Augustins convent）上面，这座修道院中的成员们大概都非常熟悉这些古怪装置。

在断断续续地搜寻与巴黎地下相关的信息的过程中，我发现，拉丁区里成百上千的洞穴之间过去都有秘道相连，其中的一些秘道通向圣日内维吾山（Montagne Sainte-Geneviève）地下的废弃罗马矿场，如今的圣日内维吾山山顶是先贤祠。在第二次世界大战中，纳粹党和抵抗组织战士们都曾在这些通道中匆匆奔跑，20世纪50—60年代，电影制作人们在这里展示了他们的"地下"电影——据那些至今仍在世的参加者称，那里很闷热，简直是令人生畏的折磨。如今，在巴黎的年轻人中，英语的"地下"这个词又被赋予带有颠覆性、绝妙、时尚或新潮的意义，这在某种程度上是因为，过去的秘密电影拍摄在21世纪初又突然兴起，组织拍摄这些秘密电影的是一群带有无政府主义特质的神秘人物，他们是抱有古怪政治目的的"地下探险者"。

在最受欢迎的巴黎地下景点中，卢浮宫的卡鲁塞尔厅展示了查理五世的护城河和城墙附近的地底风光——圆塔的底座和倾斜的壁垒排成了一条迷人的直线。不过，从审美感受上来讲，我最钟情的还是在博韦酒店（Hôtel de Beauvais）下方和建于16世纪的玛黑历史学会总部（Marais historical society），也就是乌斯康宅邸（Maison d'Ourscamp）下方的地穴，这两个地方都位于弗朗索瓦·米龙街（Rue François Miron）。哥特式拱顶结构和优美的圆柱支撑着建于13世纪的大修道院，现在修道院已被拆除。每两个地窖之间都有一口井，在19世纪中期，奥斯曼男爵和他的水务工程师欧仁·贝尔格朗（Eugène Belgrand）来到之前，巴黎房屋都有这个特征。

想知道贝尔格朗设计的下水道和供水系统多么具有变革性，你只要尽量想象一个肮脏、疾病横行的巴黎就行了。当时的地下水和塞纳河都受到污染，垃圾遍布河道，每年都有成千上万的人因水传播的疾病而丧生。维克多·雨果或许曾为这个充满热情，但却散播着疾病的城市的逝去而哀悼，纳达尔则不然，他的黑白照片展示了贝尔格朗设计的宽阔、非常对称的沟渠。今天，这些沟渠和19世纪50年代刚建成时基本上是一样的——它们整齐，干净，没有半点浪漫主义的色彩，也不能让人产生一种病态的甜蜜感——那是雨果喜欢的感觉，他笔下的老巴黎街道的标志就是散发烂卷心菜发出的恶臭。

坦白说，要了解历史背景和工程知识的人，才会喜欢参观下水道。如今，只有位于奥赛码头的下水道是向公众开放的，这部分的下水道长达四分之一英里，只能步行参观。我第一次到巴黎玩的时候，就坐在小船上参观下水道。但是参观下水道的人一般都会被博物馆中的陈列物搞得晕头转向，甚至有作呕的感觉——从防水胶靴到电脑，博物馆的展品无所不包，你还可能会见识到利用重力驱动开挖隧道的奇思妙想、流水潺潺的水沟发出的优美声音，还有褐色瀑布的美态。令人惊讶的是，贝尔格朗设计的装置历经一百五十年却依然能够正常使用，其中包括一些巨大的木球。这些木球辘辘地滚过长达1300英里的排水系统，在行进过程中压碎污物。这个令人厌恶的场面令我的脑海中浮现出20世纪60年代的一部邪典电视剧《囚犯》（*The Prisoner*）中的大魔球形象，和片中的明星一样，我一直都想避开那个球。

在纳达尔拍得最令人毛骨悚然的照片中，有一些不是在地下道中取景，而是1861年在地下墓穴拍摄的。他们将奥斯曼的城市现代化改造运动中的巅峰时刻捕捉了下来：六百万具骸骨堆积成山，其中很多尸骨是从1786年开始由如今的雷阿勒附近的"冤屈之墓"迁移过来的。和罗马的地下墓穴不同，巴黎的地下墓穴是藏骨堂的形式，这一设计是有实际意义的：意在清空大量腐朽分解的无辜者的尸骨——这些尸骨曾冲出墙面，污染周边社区。

这些地下墓穴证明了（如果有必要进行这样一番证明的话），性变态并非现代的专利。在法国旧政权①终结之前，藏骨堂变成了堕落的贵族们约会的地点。阿图瓦伯爵（Comte d'Artois），也就是后来的查理十世，在这里点燃火炬，与凡尔赛宫中的侍女们举行恐怖庆典（fêtes macabres）。到了19世纪70年代，奥斯曼将此地进行消毒之后，这里才正式向游客开放。从纳达尔的照片上，我们看到工人们把那些从十几个墓地扔到这里来的尸骨分类，并堆叠起来（巴黎内城的墓园终于都清空了），用大腿骨、胫骨和头骨修建装饰性的护墙，较小的骨头则扔到护墙后面去。

进入地下墓穴还是一种令人胆怯的体验。这处景点的主入口是在丹费尔－罗什洛广场（Place Denfert-Rochereau），当你顺着广场下方距离地面达100英尺的螺旋形楼梯往下走，保证会觉得头晕眼花。幽闭恐惧症的人就不用尝试了。你会进入长达1英里迷宫般的隧道，这些隧道曲曲折折，通向19世纪模仿但丁的评论者们所说的"死亡之境"。当你的前面和后头都有几百个同行的游客，并排成一列，在滑溜溜的石头上前行时，再加上得知了这些曾经是古代矿场的区域就在前不久，也就是2010年倒塌过，你心里恐怕会不大安心了。脚下的淤泥发出"吧唧吧唧"的声音，这时你在想，灯什么时候会灭，通风系统什么时候会失灵。而且，如果你是我这样的性格，你会先问自己，我干嘛到这

①（法国的）旧政权（Ancien Régime）：法国1789年大革命前的社会和政治体系。

儿来瞪着几百万具摆得奇形怪状、年久斑驳的骸骨看。

显然，我是属于少数的神经质人群。每年有大约二十万游客把地下墓穴围得水泄不通，这些墓穴让他们爱到不行，闪个不停的相机和回荡的靴子声就是明证。如果你能有那么一小会儿时间，静静地思考这个令人不安的殿堂的重要性——你就会想到收入微薄的矿工们付出的辛劳、启蒙主义思想家和工程师们的技术天赋、六百万被遗忘了的无名先辈，也会想到美好时代早已一去不复返。当我爬出洞穴时，一位安保人员正在检查背包。一颗被盗的头骨在桌子上可怜巴巴地盯着我看，一个傻乎乎地咧嘴笑的年轻人正在拼命地为自己开脱责任。"这是常有的事儿，"保安在被我问到的时候，叹了口气，"你一定会问……"

参观完地下墓穴，再去看滋养生命的圣马丁运河地下部分，那里的生机会令你稍觉解脱。你可以在和巴士底码头相邻的阿森纳码头坐上一艘河船，然后悠悠闲闲地漂向维莱特，途中你只要抬头看，就能看到绵延数英里的拱顶，那是奥斯曼设计的——除了他还能有谁？不过，我们首先还要给伟大的拿破仑皇帝记上一功。是他下令将运河建造成开放的水道。那位冷酷无情的男爵——从 1830 年的大革命来看——担心不受约束的巴黎人再把这条运河当成防御用的护城河，因此他给运河加了顶，让巴黎人趁早打消念头。好在今天的游船和游艇都能在这条运河上巡游，它那血腥的过去早已不再有回声。

另一个绝佳的地下景点是市政厅百货公司（Bazaar de l'Hôtel de Ville, BHV）的地下室，那是一个无敌的灯神阿拉丁才能创造出的金属洞穴，现在它也有了自己的地下咖啡馆——布里科罗咖啡馆（Bricolo）。在玛德莲娜广场（Place de la Madeleine）隐藏着可能是巴黎最美丽的新艺术派作品公厕。公厕的每个隔间都有精雕细琢的木板、黄铜和镜子、绘有花卉图案的壁画和彩绘玻璃窗。在这里，如果你唤醒了沉睡的"小解夫人"（Madame Pipi）——比如，卫生间的管理员，那么你也许就能像真正的19世纪末期的女士或绅士一样梳洗打扮一番了。

　　当然，在巴黎的地下世界里，最伟大、最有用的东西还是1900年开通的地铁。巴黎地铁最深的几个站是在去蒙马特半路上的阿贝斯站（Abbesses），以及在西岱岛上，同名的西岱站（Cité）。不过，从玛德莲娜广场开始，途经弗朗索瓦·密特朗下令建造的国家图书馆，这段由地下道组成的地铁线是令人叹为观止的奇迹、后现代的浩大工程，似乎是为了证明以前的几个世纪不能占尽所有的风头。你坐在玻璃扶梯中，缓缓降入洞穴似的过道，然后下降到站台上，站台上的玻璃屏障会防止乘客坠落到轨道上。巴黎地铁是无人驾驶的。它的路线穿过了玛黑区。每次乘坐地铁时，我都会不受理性控制，决意搜寻巴黎的历史印迹，这些印迹就埋藏在我家那落满灰尘、长霉的地窖的不远处。

# 孚日广场

孚日广场，1995

我们置身于旧盔甲、旧织锦、旧花格镶板、冰冷的旧桌椅和来自旧皇宫的皇家华盖，还有用笨重的金球玩撞柱游戏的金狮之间，这些物件组成了最浪漫的画面，仿佛是从雨果本人作品中的某一章走出来的。

——查尔斯·狄更斯，与维克多·雨果
在雨果的孚日广场公寓中见面之后（1847）

玛黑区的核心建筑孚日广场并非巴黎最大的广场，但是在我看来，它似乎是最具吸引力的。在它的拱廊底下，车流的喧嚣渐渐隐去——嗯，反正广场四面中有三面是被车流包围的——取而代之的是喷泉飞溅的响声。广场上有三十六幢一模一样的楼房，鸽子和麻雀就在陡斜的石板屋顶上对峙。这些楼房的砖石正立面在其他建筑的映衬下也不曾黯然失色，捕获了巴黎天空变幻的光线。人们从老房子旁信步走过，眼睛盯着商店的橱窗。服务生们在拱顶下摆开的咖啡桌间穿梭。广场中央，孩子们受命老老实实在铁格栅后面的沙箱里玩耍着，看护他们的家政互惠生们则在双面长椅上闲聊。

一年四季，我每天至少要到孚日广场走一次，原因很简单，艾莉森和我住在广场西边，我们的住处和广场仅有 200 码的距离。有时候，尤其是在雨夜，这个广场仿佛就是我们的避世之所，一个可以沉思冥想的地方。夏日里，在散发着芳香的椴树下坐着，直到太阳西沉，街灯闪烁，你感觉的不仅是椴树流下的黏液，还有身心都能感受的一种微微的刺痛感。或者，你可以在冬日的一天，当外面的世界大雨倾盆时，在拱廊下从一家商店漫步到另一家光线明亮的商店，思索消费主义是何等的昙花一现。

建筑师和历史学家会告诉你，孚日广场是法国 17 世纪早期都市生活的最佳范例。基本上，它是意大利风格主义和文艺复兴晚期荷兰式样的混合体，将一个巨大的露天市场和四组联排房屋规规整整地结合在一起。房屋的比例是根据人体比例设计的，楼房的屋顶倾斜，四个楼层从地面依次而上，朝天拔起，底层有颇具韵律地连成一排的拱门，往上是高高的法式窗户，然后是屋顶，上有长方形的老虎窗或舷窗形的牛眼窗。时间、自然和人类的癖好及幻想联手，磨圆了广场坚硬的边缘，令本该完美对称的建筑变得倾斜。

这里和熙熙攘攘、外形美丽但却显得冷若冰霜的旺多姆广场或协和广场不同。那两座广场是因酒店、俱乐部和奢华珠宝店而闻名，而这里却总是因人而显得生机勃勃，鲜活灵动，这座广场也因此变成了一个可爱的景点。17 世纪书信体文学和上流社会书信界的女王塞维涅夫人（Madame de Sévigné）——她的著作现在只有法国高中生才会去读——就出生在广场的南面。街对面曾住着周旋于君王之间的名妓马里昂·德·洛姆（Marion de Lorme），委婉地说，她在此遍施芳泽。在孚日广场的北翼，道貌岸然的马雷夏尔·德·黎塞留公爵（Duc-Maréchal de Richelieu）引诱了许多情人，据说后来住在广场的楼房中的每一位贵族小姐都在他的情人之列。道貌岸然与荒淫无度并存，这和今天并无二致。

这个充满决斗者、赌徒故事和流光溢彩的古典风格的地方原名为皇家广场，曾为皮埃尔·高乃依（Pierre Corneille）带来了灵感，他写下了今人难以读懂的喜剧，这部喜剧的名字估计大家已经猜出几分，就是《皇家广场》。即便是第二次世界大战刚刚结束，广场一片颓败的时候，广场上严重烧损的拱门和破烂的后院还是成了乔治·西姆农（Georges Simenon）在《窗上人影》（L'Ombre Chinoise）中描写的神秘谋杀案的背景，后来这部小说被拍成一部邪典电影。

"是蒙哥马利的长矛创造了孚日广场。"维克多·雨果以他典型的沉着笔调写道。从1832年到1848年，雨果住在6号公寓，如今，他的公寓经过防腐处理，变成了故居博物馆。雨果的话可以这么解释：1559年，法兰西君主的苏格兰卫队长加布里埃尔·德·洛尔热·德·蒙哥马利（Gabriel de Lorges de Montgomery）在此地错手杀死了国王亨利二世。这二人当时正在杜尔纳尔皇家城堡前举行马上比武，城堡所在的位置就在今天的孚日广场附近。蒙哥马利的长矛刺穿了国王的面甲、眼睛和大脑。接下来的事情很好理解，为亨利二世守寡的皇后凯瑟琳·德·美第奇（Catherine de' Medicis）开始讨厌这座皇家住宅，最后下令将其拆除。后来的几十年间，原来的主庭院变成了一个马市。1605 年，信奉民粹主义的国王亨利四世（他的名言是"家家锅里有一只鸡"①，让他出名的还有每晚睡在不同的少女床上的行径）——在他的大臣苏利公爵（Duc de Sully）建议下——产生了将这个马市变成广场的想法。这是意大利的新奇玩意儿，在当时的巴黎可是闻所未闻，广场上将挤满能赚钱的织工作坊和精品店。王宫里的人可以远离卢浮宫（或者亨利四世认定的勾心斗角的地方）中的权谋诡计，漫步于此，寻找乐子。大约两个世纪之后，在法国大革命期间，广场由"皇家广场"更名为"孚日广场"，以表彰新政府的第一个行政省——孚日省——向新政府缴纳了税款，由此承认了革命政权。

沉重的大门如今常常紧锁，门后隐藏着许多庭院。有些庭院被改成了袖珍的法式庭园，还有些庭园中则星星点点地散布着各种雕塑。在几个庭园中有工作坊、艺廊或时尚精品店，这些地方也是进入庭园的最简易途径。因为这是个时尚贵族们特别爱来的地方，所以你很有可能会在安博瓦兹餐厅（L'Amboisie）门口遇到脑满肠肥的电影明星、政客和其他新贵。这个跻身于巴黎最昂贵、最自大的星级餐厅之列的地方位于广场 9 号。忍饥挨饿

---

① 波旁王朝的亨利四世在他即位的那一年（1589 年）曾说：I wish that on Sunday every peasant may have a chicken in his pot（我希望星期天每家农民的锅里都有一只鸡）。

的模特们则在附近的三宅一生（Issay Miyake，广场 5 号）的时尚领地外漫步。

就像有钱人家的小男孩一样，这个广场也有它的问题，虽然好像这些问题还不至于危及生命。广场北面是一条直通街道，当地人抱怨这个地方在交通高峰时段的拥堵，还有周末时令人傻眼的旅客人数。几年前，我遇到了这里的一个长期住客，这位经营日本古董艺术品的商人关掉了她的精品店，退到后面的庭院，将店铺改为只接待预约客户的展销店。她声音颤抖、语带厌恶地告诉我，有太多的游客把玩她的那些易碎的收藏品了。几十年来，广场上最遭人嫌弃的就是自称古董商的游商，他们会在拱廊下抖开破布袋，摆出货品（不过那并不是什么新鲜事——从 1758 年开始，这里就实行了第一道禁令，禁止跳蚤市场式的摊位）。

白天还有走来走去叫卖手镯的小贩、街头手风琴师和带着酸麦芽风味的迪克西兰爵士乐队占据着广场，这景象在一些当地人看来是赏心乐事，对其他大部分人来说却非常恐怖。1949 年，古董钟表专家皮埃尔·巴尔梅斯在这里开了一家店，他见证了广场的改造。"有时候我会怀念破败的老孚日广场，"在一个繁忙的周六，他对我说，"那时的广场是那么安静。"唉，钟声敲响，温文尔雅的巴尔梅斯的时光已经逝去，他那如时光隧道般的店铺如今也是一家精品艺廊，里面销售的货品都可以被归为一类——被用滥了的一个词"艺术品"。

20 世纪 90 年代，旅游巴士对广场造成了不良影响，遭到全部居民的联合抵制。经过和管理人员的多次较量，巴士被限定在广场北侧下客，然后再到没那么多风景可看的区域。每隔几年人们就会讨论在这里和周边的玛黑区创建一个步行区的事情；现在，每到周日许多街道都限令非居民车辆禁止入内。建设一个永久性的人行安全岛也许不是什么坏主意，只要蒙马特区那样的大象火车不在此列，而且无车区足够大，能够将在此狂欢的人群的声浪控制在可以接受的范围之内就行。

"我希望这里能变成我的王国。"几年前，一位三十岁的住户告诉我，当时我们正站在他的家二楼——贵族楼层（étage hoble）上。广场上原来的贵族住户一直靠这个楼层赚钱，招待我的主人也在有意无意中强调，我能进入他这间价值数百万欧元的公寓的神圣前厅，一睹公寓另外半边的风采是何等荣幸的事情。"在理想的世界里，除了我之外，没有人能住在这里或者走进这里，"他坦然说道，"这说明你对这个地方有多么依恋。"他回想20世纪90年代初，他和其他的业主要求当权者将公园锁住，只给住户发放钥匙——这个计划引起了民众（包括我在内）的愤慨，令许多人感到担忧。这个广场似乎会令人的心底滋生出这种不民主的情感，这种感觉也许是人们登高远眺时看到的壮丽景色激发出来的，似乎建筑师们在绘制方案时就已带有居高临下的姿态。

广场有几个公众入口（准确地说是五个），但是如果你是第一次到孚日广场，那么只有一条路是最好的选择：走比哈格街（Rue de Birague）。那是一条不起眼的街，按现代标准来看比较狭窄，过去人们把它叫作皇家路（Rue Royale）。过去的四百年间，历代国王、侍臣和无数精力充沛的暴发户都曾步履蹒跚地走上这条路。为了取得正确的欣赏角度，我要做的就是躲闪偶尔经过的车辆，堂而皇之地迈开大步，大摇大摆地走到街中央。广场最北端的是国王楼（Pavillon du Roi），这幢楼是亨利四世为自己而建的，因此它比广场上的其他楼房高出许多。三个拱门中有两个支撑着这栋楼（第三个拱门在几百年前被改成了楼梯井），穿过这两个拱门，你会觉得自己仿佛是自钥匙孔窥见前方的广场。如果你和我一样也是近视眼，那么，当你靠近国王楼，它那带有凹槽的壁柱、镂着花纹的铁艺阳台和交叉的剑、竖琴及代表亨利四世的"H"形雕刻就会映入你的眼帘。老色鬼亨利运气不好，他的形象被永远地留在了浅浮雕上，雕像上的他从拱门远处望向外面的广场，他没能活着看到广场完工。

1610 年，一位刺客在这位国王离开卢浮宫的时候刺杀了他。两年后，年仅十一、说话结结巴巴的路易十三代替亨利四世在这个广场登基。这位国王的名声基本上是来自于他对势力强大的主教黎塞留的顺从。那时，黎塞留已经修建了自己的角楼——就在现在的广场 21 号处。路易十三马上就退回了卢浮宫，他从未在国王楼中生活过。但是他的王宫确实成为皇家广场最引人注目的建筑。亨利四世的得力助手苏利公爵（Duc de Sully）察觉了风向，他最终搬到了圣安托万路的一幢住宅中。他在改造和扩张这幢住宅时极尽铺张，因此这幢住宅从那时起就被称为"苏利宅邸"（Hôtel de Sully）。我们可以从孚日广场 5 号进入宅邸中精心修剪过的花园和橘园（Orangerie）。

一夜之间，玛黑区里联排别墅如雨后春笋般拔地而起，这股热潮一直延续到 17 世纪末（那时，新市区的圣日耳曼和圣奥诺雷变得炙手可热）。因为这个原因，人们一直错把创建孚日广场的功劳归到路易十三的头上。广场中心的公园是以他的名字命名，广场建筑的式样也被称为路易十三风格。甚至连广场中央的骑马雕塑也是微笑的路易，他那像小扫帚一样的胡子直往上翘。而可怜的亨利四世就只有玛黑区的一条平凡大道是以他的名字命名，还有在他下令修建的新桥（Pont Neuf）上的某处竖起了一尊雕像权当纪念。

一些对历史着迷的当地人对眼下的这些不公感到很不忿。不少人很庆幸那些长了几百年的马栗树连成了一道屏障，遮挡住了讨厌的路易十三的雕像。司汤达（Stendhal）的羽毛笔一挥，把这位国王的坐骑写成发育过度的驴子，而不是马。说实话，欣喜若狂的游客们今天看到的是 19 世纪时的粗劣复制品，原来的青铜像已经在大革命中被烧熔。如果你要问，那么我得说这个二流的雕像是广场上最受喜爱的残次品之一，就像 19 世纪建造的拙劣鸟池喷泉或残旧"砖墙"一样——走进细看，你会发现那其实是一个障眼法，是在木头上抹石膏制成的廉价品。有雅量的欣赏者可能会说，广场上的这个老丑角体现了兼容并蓄的特点。

每过几年，一些精神可嘉的完美主义者就会以保持建筑纯洁性为名游说市政府，要求清除这座雕塑和喷泉，将树木连根拔起，推倒路易·菲利普（Louis Philippe）时期的格栅和牧羊人曲柄手杖式的街灯——毕竟这些东西没有一样是 17 世纪早期的产物。这些激进的纯粹主义论者要彻底重建广场，找回当初广场一览无余的感觉。他们成功的几率微乎其微。在巴黎，擅改现存的历史遗迹是非常棘手的事情。这件事情关乎将过去某时代引人注目的史迹摧毁，以凸显另一时代的史迹。迄今为止，重建和修缮工作都只是美化工程。大约四十年前，公园中患病的榆树被换成了被精心修剪过的椴树，以保证广场视角和景观不走样。最近，人们给草坪重新塑形，给喷泉重新铺设水管，还安装了夜间照明装置。自 20 世纪 60 年代初期起，法国政府支付了建筑正立面和屋顶强制性修理的费用中的三分之二。作为交换，一些住户已经被迫关上不雅观的天窗，或者拆掉最近安装的老虎窗和山形墙，这些东西和亨利、路易或者拿破仑都扯不上关系。所以，这些楼房的外观现在看起来就和 1612 年时是一样的。

经历了漫长的岁月和那么多的社会剧变——巴士底狱的大动荡、1830 年 7 月光荣的法国大革命、工业革命、两次世界大战和疯狂的房地产投机，孚日广场奇迹般地扛过了这一切。人们常说，穷时愿守成，富时爱折腾。战后的建设热潮威胁的，不仅仅是这座广场，还有广场周边的整个玛黑社区。20 世纪 60 年代，就在千钧一发的时刻，推土机停了下来，当时的文化部长安德烈·马尔罗（André Malraux）宣布这一社区为历史遗迹。但是，那句关于穷富的格言如果倒过来说也成立：从 1789 年至第二次世界大战，孚日广场的这段历史就是一个逐年衰败的过程。工厂自庭院中涌现，楼房被分割得四分五裂，房内那些有贵族气派的内饰都废弃了。所幸有一些内饰被保存了下来并重新安装在附近的卡纳瓦莱博物馆（Musée Carnavalet）中，也就是巴黎历史博物馆中——如果近几十年来政府没有为广场耗费巨资，那么它很可能已经倒塌了。

跟我参观孚日广场的大部分朋友都很好奇，生活在那些富丽堂皇、难以逾越的大门后面的是什么人。如果你晚上沿着公园的栅栏随便走走，就能瞥见让你心痒难耐的东西：色彩斑斓的天花板、墙上高挂的稀有而珍贵的画作。不过，几年前我发现这里并不仅仅是有钱人的堡垒。亨利四世在1605年制定了建筑守则，规定了建筑主题，并指定这些楼房只能由各大家族以独栋的方式购买——想必这些家族都是血统优良、历史悠久，配得上在皇家广场居住的名门望族。这条不同寻常的法令直到20世纪60年代依然有效，因此广场上还有一些归独户所有的楼房，这些楼房是业主们在19世纪或20世纪初广场荒废的时候买下的。有些楼房在很久以前就被分隔成了许多廉价出租的公寓。还有些楼房的住户直到今天依然是那些曾经富有的世家后代，他们依然有上流社会的派头，但也只能拮据度日。他们凌乱的公寓就像是从左拉的小说中搬出来的。我永远不会忘记，有一次我到其中一家去做客，这家的主人带我从下陷的地板上走过。这家的主人没洗脸，没刮胡子，脾气暴躁，他满脸怒容地往破窗外面看，恶狠狠地抱怨自己继承下了这样的家业。"你觉得这漂亮，"他反反复复地大声说着，"你喜欢这种景色？我讨厌这里，我讨厌这房子……"

过去四十年间，许多贫困潦倒的继承人们将公寓零零碎碎地卖了出去。几十年前只值一点小钱的房产如今卖出了令人咋舌的总价。带有"贵族楼层"的公寓现在是最值钱的，价值高达七百万美元。

其他的楼房已经"国有化"，被小学、维克多·雨果博物馆和德系犹太教会堂接管，这解释了为什么有很多小孩子、抓着《悲惨世界》的游客，还有隔段时间出现的参加犹太婚宴的人群，都会在椴树下或者喷泉前对着镜头搔首弄姿。

在孚日广场的社会等级中，居民们依然会以独栋住户或单间公寓分类。对于一些有来头的家族来说，前文化部长雅克·朗尽管拥有带贵族楼层的别墅，却还是一个卑下的暴发户（petit arriviste）—— 一个攀附权贵的人。广场上住满了追求时尚的居民，不过，正如一位自认运气亨通的居民对我说的那样，称这个广场"时尚"是不合适的。"时尚是浅薄、唾手可得而肤浅的东西，"他晃动着戴满珠宝的手指，用王者的口吻打趣道，"孚日广场是一个复杂昂贵的地方——与世隔绝的清净地。"

有几次，我到巴黎的一个最成功也最富争议艺术品拍卖商家中做客，这位世家子弟为人和蔼可亲，他的家族自19世纪初就拥有整栋楼房。在他的二楼房间中散乱着无价的古董和艺术品。他面无表情地告诉我，这里还闹鬼。这幢楼的第一位主人，贵族昂克尔元帅（Maréchal d'Ancre）于1617年在楼内某处被维特里男爵（Baron de Vitry）谋杀，他的鬼魂在此出没。这位拍卖商的生活方式是完全现代化的。他请一位塞内加尔艺术家将有横梁的天花板重新粉刷了一遍。餐厅看起来就像是儒勒·凡尔纳书中的场景，厅内有奇怪的弧形金属片装饰的屋顶。"我喜欢混搭。"他告诉我。

　　这位拍卖商谈到了古迹修复、时尚、纯洁化和折中主义，他的说法很有说服力。他还想到了如今住在一个渗透着历史的古迹中的意义。"其实我很喜欢建在那里的 19 世纪的小公园，喜欢它有点残旧、古色古香的样子，还有马栗树的 bouquet（芳香）。"最后，他用自己那一行特有的干脆口吻说道。他特意用了"bouquet"这个词。"那是一幅孩子气的画面—— 一种亨利·卢梭式的天真气息，"他继续说道，"但我觉得它还是很美的。"仿佛是为了呼应他的话，一位穿着整洁的保姆从楼下的拱廊中现出身影，转进了公园，她那蓝色的婴儿车推散了鸽群和秋天的落叶。我同意他的说法，那是一幅迷人的纯真画面，就镶嵌在一幅杰作之中。

# 腹痛：重返雷阿勒区

雷阿勒，1999

……体现了 20 世纪末现代性中最糟糕的一面……

——《纽约时报》

　　雷阿勒区（Les Halles），历史悠久的市场区。19 世纪中期，如日中天的小说家埃米尔·左拉将这里称为"巴黎的中腹"，这个昵称一直沿用到今天，但这个地方将会在未来几年内脱离 20 世纪 70 年代的形象。变成什么样，还没人搞得清。2004 年，这里举办了面向公众的建筑大赛，这显然是为了让这里的建筑群达到欧盟的安全标准，但是大赛的结果并不令人满意。让·努维尔和雷姆库哈斯（Rem Koolhaas）提出的花哨的设计没有入选。没有人"胜出"。在那之后，名气相对较小、被《纽约时报》描述为"没有牙齿的建筑傀儡"的大卫·曼金（David Mangin）很有勇气地咬紧牙关，扮演起了"督导"的角色。在巴黎市长贝特朗·德拉诺埃警惕的眼光下，曼金执掌了雷阿勒市场（Forum des Halles）购物商场的地下部分、附近公园和巴黎快铁通勤列车站的改造工程。

　　但是，经过多年的研究和政治博弈之后，定于 2010 年开始的工程却屡次遭受重创，这些打击有时是来自地区规划委员会或者法院，有时是来自于义愤填膺的社区协会。我觉得这种让人意想不到的大起大落很有意思，我也因此找到了重访这一街区的理由。不过，这次我要带着新的眼光，用绝对谨慎的脚步去走，去看。

从还是批发市场时起，冷酷的雷阿勒区里一天到晚都有超过一万三千人在干活。其中包括几百个一天到晚充满污言秽语的"堡垒"（forts）——体型粗壮的搬运工要在这里混碗饭吃，这个地方也因此闻名——他们用手推车把440磅重的货物推过机棚，而这些机棚有五个足球场那么长。今天的雷阿勒则是一个广阔却平淡无趣的区域，区内都是映衬着混凝土的玻璃大厦。这里的重建工程预算高达十亿美元，施工需要多年时间，不是一个城市美化的小工程。

整个雷阿勒街区占地面积只有25英亩，但是巴黎没有几个地方像这里一样，肩负如此重大的象征意义。维克多·雨果将《悲惨世界》中的暴乱场景设定于此，从那以后，每位值得注意的法国作家或诗人至少都曾以点头的方式朝着雷阿勒致敬。当乔治·蓬皮杜带领的戴高乐主义政府在1969年明目张胆地将雷阿勒批发市场搬到郊区的汉吉斯（Rungis），两年后又将市场中由铁和玻璃构成的巴尔达展馆（Baltard pavilions）拆除，约三十万巴黎人的生计受到了严重影响，几百万只家鼠都被赶得四处逃窜。来自不同政治派别的法国人都在呼吁，称这是一场血腥的谋杀，他们像1789年、1830年和1968年的先辈那样走上街头游行。他们控诉的非法房地产投机包括雷阿勒地区和其他"开发"计划，结果是戴高乐主义者们在1974年的选举中败北了。自此，政客们就对这块街区小心翼翼地绕道而行。

在城区拆迁时，专爱揭人丑闻的史学家路易·沙瓦利埃（Louis Chevalier）在他的著作《夺魂巴黎》（L'Assassinat de Paris）中写道："雷阿勒就是雷阿勒，但它更代表了巴黎本身。"

许多巴黎人至今还记得当时的丑闻和骚乱。人们怀念巴尔达设计的雷阿勒，厌恶代替旧雷阿勒的事物，这一切至今依然真真切切。二十年间，市场建设造成的一片乱象变得更加明显。这也就是为什么曼金的名声和德拉诺埃的政治前途——他本有望参选总统——会取决于这项工程的成败。如何在避免过度扰民、按照工期和预算安排的前提下改造雷阿勒？这是问题的所在。

到马恩河畔诺让区（Nogent-sur-Marne）平淡无奇的南郊，去寻找雷阿勒的秘密似乎是一件怪事，但是这两个地方在精神上是相通的，把它们连接在一起的是巴黎快铁的 A 形线路。诺让是在马恩河沿岸一个树叶繁茂的山坡上重新组建的社区，只有在这个地方，你才能找到法国仅存的雷阿勒展馆。当我乘坐巴黎快铁到诺让去时，一种讽刺的感觉自心底油然而生。维克多·巴尔达于 19 世纪 50 年代建造的建筑物外形美观、通风良好，这些建筑物和它们带有凹槽的纤长铁柱、华丽的锡制屋顶和镶有玻璃的侧边都被拆毁，其中部分的原因是在三十几年前，为了给当时看起来超现代化的通勤列车网让出道路。现在，我正坐在遥远的 70 年代投入使用的残破、老旧、慢吞吞的列车中，这趟列车在雷阿勒的地下车站马上就要被拆除、重建了。

巴尔达原来的十个展馆中有八个被当成废金属卖出去了（只卖了区区三十九万五千法郎）。第九个展馆被日本的横滨市买下，但是要去横滨走一趟对我们来说似乎有点儿远。蓬皮杜保存下来的唯一的展馆如今用来作为"国际猫展"（International Cat Salon）或者手风琴音乐的狂欢会——手风琴艺术节（L'Odissée de l'Accordéon festival）这类盛事的举办地点。展馆两侧是"一战"前的美好时代的铸铁街灯、一个造型优美的华莱士小喷泉、埃菲尔铁塔楼梯的一小段和一个路边的火警箱，每样东西都是被小心翼翼地移植过来，失去了原有的功能。在诺让区的建筑中，以美好时代为主题的公园是20世纪60至70年代巴黎都市生活的突出范例，这个直观的例子告诉人们，哪些事情是不可重蹈覆辙的。

在搭乘拥挤的巴黎快铁列车回城里的时候，我回顾了一下自己从1976年起在雷阿勒和波堡的曲折经历。当时我正看着尚未完工的蓬皮杜中心上高光油漆。我无知地以为这个巨兽是一个冶炼厂。地区中的人部分地方都被推土机清理了一遍，好为列车让道。一位居民让我了解了情况：他说，乱成一团的大街小巷在一个被称为"波堡平台"（Plateau Beaubourg）的地方交会，这儿是一个仓库，运送水果、蔬菜和猪肉到附近的雷阿勒批发市场的货车会开到这里，这种情况一直持续到几年前。

我的好奇心被吊起来了，于是我往西走，从波堡走到过去市场所在的地方，透过团团尘土我看到建筑工人们正将混凝土倒入那个有名的洞里——也就是雷阿勒区的那个宽达25英亩，有七层楼深的洞。1979年和1983年，又来到巴黎的我看到那个洞有一半（后来是四分之一）还张着大口，而且我能感觉到地面还在随着风钻震动。直到1986年，我搬到这座城市，完全在此居住的时候，那个洞才终于被填上了，市场购物商场经多个意见相左的建筑师团队根据相反的目的施工，也终于完工。那些曾经破旧肮脏、绝对属于巴黎风格的小巷都消失无踪了。这些小巷曾是比利·怀尔德（Billy Wilder）1963 年创作的电影故事[①]的取景地，这部大胆而生动的电影讲述的是妓女伊尔玛·拉·杜丝（Irma la Douce）的故事；这些街道还曾为雨果、左拉、巴尔扎克、布勒东和其他百位作家带来灵感。"翻修"已经让这里变得面目全非。当时的我并没有意识到什么，也不会为什么东西而感到惋惜：我只是一个被巴黎迷倒的旧金山年轻人，三十年前，我的字典里还找不到"怀旧"这个词。

从早年与雷阿勒的几次邂逅起，我已经几百次掠过这里的建筑群，通常都是为了转乘地铁或者买一些在法雅客（FANC）——也就是法国最大的，同时也是最有可能导致幽闭恐惧症的书籍、CD 和电子产品的大型商店——中找不到的东西。我无意成为一个爱嘲讽、性格乖张的人，但是过去的四分之一个世纪里，迷宫般复杂的地下市场和市场中那些由镜面玻璃组成、从地下深处拱起的花冠形建筑，实在并不怎么讨人喜欢。如果我住得够久，雷阿勒的内部被拆除重建，放进空气和光线，方便行人通行的话，那我一定会到现在的雷阿勒走一遭。

和八十万每天往返的乘客以及四千万每年到商场购物的人一样，我亲眼看着这个商场没落下去。20 世纪 70 年代，这里还只是一个可笑的建筑，现在却已经沦落为令人毛骨悚然、黯淡无光的地

---

① 指比利·怀尔德于 1963 年创作的电影《花街神女》（Irma la Douce）。

方。到了上世纪90年代末和21世纪初，这里的情况跌到了谷底。

说句公道话，对一个每天平均有十五万购物者涌入、涌出的地方，雷阿勒商场已经算是非常干净、安全、有序了，而且这个社区总有热情的支持者。大部分支持者都是头脑冷静、在当地住了很长时间的居民，还有企业主、70年代庸俗作品的拥趸、到处乱走也不嫌脚痛的人和不安分的郊区居民——就是巴黎快铁的服务对象，他们都是住在郊区公屋中乳臭未干的年轻人。一天，一位拥有雷阿勒附近的几间短租精装公寓的业主对我说道："我觉得也不能怪他们，他们自己住的地方肯定非常无聊乏味！"

我战战兢兢地从雷阿勒的地铁车厢下来，说服我自己去看一眼，再看一眼。长长的、大起大落的电梯令许多巴黎人不寒而栗，我从建于20世纪70年代，如但丁笔下的世界一般黑暗的巴黎快铁月台搭乘电梯，经过一层亟待改装的亮着日光灯的走廊，上升到下沉式广场中。广场和它那凸出的树脂玻璃窗户看起来越发像老式的特百惠特大号塑料盒，这应该会让它们看起来更讨人喜欢。这个商场依然是欧洲最热闹的，有大约三千两百名雇员和一百七十个商铺，每年为商场的私营业主巴黎物业集团（Unibail-Rodamco）创造约七亿美元的收入。这大概就能解释为什么60年代和70年代的房地产开发商会如此急不可耐，而且现在还有多方势力给市政厅施压，要求批准这里照常营业，甚至增加更多的精品店了吧。

法雅客的生意蒸蒸日上，这是我所乐见的。我还记得2005年我下到那个巨穴一般的大型商店中区，去买一本左拉的《巴黎的中腹》(*Le Ventre de Paris*)，然后再出发进入那片文化荒原的情景。但是，这一次我带的是一本折角的《人间喜剧》(*The Human Comedy*)。我把这本书当成避免偏见的护身符，攥在手里，这时我高兴地发现了市场的多层电影街(Rue du Cinéma)。这个新的电影中心和图书馆有五个屏幕、几千部电影（其中有五千五百部是关于巴黎的）、一个电影主题吧和长长的玻璃观众席，这个观众席比过去的"洞"更透光。粉红色、白色和灰色的配色与往年商场沉闷的棕褐色相去甚远。现在包裹着影院的包装材料明显更带流行色彩，它们是照明设计师乔治·伯尔尼(Georges Berne)的"发光带"。

负三层的商店最接近巴黎快铁入口，它们也在调整货品位置，好招揽更多的生意。商场中的其他部分打出了诱人的空铺招租广告，对一些人来说，这也许会让过时的灰暗气氛更加浓烈，但对另外一些人来说，这却预示着转变的希望。

可以肯定的是，空气没有改变，它还是和1986年时一样带有碱性，这对人的身体有好处。空气中有法国烤鸡和汉堡包的浓郁香气，重新加热的牛角面包、香肠、廉价香水、消毒水和一种刺激眼睛的香氛带来的香味，很多购物者不了解情况，还以为是下水道的气味刺激眼睛。"巴黎的肚子痛了。"常客们挖苦道。一些人还扯出了超自然因素：毕竟，"冤屈之墓"(the Places des Innocents cemetery)就在附近。一位巴黎大众运输公司(RATP)的市政运输工人向我解释过，那种气味不是无家可归的愤懑冤魂散发出来的，而是巨"洞"中敞露的分解的石灰岩所散发的气味。很久以前，这个区曾被称为"尚波"（Champeaux，即"终年积水的土地"），当地的土壤因腐蚀力强而闻名，它能很快地分解尸体，速度比你念出雅克·罗宾逊（Jacques Robinson）这个名字还快。"尚波"是不是"香波"（shampoo）这个词的词源——法国人会把洗发"香波"拼成"shampooing"并念成 sham-pwan——还是个值得怀疑的问题。在等待改建的过程中，商场每天都会被彻底清洗一番，因此在商场中混杂的气味中会带有一种肥皂的气息。

雷阿勒商场有两个部分，比较新、名气也没那么差的那一部分在西面。这一部分于 1985 年开业，设计师是保罗·舍梅托夫（Paul Chemetov）——他设计了贝尔西区的财政大楼，这栋大楼的灵感并非来自于斯大林的苏联建筑，但是相关的流言还是传得沸沸扬扬。这位建筑师当然会觉得很愤怒，他在接受《巴黎日报》（Le Journal de paris）采访时称，如果要拆除他设计的混凝土天花板，巴黎市就要花约一亿欧元。

在过去的十年中，财政支出和技术难题是摆在德拉诺埃市长面前的众多障碍的一部分。要花多少钱（如果可以这么做的话）才能去除"尚波"的恶臭味还是个未知数。曼金计划要在雷阿勒区改造后的地下车道里修建超级市场，但是到这个超级市场购物，应该会是一场刺激嗅觉也刺激心灵的冒险。

我花了差不多一个小时探索花冠形的展厅和全景平台，后者的设计师是早已被人们遗忘的设计师让·威勒瓦尔（Jean Willerval），然后到残破不堪的公园中坐了一会儿。这个公园从圣厄斯塔什教堂（church of Saint-Eustache）延伸至造型气派的期货交易所（Bourse de Commerce）。十一个喷泉在喷洒、飞溅。孩子们抓住石雕的耳朵，在"倾听"（L'Écoute）——一尊象征聆听这座城市心跳的石雕——的头部和巨手上攀爬。这个公园显然是常年都有人光顾的。经过几十年的耐心打理，公园中的上万丛灌木和四百八十棵树（有人清点过）终于长出叶子了。这时，这些公园却要重新进行景观美化了。四分之三的树木被伐倒了，而且，有些人担心"倾听"会在这个过程中被搬走。但是只有在曼金和他手下的建筑师们的计划有进展的时候，这种情况才会发生。他们的计划可能会一而再（并且再而三）地修改。

这个项目受阻的一大原因来自于圣厄斯塔什教堂，那儿就是一个可爱的普通谷仓，不过这个谷仓有绝美的飞拱、几座与众不同的钟楼和华丽的管风琴。这座教堂是国家级文物，最近刚刚修复，夜晚亮起灯光时光彩夺目。它是人人皆知的黑暗时代中的一盏灯笼，是巴黎居民尤其是移民们最受喜爱的教区教堂之一。科尔贝尔（Colbert）① 安葬于此，因此圣厄斯塔什就变成了历史学家和保皇党们的朝圣地。说得更确切些，雷阿勒的公园是雷阿勒成为历史名胜区的地位的一个因素，因此从理论上来讲，没有法院的命令，这些公园是动不得的。

圣厄斯塔什教堂和其他前现代社会的遗迹有许多迷人之处。

---

① 科尔贝尔（Jean-Baptiste Colbert, 1619—1683），法国政治家、国务活动家。他长期担任财政大臣和海军国务大臣，是路易十四时代法国最著名的人物之一。

但是，除非你吃了"快乐丸"，否则你最后还是会认同《纽约时报》2005年给出的残酷评语：雷阿勒"体现了20世纪末现代性中最糟糕的一面，这里把历史当成白板一块，而且偏好枯燥无味、缺乏人性色彩的艺术效果"。

"最糟糕的"？也许是吧。对那些讲求实际、缺乏激情的人来说，也许确实是如此。他们在20世纪60年代建议将巴尔达展馆改为蓬皮杜的现代艺术博物馆，周边区域则修整一番，改为中心公园。蓬皮杜反驳道："那里马上就会有六十万个嬉皮士涌进来！"

蓬皮杜手下的空想家们想出了替代方案，他们设计了蓬皮杜中心，而且费了好大的劲，竖起了阿波罗巨像，巨像的个头比我们现在在雷阿勒看到的还要惊人。他们想象出意大利面碗形的高速公路，还有鼻涕虫形状的摩天大楼，这些鼻涕虫还高昂着尖尖的头。其他的项目则更是怪异惊人，带有那个狂放年代的鲜明烙印。今天的空想家们似乎没有吸取前车之鉴。让·努维尔想要的是线条明快、带有屋顶花园的曼哈顿高楼。雷姆·库哈斯（Rem Koolhaas）设计的是色彩鲜明、直插云天，传播商场"能量"的"冰棒塔"。荷兰的MVRDV公司则喜欢大片的彩色玻璃，但是这个方案被视为滑稽可笑、"建不起来"的空中楼阁。

相比之下，曼金原来的建议——也就是将枯萎的花冠夷为平地，从期货交易所到低处的玻璃覆盖的地下中庭烧出一条没有树木的散步道——似乎还是可靠的，不过我想不通为什么非要除掉绿色植物。也许是由于公园被毁而引起公愤，不过更有可能是因为市长提出了五花八门的计划，新商场的实际设计工作从曼金的手里转移到了一对建筑师的手里，帕特里克·贝尔热（Patrick Berger）和雅克·安祖迪（Jacques Anziutti）。他们的构想就是整修计划的最新版本——被称为"雷阿勒2.011"——整体设计围绕"天篷"（La Canopée）展开。这个木材和钢铁结合的篷顶建好后能飘荡在距离地面五十英尺的高处，并且能在没有支撑的情况下延伸数英亩，取代原来的花冠。这是一个集魔鬼鱼、带天窗的贝都因帐篷和热带茅草小屋于一身的大胆设计。天篷有很多优点，不过防水性就谈不上了。人们要把风雨当成新的购物和通勤体验，这也许正符合全球变暖时代的特点。篷顶比维莱尔瓦尔的展馆矮得多，而且它不是镜面的，这已经是一个巨大的进步。最后，篷顶覆盖的地下中庭配上线条紧致的电梯，让人不由得联想到了金色雷龙的脖颈和后背，或者像连成了拱桥的各国快餐连锁店，这些连锁店正好在附近有门店，对面就是"纯真之泉"（Fontaine des Innocents）——当然，这里还是以商店居多。

巴黎人终于可以放下心了，无论如何重建，购物商场和巴黎快铁站都还会在。

虽然我很想溜走，但还是劝服自己再去看看雷阿勒周边的步行区，倒不是说我鄙视这一区，我只是更喜欢城中的其他部分。好在，离这个建筑群越远，垃圾、快餐连锁店、低档纪念品店和服装店和急躁的气氛就离你越远。与此同时，也许是受即将开始的重建和房地产价格上升影响，一种骄傲和希望又开始笼罩这个社区。比如，当你到达蒙托吉尔街（Rue Montorgueil）——在圣厄斯塔什教堂另一头的一条生机盎然的市场街——或者到达蓬皮杜中心附近的圣梅里教堂（church of Saint-Merri）的时候，通勤列车上下来的乡下人（banlieusards）大多已被附近玛黑区中追求时尚、走波希米亚风的中产阶级"波波族"（Bobos）[①] 所代替。你越仔细地观察雷阿勒区，越能发现许多赏心悦目的建筑细节，其中包括形态优美的纯真之泉，还有许多经历了几个世纪的正立面，其后隐藏着重建后的公寓楼群。直到几年前，这里最能让人联想起前蓬皮杜时代的，是那些伊尔玛·拉·杜丝。她们都挤在圣但尼路（Rue Saint-Denis）周边做生意。但是，面对地区整改美化，她们也只能甘拜下风，如今全部撤到廉租房区了。

和位于马恩河畔诺让的巴尔达展馆一样，周边的一些古老的店面显然已如荒野中发白的骨头。不过，当这个地区已经逐渐习惯于这些伤疤：当这里在 20 世纪 70 至 80 年代披上科学怪人的外皮时，旧伤已愈合，而且没人愿意再揭开。当我看到害虫防治专家于连·奥鲁兹（Julien Aurouze）那引人注目的橱窗展示时，我觉得特别高兴。他们在雷阿勒路 8 号的家族生意从鼠害猖獗的年代维持到现在。橱窗里展示的那些干燥的摇摇晃晃的啮齿类动物，有的被猎捕于 1925 年，它们依然能让过往行人心惊胆战。几家咖啡馆也在旧建筑物拆除中幸免于难。在雷阿勒的镜面正立面前的"安心老爹"（Au Père Tranquille）和"好渔夫"（Le Bon Pecheur）就是其中两间。

---

① 波波族：指具有高学历背景和激进的实验精神，收入丰厚，反叛传统，"认真玩乐"，讲究生活品位的人群。

过去，市场的工人们和生活贫苦但爱社交的人不分白天黑夜都在畅饮"安心老爹""可口、辛辣的洋葱汤"，伊夫林·沃（Evelyn Waugh）在1929年初如此写道。洋葱汤价钱便宜又暖身，是理想的快餐食材，还能醒酒。咖啡馆中依然有必备的碎瓷砖地板，（假）藤椅和夸夸其谈、装腔作势的人——现在这些人被放到吸烟平台上去了，而且咖啡馆也有了开放时间，甚至连洋葱汤也是限时供应。我经常坐在门外的小圆桌旁观察成群结队的雷阿勒青少年，我总是在想，他们对这个地方的历史、文学和政治重要性了解多少呢？实际上，他们可能比社会各阶层的人知道的都多：在21世纪的第二个十年，每位法国高中生依然要把左拉的作品从里到外、从上到下地学一遍。

要了解为什么这个社区对许多巴黎人有如此重大的意义，你就得和孩子们一样，打开左拉的作品和历史书籍。你会发现这里一直是巴黎城中的市场区——"一直"指的是在过去的至少一千年间。的确，现在我们很难联想到最早时，1137年国王路易六世统治时期的售货摊、潮湿的"尚波"、圣马丁路沿线的中世纪朝圣路线，或者附近连成一片的市场。而且，说实在的，菲利普·奥古斯特（Philippe Auguste）皇帝从1183年起建造的围墙市场也杳无踪迹。弗朗索瓦一世在文艺复兴时期兴建的市场拱门（建于1534年至1575年间）如今只留下了影像。那是因为，皇帝拿破仑三世秉承了巴黎人的白板哲学（tabula rasa）传统，在1852年至1856年间进行地动山摇的第二帝国重建，改造了这个地区。巴黎人当时抗议过吗？我很好奇。那些抗议人士最后应该会浮尸塞纳河，或者遭到流放吧。

至于唯一幸存的巴尔达展馆，它们是在巴黎地方行政长官朗布托伯爵克劳德－菲利贝尔·巴塞罗（Claude-Philibert Barthelot）的授意下设计出来的，关于这几个展馆的故事在这个市场区的九百余年历史中仅占八分之一多一点。但是大家，尤其是左拉认为——这几幢建筑从里到外都很宏伟壮观，和今天的雷阿勒市场不同，当时的市场活力四射。

左拉写于 1873 年的作品《巴黎的中腹》是卷帙浩繁的"卢贡－马卡尔家族"（Les Rougon-Macquart）系列故事中的一部分。1869 年，当戴着近视眼镜的作者第一次在一个不眠之夜偶然发现雷阿勒区，他发现了"在雷阿勒市场的食物簇拥下的泥泞人行道，绽放出巴黎街道的诗意"。但是有眼力的法国人和学校的孩子们都知道，《巴黎的中腹》不是肤浅的颂诗，它对敏感的读者影响至深。我对雷阿勒的黑暗想象无疑曾受其影响，时至今日，我依然很难看到它更为明亮的一面。

小说中具有两面性的主角弗洛朗（Florent）被误认为是参加革命的暴民，在"雾月政变"期间被关在恶魔岛上。拿破仑三世就是在 1851 年的雾月政变中上台的。当主角 1856 年回来时，他发现了当时新兴的雷阿勒市场。在一车一车来势汹汹的胡萝卜和堆成小山的卷心菜、马铃薯包围下，弗洛朗在粗声大气的人群中被推着往前走，从油脂中，从丑陋的洋蓟叶子上滑过，整个画面活脱脱就是希罗尼穆斯·博斯（Hieronymus Bosch）画中令人恐惧的纷杂景象。

和左拉本人一样，弗洛朗被雷阿勒的建筑和生活迷住了——窗格充溢着黎明的光线"闪闪发光，擦得透亮"，"鲱鱼骨形的柱子线条纤长，木制天花板曲线优美，屋顶轮廓整齐均匀"。在展馆的拱形地窖中，弗洛朗发现了尚波的隐秘之水流进装满活鱼的巨瓮和贮水池中。弗洛朗工作的熟食店光线明亮，生意兴隆，他在琳琅满目的咸肉、香肠、萨拉米香肠、猪油和其他肥胖、油腻、光滑的美食中醺然欲醉，而他身边的男男女女则是丰乳肥臀，活色生香，这些都让他越来越深陷其中，不能自拔——他们都是消费主义经济萌芽时期的典型代表。

但是，熟食店的气味、雷阿勒人身上的气味都变得让人难以忍受，弗洛朗在恶臭中渐渐患上了慢性消化不良。书中的"肚子"不仅仅是一个器官——它象征着嘴、胃和第二帝国的新兴富裕阶层膨胀的胃口，象征着身体机能，象征着资本家生活的消化不良。在小说的结束部分，备受折磨的弗洛朗在和梦魇中的形象搏斗，他看到了"许多巨桶将污物倾倒在大锅里，全国的油脂都融化在其中"。

坐在雷阿勒商场吸烟露台上的众多现代烟民之中，你很快就会觉得自己被熏成了弗洛朗店里的咸肉。左拉的话像圣厄斯塔什教堂的钟声在空气中回响。也许左拉实事求是的观点正好让我们看清了蓬皮杜和他的那些投机清道夫们的嘴脸？自20世纪40年代起，历任行政官员们都威胁要撤掉批发市场，他们说这里不卫生，太过拥挤，鼠患成灾，导致交通堵塞，而且会拖经济的后腿。一些官员公开表示，巴黎的中心城区——尤其是雷阿勒区——没有在第二次世界大战中被毁实在是一桩憾事。1958年，第一个政府驱逐令出台了。十几年之后，在汉吉斯建新市场、巴黎快铁系统和商场的潜在利润，还有看着明亮、崭新的蓬皮杜中心在重建的社区拔地而起的激动场面，都令人难以抗拒。重读左拉作品，你也许会突然意识到，为什么巴尔达展馆非拆不可，为什么蓬皮杜会把幸存下来的唯一展馆搬到遥远的美好时代主题公园。这些展馆是一个威胁：如果它们被原封不动地保存下来，它们可能真的会变成"暴民、共产主义者和嬉皮士"的集结点，而这是蓬皮杜所畏惧的。

幸运的是，在 21 世纪头十年中的这个明媚的春日，我选择略过"安心老爹"，在街对面鲜为人知的"好渔夫"的柜台边喝咖啡。我把左拉也留在家里，转而飞快地翻阅《人间喜剧》，那是我的护身符。它就像天然的酵母，能潜移默化地影响我的思维，正如四十年前我在阳光灿烂的加利福尼亚州第一次读到它时一样。不过，虽然我竭尽所能，我还是无法将萨洛扬（Saroyan）的经典著作和雷阿勒区联系到一起。为什么？摊开了说吧：我的近视比左拉还要严重，本来我是想带奥诺雷·德·巴尔扎克的其中一个片段，也就是以雷阿勒和周边地区作为背景的部分来读的。但我抓错了书，抓到的是一本美国人写的人间喜剧。相同的名字，不同的背景。

当我在"好渔夫"品尝咖啡的时候，一位过分热情的长者捻了一下他那细如铅笔、克拉克·盖博式的小胡子，向后倾了倾他那帅气的毡帽问，你该不会是从美利坚合众国来的外乡人吧？当他听到肯定的答复是，他猛地伸出手。他说他的名字叫马塞尔，按他的话来说，他很感谢我的先辈们在诺曼底海滩上牺牲了那么多美国"男孩"。是他们的牺牲给了他自由的生活。他来自诺曼底，他亲切地说，不过他过去五十年都住在巴黎，而且经常到这个区来。我坦白地问他是否怀念往日的雷阿勒区。马赛尔摇了摇头。"我的人生观很简单，"他说，"往前看，不要往后看。我连看都不会再看那些建筑了。"他朝那些镜面展馆摆了摆手。说着，他唱了起来，这又让我吃了一惊——他是个艺人，他说。我听出来了，那是来自音乐剧《我爱巴黎》(*Can-Can*)的经典曲目《绚丽美景》(*C'est Magnifique*)。"科尔·波特，"马塞尔风趣地说，"我是1953年在这里第一次听到这首歌的。我爱美国音乐。"

我有点儿被震撼了，心醉神迷地离开了"好渔夫"，而且不再在让·维莱尔瓦尔的花冠面前畏缩，或者害怕看到纯真之泉旁边画着金色拱门的餐厅外堆起的垃圾山。我一面探索，一面顺着两旁都是古建筑的小巷慢慢地走回家，多年前那种舒服的感觉又回来了，我离开雷阿勒地区的时候经常会有这种感觉。我看到了城镇现代化之前的部分，逃过蓬皮杜眼睛的这一部分让我仿佛回到了家。根据过往的表现，我提醒自己，不管雷阿勒接下来会变成什么样，情况都不会比今天的雷阿勒差到哪里去，而且那会是很长时间以后的事情。而且，我会重读左拉作品，一头扎进巴尔扎克那长达九十五卷的《人间喜剧》。我甚至可能会重看《花街神女》——这次我要在"电影街"看——还要吃上一大桶爆米花。

# 走上圣雅各之路

蓬皮杜中心广场，2010

这是塞纳河岛屿上的一个巴黎西人的城镇。

——尤利乌斯·恺撒,《高卢战记》

一天下午,在蓬皮杜中心屋顶的露台上,越过树脂玻璃管和色彩斑斓的水管,我凝望着圣马丁路上行色匆匆的行人。那是蓬皮杜中心下沉广场边上的一条笔直道路。我突然想到:那些行人中有多少人会意识到他们正走在巴黎最古老的大街上?它就是罗马人所说的列柱大街(cardo-maximus)——按基本方位来说,这条大街在城市的南北轴线上。考古学家们都认为,这条大街比罗马的历史更悠久。在青铜时代,它位于贸易通道之上,通过巴黎西人(the Parisii)部落中的凯尔特人定居点,连接北欧和地中海。

条条大路也许都能通罗马,但是有些路,包括圣马丁路就比其他的路要直接些。它从北面,也就是现在的圣但尼郊区进入巴黎,这条巴黎城的道路之祖更名十几次而变为菲利普·德·吉拉德街,延伸到城外,往南经过大学城校园。嗯,它的确曾经延伸至城外,不过那是在乔治·蓬皮杜总统下令修建巴黎环路(Boulevard Péripherique)之前。现在古拉德街通到环城公路就到了尽头——在人们看不见的地方从地下通过,然后在好几英里之外衰败的市郊再次出现在人们面前。

古罗马人的做法更实际，他们把这条被踏平的青铜时代的道路修直铺平。中世纪时，朝圣者们走上了这条路，把左岸的那一部分重新命名，以纪念圣长雅各（Saint-Jacques-le-Majeur）——也就是圣长詹姆士[①]。从9世纪起，在西班牙面向大西洋的海岸上，孔波斯特拉（Compostela）的雅各圣堂深受基督徒们的喜爱，它是继罗马和耶路撒冷之后，第三个最受喜爱的朝圣地。一千多年来，成千上万的探寻者穿着木屐或赤足触摸过这条圣雅各之路。我们很难想象，这条路曾令多少人双脚起泡。

在蓬皮杜的屋顶上，我瞥见了这条始于罗马时期的道路。几年后，我突然一时兴起，和艾莉森一起从巴黎出发，顺着罗马时期的道路和圣雅各之路，步行穿越法国。我们花了三个月的时间，在嬉闹中走过750英里的路程。那不是一次宗教朝圣之旅，而是自我发现和重塑身体的野性之旅（我将这段旅程记录在即将面世的《从巴黎到比利牛斯》一书中）。在离开巴黎之前，我们启程踏上了南北大街（cardo），向我们的罗马先辈们和圣雅各致意。可喜的是，在我们的旅程中，这段巴黎序曲很令人愉快，我们花了一天时间，沿着城中最长的往事之路轻松地走了6英里。

和所有美妙的徒步旅行一样，我们的旅程是从咖啡和羊角包开始的。启程的地点非同寻常——巴黎东站（Gare de l' Est）。这个火车站横跨罗马时期的主干道，车站的铁轨将古代的线路条

---

[①] "雅各"为"詹姆士"（James）在法语中的异体。

分缕析地呈现。车站北面既没有古迹，也没有现代的东西，没什么可看的。不过，从车站往南，城市的风光就变得越来越引人入胜了。

我们自福堡－圣马丁路（Rue du Faubourg-Saint-Martin）第148号穿越到大街对面，这是我们的第一站。17世纪初期，皇后玛丽·德·美第奇（Marie de' Médicis）挥动权杖，在此建立黑格列修道院（Récollets convent）。在不时发生的历次革命中，这里被洗劫一空，从兵营变成纺织作坊，再变成军事医院的收容所，最后变成非法侵占者的大本营。修道院的一部分在1926年消失了。其他的大部分则被大肆扩张的巴黎东站吞没了。一直以来，我们都刻意避开这个地方，现在这里是"建筑之家"（Maison de l'architecture），里面有客座建筑师们的工作区和公寓。建筑的正面有柱廊，这里刚刚修复。绕过正门，我们在一个安静的庭院中发现了梅森咖啡屋（Café de la Maison）。如果我们早知道它的存在，我们就不会用车站的纸杯喝那苦涩的速溶咖啡了。

1844年和1852年，在林荫大道和车站的修建过程中，修路工人挖掘了南北大街北面塞纳河到圣劳伦广场的地基。和分层的路面一样，巴黎的教堂所在的位置一般也是在古迹之上——有寺院，供奉着石器时代的地方女神们及凯尔特人的神祇，当然，还有罗马众神。大约一千四百年前，图尔的格雷古瓦（Grégoire de Tours）谈到了古道上的一个圣劳伦礼拜堂，在这里，我们发现这个礼拜堂已经面目全非了。

圣劳伦礼拜堂的中庭建于文艺复兴时期，这是一个大杂烩式

的建筑，平凡的正立面和新哥特式钟楼的建筑时间可以追溯到
1862 年。摇曳的烛光仿佛是一个符号，连接着 19 世纪和公元
550 年前后葬于礼拜堂地下的墨洛温王朝（Merovingian）的僧
侣。他们的坟墓在 1680 年被揭开。专家们说，越往下的地层越
古老——古老得多。

在《征服高卢》（*Conquest of Gaul*），也就是大家普遍称为
《高卢战记》的书中，恺撒提到了这个国家的平坦道路。书中提
到，高卢人有自己的道路网，这对大部分的现代读者来说都是件
新鲜事，我也觉得很新奇。罗马需要标准化的直道。道路的宽度
正好是 4.5 米——也就是是 14 英尺。这样的路面，战车能并排
从上面畅通无阻地驶过。罗马的道路是我们的双行道和州际公路
的鼻祖。罗马工程师们对他们发现并征服的领地进行改造并修建
城市。

福堡-圣马丁路从圣劳伦广场笔直精准地穿过带有三个
拱门的圣马丁门（Porte Saint-Martin），也就是一座建于 1674
年罗马风格的凯旋门。这座凯旋门是为了庆祝法国在贝桑松
（Besançon）和林堡（Limburg）大捷而建的。据说路易十四本
人迷信君权神授的说法。在这里，我们能在北檐雕塑上看到身着
罗马服装的他。我们走过凯旋门，抬头往上看：这位"太阳王"
在门的南面被刻画为大力神赫拉克勒斯（Hercules），衣着清凉，
一点儿不像个大人物。

从圣马丁路一路往南，路上的史迹也越来越密集。位于圣马
丁·德·尚普大修道院（Saint-Martin-des-Champs abbey）原址的

工艺美术馆（Arts et Métiers）吸引了我们，我们决定到里面一探究竟。据说，马丁曾于公元 385 年在此行神迹。其中气派、通风的图书馆位于复原后的 13 世纪修道院餐厅中，这个餐厅的设计师正是圣礼拜堂（Sainte-Chapelle）的创造者。我们从图书馆和几个别有韵味的庭院中悠闲地走过，但是我们知道至少需要几个小时才能吸收这些历史信息和欣赏陈列品。这里的陈列品从蒸汽机和科学仪器到傅科摆，无所不包——这个傅科摆可是个真家伙。

我们缓缓地走出去，走进隔壁的圣尼古拉老教堂（Saint-Nicolas-des-Champs）。它所在的位置正好是图尔比戈路的南面。这个其貌不扬的圣堂带给了我们惊喜，它有供圣雅各的朝拜者们使用的宽敞的回廊。穿着靴子的我们尽量把脚步放轻，从祭坛后经过。有几个信徒在祈祷。显然，唯独我们是外人。

要继续沿着笔直狭窄的"南北大街"走是个难题。附近的街道在向我们招手。比如，东南方向的三个街区之外是蒙特莫伦西路（Rue de Montmorency），这条路的 51 号是巴黎最古老的房子，从 1407 年起，它就矗立于此。这栋房子从雕花地基部分就开始往后倾斜，其重建的次数已经算不过来了。从某种程度上来说，它保持着古老的物件——那些得以幸存、日渐稀少的时间胶囊——的迷人魅力。

这栋房子中住过富有的书商尼古拉·勒梅和佩雷纳尔·勒梅（Nicolas and Pernelle Flamel）。据说他们都是炼金术士，能把普通金属变成金子。阴谋论者们称，这对夫妇为了掩盖他们的邪恶活动，资助了"肉贩圣雅各堂"（Saint-Jacques-de-la-Boucherie）

的部分经费等等。和勒梅夫妇一样，圣堂已不复存在，但是圣雅各塔依然矗立。我们往南看就能在半英里外的屋顶之上看到它的尖顶。

法国前总统弗朗索瓦·密特朗一门心思要建设自东向西的"动力轴线"，按照设想，从凯旋门（Arc de Triomphe）到卢浮宫。而蓬皮杜在进入政坛之前是一流的学者，他更喜欢凯尔特人－罗马人－朝圣者的历史串起的轴线，也就是我们现在所处的这条轴线。在蓬皮杜中心前，圣马丁路上的建筑只有四百年历史，蓬皮杜显然是觉得其中许多是可有可无的。他把它们都拆了，为他的现代艺术殿堂腾出地方。如果后者能撑过四百年，那么里面藏的会不会不再是我们今天所知的现代艺术品吗？现代的人和事物什么时候会变成古董或古人呢？

我带着这些问题走过了两个街区，走到了圣梅里教堂的南面。从外观上你是猜不出它的历史的，但是这座教堂的地基扎根于古风时代（Antiquity）晚期。当时，罗马早期的主教们用强迫"野蛮人"皈依天主教的方式支撑摇摇欲坠的帝国。圣梅里教堂历史悠久，也是加洛林王朝（Carolingian）的奇迹缔造者梅代里克（Médéric）的长眠之地，后来，他的名字缩短为梅里。教堂在建成后的一千年里经历了三次改建，如今的教堂建于1520年至1560年间，是哥特式晚期的炫目风格。滴水兽的管子朝下对着我们，示意我们走进去。我们在袅袅烟雾中聆听一位风琴演奏者练习，然后再次上路。

残存的圣雅各塔（Tour Saint-Jacques）耸立于里沃利街

（Rue de Rivoli）和一个造型优美的街角公园之上，经过多年自下而上花费百万的重建之后，它的外形呈令人目眩的白色。它成型于1509年至1523年之间，是另外一个耀眼的哥特式建筑奇迹。这座孤立的塔失去了与之相配的教堂——直到大革命期间，"肉贩圣雅各堂"才被人们挖掘出来。

高度54米——近180英尺——这座塔的身影依然是巴黎最高的。不管看似多不合理，在世界各地的景点中，它都是我的最爱。

作为徒步穿越法国之旅的基本准备的一部分，在沿着"南北大街"出发前，我阅读了关于圣雅各塔的一切：它那鬼影幢幢的教堂，还有巴黎在朝圣之旅中扮演的角色。任何一个血液中有迷信成分的人都应该一看到这座塔就逃之夭夭。它的历史是由连串的不幸组成的。这些不幸的遭遇应该会让我们联想到人和石头——人就像石灰岩一样脆弱。

恺撒的"南北大街"（cardo）和"东西大街"（decumanus）在圣雅各塔所在的位置交会，因此基督徒们视这里为宣示神威的理想地点，在这个异教徒的十字路口修建了一座神庙。我们已经无从了解这里修建的第一座圣堂，不过，到了1259年，这座圣堂已经壮大为肉贩圣雅各堂（Saint-Jacques-de-la-Boucherie）。这里最有名的赞助人是尼古拉·勒梅（Nicolas Flamel），这是一个谜一样的人物。1418年，他去世了，并安葬于这座教堂下。据说，他的鬼魂回来过，在塔中作祟，教堂因此没落。

塔顶有一尊圣雅各雕像，雕像是真人的三倍大，周围是各式各样奇形怪状的雕塑群，这些与主雕像几乎一样高的雕塑都是复制品，它们象征着传道者。奇怪的是，圣雅各没有顺着朝圣之路望向南方，而是朝西看的，因为他的遗骨是从西班牙的西海岸经海上运达的。

1797年，这座教堂被拆，但是塔逃过了一劫。一位姓杜布瓦（Dubois）的先生买下了它，将钟卖给了铸造厂，并在塔中建了一个枪炮厂。在这座塔的屋顶下，杜布瓦的大汽锅曾将铅融化。融化的金属被倾倒出来，经过一个大筛子，形成一个个的铅丸。经过150英尺高的自由落体运动，这些铅丸落入装满冷水的贮水池，形成浑圆的枪弹。杜布瓦是个货真价实的炼金师——他把铅变成真金白银。也许这才是勒梅的鬼魂回来的原因——为了报复他。这个工厂经历过三次失火，每隔一段时间，这座塔就变得支离破碎，然后在接下来的两百年间摇摇欲坠。

19世纪30年代，科学家弗朗索瓦·阿拉戈（François Arago）劝国王路易·菲利普买回这堆废墟。随后是皇帝拿破仑三世。和他的大伯父不同，他不仇视罗马。1854年，当拿破仑三世下令拓宽校直里沃利街和与它平行的维多利亚大道时，圣雅各附近街区变成了一个公园。公园的设计师是最受皇帝宠爱的建筑师让-夏尔·阿道夫·阿尔方（Jean-Charles Adolphe Alphand）。他给公园修建了八角形的地基和十四级台阶——今天的数字命理学家依然想不出这些数字所代表的意义。

在将近一千年的岁月里，朝圣者们从圣雅各修道院和圣雅各塔出发，越过圣母桥（Pont Notre-Dame）抵达大教堂，然后顺着古罗马时期的道路大步走向沙特尔、奥尔良和西班牙。今天的朝圣者们一般都坐公共汽车。贩卖前罗马时期古董的凯尔特商人们——最初身上挂满锡制品的贩子们——就没这么走运了。公元 1000 年前后，他们开始乘坐独木舟穿越塞纳河，或者跋山涉水越过西岱岛北面和南面的天然浅滩。在卢泰西亚时代晚期，凯尔特人反反复复地修建容易散架的人行桥，直到公元前 52 年恺撒出现，这种局面才宣告结束。最终，罗马将这些人行桥变成了巴黎最早的能够长存的桥梁。重修了十几次的佩蒂特桥（Petit Pont）将西岱岛和左岸的一片地方连接在一起，在大约 2000 年的时间里，桥的名字从"小桥"①变成了许多不同的名字。

　　我们沿着圣雅各路往上走了一百码就到了圣赛芙韩（Saint-Séverin）教堂和穷人圣朱利安教堂（Saint-Julien-le-Pauvre），这两座教堂面对面矗立。它们都起源于 6 世纪，都值得仔细看一看。穷人圣朱利安教堂比较不起眼，不过似乎也是不容错过的：它藏有三个圣水钵，这三个圣水钵形如朝圣者的扇贝壳，也就是圣雅各的象征。更重要的是，教堂的地基和前院的井口就建造在罗马的铺路石上。这些铺路石是从圣雅各路和加朗德路（Rue Galande）的交叉路口抬过来的——加朗德路是巴黎另外一条主要的罗马时期的道路，它从这里向东扩展，延伸至里昂。长期以来，里昂都是高卢的首都。战士们曾沿着这条路走来，不过，随之而来的还有语言、宗教、食物、酒和处于萌芽时期的文化，后来的居民们，也就是现在我们所说的法国居民，很有技巧地吸收

---

① petit 在法语中有"细小"的意思。佩蒂特桥可意译为"小桥"。

了这些舶来品，重新诠释它们的内涵并用"en français"，也就是法语，赋予它们新的名字。

在圣雅各路上的发现同样令我们感到很兴奋：一座16世纪的带雕饰门廊的修真庭院，一栋18世纪的房子，带有两条螺旋式的楼梯，几只肥猫守在楼梯上。在67号附近的庭院中，我们又找到了有雕饰的门和阳台。

寻宝游戏开始了。在圣雅各路和圣日耳曼大道（Boulevard Saint-Germain）交界处以西一个街区之外的地方，矗立着一栋扇贝壳状的建筑，那是克鲁尼修道院（abbots of Cluny）院长们在巴黎的故居。他们是罗马帝国在法国的得力助手，这里有梵蒂冈之外最大的教堂，而且比梵蒂冈更加香火鼎盛。克鲁尼地区的上千座连锁教堂分布在从圣雅各路到西班牙的途中。塔楼状的联排房屋现在是中世纪博物馆，大家一般都叫它克鲁尼博物馆。

我们在博物馆的中世纪花园中漫步，寻找圣雅各塔原有的雕塑，也就是象征传道者的雕塑群。我们找到了三个，都已经饱经风霜、难以辨认了。在博物馆内，楼梯尽头的墙上悬挂着"妇人与独角兽"（Lady with the Unicorn）挂毯。我们在这道楼梯上又发现了一处圣雅各的珍宝：刻在石头上的尼古拉·勒梅的玄妙墓志铭，在此展出之前，它曾多次失踪。博物馆的地基和底部几层所在的位置是卢泰西亚时代的古罗马浴场，这正是我们要找的。当时的巴黎是帝国的首都，叛教者尤里安皇帝和无数的贵族曾在此泡澡并享受蒸气浴。

圣雅各路往上延伸，穿过索邦神学院和丑笨的路易大帝中学（Lycée Louis-le-Grand）。走到斜坡顶上，我们停下脚步回头一望，努力想象着那座古城的样子，可我们想象不出来。几步开外的地方，苏弗洛路（Rue Soufflot）14号的一块纪念牌标记出13世纪的雅各宾（Jacobins）修道院所在的位置。讽刺的是，在五百年后的1789年，一个以这座修道院的名字命名的大学系部成了雅各宾派革命党人碰头的地点，而雅各宾派革命党人却大肆破坏罗马教堂。

一千年过去了——从墨洛温王朝到大革命——这个区曾缀满修道院、纪念碑和私人宅邸，被一道道围墙环抱。圣雅各路151号是一栋路易十五时期的联排别墅，这栋别墅重建于2006年，别墅的车道大门敞开，我们就不请自来了。在庭院里，一栋引人注目的房子若隐若现。这栋房子有马蹄形的楼梯、雕梁画栋的阳台和奇形怪状的人脸雕塑。

罗马时代的导水管从阿克伊通往克鲁尼的浴场，这条水渠大部分是在南北大街的侧面。19世纪90年代，人们在这里挖出许多段导水管。在2006年的几次发掘中，人们又有了新发现。这条路上有一段非常狭窄、有如现代化以前的道路。在172号，一块纪念牌告诉我们，那里曾是菲利普·奥古斯特国王（Philippe Auguste）的城墙内的圣雅各门，这扇门在1684年被拆毁了。弯曲的护城河-圣雅各路标示着护城河的轨迹。

我们着了魔似的在街道上来来回回，欣赏着"萨鲁特港"（Au Port Salut）的镀金格栅——这是一家18世纪的朝圣者客栈，现在仍在营业。169号沉重的大门上雕刻着扇贝壳，这通常说明房子的主人曾走到孔波斯特拉后返回这里。在这个租金高昂的地区还有一个能让你回到古代的好去处，那就是在 179 号巨大的庭院里的一个汽车修理库。

南北大街上最狭窄的一段位于 187 号和 216 号之间——作家布莱兹·桑德拉斯（Blaise Cendrars）在那里住过。我学着恺撒的样子踱了六步，然后皱了皱眉。这条路比原来的罗马大路还要狭窄。那是因为，从 13 世纪起，女修道院和大修道院都搬到了非主干道的地区内。私人建筑都挤到在街道沿线临街的位置。

我猜，218 号的纪念牌是在最近一次粉刷之后消失的。前几次来这里的时候，我了解到这里曾经有一栋建于 13 世纪的联排别墅，不过它早已消失无踪。让·德·梅恩（Jean de Meung）就是在这栋别墅中写下了中世纪最受欢迎的《玫瑰传奇》（*Roman de la Rose*）① 下卷的大部分。

193 号是巴黎建筑中的异类之一，它就是与盖-吕萨克路（Rue Gay-Lussac）相邻、新罗马风格造型粗犷的海洋研究所（Institut Océanique）。19 世纪中期，一幢罗马别墅和几个温泉浴场在这里重见天日，从这里直到 240 号都在别墅和浴场的范

① 13 世纪法国寓言长诗，分上下两卷。上卷有四千多行，作者基洛姆·德·洛里（Guillaume de Lorris）以玫瑰象征贵族女性，写一个诗人怎样爱上玫瑰而受到环境阻碍的故事，洛里死后，民间诗人让·德·梅恩续成下卷，约一万八千行。叙述诗人在理性和自然的帮助下，终于获得玫瑰，并以理性和自然的名义批判了当时社会的不平等和天主教会的伪善，表达了下层市民的社会政治观念。

围内。

最有趣的是，我们探索了还未用数码锁上锁的庭院。我们没有发现古代的马赛克，但是我们享受到了纯粹的巴黎氛围——直到几个凶巴巴的看门人把我们赶出门。

走南北大街有一个麻烦，路上要看的东西太多了，一天是看不完的。我们决定在日暮以前走完这条路，到城镇的另一端去。我们大步向前，走进了 252 号的圣雅克－德－奥－巴教堂（Saint-Jacques-du-Haut-Pas），它看起来像是巴洛克风格的谷仓。虽然这座教堂是在 1630 年至 1685 年间修建起来的，但是它令我们想起了奥－巴教团——那些在 12 世纪保护连接法国和罗马的朝圣之路的基督教骑士们。走出回音缭绕的教堂中殿，我们发现了一尊雅各布的雕像，他瞪眼看着我们离开。

奥－巴骑士团封地（Commanderie du Haut-Pas）在巴黎的总部就在教堂南面几码之外的 254 号。马车入口的上方是他们的徽章，但那栋建筑已经消失了。许多文物和它一样，都消失了，有一些就是在距今不久的 20 世纪 90 年代消失的。比如 262 号的圣雅各农庄就被一个碍眼到极点的建筑取代了。289 号的内部被清扫一空，面积大幅缩小。而 328 号则算是城中最糟糕的地堡，它是后现代风格，由钢材和花岗岩构成。

令人欣慰的是，其他的文物建筑——比如 283 号和 284 号的庭院、门道和老虎窗都保存了下来——我们能从中找到过去几个世纪的影子。我们看到 269 号—269 号乙的英格兰本笃会修道院（Benedictine Couvent des Anglais），这让我们很是高兴。大门上方刻着"圣乐学校"（Schola Cantorum）的字样。学习舞蹈、音乐和喜剧的学生进进出出，看来科林斯式的柱子、绵延的楼梯和令人惊奇的花园庭院，并没有给他们留下什么印象。

人们重新铺砌了恩典谷修道院（Val-de-Grace convent）前的半月形广场，还安装了长椅，这里顿时变成了歇脚的好地方。我们坐在广场上，细细检视修道院的铁制部分、广场楼房旁的前庭和宽大的巴洛克式正立面。我们还很幸运地走进了一个婚礼的现场。首字母"A. L."在恩典谷修道院中随处可见，它们代表的是该修道院的创始人奥地利的安妮（Anne of Austria）和她的丈夫路易十三。受罗马的圣彼得教堂（Saint Peter）和耶稣教堂（Chiesa del Gesù）的启发，这个修道院中修建了由三条通道组成的中殿、高耸的穹顶和贝尔尼尼式祭坛华盖。各种建筑细节令人目不暇接，我们头晕目眩地溜出了修道院。

福堡－圣雅各路的起点在皇家港口大道（Boulevard de Port Royal）。在一栋被烟雾熏黑的大楼和斯大林式的科钦医学院后面，藏着一座有拱廊的修道院，修道院建于1625年，现在是保德洛克产科医院的一部分。坐在修剪过的紫杉丛中，我们听见法兰西的未来在哭号。

走到"南北大街"的最后几英里，每往前一步，这条大街就失色几分，但是我们还是很高兴地注意到大街右面的天文台（l'Observatoire），还有些斜对角的神学院（Faculté de Théologie）——走过几个世纪的神学院变成了一个满是污垢令人心酸的地方，这里的神学课程和这条路上的朝圣往事经历了相同的命运。

"圣雅各"也是一条树木茂密的大道和建于 20 世纪初的地铁站的名字。在这里，"福堡大道"（Faubourg）变成了"伊苏瓦尔墓园大道"（Rue de la Tombe-Issoire）。正当我们朝蒙苏里公园——一个在城市边缘经过景观美化的世外桃源走去的时候，我想起了这些奇特名字的由来。古时候，在城市的边缘之外，道路两旁都是罗马人的坟墓。其中一个坟墓应该安放着一位大人物，"伊索荷"（Ysorre）的遗骨。这个名字演变为"苏里"（Souris）和"伊苏瓦尔"（Issoire），而那些墓碑和骸骨则已杳无踪迹。

在大学城绿化带之外，"南北大街"和相连的"圣雅各之路"变成了巴黎环路上一个壶穴状的出口匝道。在这条路上，三辆汽车朝两个方向并排轰鸣而过。看着蓬皮杜建造的这个庞然大物在混乱中咆哮，我们眼中含泪，陷入思索——泪水中还带着柴油的气味。圣雅各当然会对蓬皮杜的作品不以为然，但我还是不禁有了大不敬的想法——尤利乌斯·恺撒应该会很喜欢它。

巴黎的人物

# 可可·香奈儿

雕像和镜中影像，1997

香奈儿、戴高乐将军和毕加索是我们的时代中三大最重要的人物。

——安德烈·马尔罗

时尚是错误意识的女仆。

——沃尔特·本雅明的名言

长久以来，人们费尽心力热衷追求的高级定制服装在我看来，只能算是无用和令人生厌的东西。不过，这几年我一直对可可·香奈儿这个人很着迷，如果要谈性格矛盾的人物的话，那她可算是一个。而且，在我看来，她在某种程度上是巴黎特有的一类人的化身。我曾有幸参观可可在巴黎康朋街（Rue Cambon）的私邸，那里通常只接待贵宾和大款。从那时起，巴黎城中某些与可可相关的地方都会在我心中引起特殊的共鸣：比如里沃利街和这条街上不变的安吉丽娜茶室（Angélina tearoom）；康朋街、旺多姆广场和丽兹酒店（Ritz Hotel）。她不是这个所谓的"金三角"地段——城中最时尚的社区——的简单住客，她在此居住了六十年，直到1971年去世。她是这个地方的榜样和女主人。

在过去半个世纪中，作为一个不似普通女流，但却展现出无可置疑的女性优雅的权威人士，集富人名士宠爱于一身的女子，可可像对待一套服装一样，剪裁、塑造自己的过去。比如，她把自己虚构为来自于卢瓦尔河谷索米尔的一位葡萄酿酒商的女儿，自称出生于1893年。事实上，她的生日比这个时间早了十年，而且她那一贫如洗、缺乏爱心的父亲是个街头小贩。他把她送到中央高原一个四面漏风的中世纪修道院里，是那里的修女将她抚养成人。可可的母亲让娜·德沃勒（Jeanne Devolle）1895年死于肺结核，死时身无分文。

在可可漫长的一生中，她游走于两个世界之间，一个真实，一个虚幻。缺乏爱的她为爱而生。尽管上至俄国公爵，下至英国贵族，为她倾倒者无数，她却孤身度日，工作是她唯一的慰藉。可可对文学、艺术和音乐知之甚少，然而，在巴黎，她的入幕之宾中有名的就有伊戈尔·斯特拉文斯基（Igor Stravinsky）、巴勃罗·毕加索和让·科克托（Jean Cocteau）。她从不拜金，但却凭她设计的帽子、服装和香水赚了个盆满钵满。她是一个小地方来的社会弃儿，然而她最后却统领巴黎社会，而且几乎以一人之力改变了全世界女性的穿着打扮、身上的气味和行为举止，在街头时尚和文化折中主义大行其道、人人随心所欲的今天，这是一项难以想象的壮举。科克托曾这样描述她：刻毒，有创意，奢侈，可爱，幽默，慷慨，可恶而又过分，"是个独一无二的人物"。我要加上一句，可可是个独一无二的巴黎人。

尽管香奈儿的传记有许多，这些年来我也读过其中一些，但是她依然是一个谜。不过，她在巴黎的某些地方留下了一丝余香，在波浪状的镜子前留下了残影，正如人们在杜伊勒里宫前的安吉丽娜茶室里看到的一样。这间茶室的 11 号桌边的墙上挂满她的照片，一切都恍如昨日。

可可经常坐在 11 号桌子，安吉丽娜茶室中的每一个人都认识她。这家 1903 年开张的茶室原来叫琅勃迈尔（Rumpelmayer），不过，当时的可可还没钱进去。20 世纪 50 年代，这里变成了她晚年寻求安慰的地方，到这里来安安静静地喝上一杯热可可，成了她每天的惯例。那时候，楼下的仿路易十六风格的扶手椅还是绿面的，不是今天我们看到的棕色漆皮。其他泛着旧日光泽的装饰品则没有改变。她常用的大理石面桌子依然摆在主厅倒数第三张的位置，一面高 15 英尺的镜子映衬其后。可可特别喜欢照镜子。她能从镜子中观察自己，这是肯定的，而且，她还能退后一步，通过镜中影儿观看世界。她会坐在 11 号桌，点上一杯非洲巧克力，凝视自己消瘦的身影。她的身边是茶室中精雕细琢的石膏外壳和已经褪色的美好时代的壁画，画中描绘的是地中海风光。那些了解她的人说，其实她是在回望过去，仿佛是在看一颗能够把她送回往日的水晶球。

不久前，我坐在她常坐的桌子边，手里拿着一本她的传记，品尝一个鼓鼓囊囊的葡萄干卷，喝一杯风味浓郁的可可。杜伊勒里宫正在进行的时装秀并没有令安吉丽娜挤得水泄不通。我身边有一位仪容整洁的中年妇女正在爱抚她的宠物狗。她把勺子插进一碗生奶油，给她的可可上加了些点缀，然后心满意足地朝身边的年轻男子和女子微笑，他们也许是亨利·詹姆斯的作品中走出来的逃亡者。我瞥了一眼，想象她就是可可，她从镜子中溜出来了。

从记录来看，如果可以的话，加布里埃·可可·香奈儿想忘记的不仅是她的幼年和童年，还有第一次世界大战前她在法国南部城市穆兰（Moulins）的早年生活。当时，她白天当店员和裁缝，晚上是咖啡音乐厅（café-concert）的歌手。遥远的美好时代里回荡着加布里埃的绰号，她的绰号是从在洛东达咖啡馆（La Rotonde）旁边闲逛、听她歌唱的军官们那里得来的。她只会唱两首歌，其中一首是《谁看见了特罗卡德罗广场的可可》（Qui qu'a vu Coco dan l'Trocadéro）。他们喊着"可可！可可！"要求她再来一首。一位相当富有的法国绅士，同时也是一位步兵军官的艾提安·巴勒松（Etienne Balsan）就是观众中的一位。他是可可的第一个有名气的情人。

　　热衷享乐的巴勒松被女色和有趣动人的法国小姐弄得神魂颠倒。他表示愿意资助她，第一次是在她昙花一现的舞台生涯中（她在从这份工作中了解戏剧服饰和化妆），然后是在她经营女帽的时候。修女们教会可可缝纫和刺绣。从一位嬷嬷那里，她学到了如何给帽子加上装饰。在皇家领地（Royallieu），也就是位于巴黎北面贡皮埃涅市附近艾提安·巴勒松的奢华居所和育马场，香奈儿成了真正的女主人，而且很快她就开始给社交名媛和超凡脱俗的女性们制作帽子——她们和她一样不是结婚的料。

　　可可是一个天生的女运动员，她骑马和男人一样好，她穿上了一身英国绅士骑手的行头。她不同寻常的穿衣方式、机智的头脑和锐利的口才，很快为她赢得了令人敬畏的名声。巴勒松最好的朋友是爱马圈中的明星—— 一个富有的英国马球玩家，人称"男孩"

的亚瑟·卡柏（Arthur "Boy" Capel）。他后来与可可两情相悦。

埃德蒙德·夏尔－鲁（Edmonde Charles-Roux）是香奈儿多年的朋友，同时也可能是她最好的理想化传记作者，他曾说，作为现代独立女性模范的可可是由"男人塑造、发现并创造出来的"。巴勒松把她从贫困中拉了出来，但是带给她真正的快乐的是"男孩"卡柏——不过这种快乐是暂时的。香奈儿常说卡柏是她的真命天子，只有他才能理解她对自由的热情和渴望。卡柏将她介绍给自己在社交圈中的朋友，帮她扩大马勒塞尔布大道160号的中等店面的规模，并将她的店铺搬到同一街道上138号属于他自己的豪华寓所之中。他还为她在康朋街开了一家工作坊，又在多维尔（Deauville）开设了一家有格调的精品店。多维尔是巴黎人的海滨胜地，也是欧洲显贵的夏日大本营。他明确表示，她会一直是他的朋友和情人，但是永远也不会成为他的妻子。

后来，"男孩"卡柏和一位淑女结了婚，几个月后他在一场车祸中猝然离世。有些人遇到这种情况会借酒浇愁，而可可在此之后整日在男人堆里打转，沉湎于工作。经过十年的形象塑造，她在经济腾飞的20世纪20年代扶摇而上，势不可挡。她买下巴黎郊区奢华的"美丽呼吸别墅"，开始招待斯特拉文斯基、科克托、诗人皮埃尔·勒韦迪（Pierre Reverdy）、俄罗斯芭蕾舞团的谢尔盖·佳吉列夫（Serge Diaghilev），以及钢琴家和模特儿米希亚·赛特（Misia Sert）——在几十年的时间里，她一直是可可最亲密的朋友。年轻时加在可可身上的社会约束已经不复存在，在她的艺术家伙伴中间，可可不再是一个异类。

安吉丽娜巧克力的味道和身材纤瘦的可可的高跟鞋的回响伴着我。从里沃利街铺满马赛克的拱廊向北，走过几个街区，卡斯堤拉恩街（Rue de Castiglione）上的老牌英美药店"斯万"让我想起了普鲁斯特。往东一个街区之外，拱廊书店（Librairie les Arcades）的橱窗中陈列着由胡安·米罗（Joan Miró）、马克斯·恩斯特（Max Ernst）和让·科克托配插图的书，于是我的思绪又飘回到可可那里去了。福堡-圣奥诺雷大街上车流拥挤。但我还是能闻到香水味，那是从附近的康朋街27号和31号飘过来的，那是两家历史悠久的香奈儿精品店。就是在这两个备受尊崇的地方，在我有幸走进可可的楼上公寓时，我听说了"香奈儿5号"如何诞生的故事。第一次世界大战后不久，一些俄国朋友将香奈儿介绍给德米特里·巴甫洛维奇大公（Grand Duke Dmitri Pavlovich），他曾谋杀拉斯普京（Rasputin），所以早在1917年俄国革命之前就流亡在外。1920年，可可将这位身无分文比她小十岁的贵族收为情人，让他过上他曾经习惯的生活。作为回报，德米特里教她调制沙皇宫廷内那些令人飘飘欲仙的香氛，并介绍她认识调香天才恩尼斯·鲍（Ernest Beaux）。一年之后，鲍给她带来五个小药瓶，里面装着几种香氛，这些香氛意在表达她的制衣风格的精髓。可可嗅了嗅前四种，摇了摇她的头。她可能点中了最后一瓶，这瓶带有5号标志的香氛散发着属于成功的甜蜜气味。

　　从康朋街精品店的展览室往上一层走，那里有一道镶有镜子的螺旋式楼梯，可可曾在楼梯上驻足，在人们看不见的地方观看模特儿们炫耀地展示她们的服装。楼上的私人公寓是禁止进入的，上面标有"女士专用"（Mademoiselle Privé）。这两个一尘不染、有些寒冷的房间与其说是博物馆，倒不如说是供奉着关于可可的记忆的圣殿——不过我得加上一句，那是某个官方版本的记忆。我，一个对可可的战时表现耿耿于怀、顽固不化的老古董，现在正坐在她巨大的皮沙发上，可可过去喜欢裹着貂皮毯在此这张沙发上小睡。她的眼镜就放在附近的一个地方，我感觉到它在淘气地盯着我看，就像一些圈内人所说的可可盯着一些不受欢迎的批评家们的眼神。这里还展出了她的其他日用品，供精选的尊贵访客品赏。这些东西中包括一对中国乌木屏风，书籍、雕塑和艺术品，这一切都永远倒映在可可珍爱的镜子中。其中一件艺术品特别令人惊愕，那是文艺复兴时期威尼斯风格的雕塑，刻画了一群黑人奴隶，据说她对这件作品尤为钟爱。沙发前是一张咖啡桌，桌上有许多金色绒球，中间放着威斯敏斯特的纹章。我记得当时我暗自问道，为什么这些东西会在这里，几个月后，我在一本传记中找到了答案。

可可与斯拉夫人德米特里厮混了几年的时间，直到他最终娶了一位财资丰厚、性情较柔顺的美国女继承人，这段岁月才算告终。可可继续努力地往上爬，不过，这次她把起点搬到了位于福堡－圣奥诺雷街29号的一栋奢侈的两层公寓，从这里步行过去只要几分钟。当我穿过一辆接一辆的宝马和奔驰，慢悠悠地朝那里走去时，回想起在可可的豪华居所中，斯特拉文斯基和佳吉列夫是常客。毕加索在为科克托的《安提戈涅》创作布景时曾去那里住过。毕加索是举世无双的好色之徒，这是人所共知的事情，不过很少有人记得，阅人无数的可可曾在此把他当作正餐之间的小菜品尝一番。正是在这段快乐的时光中，诗人皮埃尔·勒韦迪，这个和香奈儿一样来自小地方、雄心勃勃地想闯出个名堂的男人，变成了她的第三任著名情人。

他们一起住的公寓现在归私人所有，我只能止步于楼下不起眼的门廊，无法深入其中。香奈儿时代的东西没有一样留存下来，只有这个地方还在引人遐思。深处精神危机的勒韦迪甚至把她一个人留在了巴黎。但是可可的孤独并没有持续多久：在蒙特卡罗，她吸引了英国最富有的男人，绰号"班铎"（Bend'Or）① 的威斯敏斯特公爵的目光。他把她带到自己的游艇"翔云号"上，在一年的时间里，他们如胶似漆，形影不离。这似乎是一次永远也不会结束的假期，事实上，他们一见钟情的恋爱将持续五年的时间。1926 年，可可带着她的"小黑裙"开创了高级成衣（Pret-A-Porter）的风潮。美国的《时尚》杂志将这种革命性的服装称为"带有香奈儿符号的时髦式样"。

威斯敏斯特公爵做了公爵们常做的事，他宣布与一位名叫莉莉亚·玛丽·庞森比（Loelia Mary Ponsonby）的女士订婚，这个名字和贵族血统沾不上半点关系。可可为此心碎，但是她再一次重新振作了起来。她旋即和保罗·艾里布（Paul Iribe）打得火热，后者是一位行事高调的漫画家、珠宝设计师和杂志编辑。正是在艾里布的引导下，香奈儿开始创作钻石首饰，从这些首饰派生

---

① 这里指第四代威斯敏斯特公爵，休·理查德·亚瑟·格罗斯威纳。

出来的产品今天依然在销售。1934 年春，也许是厌倦了公司经营管理，她从福堡－圣奥诺雷街搬到了丽兹酒店，在这个安乐窝里，她能俯瞰康朋街。在她余下的人生中，她隔段时间就会来此小住。

从福堡大道漫步至旺多姆广场，在你经过的这几英亩地方，旧富和新贵并立。卡地亚、宝格丽和梵克雅宝等顶尖珠宝品牌在冲你眨眼，香奈儿的店面就置身其间。时尚精品店、高档酒店和米其林星级饭厅比比皆是。这曾经是属于可可的巴黎，这是睥睨众生的顶峰，是一个来自乡下没受过什么教育，一贫如洗、一心往上爬的人所能到达的最高点。今天的丽兹酒店会给客户提供所谓的"香奈儿套房"，尽管它不是可可当年的住所（她的套房在酒店里对面的房间）。套房当然不是什么圣殿：你可以花大约一万美元一晚的价钱租下这个 1549 平方英尺的公寓。大部分要求开开眼界的凡夫俗子只会被链接到"丽兹巴黎"（ritzparis.com）的网站，去听听莫扎特的乐曲，浮想联翩一番。不过，如果你咨询的方式非常礼貌，着装得体，而且在你提出要求的时候，房间正好空着，那你也许不用花钱也可以瞄上一眼。

最近，在一位艺术史专家和顾问的指导下，香奈儿的现任艺术总监卡尔·拉格斐（Karl Lagerfeld）将这里的家具重新装饰了一番。他采取了路易十六时期、法兰西第一共和国督政府和法兰西帝国的风格，换句话说，他采用镀金和绚丽的元素，香奈儿应该会喜欢这一套。丽兹酒店称，六十名匠人夜以继日埋头苦干了两个月，"为的是完成这件艺术之作，务求尽善尽美"。浴室中的石制龙头镀了金。那里甚至还有几扇乌木屏风，那些屏风和可可的康朋街寓所中的乌木屏风很相像。从窗户望去，旺多姆广场上排成一行的 18 世纪建筑瑰宝尽收眼底，当然，窗外还有那根闻名遐迩的圆柱，上面有仿罗马帝国风格的浮雕。和许多象征着压迫的物件一样，它曾不止一次地被暴民们推倒，然后又被掌权者重新竖起。

费尽口舌进入那个套房后，我忍不住朝窗外看，想着那根圆柱的事情。还有 1934 年，当可可第一次入住丽兹酒店时，尽管全球各地都处于大萧条之中，各地工人掀起暴动，举行罢工，而且她自己的员工也参与其中，但可可的企业还是蒸蒸日上。实际上，在市面黯淡的 20 世纪 30 年代，她的生意做得风生水起。

但是，对香奈儿来说，金钱不等于一切。1935 年，她心爱的艾里布英年早逝，这似乎再次证明，可可在商场上有多得意，情场上就有多失意。几年之后，甚至连这种局面也开始发生变化：第二次世界大战犹如远处的雷鸣，可可的安乐天地开始地动山摇。1939 年夏，她逃离了巴黎。不过，在德军占领期间，她偷偷搬回了丽兹酒店。她人生中最黑暗的时期开始了，在那十年中，她的名字都和一个鬼影一般的名字"冯·D."[①] 联系在一起。那是一个德国情报人员。香奈儿的事业继承人们对这段历史都讳莫如深，几乎没有人曾让这段故事和香奈儿的时尚或香水公司扯上半点关系。

---

① 这里指一位名叫汉斯·京特·冯·丁克拉格的德国男爵。据说，这名男爵是一个为德国某情报组织工作的危险特工，并且很可能是一名盖世太保，香奈儿与其有过私情。

占领期之后，与纳粹勾结的女人都被惩罚了，那么，可可·香奈儿是怎么逃脱惩罚的呢？用知名散文家、批评家和首位法国文化部长安德烈·马尔罗的话来说，"香奈儿、戴高乐将军和毕加索是我们的时代中三大最重要的人物"。在她的朋友中，有人在法国政界身居高位，而且，在康朋街她的公寓里，咖啡桌上摆放的绒球证明了，那场战争的胜利者中也有她的朋友。

战争结束后，她将自己放逐到瑞士，直到 1954 年才复出。她回来时已是七十岁高龄，而且从 1939 年起她一直没有推出新系列。那时已经是克里斯汀·迪奥（Christian Dior）的天下。可可不屈不挠，开始投入工作，她重振了康朋街的店铺。起初，她举办的展览遭到时尚大腕们的抨击，而且当时在伦敦富有影响力的《每日邮报》称她遭到"惨败"，但是在美国她却大获好评。她找回了年轻时的名望。《生活》[1] 杂志称赞她再次为时尚领域带来变革。当被问到谁穿过她设计的衣服时，可可突然来了这么一句："你该问我谁没穿过我设计的衣服！"接下来的十七年间，直到 1971 年她最后一次剪裁布料时，她不是住在丽兹酒店的套房中，就是在康朋街的公寓和店内。"我是一个叛逆的孩子，一个叛逆的情人，一个叛逆的裁缝——一个真正的淘气鬼。"她曾经坦白地说。对这位 20 世纪时尚界最伟大的人物，一个真正属于"金三角"地段的巴黎女子来说，这段墓志铭倒是不错。

---

① 《生活》周刊是美国历史最悠久和最有名的图片杂志，由《时代》和《财富》两大杂志创办人亨利·卢斯在 1936 年创办。

# 旧书亭

旧书商的盒子，2005

人们埋葬了他，但是在丧礼的整个夜晚，在灯火通明的玻璃橱窗里，他的那些三本一叠的书犹如展开翅膀的天使在守夜，对于已经不在人世的他来说，那仿佛是复活的象征。

——马塞尔·普鲁斯特，

《女囚》（*La Prisonnière*）

棺材。破旧的玩具小房子。缀满挂锁和金属条的宝箱。Bouquinistes（旧书商）那破烂不堪的绿色书亭。这就是巴黎码头边塞纳河畔的书亭，风光不再的旧书亭总能令人心中有所触动，它们是生不逢时的珍宝，在过去的一百多年里，它们只能依傍在河畔护墙上，今天依然如此。

一架长达几英里的篷车上乱糟糟地装着五十多万本二手书，书亭里还满载着海报、雕刻品、小饰品、图画、软色情刊物、皮革装订的大部头、沾满尘土的平装本、小铸像、钱币、杯垫和冰箱磁贴——庄严崇高、低级趣味和荒谬可笑在此并排展示。

一位市政府官员曾向我确认，这些书亭总共有一千个左右，清一色是"绿色"篷车——就是第二帝国或者第三共和国时期留下来的旧火车车厢、旧公交车、旧长椅和旧栏杆的深绿色。虽然书亭的颜色是规定好的，但是每个书亭的色彩明暗和形状还是有些细微的差别，它们可能被地衣覆盖、烟雾熏黑，因雨水和湿气而腐烂，因驾车者的粗鲁和时光的无情而留下伤疤，然后被打上补丁、捆紧，再厚厚的刷上一层绿漆。黑夜里，尤其是在潮湿的没有月亮的夜晚，在19世纪的街灯下闪着微光的书亭透出一股邪恶、阴森的气息——那就是死去的巴黎的化身。

不过，如果在阳光明媚的早晨再来看它，当你看到打理书亭的书商们走下石面人行道，按照习惯的程序，小心翼翼地打开锁，将书亭撑开示人时，你会觉得整个感觉都不同了。残旧的书亭变成由木头和锡组成身体、抬着腿的草蜢，或者展开鸥形翼的舰船，承载着成捆的珍宝，从可靠的过去驶向无常的未来。

如果你眯着眼睛，或者用长焦镜头避开车流看去，你的眼前会依稀浮现小说家阿纳托尔·法朗士（Anatole France）的身影——他是19世纪最有名的旧书商赞助人。他在那令人头晕目眩的一大堆东西中精挑细选，从中拿起一本沉重的大部头，然后开始讨价还价。实际上，这是在1891年，也就是法国全盛时期的场面。和市政人员玩了四百年猫捉老鼠的游戏之后，巴黎码头上的流动书商们终于获得许可，把书亭安置在护墙栏杆旁。现在，这个游戏轮到未注册、叫卖手镯的摊贩们玩了，他们大多都是移民，一看到警察过来就卷摊儿走人。

不知为何，我总是会被旧书商们吸引过去。要说我已经和几个书商成了朋友，那未免言过其实，不过作为一名常客，我确实认识他们，而且对他们的货物很熟悉。很多旧书商都很健谈，而且有些人对这个行当的历史颇为了解。"旧书商"（bouquiniste）的名号显然是源自德语的"Buchen"（书籍）或者古荷兰语中的"boeckin"——小书。因此，在法语中，"bouquiniste"就是卖bouquins（旧书）的人。旧书商和我一样，是书籍爱好者、收藏家或者读者（而且我们当中大部分人的小公寓中旧书都多得放不下，因此我们会交换书籍，让书堆能变矮一点）。那么，我们可以顺理成章地想到"bouquiner"这个动词指的是河堤附近搜罗书籍，一般还可以用来指通过仔细阅读教科书的方式"增长知识"，或者说"用功"。

有趣的是，在和我聊过的人当中，似乎没有一个人知道这些说法是在什么时候产生的，不过，巴黎市的档案暗示，巴黎的第一台印刷机是1470年在索邦神学院安装的——也就是古腾堡（Gutenberg）[①] 在美因茨印刷出第一本 Buch（德语：书）的十四年后。从那以后，旧书就开始在以左岸的大学社区为总部的学者和牧师们中间迅速流通了起来。1500年，巴黎城中开始涌现最早的固定书屋。到了1530年前后，在西岱岛及连接该岛和塞纳河两岸的大街小巷中开始出现大批流动书商的身影。

从一开始，当权者们就是带着他们惯有的恶毒眼光看待这些鱼龙混杂的旧书商的，他们认为这些摊开铺地防潮布，或者解下肩上的皮带、放下托盘、售卖货物的人形迹可疑，可能是图谋不轨的穷人。1577年，警方文件大致上将他们和"销赃犯和窃贼"等同视

---

① 古腾堡（Gutenberg），德国活版印刷发明人。

之，因为在宗教战争期间，许多旧书商销售了宣扬新教的小册子，或者国外印刷的"带有颠覆性质的宣传册"。通常，国王的手下会围捕旧书商，并把他们投进监狱——或者采取更残忍的手段。

1606年，巴黎警方决定规范这一行业，旧书店仅限白天营业，旧书商的活动范围被限制在河岸边新桥（Pont Neuf）附近。这些早期的书贩们获准在护墙边和路旁展示他们的商品（当时的巴黎除了新桥之外还没有其他人行道）。法国大革命期间，书贩的数量剧增。当时，在如今的协和广场的位置，达官显贵们的头颅滚入血淋淋的篮子，不计其数的贵族家庭的藏书被没收和拍卖，或者被愤怒的暴民盗走。最后，许多贵族的书籍流入旧书商们的手中。在过去两百年的时间里，这些珍贵的书卷在河堤区已经数易其手。

长期以来，法国的施政者们痴迷于秩序和对称，每隔一段时间，这种秩序和对称就会被已经成为惯例的革命推翻。旧书商的书亭规模和分布可以追溯到第三帝国时期，当时，开明的市政府官员决定给负伤老兵和丈夫死于战争的寡妇们在河畔的护墙上安置书亭的权利。20世纪40年代，书亭的管理规定发生了一些小变革（规定每个旧书商在护墙处分到的摊位总长度——正好8米），而在20世纪50年代，旧书店的颜色统一为绿色。1993年，巴黎市开始要求旧书商们每周至少营业四天，每年连续休息日限定在六周之内，购买营业许可证，并缴付社会保险和所得税（通常为申报净收益的百分之三十左右）。现在不只是贫困家庭要有证明，各行各业的人也要有证明。

可想而知，旧书商们并不总是遵守这项规定，但就连最不守规矩的人也变得老实了。按规定，现在每位书商可以拥有四个书亭，其中至少有三个书亭只能放书。在第四个书亭中，旧书商可以摆放"与巴黎有关的纪念品"，因此，袖珍埃菲尔铁塔、圣母院滴水兽指针、印有凯旋门或者其他古迹的明信片和仿爱马仕围巾层出不穷。

一天，我强拉着一位年纪尚轻的女士聊天，这位女士名叫劳伦斯·阿尔斯纳，是第四代"旧书商"。她的书亭面朝着左岸的都尔奈勒河堤（Quai de la Tournelle）65号，河堤和比耶夫尔街（Rue de Bièvre）呈对角线分布。"我是在这条人行道上出生的，"她告诉我，语气中带着自然的骄傲，"但是我们已经不能光靠卖书生存下去了。"

有巴黎圣母院作为衬托，劳伦斯占据了一个理想的位置，然而，她说，有时候她连一本旧书也卖不出去。她用玻璃纸将文学、历史经典和游记精心包起，放在常见的明信片和海报旁边——那些东西才能让她挣到钱。"夏天的时候，游客们想要《包法利夫人》之类的二手经典书，"她叹息道，"一到淡季，巴黎的收藏家、常到河边散步的人和记者们会来买不再印行的书或善本书，但是人们现在都不怎么读书了……"

网络、CD和DVD光盘、视频文件和电脑游戏压缩了旧书商们的市场份额。不过，劳伦斯家还是开着三个书亭，而且没有准备放弃的意思。她的父亲马塞尔·保顿出生于莎士比亚书店（Shakespeare & Company）前的蒙特贝罗码头（Quai de Montebello）。他的妹妹薇若妮卡·勒·高夫则出生在巴黎快铁3号入口处附近的圣米歇尔码头（Quai Saint-Michel）。和大部分的旧书商一样，这一家人痴迷于书本——这群终身生活在河堤区的人把这种心态称为"恋书癖"（la maladie des livres）。这也是他们忍受微薄的收入坚持下去的原因，市政官员估计，每位持有执照的旧书商的月平均收入是一两千美元。

我曾经苦思良久，这些旧书商是在哪里弄到书的。当然，有时候书是来自我这样的常客，但是这种小规模的、偶尔才有一次的互换交易是出了名的不靠谱。事实上，大部分的旧书商每周都有几天要在晨光拂过塞纳河之前起身，开车到脏乱的郊区或者偏远地方的跳蚤市场去寻宝，参加拍卖会或者看能不能撞上村子里的家庭旧货甩卖——这是书的最佳来源。有时候，中间商会带着一卡车乱七八糟的东西过来，那些东西都是从某处的阁楼中抢救过来的。偶尔还会有些盗贼尝试兜售盗墓得来的赃物，但是通常在他们说完推销的套话之前，熟悉市井民情的卖家就已经认出这些有意叫卖的人。或者说，据称是这样的。

旧书商面临的竞争不仅来自网络和高科技，还来自其他的二手书店。一年之中，每个周末，遥远的 15 区的乔治－布哈森公园（Parc Georges-Brassens）里，在一幢 19 世纪的玻璃钢铁建筑中都会举办乔治－布哈森书展。它已经成为正规收藏家们又一最爱的活动——尽管比起河堤，它还是少了几分魅力和便利。

巴黎有大约两百四十名旧书商，其中的二十位可能是犯罪小说、乐谱、军事史、艺术品、旧杂志、古籍等方面的专家。当我要找惊悚小说或者与爵士乐相关的书时，我会去找一脸胡须和蔼可亲的雅克·比谢利亚，他的书亭就在都尔奈勒河堤 31 号。他有城中最大的爵士乐相关藏书，大概有八百册，还有几千册犯罪小说和侦探故事书——那是他的第二爱好。

从雅克那里越过塞纳河，在市政厅码头前面，有一位名叫米迦勒·维格鲁的旧书商，他来自布列塔尼，只要是你能想象得到的和他那海风吹拂的故乡相关的各种书、杂志或者海报，他都卖。也是在这个码头上，72号的卡蒂娅·拉克诺威克兹经营着与电影和戏剧相关的书。奥古斯丁大帝码头（Quai des Grands-Augustins）21号的阿涅丝·塔莱克几乎把七星诗社（La Pléiade）[①] 发表的每一本高雅文学作品都摆了出来，（热斯夫雷码头2号的）让－克劳迪·皮康则以拥有几乎全套的《巴黎竞赛》（Paris Match）杂志为荣——啊，看看那些有分量的字眼和富有冲击力的照片吧！城里一些最精美的（也是最昂贵的——价格高达一千美元）图版书和罕见的善本书则是左岸名人米歇尔·于歇－诺德曼（贡地码头35号）的看家宝。

然而，对于其他大部分的旧书商来说，品种多样是生存的关键，所以他们卖的东西是大杂烩。这意味着一位称职的旧书商会花上一整天的时间，在右岸的玛丽桥和德科利尼将军路（Rue de l'Amiral-de-Coligny）之间的100码路上"走摊"，然后越过塞纳河，再到苏利桥和皇家桥之间的150码路上"走摊"。这个过

---

① 七星诗社是16世纪诗人皮埃尔·龙萨（Pierre de Ronsard）和杜贝莱（Joachim du Bellay）等七位诗人组成的一个诗歌团体，该团体代表法国人文主义贵族作家，提倡改革法语。

程很费劲，不过沿途的景色不错，而且你遇到的人往往都语言辛辣，头脑机智，是巴黎小团体中的典型成员。

旧书商们十分独立，有时显得很外向，有时又板着脸，他们是具有排他性的小团体。团结是生存的要诀。比方说，开摊或者收摊要花四十五分钟的时间，邻近的书商通常会互相帮助。他们会把酒言欢，谈天说地，在河堤上密布的电话亭边交流小道消息。他们了解对方。他们知道谁卖什么，卖多少钱，而且会互相介绍客源。他们之间互相称呼对方只喊名字——"去找罗伯特看看，"他们可能会对你说，然后像在有街道标志的时代以前，人们曾经的做法一样，给你一个"地址"，"蒙特贝罗那儿……"

当我见到罗伯特的时候，我才知道，他就是现在巴黎最老的旧书商。他是一个八十出头的大块头男人，嘴上的胡须浓密，而且还有络腮胡。他在蒙特贝罗，也就是和河堤同名的一家餐馆前面售卖关于收藏的图书，还有廉价的平装本。人行道上的另一位名人是让－雅克（Jean-Jacques），他的摊位在贡地码头。他似乎因自己滔滔不绝、口若悬河而赢得了"书商雅克·普列维尔"的雅号。他的爱好是电影、戏剧和舞蹈，而且他没工夫陪那些外行的看客们。

从让－雅克的书亭往东走 100 码，在奥古斯丁大帝码头 55 号的是一个古怪的新人，他是一个退休的通讯顾问，名叫居伊。他卖的书籍品类繁多，不过他真正的爱好是展示他自己原创的油画或粉蜡笔画，形象绘画和抽象绘画他都有所涉猎。纯粹派会嘲笑居伊，因为他们从他那些非传统的"展品"中看出了几分蒙马特风格。但是我们很难判定他的绘画就比其他摊位出售的上百张伪西格蒙德·弗洛伊德（Sigmund Freud）海报的品位差多少（那些海报上都是"男人的脑子里在想什么？——裸女！"），而且蒙马特的大象列车永远也不可能影响到这里。

我做过一个非正式的调查，询问旧书商们是否享受自己的生活。大部分人都会滔滔不绝地谈自己无拘无束，多么自由，书本世界多么奇妙，河堤区风情多么迷人，还有每天和世界各地的人打交道多么令人兴奋。但是如果你多问几句，他们往往会一声叹息或者说出实情。天气是旧书商最担心的问题，尤其是雨天，生意很难做。下雪、刮风、寒冷或骄阳，都会让人们几天不来光顾。这些恶劣天气对这些书贩本身也会造成伤害。在巴黎圣母院附近，我问到一位干瘪枯瘦的老书商，他说："我们是巴黎的农民，我们和渔民或农民一样，会听天气预报，即使全身湿透，冻得发抖，或者顶着大太阳也要出门。"

现在你能明白了，某些旧书商阴沉的脸色是风霜雪雨和岁月侵蚀造成的。他们要接受如潮水一般不断涌来的古怪客人的洗礼，那些客人会拿起书，撕开它们的包装，把它们放错地方，而且似乎只想翻翻看看，不想买书。还有市政人员和税务稽查员——他们总是急不可耐地要对现金交易的生意严格检查一番。

不过，最烦人最危险的还是轰鸣而过的汽车、卡车和公交车，它们速度一年比一年快，数量一年比一年多，排出的废气一年比一年毒。20 世纪初，联合国教科文组织宣布塞纳河畔的河堤区成为世界遗产地，然而，巴黎市却将这里变成了"红色干线"高速公路。每一个交通信号灯就是一场汽车加速赛的起点。

午后，在无风的天气里，空气会被烟雾熏黑。旧书商们对此大为摇头，咕哝着"简直就是噩梦"、"白痴"和"不可理喻"之类的话。令人稍感欣慰的是，最近在左岸开辟了自行车和公交车道，而且在某些地方有了更宽的人行道，但并不是所有的旧书商都能从中得到好处。

尽管困难重重，这群在码头上谋生计的男女们的平均年龄已经从（20 世纪 60 年代的）六十岁降低到四十岁——这也许证明了这个职业的顽强生命力，或者表明经济状况不容乐观，因此年轻人不得不从事边缘行业。但有一件事情是可以肯定的，为了获得执照或者抢占景点而竞争的申请者从来不会少。等候批准的申请人名单上通常会有大约八十个名字。要等上四年的时间，你才能得到第一个摊位——一般都是一个脏兮兮的地方，而且你可能要花上几十年的时间，像玩跳房子游戏一样一步步"晋升"，最后才能排到巴黎圣母院或者新桥附近的地方。

"你要在炼狱中开始试炼，"当了一辈子旧书商，在大教堂附近开书亭的劳伦斯对我解释道，"我们管在码头的尽头处的差劲摊位叫炼狱——就像我祖母在 1920 年获得的摊位，还有我二十年前获得的摊位一样。你从炼狱开始一步一个脚印，日子就会越过越好。"她微微一笑，指向从塞纳河树木繁茂的两岸耸起的圣母桥桥墩。当车流平息，我们静享快乐一瞬，那种感觉确实恍如置身天堂。

# 午夜、蒙马特和莫迪里亚尼

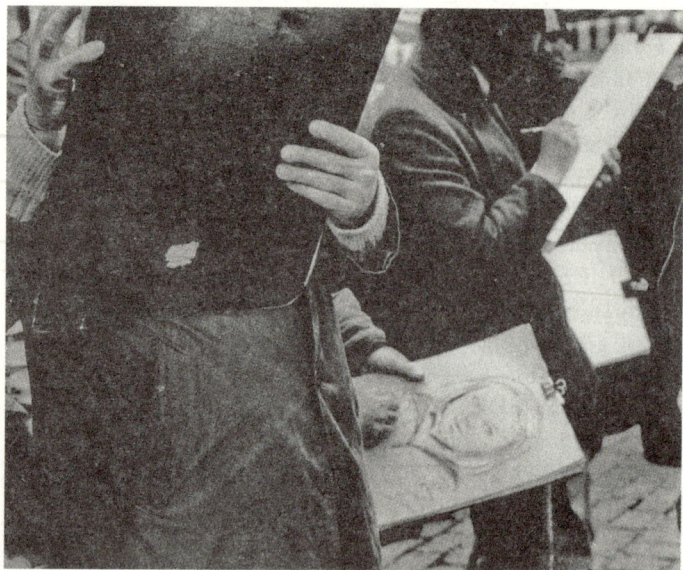

小丘广场，2005

午夜时分的蒙马特呈现一派奇异的灰暗的氛围……艺术家们对眼前的一切寄予期望，诗人们却只注意到某个女孩儿，当这两者走到一起，画面中呈现的就是行色匆匆的邋遢女子和眼神疲倦的男子……

——H. P. 休，1899

　　"恶之花"夏尔·波德莱尔是 19 世纪的巴黎"被诅咒的艺术家"（maudit）中的典型——这位饱受折磨、性情敏感、命运多舛的诗人属于一座死去的城市，它经历了整整一代人的时间才从中世纪走入现代。他活得尽情尽兴，然而却英年早逝，他的作品浸染着深深的哀愁，时至今日，这份哀伤依然余韵绕梁。20 世纪初的法意混血画家、雕塑家阿梅代奥·莫迪里亚尼（Amedeo Modigliani）在很多方面是波德莱尔的延续。这种评价也许是毁誉参半，但是和波德莱尔的诗歌一样，莫迪里亚尼创作的充满灵魂的艺术作品比以往其他作品更加撩人，而他在巴黎度过的喧嚣、放荡、悲剧的短暂人生，直到今日依然如一个世纪前一般令人感伤。

　　在我们这个时代，古板的传记作家可能会将莫迪里亚尼描述为有男人味、风流成性、令人着迷又带有魔性的人；他是一个滥用药物的狂人，容貌英俊，天分甚高，然而这些优点对他自己并没有好处，而且他还有自毁和凶残的倾向，可算是吉姆·莫里森（"大门"乐队主唱）的同类；他是一个天生的叛逆者，是在"一战"前的美好时代中，最后一个如波希米亚人般放荡不羁的浪漫主义者。

和吉姆·莫里森一样，莫迪里亚尼葬在拉雪兹神父公墓，那里是法国的显要人物们的墓地。当我在这些坟墓间漫步的时候，我时常想到这二人。所以，几年前，当艾莉森和我开始在地图上将莫迪里亚尼生活过、工作过和死去的地方标出来时，我们认为从拉雪兹神父公墓开始似乎是理所当然的。莫迪里亚尼的墓址位于 96 区的交叉路（Avenue Transversale）3 号，从理论上来说，这里永远都是他的家。与之相应的是墓园里索然无味的分区中一个简单的石灰岩坟墓。墓碑上几乎常年覆盖着鲜花，上面刻有墓志铭："阿梅代奥·莫迪里亚尼，1884 年 7 月 12 日生于里窝那（Leghorn），1920 年 1 月 24 日卒于巴黎。在他走上事业的顶峰之前，死神带走了他。"莫迪里亚尼去世时一贫如洗。但是，正如我训练有素的艺术史学家妻子艾莉森对我说的那样，人们给他举行了一场英雄式的葬礼，参加葬礼的宾客有毕加索、苏丁（Soutine）、雷捷（Léger）、奥尔蒂斯·德·萨拉特（Ortiz de Zarate）、里普希茨（Lipchitz）、德兰（Derain）、塞维里尼（Severini）、藤田嗣治（Foujita）、郁特里罗（Utrillo）和瓦拉东（Susanne Valadon）、佛拉芒克（Vlaminck）、诗人马克斯·雅各布（Max Jacob）和安德烈·萨尔蒙（André Salmon），还有十几位如今被人们遗忘了的朋友和仰慕者。他走上了顶峰，当然，这指的是同行们对他的认可，但是为时已晚。

顺着莫迪里亚尼的墓碑往下看，只见又是一串玄妙的墓志铭。这是在第一段墓志铭刻上去的几年后加上去的，内容是："珍妮·赫布特尼（Jeanne Hébuterne），1898 年 4 月 6 日生于巴黎，1920 年 1 月 25 日卒于巴黎。完全献身于阿梅代奥·莫迪里亚尼的忠诚伴侣。"

完全献身？我很好奇，珍妮·赫布特尼是何许人？她为什么会在这位艺术家去世仅一天之后死去？艾莉森记不清了，所以，在动身寻找莫迪里亚尼熟悉的那些地方之前，我们浏览了一下艺术史书籍。我们看得入了迷，但书中得来的发现令我们震惊不已。

阿梅代奥·莫迪里亚尼的母亲是法国人，来自马赛，他的父亲是意大利人。他的父母都出身于殷实的中产阶级犹太人家庭。阿梅代奥在托斯卡纳的海边长大，二十一岁的时候，他搬到巴黎学习艺术。他崇尚思想自由，正式放弃家族的信仰，并向他的同学们宣称，他想要"短暂但充实的人生"。精力充沛、魅力非凡、机敏过人、精通双语的莫迪里亚尼从一开始就如脱缰野马一般享受他的"充实人生"——他酗酒，吸大麻，昼夜无休地纵情享乐，画画，他换地址和换情人就像换衣服一样。我们并不晓得，在他到巴黎之前，致命的肺痨到底严重到了什么程度。不过，有一点是毋庸置疑的，莫迪里亚尼的家族中有几代人都受先天性的精神病困扰，他一直很害怕自己也会有这种疾病。他总是想着到来的死亡，这已经成为一种病态。当他的身体和精神状况衰退下来时，他开始在蒙马特和蒙帕纳斯的墓园边漫游，口中念着诗句，那些诗句都来自但丁的《地狱篇》，还有擅长萨德侯爵式文字的洛特雷阿蒙伯爵（le Comte de Lautréamont）的《马尔多罗之歌》（Les Chants de Maldoror）。他的艺术家伙伴们显然都管他叫"莫迪"——当然，这是莫迪里亚尼的缩写，不过念起来非常像"maudit"，意思是该打入地狱的受诅咒的人。这就是在精神上继承波德莱尔衣钵的人。

当杯中斟满葡萄酒和苦艾酒时，在他那个尊崇波希米亚人的生活方式的朋友圈中，没有人真的相信莫迪会用自杀的方式兑现他那"短暂但充实的人生"。只有一个人是例外，那就是珍妮·赫布特尼。她是他的众多情人中的最后一个，而且马上就要成为他的孩子的母亲。一些史学家认为，她正是莫迪为之许下死亡诺言的人。他用烟酒把自己推向死亡，死在蒙帕纳斯一个没有暖气的阁楼里。一天之后，已怀有九个月身孕的珍妮·赫布特尼从她父母的公寓的五楼阳台纵身跳下。

但我们想得太多了。莫迪里亚尼或许是在蒙帕纳斯度过他最后的时光，并在那里死去，不过，尽管那里有"莫迪里亚尼平台"（Terrasse Modigliani），但那也只是在蒙帕纳斯火车站隔壁的一个单调的停车场；或者在"莫迪里亚尼画室"走向生命尽头，画室也是他的阁楼，门牌号是大茅舍路（Rue de la Grande Chaumière）8号。但是，如今在那里已经找不到他的灵魂。只有在你徜徉于蒙马特街头时，这位悲剧艺术家的身影似乎才会在这座匍匐于圣心大教堂下的神圣小丘上，从你身边经过，飘下曲曲折折的楼梯，飘向小丘上充满独特韵味的大街小巷。

我们决定回到 1906 年去，那一年，莫迪乘火车从意大利来到法国并径直前往当时人们称为"高地"（La Butte）的地方。那时候，在巴黎市的北面，蒙马特一望无际的山丘上，到处都是空地，肮脏的、没有铺石砖的路两旁是摇摇欲坠的两层楼房、风车、葡萄园和果园。秋天，工作日的日落时分，下着毛毛雨，这好像是到"高地"的街道上去走走的好时间——这时灯光开始变暗，旅客渐稀，但是公园、商店和咖啡馆还开着。我们坐地铁到昂维尔站（Anvers station），在一群法非混血的当地人簇拥下，走上狭窄的斯坦凯尔克路（Rue Steinkerque），这条路直接通往维莱特广场（Square Willette），从下沉的维莱特广场往上走就是圣心教堂。一个旋转木马正伴着刺耳的音乐转动。在穿着整洁的孩子们和看孩子的大人中间坐着一群平静的酒鬼。莫迪和他的画家好友莫里斯·郁特里罗（Maurice Utrillo）常常坐在这个广场上，边灌着廉价的酒，边对着这座城市和行人写生。然后他们会沿着陡峭、七扭八拐的楼梯爬上高地，经过圣心大教堂的白色长方形廊柱大厅。也许，他们会驻足停留，凝视年纪尚幼的埃菲尔铁塔那清瘦见骨的剪影，然后顺着羊肠小道走到莫迪居住的小丘广场（Place du Tertre）。

我们避开一辆满载着疲惫的游客的大象列车，在纪念品摊上闲逛，寻找莫迪的影子。在圣心大教堂造型的雪白纸镇、铸铁埃菲尔铁塔复制品和《天使爱美丽》（Amelie Poulain）的海报中间，我们发现了几件 T 恤衫，上面印着莫迪喜欢画的风格独特、瘦长、眼神哀伤的女性形象。我想了想，一百年前，用现在一件 T 恤衫的价钱——大约十五美元——我可以买下几幅莫迪里亚尼的原版油画。他视钱财如粪土。在他生活的时代，生活成本和现在的比只是九牛一毛，但是，即便如此，情况还是没变：莫迪只要足够过日子的钱就行，剩下的都用来买美术材料。

我们在"小丘上的波希米亚人"（La Bohème du Tertre）咖啡馆里找张桌子坐下，沉入脑子里的时光隧道，回溯到莫迪生活的时代，去挖掘他的点点滴滴。当时他住在这个历史悠久的咖啡馆的楼上，蜗居在一个廉价的带家具的房间里，如今这个咖啡馆也成了一家"黑店"。那时候，这个广场是艺术家聚居地的中心——其中大部分的人都是货真价实、态度严谨、科班出身的艺术家。他们选择在"高地"居住，因为这里房价低，而且步行就能走到巴黎市中心。在美好时代即将告终的岁月里，这座小山丘上已经有很多游客。有些人是被圣心教堂吸引而来，还有人是为卡巴莱歌舞厅（cabarets）、咖啡屋和餐厅而来。我一边和艾莉森抿着价格贵得离谱的啤酒，一边感觉自己的内心被矛盾的情绪撕扯着，一拨又一拨的旅游巴士令我心里烦躁不安。然而我也清楚，自己也是他们中间的一员；高地上都是极力迎合大众口味的精致建筑，尽管我对此有些反感，但自己又忍不住为这些建筑着迷。手风琴呼哧呼哧地响着。旅行团的向导们摆动着黄色的小旗子，通过扩音器指引方向。有些漫画家和自称艺术家的人在广场上拉客，其中大部分人都不是法国人。我很好奇，在那些人当中是不是就有尚未被发掘出来的"莫迪"、"毕加索"或者"藤田嗣治"。要知道，莫迪是意大利人，毕加索是西班牙人，藤田嗣治则是日本人。他们都在高地上斑驳脏乱的人行道上赚到了钱，其他人则半途而废了。

莫迪在我们现在所处的咖啡馆的楼上住了几个月，在那段时间里，眼神疲倦的他常到广场上的店里吃饭，不过他最常去的还是"猎人号角"（Clarion des Chasseurs，这家店从 1790 年开始营业）和"亲爱的凯瑟琳"（La Mère Catherine），在这里吃一餐只要不到一法郎——相当于今天的几美元。当然，这两个地方现在的用餐价格翻了好多倍，而且店里的古董小玩意儿生意做得有声有色，店家还在阴凉的露台上利用那些早已死去的有名的艺术家们营造出一种仿波希米亚风的氛围，他们是这里的老顾客。

莫迪在高地上游荡了三年，他至少曾在五个不同的地方落脚。他的第一个住处是一间摇摇晃晃的画室，位于被称为"丛林"（Le Maquis）的棚户区中——这是野蛮、满脸胡须的科西嘉人在内地的聚居地，盗贼、杀人犯和叛贼都藏身于此。在小丘广场北部被我叫住说话的一位当地的老妇人似乎听说过丛林。她指向了诺文路（Rue Norvins）。我们一路寻找，最后终于走到"迷雾小径"（Allée des Brouillards），这个名字很生动——无论是按照字面上的意思，还是实际情况，这都是一条名副其实的迷雾一般的小径——小径上的几个小型前院里长满了新艺术风格的灌木。经过小径，我们穿过一个小街区，走进一个公园，这个公园的名字也很生动："Le Hameau des Artistes"——艺术家村。一群住在附近的长者擦亮他们的钢球，将钢球扔下碎石和尘土铺成的小路，这些小路都不是"丛林"，现在这里叫"boulodrome"，也就是草地保龄球在法语里的叫法。他们扫了一眼，但是显然没有注意到我们的存在。我知道这是为什么。游客已经成为高地上的居民们生活的一部分。

我突然想到，丛林如今的样子应该会令叛逆、左倾的莫迪感到中意（他的脖子上经常系着一条红手帕，活像意大利革命英雄朱塞佩·加里波第。这位艺术家往日的画室都已被夷为平地，但是那些地方至少没有被高楼大厦所代替。那些玩球的人看起来都是工薪阶级，而且公园的角落里坐着的人大多是高地上的酒鬼和流浪汉。在现在的诺文路11号的围墙后面是一座花园，前面有一栋历史悠久的房子，莫迪曾与英国记者贝翠思·黑斯廷斯（Beatrice Hastings）在这里住过一小段时间。她有一句形容他的名句："他既是一颗明珠，又是一头猪猡。"和她的猪猡情人一样，喜好男色的贝翠思贪恋杯中物。她和莫迪经常打得不可开交，而且据说有一次，他把她扔出窗外，滚进了灌木丛。她喝得不省人事，对此浑然不知。不过，这次风流风波持续了好几年的时间，甚至在莫迪搬到蒙帕纳斯之后还不能平息。

再走一百码就到了一个名为让-巴蒂斯特·克莱门特（Jean-Baptiste Clément）的住宅区广场，广场的坡度很大，莫迪曾在7号的画室中工作（那个地方已经被改为一栋漂亮的住宅，花园的围墙上还爬满了常春藤）。20世纪初，这个社区很不太平，所以莫迪身上经常带着手枪——至少在他盛装打扮的时候，他会这么做。显然，他很享受夜里和他那些在风尘中打滚的模特儿们在这个倾斜的广场上赤裸着身子跳舞的感觉。大部分的模特儿都是妓女，他总有办法在他的画作中将这些女子变成如麦当娜一般难以捉摸的尤物。

怀旧的气氛渐渐把我们包围住，为了完全沉浸在这种氛围中，我们决定步行经过几个街区，回到科尔托路（Rue Cortot），赶在蒙马特博物馆（Musée de Montmartre）关门之前多看它几眼。老式的街灯灯光摇曳，鹅卵石路闪耀着光泽，历经风雨的 17 世纪建筑间隔着一个花园，在黄昏中透出一种朦胧美。这就是 19 世纪 70 年代雷诺阿的住处，到 20 世纪初期，这里的住客又变成了自学成才的郁特里罗——还有比他画得更好的他的母亲苏珊娜·瓦拉东。莫迪肯定很了解博物馆长满苔藓的院子和吱嘎作响的木地板。我想象着他现在就坐在窗台边，看着一望无际的景色。如今这片风景已经被参差不齐的公寓塔楼填满。虽然为了迎合大众市场，图书馆已经擦洗干净并改装过，但是这里还是会让访客们有时光倒流的感觉。有一个房间重现了郁特里罗和莫迪钟爱的阿布罗瓦尔咖啡馆（Café de l'Abreuvoir）的内饰，还有曲木椅子、木桌和那个时代的海报。一双眼睛在这些蒙尘的纪念展品中盯着我看，那就是我一直在寻找的珍宝——那是莫迪里亚尼在 1918 年画的一幅肖像，肖像上是一个脖颈纤长如天鹅、杏仁眼的女人。他无疑是爱过这个女人的，即使那份爱只维持了一瞬间。

从索勒街（Rue des Saules）往上走大概一个街区的距离，就到了蒙马特最后的一个葡萄园，这块阶梯形的葡萄园令人回想起此地酒香四溢的过去。葡萄园对面是个小墓园，莫迪喜欢晚上在墓园中东倒西歪的墓碑间散步。但是这个街角最出名的还是"狡兔之家"（Au Lapin Agile），那是一间只在夜间开放的咖啡音乐厅。如果你对大众流行文化很熟悉，那么在这种喧闹的环境里体验俗套的老蒙马特歌舞会是个不错的选择。开始的时候，这里叫"刺客歌舞厅"（Le Cabaret des Assassins），但是后来人们都把这里称为"吉尔的兔子"（Le Lapin à Gill），因为 1880 年，安德烈·吉尔（André Gill）创作了一个现在很有名的标志，标志中有一只戴着红色领结的兔子从铜锅里蹦出来。这个名字最后就演变成了"狡兔"（agile rabbit）。这座音乐厅在莫迪的年代就已经很受欢迎，它最出名的是苦艾酒和随心所欲的氛围。莫迪里亚尼曾经在 1909 年和意大利未来派画家吉诺·塞维里尼（Gino Severini）去过一次那里，当时吉诺还带来了菲利普·托马索·马里内蒂（Filippo Tommaso Marinetti）的"未来主义宣言"，这份宣言号召摧毁威尼斯——按马里内蒂的说法，这座水中之城必须被夷为平地，因为它过时、腐朽，阻碍着进步。莫迪还是那么热情，他和塞维里尼一起喝了两三瓶酒，但是拒绝在宣言上签字。塞维里尼在他的回忆录中描绘了那天晚上"狡兔之家"围墙内的情景。当时，"狡兔之家"里挂满了画，包括毕加索"玫瑰时期"[①]的画作《丑角》（Harlequin Family），还有题为《在狡兔酒吧》（Au Lapin Agile）的自画像。包括莫迪里亚尼在内的艺术家们会在这里以艺术作品抵付账单，这已经是习以为常的事情。店主人弗雷德里克·热拉尔（Frédéric Gérard）有一头名叫"洛洛"的驴子，当外面天气冷的时候，他会把洛洛带进来，

---

① 是指毕加索在 1904 年至 1906 年主要使用暖色调的橙色和粉色作画的时期，与其之前的蓝色时期形成了鲜明的对比。

让它在穷画家和知识分子们中间走来走去，有时候它的尾巴上还会绑着一支画笔。如今，这间卡巴莱歌舞厅的老招牌和这个街角本身从表面上看来和"一战"前的美好时代没什么两样，但是常客们就大不相同了。

还好这家卡巴莱歌舞厅还没开门，我们才抵住了诱惑，慢悠悠地走下索勒街，找到拉维尼昂街（Rue Ravignan），东拐西拐走进了古铎广场（Place Goudeau）。广场上有一座建于20世纪60年代、绿色的铸铁华莱士喷泉，泉水飞溅到马栗树下的鹅卵石上。这里的树都很有年头了，所以莫迪肯定认识它们。广场右侧是曾经名声在外的"洗衣舫"（Bateau Lavoir）的展示柜，这里是一个艺术家的居住地。一张古老的照片展示了世纪之交的一个简单到极致的画室。在照片里，我们惊喜地发现了一群艺术生的身影，很多学生显然相信自己会是冉冉升起的新星。虽然在1970年的一场大火后，洗衣舫已经被重建为一间平凡的宿舍，但是多亏了那个时代的照片，我们很容易就能在脑海中想象出它的样子。这座依傍在山丘旁边、经过改造的钢琴工厂在1908年前后达到全盛时期。莫迪就是在那个时候给自己找了一个房间，一个喧闹、凌乱的小窝。这个小窝和其他的小房间中间隔着薄木板和悬挂着的布，而其他的房间中的住客就是德兰、胡安·格里斯和毕加索这样的人。莫迪不喜欢立体派的创始人毕加索，而且他厌恶毕加索那种咄咄逼人、棱角分明的艺术。在几番激烈的交锋之后，莫迪里亚尼搬到了街对面，住到了一个破烂的分租屋里——这个房间所在的楼房现在已经不存在了。

和蒙马特的顶峰一样，现在的洗衣舫显得平淡乏味，一看就是崇尚波希米亚风的小资们的专属地。尽管这个地区普遍趋于贵族化，但是我们不能错误地认为高地的非主流特质业已完全消失。莫迪租住的最后一家下等酒馆在山脚下的安德烈·安托万路（Rue André Antoine）。在通向皮加勒（Pigalle）①的一头，当太阳西沉，这条铺满鹅卵石的路看起来就和一百年前一样难闻肮脏，生活在社会边缘的动物们在此出没。我们要到那里去，于是一路溜到山下，去阿贝斯路（Rue des Abbesses）上挤满人的咖啡屋。莫迪和他那还爱流连于酒吧的朋友郁特里罗会在那里喝得酩酊大醉。圣让咖啡屋旁边有一架很多级的楼梯，还有一个屋顶镀了锌的酒吧，现在这里依然是当地人常来的地方。我们拿着一个红色的酒瓶，咯噔咯噔地走下又滑又不平的楼梯。沿着这条弯曲的小巷走几百码，我们发现自己已经置身于皮加勒区的夜间生物之中——这里充斥着有异装癖的巴西人、神经质的毒贩和看似正常、实则仓皇不安的客人们。当我们走到霓虹闪烁的克里希大道（Boulevard de Clichy）时停下脚步，回头再看高地最后一眼。我忍不住想，皮加勒区的现代居民们宛如地下的淤泥，凭着莫迪的感受力和绘画才能，他是否有能力令这淤泥升华为天上的流云？也许这么想只是徒劳，不过我的内心还是因此备感振奋。

---

① 皮加勒区是巴黎环绕皮加勒广场的地区，位于巴黎第9区和巴黎第18区，得名于雕塑家让－巴蒂斯特·皮加勒（Jean-Baptiste Pigalle）。皮加勒广场和主要大道上开设了许多性商店，妓女们则在横街上营业，因此这条街在"二战"中被盟军士兵称为"猪巷"。

# 塞纳河船民

系船柱和绳子，2005

河船的尾部吐出黑烟……螺旋桨开始旋转……朱勒·诺德的钓竿抓到了什么……那是一个男人的手臂，从肩膀到手掌，完完整整。泡在水中的手臂已经没有血色，活像一条死鱼……

——乔治·西姆农，

《马格雷与无头尸》( *Maigret et le corps sans tête* )，1949

春日的一个晚上，埃菲尔铁塔附近，当我在朋友们的船屋上和他们小酌一杯的时候，我看着一艘河船载着沙子费力地逆流而上。"瞧这日子过的。"我随口说了一句。我的东道主们——已经功成名就的中年专业人士们耸了耸肩。

"我哪儿知道，"其中一个人一边往嘴里塞烤肉，一边说，"他们生活在一个不同的世界里……"

这话在我听来很奇怪，你们和这些人在巴黎市中心共享一条河，却对这些在你们的水上家园谋生的人们一无所知。话虽这么说，但我也是直到这件事情过去了几年之后，才开始试着去搞清楚另一群人——那些 bateliers，也就是塞纳河上的船民们——是如何生活和工作的。

从 13 区的奥斯特里茨桥（Pont d'Austerlitz）往上游走 100
码，河船停泊在艳阳高照的两岸，洗好的衣物在船上飘动着。我
慢慢地从它们旁边经过，试着引起别人的注意。双颊红扑扑的孩
子们在铁甲板上嬉笑耍闹，在天竺葵盆栽、自行车和卷成圈的绳
索间你争我抢。吸引我的注意的是孩子们的父母，他们在耐心地
打扫或擦净家里的驳船（péniche），这种古老的船注定要在锈蚀
面前败下阵来。但是，后来我才知道，这些在船上生活的人们必
须和船较量到底：它既是他们的生活来源也是他们的家，那是一
方长 120 英尺、宽 15 英尺的天地。这些船大部分都是从 20 世
纪 20 年代和 30 年代沿用至今的弗雷西内式驳船，它们和我在
埃菲尔铁塔或者巴黎圣母院附近坐过的豪华船屋截然不同，而且
船上的人都很害羞，甚至无法信任他人。可是事实证明，他们这
个样子是情有可原的。

和很多孩子一样，我曾经梦想在河船上懒洋洋地过日子。刚
搬到巴黎的时候，我经常停下脚步看那些色彩鲜艳、顶端扁平的
驳船从艺术桥、圣路易岛或大碗岛（Île de la Grande Jatte）的一
角掠过。对于我这样的外人来说，巴黎船民们的生活方式看似自
由自在、无拘无束，仿佛在印象派画家笔下的美景中度假，而且
这个假期永远也不会到头。当我终于上了船，和那些现任船主们
聊天时，我才了解实情：河流会消磨你的斗志，让你每天都面对
溺死、触礁或者被机器和货物弄伤的危险。钱少活儿多。如今，
巴黎市中心码头最好的停泊点都被豪华船屋占据了，剩下的工业
船只停泊点通常都是在嘈杂、破烂的地区，那里住的人龙蛇混

杂，就像是从西姆农作品中搬出来的场景。就算有过度假一样的日子，对这些居无定所的塞纳河船民和运送沙子、碎石、面粉、马铃薯、燃油和其他单调的商品的人来说，这样的日子现在也结束了。就像我最熟悉的一对六十几岁的夫妇让和伊莲娜告诉我的那样，他们和他们那艘老船都在与历史的洪流抗衡。

在属于 TGV（高速列车）和货柜车的年代，河船拉散装货物的速度就像海螺一样慢。它们不仅缓慢，而且不灵活，受河流和运河的局限，只能定期在水中来往。在很大程度上，也是因为这个原因，船民本身才会变成一群不合时宜、有点儿形迹可疑的人——在一个静止不动的世界中生活的水上吉普赛人。从传统上来说，他们在工作中是夫唱妇随，或者一家人紧密合作，很少有人接受高等教育，而且船民之间经常联姻。当你站在码头边看去的时候，你会觉得他们的住处与让和伊莲娜的住处一样，看似温馨实则十分狭促，设备简陋，全家人都挤在水手起居室大小的船舱中。夏天，船民们被骄阳炙烤；冬天他们又被冰雪冻僵。他们一年到头都暴露在恶劣的天气中，所以，成年之后的他们往往看起来就像古代的船员。

一满六岁，河船上的孩子们就被安置到一家国营的寄宿学校去，在那群陆地长大的小淘气当中，我们一眼就能认出这些河船上的孩子。等他们接受完义务教育，他们就会搬回船上，有些人最后会接父母的班。在巴黎市内和周边的河畔中心区成立了一支有专门的医生、律师、牧师的小船队，这支船队专门为这些四处为家的人服务。虽然并非有意，但是这种举措令他们变得更加与世隔绝。5000 英里长的水上航道如脉络般遍布法国，他们的流动村庄在这些航道中不停地游弋，有时还会驶向比利时、荷兰、瑞士或者德国。它们会会聚到一起，也会散布于五湖四海。

直到 2000 年 1 月 1 日，巴黎的船民们还会涌入"bourse d'affrétement"，也就是奥斯特里茨码头上的一个本地船运交易所，希望能分到货物。根据法律，国内的所有河流运输和运河运输都要通过政府经营的船运交易所去安排。它们会指定价目表并规定许多船民每天的活动。这个交易所是 20 世纪 30 年代的政府遗留下来的产物，它的运营原则是先到先得。船民们一将玉米、煤矿或者碎石卸下就要到名单上签字，等待传唤。他们确实在苦苦守候。回望 20 世纪 90 年代，在喧闹的奥斯特里茨码头上，一百多艘空船并排整装待发，然而准备运送出去的货物却寥寥无几。大部分的外国船只在巴黎卸货之后就带着空空的船舱返回家乡了。随着科技和社会的发展，这个点名系统几乎让法国的船民全军覆没。他们的人数从 20 世纪 70 年代的五千人减少到今天的不到三千人；现在只有寥寥数百人在巴黎市内和周边生活和工作。

但是船民应该还不会消失，他们甚至还可能东山再起。

让和伊莲娜都戴着眼镜，弯腰驼背，有古铜色的肌肤，他们邀请我到他们那艘载重 350 吨、名为"贡多拉"（Gondole）[①] 的

---

① 贡多拉（Gondola）又称"凤尾船"，是古代威尼斯的主要交通工具。第一条贡多拉于 1094 年问世，不久，这种船就成了威尼斯水域的独特景观。

弗雷西内式驳船上去做客，这可是难得的殊荣。阿尔萨斯船家的根就像他们生于斯长于斯的河流一样深。20世纪60年代，作为阿尔萨斯人的后裔，这对夫妇在塞纳河、摩泽尔河和莱茵河上过着风平浪静的日子。那时候，法国的河流和运河运输处于顶峰时期，每年运载量达1亿吨。到了20世纪90年代，这个数字大幅缩减，河船航行的距离也退回到20世纪30年代之前的水平。航运衰落的原因有很多，让解释道，采矿业在法国已经几乎销声匿迹了。作为燃料使用的煤已被逐渐淘汰。重工业和制造业被高科技取代，新工厂在高速公路附近纷纷涌现，运河和河流却沾不上边。相比于批量装载，直接用卡车或火车运输的货物量更小，更易于处理，贮存成本也更低。更糟糕的是，河边的老贮仓和仓库都锈迹斑斑，摇摇欲坠，而且许多小运河现在被杂物堵住了。重建水道基础设施的成本高昂，大概需要几亿美元。

虽然大多数"贡多拉"的保养情况良好，但是它们也曾被定为拆除对象，这是政府的行业重组项目中的一部分。幸好这个项目本身在几年前就被废止，取而代之的是一种更人性化、更温和的方式。当我们坐在船的主舱中时，我透过蕾丝窗帘瞥见巴黎城中满是玻璃幕墙的新摩天大楼。让告诉我，那个现在已经失效的项目几乎令船民们都消失了。政府提出，愿意停止使用并拆毁自己的船的船民可以提前退休；不能再制造新的弗雷西内式驳船，只能造理论上能够与货车和卡车竞争的工业用船和现代河船。所有退休人员的船，不管多值钱，都要报废。实际上，20世纪80年代和90年代，上万艘船都被拆毁了，许多船民们将这一事件称为政府资助的"种族灭绝"行动。

拆船事件成了让和伊莲娜这样的船民们的锥心刺骨的遭遇，而且，其他几个即将退休的船民告诉我，政府的退休金也是缺斤短两的。标准的赔偿金是按照船的载货量计算，每吨相当于大约80美元，一艘标准的弗雷西内船总共值大约35000美元。"很多船主现在还很气愤，"让温柔地说，"但是我们没有遗憾。我们有过美好的生活，而且我们可以自由自在地去任何想去的地方，随时可以上路，虽然这一切现在都已经结束。"

一个三十岁左右的船民面红耳赤地加入了我们的谈话，他说出了不同的意见："对你们来说，也许一切都结束了，但是我才刚买了另一艘船，等我儿子长大了，他要接手那艘船的。"

一群面带愠色的水手围了过来，开始争论政府的重组项目的利弊。正如一位务实的讨论者所说，只有交通部进行大规模干预，改进基础设施，共同努力，说服整个行业将河船和驳船重新并入新的分配网络，才可能扭转势头。

现在的情况正是如此，一切都在一个新的专业行政机构"VNF"——法国国家航道管理局（Voies Navigables de France）——的指引下进行。我在码头上遇到VNF的一位发言人，他对我解释说，该机构调整了"多用途水道"的管理理念，也就是继续开发国家的主要运河和河道，作商业运输之用，同时逐步修复一些次要的水道。许多水道已经改建过，供游船或小水力发电厂使用，然而，如果要将这些水道改来运货，那就不划算了。政府依然在鼓励年轻一点的渔民将他们家族过时的船只改为游船、水上餐厅或者集装箱船，或者将船只货运能力提高到 1000 吨以上，这样才有可能具备竞争力——这是一招成本高昂的险棋。

总有人会在坏消息里听出好消息。随着法国尤其是巴黎的道路和高速公路交通陷入停滞，空气污染日益严重，对河流货运的需求在不断增加。这种上升的势头还要归功于长期的建设工程，例如奥斯特里茨－左岸重建计划，还有环保游说团体对振兴低碳船运的大力推动。不管这是昙花一现还是有待检验的真正巨变，长远看来，前景还是可观的。在 21 世纪第二个十年的曙光到来之际，船运吨数正在攀升。

VNF 发布了亮眼的统计数据，证明水路运输既经济又环保。据一位官员称，一个载重 12000 吨的拖拉两用船队相当于 342 辆载重 35 吨的卡车，如果这些卡车一辆接一辆地排成队，它们会在巴黎高速公路上，把一段 14 英里长的路堵得水泄不通。船舶耗费的燃料更少，污染更轻，而且平均事故率低于其他交通方式。使用工业用拖拉船或者载重 1000 吨的河船运送水泥、垃圾或者小麦，每吨每英里的成本低于货运列车或者卡车的运载成本。

"那太好了，"和我谈话的船民们说，"但是那并不保证前路会一帆风顺。"对大部分的个体船主来说，工业用拖拉船遥不可及，而且它和传统的船民生活方式是对立的。传统的生活方式强调的是来去自如。另外，受长度和吨数所限，拖拉船只能在塞纳河、索恩河、莱茵河和罗讷河的深水河道中来回，行业里的人把这叫作"流域囚徒"现象。它们的航线是固定的，工作时间是规定好的。船员们很少有自己的船，而且几乎从来不在船上生活——这种船上没有专门的家庭式船舱。所以，船员里也没有夫妻档或者家庭团队。载重 1000 吨的河船的情况基本也是一样，这些船和标准水闸配不上，而且不能使用小水道，那些长达 4000 英里的小水道是供弗雷西内式驳船使用的。令人意想不到的是，经过改装的弗雷西内船相对灵活，它们也许才是解决问题的出路。

几周的时间内，我和几十个渔民进行了谈话，他们邀请我参加一年一度的盛大活动 "Pardon de la Batellerie"，也就是船队祝福活动，这个活动每年六月都会在一个叫孔夫朗 - 圣奥诺里讷（Conflans-Sainte-Honorine）的镇上举行。从巴黎向下游走 20 英里，那里依然是巴黎的郊区，通勤列车会定期驶过那里，孔夫朗却吸引到了奥斯特里茨桥来的 1000 个团队。塞纳河与瓦兹河的交汇处烟波浩淼，水雾茫茫，鱼儿在水面跳动，那里就是孔夫朗镇的所在地。男孩们和老人们默默地放下鱼钩，看着船儿飞掠而过。系在码头边的是一排又一排的弗雷西内船，组成像街区那么长的河船队伍，拖船和拖拉船——我能想象得到的各种内河船只都在那里了。有些船上载着碎石或者粮食，船身有一半被沉重的货物压到了水里。还有些船的船身长着苔藓，这些船已被改建为退休船民的船屋。

有着 30000 人口的孔夫朗镇不仅仅是塞纳河渔民们的麦加圣城。它还是比利时人、荷兰人和德国人重要的船运中心。有人气的咖啡馆都喜欢以"船民"命名。那里有如时光隧道一般的水上舞厅，舞厅里装饰着花朵，船民们演奏着手风琴，唱着几十年前的民谣。高耸于塞纳河畔的一座小山上，有一座"修道院酒庄"（Chateau du Prieuré）。酒庄内藏着船民博物馆，那里贮藏着船民的历史。在小山上现在已不存在的船运交易所附近，你会看到一尊长着翅膀的自由女神像，女神手举花环纪念在两次世界大战中倒下的船民。水手们经过时会向她敬礼。

但是这座小镇的重心其实是一艘名为"Je Sers"（我是公仆）的白色老河船。当时，这艘船的船长是一位老牧师，人称"亚瑟老爹"，他是船民社区中的精神领袖。大部分的法国船夫都是天主教徒，从呱呱坠地到走进坟墓，他们生命中的重大时刻都有牧师相伴左右。船队祝福活动在孔夫朗和附近的隆盖（Longueil）——后者是瓦兹河上游的一处偏僻的地方——都是夏季盛事。我加入了牧师和几十位船民的行列，坐上一艘挂着花环的老弗雷西内船。载着临时的圣坛，船儿驶进了隆盖，成百上千的船民家庭已经等在那里。他们驾驶着旗帜飘扬的船，列队行进到河岸边接受祝福。即使对于一个拒绝接受传统信仰的自由思想者来说，那也是令人动容的一幕。节日的气氛中透出一点庄严的感觉，亚瑟老爹很快就要搬到里尔去了，在场的一些船只也是在接受它们的临终圣礼。当我和亚瑟老爹一起坐机动船返回孔夫朗时，他告诉我，那些船要变成水上俱乐部或者咖啡屋了。这算是比较好的命运，相比之下，20世纪90年代的其他船只遭受的劫难就惨重多了：它们被送往当地人称为"船儿墓园"的地方，实际上，那就是在塞纳河一条干涸支流上的一个废船解体厂，就在孔夫朗的正前方。虽然现在那个废船解体厂关闭了，但是它时刻提醒着船民们，他们的处境危在旦夕。

当我站在船儿墓园，望向河对岸时，身边的一个年轻船民用轻蔑的口吻，信誓旦旦地说，他会把这些磨难扛下来。"哪怕是去弄一艘更大的船，"他说，"哪怕是到别人的船上去干活。反正我不会离开这条河。"那是带着满怀的豪情、坚定的决心说出的激愤之辞。下一次，当我和我们的朋友安坐在埃菲尔铁塔附近的游艇上，抿着白葡萄酒时，我会记起这一番话。

# 邂逅莫罗

Coiffure pour l'âmes（灵魂的美发师），1994

他画的是梦……精致、复杂、神秘的梦。

——埃米尔·左拉

我曾在巴黎遇见一个已经死去的人，他的名字叫居斯塔夫·莫罗（Gustave Moreau）。那是20世纪80年代一个雨天的早晨，那时的我正无所事事闲逛。维尔多拱廊街（Passage Verdeau）吸引了我，那是一座19世纪的玻璃和钢铁结构商场，就在过气的9区蒙马特大街的北面。一层薄薄的灰尘蒙在"帕斯卡尔·昂特蒙－石头猎人"（Pascal Entremont-Chasseur de Pierres）和维尔多照相馆（Photo Verdeau）的陈旧店面上，前者是一家石头收藏店，后者的店里摆放着各式各样早期的照相机，这些照相机都装在旧皮革盒子里。维尔多拱廊街上的一些老店的店门紧闭，门上锈迹斑斑。但是店员和售货员都在接待台后弓着身子，耐心等待着寥寥无几的客人上门。

在一家叫"老法国"（La France Ancienne）的书籍和古董商店中，我欣喜地发现了一盒旧明信片，上面印着"雕塑、名画和艺术品"。在印着罗马喷泉和凡尔赛雕像的明信片中夹杂着一个男人的画像，这个长着浓密的白胡子和幻想家或疯子般双眼的男人正盯着我看。明信片上面盖着 1908 年的邮戳。寄卡片的人用黑墨水留下了潦草的字迹："一个怪异、扫兴的地方"。墨迹已经褪色。

这张明信片来自居斯塔夫·莫罗博物馆。上面有这位艺术家的自画像。这个名字看起来很面熟，我在哪里见到过居斯塔夫·莫罗的作品？他会不会就是那个生活在印象主义的全盛时期，推崇象征主义的神秘莫测的隐士？

我怀着好奇心买下了这张明信片。那家博物馆如果还存在的话，那么它就在维尔多拱廊桥的北面，距离这里只有几个街区的距离。它在老土的福堡－蒙马特路上的女神游乐厅（Folies Bergère）、廉价服装店和小饭馆附近。我会想起，在这里和洛雷圣母院（Notre-Dame-de-Lorette）的附近有几家啤酒店和咖啡馆，左拉在他的小说里描绘过这几家店。他的那些笔调阴郁的小说描写了 19 世纪的巴黎生活。这里曾经是"夜巴黎最后一个欢快而有生气的角落"。左拉笔下的名妓"娜娜"[1] 和其他做这个行当的人都在这些店里做生意，"就像在妓院开放式走廊里一样"。

这里会不会是居斯塔夫·莫罗住过的地方？虽然大部分的妓女搬出去了，但是这个社区给人的感觉还是没什么不同——衰败、陈腐、破烂、属于未经改建的内城区的一部分。我向北

---

[1] 法国作家左拉的代表作《娜娜》是他的名著"卢贡－马卡尔家族"中一部颇有文学价值和艺术价值的长篇小说。

走，经过造型不是一般的粗俗的洛雷圣母院，然后在圣乔治广场（Place Saint-Georges）掉了头。与其说这是一个广场，倒不如说是一个环形交通枢纽，不过它很有特色。我问到的人当中，没有人听说过居斯塔夫·莫罗博物馆——"到玛黑区试试看，"一位热心助人的居民建议我，"所有的博物馆都在玛黑区……"

正当我准备放弃的时候，我的眼前突然出现了拉罗什富科大街（Rue de la Rochefoucauld）。那就是那张明信片的地址。夹在已经褪色、造型古板，带有几分第二帝国风格的公寓大楼间的是 14 号，一栋丑陋的新文艺复兴式砖砌豪宅。房子上有块门牌，还有老式的黄铜门铃。访客们要按门铃才能进去。"一个怪异、扫兴的地方"——当我爬上台阶，走向票务处时，这段话在我脑海中浮现。我的出现把正在那里打盹儿的女人吓了一跳。周围一个人都没有。在破旧、昏暗的楼梯底部，我注意到一篇手写的那位艺术家的传略。居斯塔夫·莫罗 1826 年 4 月 6 日出生于巴黎，是一位成功的建筑师的儿子。他深爱自己的母亲，与母亲一起生活了几十年，直至母亲离世。他终身未婚。作为皇家艺术学院（École Royale des Beaux-Arts）的一名学生，他曾周游意大利，后来在各大沙龙展出自己的作品。1883 年，在自己不平凡职业生涯的巅峰时期，他终于被授予荣誉军团勋章（Officer of the Legion of Honor）。

1898 年，莫罗在这间房子中去世，他在这里生活和工作了将近五十年。他留下遗嘱，将这栋房子和其中的物件捐赠给国家，他提出的附带条件是要让房子保持原样。几年后，这里成立了博物馆，在接下来一个世纪的时间内，这里几乎没有任何改动。房子里有大约1200幅油画、水彩画和漫画，还有5000张素描。莫罗什么都没有丢掉。根据正式的记录，只有特纳和毕加索留给后人的画作数量超过了他。

在房子一楼的梯台悬挂着一幅巨大的油画，上面画的是一位骑着独角兽的波斯诗人。旁边是一幅素描，画中缺乏男子气概的俄狄浦斯似乎马上就要被好色的斯芬克斯诱奸或者强奸。

但是，我还是没有料到自己会在二楼邂逅什么。在一个宽广的大厅中，多幅油画从地板到天花板挂满了三面墙。第四面墙上有几扇巨大的窗户，确保整个房间在任何天气情况下都足够明亮。画上有圣母玛利亚，她自一朵硕大的百合花中伸出来的雌蕊间升起，周身珠光宝气。这位艺术家将这幅作品称为《神秘之花》（*The Mystical Flower*）。在《奇美拉》（*The Chimerae*）中，一百多种雌性生物在和蜻蜓、蛇和海龟交配。在它们的身后，一处岩石绝壁之下，崛起了一座只有在童话中才有的中世纪城市，凌驾于城市上方的是一个小小的十字架。画家将这幅明显带有歧视女性色彩的作品隐晦地称为《撒旦的〈十日谈〉》（*A Satanic Decameron*）——这指的应该是14世纪乔万尼·薄伽丘（Giovanni Boccaccio）创作的故事集，其中有许多故事带有荒淫的意味——和"一座幻梦之岛，包含女性各种形式的激情、幻想和异想"（"女性"二字是这位艺术家加重的）。

我在记忆中搜寻答案。也许，莫罗之所以说这段话，是因为他的成年岁月恰逢我们所说的"一战"前的美好时代，此时，男女之间的关系正处于紧要关头？对父权社会的第一轮猛烈攻击已处于上升势头，妇女解放运动的前兆已经出现。当时的许多男性艺术家，尤其是莫罗这样的象征主义者最喜欢采用的主题就是莎乐美（Salomé）的传说——那个邪恶的妖妇——画中的她通常正在跳舞，或者带着充满贪欲的表情，举着盛放施洗者圣约翰的头颅的盘子。我环视四周。她果然在那里，在独角兽、天鹅、百合花和莨苕叶环抱之中。

在《阿尔戈英雄归来》( *The Return of the Argonauts* ) ①、《泰斯庇亚的女儿们》( *The Daughters of Thespiu* )，以及许多具有传奇色彩的油画中，画家重新诠释了那些神话或《圣经》中的人物，飞马腾空跃起，随那些人物的指挥而动。其中一些画作只完成了一半，作品风格各异。这些大杂烩般的象征代表了什么意义呢？莫罗是精神错乱了，还是和同时代的艺术家一样，染上了鸦片瘾呢？

我坐在房间的中央，感觉头晕眼花。一个形单影只的博物馆工作人员在镶满窗户的那面墙前面来回踱步。窗户里透进暗淡、闪烁的光线，那光线是来自远处同样暗淡、毫无吸引力的社区。我很好奇，这里怎么没有卢浮宫或者毕加索博物馆那种人山人海的场面。就像我的旧明信片上写的那样，这是一个怪异的地方，但是并不扫兴。

---

① Argonauts：阿尔戈英雄，指希腊神话中跟随伊阿宋乘坐快船"阿尔戈"号取金羊毛的五十位英雄。

我搞不清那些画的含义，于是决定下楼回到出口处，看看那里卖不卖作品目录。当我站起来的时候，那个守卫向我走来。"您不看看三楼吗？"她问道。"这还没完吗？"我不假思索地问道。"您才刚刚开了个头，先生，"她反驳道，边说边指向一条很不寻常的螺旋楼梯——确切地说，那是个双螺旋楼梯，"最精华的部分在三楼！"

　　我客气地告诉她，尽管放心，我很快就会回来，然后从楼梯飞奔下去。

　　我在出口处买了一份目录，然后一边走一边看了起来。洛雷圣母院和它旁边丑陋圣三一教堂（La Trinité）的钟声响起，已经到中午了。那些街道尽管表面上还如先前一样死气沉沉，但是对我来说，它们开始具有了一种新的意义。目录上说，就在这里，在拉罗什富科大街上，有娜娜的房间。左拉本人曾经住在距此几个街区之外的巴鲁街。这里是查尔斯·狄更斯邂逅弗雷德里克·肖邦的著名情人乔治·桑（George Sand），尔后又情场失意的地方。"她是那种女人，从外表上来看会让你误以为是女王的产褥护士。"屠格涅夫（Turgenev）和萨克雷（Thackeray）等其他几十位作家和画家也在这块地方住过，他们的住处就在距离莫罗房子的几百码内。当时这里的画室和艺廊显然已经和现在的左岸或者玛黑区一样密集。街道生机勃勃。在莫罗生活的年代，这个街区被称为"新雅典"，这里甚至产生了自成一格的建筑式样，有浓重的希腊和古典风格的痕迹。年轻时的莫罗与他伟大的朋友、画家同行的泰奥多尔·夏塞里奥（Théodore Chassériau）是各大沙龙、餐馆和咖啡馆的常客。泰奥多尔是19世纪最成功的艺术家之一，至少从商业角度来看是这样的。

但是当我走过去的时候，我看到圣乔治广场上只有一间普普通通的咖啡馆。道路在那尊以石印工加瓦尔尼（Gavarni）命名的雕像前突然转向，这尊如今已经鲜为人知的雕像在莫罗所处的年代也大有名气。一家摇摇欲坠的商店登出了"文物和古玩"广告，当地人在小古玩间转来转去——那些都是从阁楼和地窖中抢救下来的甩卖货和零碎物品。这个社区很安静，只有几个小公园，公园旁边是整洁、乏味的街道。左拉所处的年代的红灯区似乎已经分为两块，一块搬到了北边的皮加勒区，一块往南搬到了雷阿勒区。

我决定原路返回，回到福堡-蒙马特路，在沙尔捷（Chartier）吃午饭——从莫罗晚年开始，这家店就是工薪族吃饭的地方。我想，这位画家也许是这里的常客。莫罗的作品精致而富有装饰性，不拘一格，从这一点来看，他应该会喜欢这里的装饰。木制小隔间上方搭着黄铜架子。顾客们在玻璃板中看到对方的身影。侍应生一口气端着八个盘子和三瓶乡村佐餐酒（vin de pays）——菜单提示，如果侍者不慎弄脏客人衣物，餐厅将不为此负责。

正是在沙尔捷餐厅里，我就着青椒牛排和一瓶非常普通的红酒，把那间博物馆的目录从头到尾看了一遍，对莫罗的生平和职业的细节开始有所了解。出于某种神秘的原因——可能是因为他的密友夏塞里奥去世——莫罗没有再参加格列福伯爵夫人（Countess Greffulhe，后来她在普鲁斯特笔下变成了不朽的经典形象）和拿破仑三世的堂妹玛蒂尔德公主（Princess Mathilde）举办的沙龙。小说家和评论家乔里－卡尔·于斯曼（Joris-Karl Huysmans）写道，在那段岁月里，莫罗变成了"在巴黎市中心与世隔绝的神秘主义者"。人们认为他是同性恋或者双性恋者。他与一个名叫阿德莱德－亚历山大·杜勒（Adélaide-Alexandrine Dureux）的人交往了二十五年，这个人是他的"精神伴侣"，他一直让这个人住在洛雷圣母院路的一间公寓里，不过此事非常隐秘，只有他的几个朋友知情。

莫罗沉默寡言。他经常拒绝解释他的那些奥妙的艺术作品。一位收藏家买下一幅画并要求莫罗给出关于这幅画的官方解释，莫罗回答，他只是喜欢"做梦"。19 世纪 80 年代，左拉在一个沙龙上评论莫罗的画作："他画的是梦……精致、复杂、神秘的梦。"

左拉还说莫罗没有老师，也没有弟子。但左拉错了。鲁奥（Rouault）、马蒂斯（Matisse）、马奎特（Marquet）和其他许多艺术家都是莫罗在法国美术学院（École Nationale des Beaux-Arts）的学生。现在名气比莫罗本人还大的奥迪隆·雷东（Odilon Redon）曾深受这位神秘主义艺术家的作品的影响，毕加索、达利和马塔（Roberto Matta）也不例外。

有殷实的家境作为支撑，又有稳定的工作和客源，莫罗和那些吃了上顿没下顿的艺术家迥然不同。他只有一次在商业画廊中屈尊展出作品的经历。他缄默不语的真正原因是，他对批评有种病态的恐惧感。在他生命的最后几年中，他疯狂地为他的画作命名，并为这些画作加上注释，这样，未来的评论家们——和博物馆的游客们——就不会对它们有误解了。

在第一次参观莫罗博物馆的几年后，我又回去看过（自那以后，我回去过很多次了）。这次我不是一个人来。门铃断了线，灰尘也被清扫了。不知为何，那种神秘感消失了，这个地方的魔力也随之减弱了许多。正如那位工作人员所说，最好的画作是在三楼——那些明珠般的油画闪烁着钴蓝色和金色的光辉，那是莫罗数月甚至数年的劳动成果。

几百幅水彩画和素描装裱在精巧的木架上，它们展现出了莫罗的另一面。这里有优雅的风景画和精美的素描，与油画一样充满神秘的力量，但不带有一丝扭曲的痛苦。这里还有那幅我当初在那张旧明信片上看到的自画像，不过我把那张明信片给弄丢了。莫罗受佛罗伦萨的乌菲兹美术馆（Uffizi Gallery）所托画了这幅画。这幅画本应作为史上最伟大的画家自画像之一，挂在瓦萨里画廊（Vasari Corridor）中。但是莫罗认为自己不够格，因此他一直没有把这幅画送出去。他希望自己能以普通人的身份从人世间消失，并在他的作品中、在他的博物馆里永存。

那天晚些时候，我在蒙马特墓园中问看门人，莫罗的坟墓在哪里。他嗤之以鼻地说，还真没人问过这个墓在哪里，而且他没听说过这个人。我把莫罗的全名和去世年份告诉他。在翻出一本巨大的皮革包边名册后，看门人气鼓鼓地到处乱找。当他无意中看到那个条目时，他惊呆了，他没法儿摇摇手指把我打发走，这显然让他失望了。他说，那块由"一战"前美好时代里的人小心翼翼地登记下来的墓地，就在22区第7行2号墓碑处。不过我不确定那天我找到的是不是莫罗的坟墓。墓石已经倒塌，而且刻在下方的名字已经磨损，被苔藓覆盖。这似乎倒是这位象征主义者愿意接受的一种命运。和莫罗的博物馆一样，莫罗的安息之处后来也被清扫、重建了，它不再黯淡无光，被人遗忘，充满诡秘的感觉。但是这个男人依然是一个谜。

# 蓬皮杜留下的危险

Concierge à droite（权利的守门人），1989

Cernimus exemplis oppida posse mori...（以史为鉴，城市也会死去……）

——罗马皇帝鲁提利乌斯·纳马提安努，

《归途记事·第一卷》(*De reditu*，前 413）

　　没有几个城市会像巴黎一样，把毁坏城市当成正大光明的传统。也许这是它骨子里的一部分：考古学家坚持认为，高卢人在参加战斗之前会烧毁他们在塞纳河畔的定居点，让敌人尝不到甜头。恺撒和他的后人们无休止地重建他们的新城市，一代又一代的君王们、法国革命党人们和皇帝们也继续肆意地毁坏巴黎。直到现代，情况依然是如此。当一个统治者想要让什么东西旧貌换新颜的时候，他会轻松地推倒挡在他路上的每一样东西。

　　但是巴黎人还不至于对文物保护主义者的担忧无动于衷。在过去的两百多年间，领袖们通常会以公共安全、卫生或者那个神奇的词——"现代化"——作为开场白，开始侵犯这座城市。许多行家认为，拿破仑三世皇帝和他的巴黎警察局长奥斯曼男爵就是典型的现代主义者，他们将成千上万座建筑夷为平地。原因有很多，从关注健康问题，到控制人群，再到无限膨胀的贪欲。一些拥有敏感的心灵的人，例如夏尔·波德莱尔或者维克多·雨果认为，他们的行为与强奸无异。然而，爱空想的规划者和熟练的建筑师们还在进行奥斯曼式改建，他们都希望自己建造的东西万古长存。

鲜为人知的是，尽管这种破坏文物的遗风有时会因经济衰退或战争而有所减弱，然而它依然是第二帝国之后的历届法兰西共和国政府的行动驱动力。这种传统在1958年开始执政的政府，也就是当今的第五共和国政府手中达到了顶峰。新共和国迎来了国家资助的投机狂欢，可想而知，这股浪潮也披上了奥斯曼式的现代化外衣。这一次，导演这出好戏的不是皇帝和男爵，而是一位年迈的将军和一个头发花白的小个子技术官僚，乔治·蓬皮杜。

蓬皮杜是以戴高乐将军得力助手的身份上台的，他一路平步青云，1958年从顾问职位一跃登上首相宝座，1969年又成为总统。作为一位政治家，戴高乐不喜欢为经济、环境或者城市化之类的小问题烦心，于是他把权力下放给别人。戴高乐通常会做出一个含义暧昧的手势，说："去问蓬皮杜吧。"

蓬皮杜的统治以1974年他的突然死亡告终，这意味着，他把持法国和法国首都的财富达十六年之久——巴黎从1871年到1977年都没有市长一职。这段时间是"Les Trente Glorieuses"——经济形式向好的辉煌三十年。

当我听到有人说起"蓬皮杜"时，我会抬起眼睛望向在空中划出这个名字的建筑轮廓线，那就是那个名字放大后的样子。蒙帕纳斯大厦（Tour Montparnasse）是不透明的，有六十层楼高，附近的朱西厄（Jussieu）大学楼群的高度是它的一半——蓬皮杜依然活在这些建筑物的剪影中。往西看，我又看到了蓬皮杜的影子，国防部的仿曼顿塔楼是他设计、规划的。当然，还有波堡的蓬皮杜中心，那里有多彩的管道和树脂玻璃管子。该中心曾经被称为"野兽派（Brutalism）的典范"——这个说法不带讽刺意味。野兽派的称呼是来自于法语中"brut"这个词，是原始的或者未经修饰的意思，它代表的是内部结构暴露在外的解构主义建筑。低下头，你会看到蓬皮杜时代的一些小例子，从平庸丑陋的政府办公楼和保障性住房，到装着玻璃的雷阿勒市场的脏乱环境，都可见野兽派风格之一斑。

蓬皮杜对巴黎的影响比大多数人意识到的要大得多。乔治·蓬皮杜高速公路占顺着塞纳河一路蜿蜒而来，那里曾经是树木茂密的河港。巴黎环路原本是在1848年修建的城墙之外的无人之境，政府本来决定将其定为绿化带，但是蓬皮杜将其变成了八车道的混凝土壕沟，巴黎和周边地区从此分开了。国防部在巴黎环路旁，它的对面就是马约门站的酒店、购物和会展中心，这些是蓬皮杜非常重视的。虽然才过了几十年，这里看起来已经相当丑陋。不久前，政府花了几百万美元将其翻新，不过这里看起来还是很碍眼。

经蓬皮杜授意而创造的奇景还不止这些。玛黑区和其他历史街区遭受的大部分损坏都属于他的杰作，他曾按部就班地拆除这些街区中成排的别墅，以拓宽街道。还有，别忘了巴黎南面的意大利广场公寓大楼（Place d'Italie apartment），那简直就是从莫斯科郊外搬过来的；还有塞纳河前的伪立体主义高层建筑群和15区的博格勒内勒（Beaugrenelle）街区中俗气的商场，至于"新颖"却已经摇摇欲坠的"美丽城贝尔维尔"就更不必说了。如今巴黎周边那些衰败的、犯罪率高的郊区大部分都是他授意建设的。

实际上，这座城市还算是幸免于难。蓬皮杜因为公众抗议而不得不放弃很多稀奇古怪的计划；有的是因为这位伟大的现代化推广者在任上去世，而他的继任者瓦勒里·季斯卡·德斯坦不愿执行他的计划，或者也像他一样遭到了阻挠。有几个例子是我们刚才还没有提到的：一条意大利面碗形状的高速公路从雷阿勒延伸至塞纳河，中间是摩天大楼；圣马丁运河上方的高速公路；从托比亚克到米拉波桥的左岸高速公路；一条横跨西岱岛下游末端的桥令美丽的瓦尔－嘉朗广场（Square du Vert Gallant）花容失色；整个玛黑区里除了两座教堂和一栋联排别墅之外，其他建筑全部被拆除；而且，在1966年，蓬皮杜计划修建"巴黎二代"（Paris II），他打算通过建设一座居住型城市而将巴黎真正的历史建筑完全清除、整修。

"是城市要给汽车让路，"蓬皮杜在任时说，"而不是汽车给城市让路。"他谈到了"外科手术式的概念"和"必要的转变"，还向巴黎人承诺，他会打造出一个可以媲美纽约和伦敦的现代大都会，不过不是按照人的标准，而是按照机器的标准去衡量。

时至今日，有些人其实还很欣赏蓬皮杜遗留下来的产物。公平地说：他给这座城市留下了巴黎快铁通勤列车系统，还有漂亮的国防部大楼。他创造了新的卫星城市，还有足以令任何一个特大城市引以为傲的高速公路网络。他所处的时代混杂、矛盾，那是一个由没有音调可言的古典音乐、重摇滚和自由爵士乐、自由性爱、波普艺术、橙色脱叶剂①、摇头丸和多米诺理论交会而成的时代，而他就是那个时代的产物。蓬皮杜也许曾住在历史悠久的圣路易岛上的豪华别墅中，但是他热切地渴望着他的落地窗前能出现一条高速公路——他差点儿就办到了。汽车就是他的上帝。

个子小、皮肤黝黑、总是叼着根烟、像狼一样咧着嘴笑的乔治·蓬皮杜其实是来自中央高原（Massif Central）的乡巴佬。他当了一辈子的超级优等生，在以希腊语专业优等生身份毕业之后，他开始与戴高乐并肩作战。他话不多却才智过人，从他战后升任为罗斯柴尔德银行（Banque Rothschild）的首席执行官一事就可以看出这一点。与此同时，他俘获了时尚先锋克劳德·杰奎琳·卡乌尔（Claude Jacqueline Cahour）的芳心，她后来被称为"最时尚的法国第一夫人"和"法国艺术教母"——毋庸赘言，这指的当然是现代艺术。我们很难按政治派别将他分类或者定位，一些伟大的法国知识分子都是他的支持者。文坛偶像、法国的第一位文化部长安德烈·马尔罗和这个头发花白、个性如三原色一般鲜明的小个子男人形影不离。令人难以置信的是，尽管马尔罗推行著名的城市保护法，保住了玛黑区，然而他却为蓬皮杜闯的祸放行，蒙帕纳斯大厦就是其中一例。

"蓬皮杜总是闷不吭声，写得也少，马尔罗则话太多，写得

---

① 指美军在越南战争中使用的毒性枯叶剂，因盛剧毒除草剂的容器标志为橙色条纹而得名。

也太多。"对蓬皮杜了如指掌的历史学家路易·沙瓦利埃在他的报告文学作品《夺魂巴黎》中写道。这本 1977 年首次出版的书如今依然富有争议，其中记载了戴高乐、马尔罗、蓬皮杜这三大巨头大肆破坏这座城市的过程，而且，书中指出，蓬皮杜本质上就是一个银行家。银行拥有房地产，和建筑承包商过从甚密。有了这个说法，谜底就很容易揭开了。

另外一位战后时期的知识界大腕则鄙视蓬皮杜，那就是作家乔治·皮耶芒（Georges Pillement）。在《巴黎垃圾桶》（*Paris Poubelle*）一书中，皮耶芒宣称蓬皮杜很清楚——而且可能是巴黎市中心有系统的文化破坏行为的始作俑者。从理论上来说，文化破坏行为的由头是强调这些社区不安全，然后政府就可以将它们夷为平地。在这种假设之下，蓬皮杜的长期计划是要将巴黎变为欧洲商业中心，城中要布满勒-柯布西耶式的高楼大厦，高速公路如脉络般贯穿全城。蓬皮杜用空头支票"引诱"了马尔罗，他提到的不是平庸的商业摩天大楼，而是新中古风格的塔楼。

沙瓦利埃在《夺魂巴黎》一书中这样写道：如果戴高乐是国王，蓬皮杜就是能救他于危难的"白衣骑士"，而马尔罗则是宫廷设计师和学者。总之，蓬皮杜是绝对掌控全局，能摸准对方命门的人：对着戴高乐，他就大谈再现法兰西的荣光；对着可能会阻挠他的马尔罗，他就提微不足道的东西蒙混过关。三十几年后，恶果——如今的破裂，生锈，剥落——已经显而易见。

一幢糟糕的芝加哥风格的摩天大楼出现在曾经矗立着一栋两层工作室、艺术家群集的地方，那就是蒙帕纳斯大厦。这座大厦实在是平庸无奇，而且显得和周围很不相称，我几乎都有点儿可怜它了。那个熟悉的淡褐色庞然大物是最直观的例子，它提醒世人不要对一个历史悠久的欧洲城市做什么样的事情。几年前，坊间开始风传这幢塔楼可能要被拆掉。从这个城市的角度上来说，这是一件会令人反感，而且没有好处的事情。想着这种危险的状况，我在大厦底层随处可见的商场逛了几个小时，我在思考什么会取代它的位置。然后我坐上电梯去了顶楼。

这幢 1973 年落成的大楼似乎快要自行解体了。2010 年，似乎没有人庆祝它的三十七周岁生日，不过，也许他们是在等着四十周年大庆。几扇窗子不见了，取而代之的是几块胶合板。这个工程的开发商们来自芝加哥，大厦中到处都有他们留下的印迹：这就是一件 20 世纪 60—70 年代的"美国文物"，只不过是归法国拥有，这是典型的戴高乐式举动，意在对战后新的全球英语霸主发起面对面的挑战。

埃菲尔铁塔建成后不久，小说家居伊·德·莫泊桑就开始在塔上的全景餐厅吃午饭了。原因正如他所说，城里只有在这个地方是看不到埃菲尔铁塔的。能看到巴黎全景的蒙帕纳斯大厦也是一样：那里看到的景色绝美，而且看不到蒙帕纳斯大厦。遗憾的是，当你鸟瞰大厦下充满历史感的巴黎内城建筑群时，你会看到蓬皮杜的其他作品。反正你躲不开它们。比如，建于 1965 年的朱西厄大学后面是植物园，里面有绿树成行的小径，然而大学建筑群几乎掩盖了这些优美的小径。除非你和蓬皮杜本人一样有近视眼，否则你肯定会看到蓬皮杜中心那像颜料盒一样的内部结构，该中心的建造导致历史悠久的波堡社区遭受灭顶之灾。

当我沿着已经奥斯曼化、但也不乏吸引力的大道穿过巴黎城，走向蓬皮杜中心时，我想起了自己采访该中心的联合建筑师伦佐·皮亚诺（Renzo Piano）的情景。"那是个玩笑，"皮亚诺摸着自己浓密的胡子，哼了一声，"是对科技的戏仿之作……是严重的、张狂的、无礼的挑衅。"

皮亚诺和他的建筑师朋友理查德·罗杰斯（Richard Rogers）真的对蓬皮杜和他的技术官僚们嗤之以鼻吗？也许是的。我回想了一下，皮亚诺是一个和善而聪明的人。凭着几十年的经验，他能很快地用行话说出令人信服的观点。据他现在所说，他的想法是要创造一个艺术和其他学科交融混搭的地方——一个文化工厂。当人们说他的建筑看起来就像一个冶炼厂时，皮亚诺觉得很开心。至于摧毁历史悠久的波堡一事，皮亚诺称蓬皮杜的人已经把过去的一切都抹得一干二净了。

不管你是喜欢它还是讨厌它，波堡的巨型文化冶炼厂取得了惊人的成功。每年有七百万左右的人到此参观，他们爱它爱到不行。虽然这栋建筑才二十岁左右，但是和我一样的法国纳税人们还是花了数千万美元将它重建了。如今要进入蓬皮杜中心可得有副好身手：通常，你要顺着长达四分之一英里的曲折路线，穿过中心前面倾斜的"露天广场"，从漫画家、表演吞火的人和哑剧表演者中间穿过。高雅文化要到中心里面才有得看。

这一次，我跳过了那些世界一流的博物馆展品和巨大的图书馆，我要再看看这栋建筑物本身。阳光透过三十英尺高的窗户流泻进来。人们乘坐被树脂玻璃管包围着的电梯涌进中心。透明的电梯上下浮沉。那些按不同的颜色编码的水管和通风管道是对工业文明的另一种模仿和挑衅，它们正发出明艳的光彩。有那么一刻，我以为自己走回了尖锐、大胆、色彩缤纷的70年代。

好在不是那样的。我在一家装潢时尚的全景餐厅闲逛，这家餐厅名叫乔治·让（Georges Jean——这大概指的是蓬皮杜先生吧？），但是我没钱在这儿坐下吃饭。餐厅的观景平台比蒙帕纳斯大厦的平台矮，我能从平台上看到旧巴黎建筑的屋顶。乔治·让对它们很不屑，他费尽心思要推倒它们，而且在很大程度上讲，他成功了。可悲的是，他没有活到看着以他命名的中心完工的一天：它是在他去世三年后，也就是1977年才开放的。当我穿过大厅出门的时候，我抬头看了看，那里高悬着一幅圆形的、拆成很多小块的黑白视幻肖像画，人人都能看到画上的蓬皮杜。当我走过的时候，他那狼一般的笑容在变幻。

回头想想，蓬皮杜最令人印象深刻的成就，不是建造蒙帕纳斯大厦或者建造波堡的蓬皮杜中心，而是将杂乱的老市场从雷阿勒铲除出去。几十年来，规划者们一直都对那些市场敬而远之。当市场不复存在，这片区域瞬间就变成了贫民窟。不久后，建于19世纪、曾经遮蔽着市场的玻璃和钢铁结构建筑，巴尔达展厅也被夷平。又一个十年过去了，一座有七层楼高的地下巴黎快铁和地铁站——世界最大的地下车站——和一个带有下沉式"广场"的商场填补了"雷阿勒的大洞"。

当我坐上一架非常陡的电梯，进入雷阿勒市场的深坑时，想到了埃米尔·左拉。在写于 1873 年的"卢贡－马卡尔家族"中，他把这个旧市场称为"巴黎的中腹"。显然，这个地方已经长期消化不良：它散发着酸臭味。有人说，那是这里的愤懑冤魂在抗议。还有人认为是下水道渗漏，同时夹杂着消毒水和正在冒泡的快餐煎锅发出的气味。专家称那石灰岩分解时散发的气味。不管怎么样，至少我身边的市郊青少年们、小商贩们和毒贩们看起来在市场脏污、破烂的外墙下都自得其乐。这里才使用了三十几年，但是马上就要重建了。

我尽快走出了那个地方，罗马皇帝鲁提利乌斯·纳马提安努在公元前 413 年帝国土崩瓦解时写下的一句话在我耳畔回响："城市也会死去。"

20 世纪 70 年代，蓬皮杜的批评者们宣称巴黎已死。但是，当我在文物建筑中品着啤酒——如果蓬皮杜的计划付诸实施，那么这栋建筑也会被摧毁——另一个念头自我脑海里冒出来。和大家熟悉的凤凰从灰烬中涅槃重生一样，城市也会重生。尽管在雷阿勒、蒙帕纳斯和许多凋零的郊区发生了那么多事，在我看来，巴黎依然充满生机，而且它蓄势待发，要在 21 世纪大展拳脚。现在，只要当局能吸取蓬皮杜的教训，为他留下来的高楼大厦和购物商场注入活力，关闭塞纳河畔的高速公路，将巴黎环路变回那条神话般的绿化带，这就真的叫现代化了。

# 技艺的守护者：巴黎匠人

第 11 区的工场，1989

黄金赠夫人，白银赐女仆，黄铜配巧匠。

"妙！"堂上男爵高声道，"但只有铁——冷铁——才能把它们造。"

——鲁德亚德·吉卜林，《冷铁》（*Cold Iron*）

不久以前的一天，我在街上散步，这条街的名字很生动，叫"Rue du Pont aux Choux（白菜桥街）"，就在玛黑区我的住处附近。仿佛置身梦中的我走过一排蒙着水汽的门，目睹但丁的《地狱篇》中的景象：炙热火炉溅出的火花落进了一个暗幽幽的作坊，作坊里，一个戴着皮革手套的男人在给几片东西塑形，后来我才看清，那是熔化后的玻璃。从玻璃工坊向前走几百码，在孚日广场附近的一幢17世纪别墅前，我驻足观看一位工匠用一把旧锤子轻轻地敲啊敲，用压制皮革做出了一个箱子。往东走半英里，还是在玛黑区，一个孤独的女人坐在一间爱丽丝仙境般的作坊里静静地雕刻着古老的木板，锯屑落在残损的收藏品、发黄的石膏半身像和悬在锈蚀的电线上方的丘比特像上。

对于我来说，"匠人"（artisan）这个词会让我的脑海中浮现出发黄的怀旧影像，在充满艺术氛围的工作室中，工匠师傅和求知若渴的学徒夜以继日地创作或修复，经他们之手的物品马上就变得有用又美观。所幸，在巴黎，匠人传统不仅在旧制度崩塌和工业化到来时神奇地得以幸存，而且在现代大众消费主义无孔不入的今天坚持了下来。

在法语中，我们很难给"匠人"这个词下一个准确的定义。它可以代表从水管工到面包师，再到出租车司机的任何人。通常，它的意思就只是"独立承包人"。但是，当我用这个词的时候，我想到的是那些制作独一无二的物件，并且有意避而不用大生产方式，为直接来他们工作坊的顾客服务的匠人。

在过去的几十年间，我有幸见过巴黎许多身怀绝技的匠人：玻璃匠、银匠、铜匠和青铜工匠、陶艺技师和上釉的工匠、袖珍图画师、细木工匠、皮革匠、书籍装帧匠、彩色玻璃窗工匠、帽匠、制扇师、雕刻匠和象牙雕刻师、小提琴和鲁特琴工匠、马鞍工匠、珠宝匠人、金匠、印刷商，等等。

如今，仍有几万名匠人在巴黎市中心工作，他们在许多领域生动地证明了，人能胜过机器。

匠人传统之所以依然具有强大的适应能力，其中一个原因是学徒制的存在。这种制度在许多工作坊中依然延续着，不过其性质已经与19世纪的卖身契不同。巴黎的年轻人不会吃那一套的。几乎任何年龄段的人都可以通过学习成为一名合格的匠人。这里的关键词是"合格"。在很多靠手艺吃饭的行当里——比如镶嵌和家具制造——专家们都众口一词，认为初出茅庐的匠人必须从很小的时候就开始学习，这样他才能练出大师级的力量和反应能力。所以，在我们身处的这个数字化的、激光导向的世界里，学徒制依然是训练年轻人才，让技艺的奥秘代代传承的最重要手段。

学徒制是环法职业协会（Compagnons du Devoir du Tour de France）的全部。这个有着四百年历史的协会一直令我很感兴趣，其中部分原因是该协会的总部在市政厅往东100码处，圣热尔维（Saint-Gervais）教堂后面，总部窗户中的陈列品千奇百怪：有顶梁、石头和家具。不过，我被该协会所吸引主要还是因为他们很像中世纪的手工艺人行会。只有"能手"（adept）——我是故意用这个词的——年龄在十五岁到二十五岁的能手才能入会。他们必须同意花长达十年的时间走遍法国，从大师们那里学习和他们选择的职业相关的手艺——这些大师中有面包师、挂毯工匠、马车工匠、石匠、锁匠、屋顶工、木匠、马鞍工匠、泥水匠，等等。据说，没有哪个从协会出来的学徒会找不到工作。在义务之旅结束后，一旦他们能自立门户，他们就必须同意培训其他的学徒。

学徒制传统在法国，尤其是在巴黎得以幸存的另一个原因是：一批世界级的技术机构分散在全国各地，仅在首都就有四所。其中最著名的是布勒学院（l'École Boulle），该学院以路易十四的宫廷家具匠师安德烈·夏尔·布勒（André Charles Boulle，1642—1732）命名。这所学校成立于1886年，专门训练家具匠师和相关手艺行当的工人。今天，布勒的毕业生们可以做细工家具和镶嵌的活计，或者尝试艺术品、珠宝及工业设计等行当。我见过的一名毕业生在卡地亚工作，还有一名毕业生是TGV 高速列车设计团队的成员。

其他的巴黎匠人学校包括有一百四十余年历史的巴黎平面设计和建筑高等专科学校（École Professionnelle Supérieure d'Arts graphiques et d'Architecture），历史悠久的杜伯利艺术与设计学院（École Duperré，主攻时尚、纺织品设计或印刷、室内装饰、挂毯制作、陶瓷工艺），还有同样古老的埃蒂安纳高等学校（École Supérieure Estienne，主要专业是雕刻、书籍装帧和装饰、印刷、插图与平面艺术）。杜伯利和埃蒂安纳都开设了成人教育课程，而且，如果不是我的双手这么不灵光，我会忍不住在其中一家院校重新接受训练，让自己学些新的本事。也许我会学习书籍装帧，或者其他的一些与时代步调不一致的东西。

当然，奢侈品的需求也是法国匠人队伍能继续壮大的一个原因——也许还是主要的原因。他们为爱马仕、卡地亚或者路易·威登之类的公司工作。时尚设计师们也是一样，虽然在我的书中他们是一群居心不良的家伙，但是他们还是为许多不可思议的行当——例如 plumassiers（装饰用羽毛商）、皮草工人、丝绸染匠、帽匠，对了，还有制扇匠的生存——做出了一定的贡献。

快乐的故事通常都有一个反面，匠人的快乐故事的反面是关于统计数字的：差不多二十年前，在巴黎的两个主要的手工制造区玛黑区（含 3 区和 4 区）和相邻的巴士底广场（位于 11 区）东面的圣安托万新市区有近两万名工匠。如果说现在仅剩下几千名匠人，那么其他的那些人都到哪里去了？

为了弄清楚这一点，我决定和政府资助的 SEMA（Société d'Encouragement aux Métiers d'Art，即艺术从业促进会）的发言人谈一谈，按理说，该机构应该负责全法匠人就业服务。"他们都去哪儿了？"这位大感吃惊的官员用夸张的语调把我的问题重复了一遍——他惊讶的是我揭露了官方统计数据的不可靠。"到郊区去了，到地方上去了，要么就是不干了！" SEMA 确认了一点，实际上，只有一小撮巴黎匠人在创作全新的原创的物品，大部分的匠人都是给奢侈品制造商或者时装店做事。如今，每个人都是靠制作古董复制品，或者给私人客户、法国政府做修复工作来维持生计。

例子还有很多。巴黎似乎每年都要花上百万美元来修复市内教堂的屋顶和木造建筑，而且还要多花几百万美元改建玛黑区的圣埃尼昂宅邸之类的别墅，还有犹太艺术和历史博物馆（Musée d'Art et d'Histoire du Judaisme）等博物馆。此外，巴黎市一般每年还会花约五十万美元修复艺术品、家具、书籍、木制品等等。这些工艺品主要存放在市博物馆和仓库中，那些地方储藏着历史的缩影，却鲜有人问津，而且往往大部分都根本无人光顾。医院历史博物馆当然无法与奥赛博物馆相比，但是前者和其他类似的博物馆还是能让不少工匠有事可做。

那位发言人对我解释，从历史视角来看，由于工业化大生产和标准化的推广，匠人的数量在 20 世纪初期就骤然下降，在第二次世界大战又再度迅减。手工或定做的商品没有竞争力，或者完全跟不上潮流。法国手工业似乎已经在 20 世纪 90 年代走出低谷。供需现在基本上达到了平衡。

　　尽管失去了上万个手工作坊，玛黑区和圣安托万新市区依然是巴黎主要的手工业区，虽然你一眼看过去可能会想不到这一点。在最近几十年间，这两个区都经历了深刻的变化。这种说法算是委婉的，实际上这两个区的那些手工作坊已经曲高和寡，濒临灭绝。从20世纪70年代起，地区重建、房地产投机和文物住宅的重建，令许多工坊毁于一旦或者面目全非，而这些工坊在19世纪或20世纪初曾是壮观的庭院，或者曾被豪华宅邸（hôtels particuliers）环抱。当地的建筑师和建筑主管机关曾给这些嵌在豪宅之间的建筑起了一个"诗意的"称呼："脓疱"。这些附属物后来又被叫作"寄生虫"。甩掉那些脓疱、寄生虫和在其中工作的可怜的匠人们后，许多豪宅恢复了原来的风采，重现大革命前的建筑美感，但是，它们失却了灵魂。

　　圣安托万新市区同样是巴黎市的木工和家具制造大区，但是我在这里发现的情况有些不同。过去二十年间，地区重建已经拆毁了所有的街区，许多工坊都只能藏身于临街建筑昏暗的后院中。只要从巴士底广场沿着罗盖特路（rue de la Roquette）向北走，然后走到巴斯夫洛伊路（Rue du Basfroi）的尽头，你就能觉察出这里发生了多大的变化。

　　20世纪80年代。即使是在开发商手下留情的社区中，不断上涨的租金、更加严格的污染防治法规和停车及仓储空间的不足，也开始令手工艺人受到排挤。大部分人搬到了城东的樊尚（Vincennes）、圣芒代（Saint-Mandé）、圣莫尔（Saint-Maur）

222

和蒙特雷乌尔（Montreuil）。很多人搬到了更远的郊区，住在那么远的地方，他们都算不上是巴黎人了。

政府部门珊珊来迟。官员们尝试了各种方法去阻止这种势头，或者吸引一些工匠回来。雕刻匠、细工木匠和装修工匠特别受欢迎，因为官员们认为他们干的活"污染较少"。那也就是说，在拥挤的内城环境中，他们比其他的工匠制造的噪音要少，危险性也较低。大约二十五年前，巴黎开始将那些饱经曲折的匠人们重新安置到崭新、亮堂的工业大厦中，这些大厦大多位于 11 区。还有其他的一些楼群则被匆匆安置在 13 区（樊尚－奥里奥尔和托比亚克住宅区）和 20 区。

大家应该能料到，这些现代工坊缺乏往日的魅力，而且，我和一些怀旧的匠人谈过，他们都在痛骂市政府，认为市政府在创造毫无生气的环境的同时，还放任投机者摧毁历史文物。不过，也有一些工匠称，和许多被取代的时尚、复古的场地相比，新工坊光线更充足，更温暖，也更安全，而且，总体来说，那些有幸在这些地方找到容身之处的匠人都心满意足。

为什么不自己去判断呢？对那些打听巴黎匠人情况的朋友们，我经常这么问。只要到建于 20 世纪 80 年代的阿尔韦特手工城（Cité Artisanale de l'Allée Verte）去看看，你就会知道这些新建筑群怎么样。我的妻子过去经常把她摔坏了的旧相机拿到那里去修——直到数字摄影出现才作罢。一天，当她在和别人谈快门和闪光线的时候，我在附近闲逛，这时，我遇到了一位雕刻世家中的第五代匠人，他叫杰拉德·德康（Gérard Desquand）。

德康一会儿像阿尔布雷希特·丢勒（Albrecht Dürer）[①]伏在杂乱的工作台上，手里拿着放大镜和古老的雕刻师的尖锥；一会儿又在电脑上设计一枚家族徽章。他微微一笑，耸了耸肩，神态很生动，他还不习惯谈关于自己的事情。他的工坊叫"G4凹版印刷"。1986年，他和三位合伙人成立了这家工坊。和他的父亲一样，德康获得过"法国最佳工匠奖"（Meilleur Ouvrier de France），那是国家对工匠的最高肯定。他也许会怀念温馨的家庭工坊，但他没有对我这么说。他的顾客包括圣罗兰和迪奥之类的时装店，还有著名的巴黎文具店或系谱学家，例如斯特恩、埃格瑞或贝纳通。在确定我在记笔记之后，他说，私人顾客无须提供图样或描述也可以委托他进行雕刻。德康自豪地说，许多贵族家庭都信赖德康家族，因为他精通纹章学，曾雕刻巴黎伯爵（Comte de Paris）——那位曾觊觎法国王位，如今已经作古的人物——的"皇家"器物。是的，法国确实有王位，他向我保证。它存在于狂热的保皇党心中，这样想的人成千上万。批评者们认为他们是共和国中的皇家迷。

在那之后，德康把自己的工坊搬到了几个街区之外的奥贝坎普路（Rue d'Oberkampf）上，但是巴黎官员们还是继续将其他和他一样的匠人们重新安置在这个社区中类似的专用楼群中。

不过，那些拿笔杆子当推土机的人的热情显然用在了别处。

---

[①] 阿尔布雷希特·丢勒（1471年5月21日—1528年4月6日）德国中世纪末期、文艺复兴时期著名的油画家、版画家、雕塑家及艺术理论家。

明确地说，他们的热情体现在 1987 年发起的一项都市工程，工程令人过目难忘，而且人人都能看得到，那就是艺术桥商业长廊（Viaduc des Arts）。政府花了十年的时间，才将那座建于 19 世纪，原来位于巴士底东面的水道艺廊（Avenue Daumesnil）高架铁路拱桥重新改造，成为巴黎高雅艺术品和手工艺品的橱窗。这条长廊于 1988 年 10 月正式启用，长达半英里，桥拱下夹着约六十家商店。这就是巴黎，总能就近找到几家咖啡馆和餐馆为购物者消渴。这就是法国，总有一大笔的政府资金要花到名字藏在一堆首字母里的机构中，其中包括发展现代设备和设计的机构 V.I.A.（Valorisation de l'Innovation dans Ameublement，即法国家居设计创新促进会）。

艺术桥上，匠人的一举一动吸引着人们的眼球，绿荫步道花园景色宜人，水道艺廊变成了最受欢迎的散步、骑自行车和逛街的地方。我想，虽然大部分的路人只会停下来往高高的平板玻璃窗里瞧一瞧，但你还是可以花几天时间看看这里的工坊和精品店。在窗户后面，陶艺家们在盘子上作画，木偶工匠在制作木偶，玻璃匠在把玻璃吹成泡泡，等等，他们都在大众眼前变着自己的戏法。这些匠人们还肩负着表演者的身份。幸运的是，有些匠人显然很享受夸张地表演的感觉，还有些匠人总算忘记了他们就像是公园里的猴子这一事实。

有件事情很有意思：虽然艺术桥商业长廊受到巴黎人的热烈欢迎，而且似乎取得了商业上的成功，但是大部分在那里工作的艺人都是从小地方来的，而不是来自巴黎本地的工坊。唯一来自巴黎市内的匠人家族是待人和善的米歇尔·法耶（Michel Fey）一家，一个手工皮革制造家族，他们的曾祖父在1900年创立了法耶世家（Maison Fey）。米歇尔一边展开一张兽皮一边说道，直到20世纪90年代，这个家庭工坊还在几个街区之外的圣安托万新市区拥或者有两间潮湿、杂乱的底层铺位。米歇尔还补充了一句，虽然他和他的儿子克里斯托弗还在继续使用很有年头的工具去制作、修复皮革桌子或桌面和吸墨台，但是全家人还是为搬到现在明亮、通风、现代的铺面而感到由衷的高兴。在他们辛苦劳作的时候，他们看到的不仅仅是树木和过往的行人，他们还有了更便捷的停车位和装货区，空间是原来的三倍。他们要付更高的租金，但那是和更高的收益成正比的，因为人们对他们的关注度更高了。真是皆大欢喜。

法耶对我说，他是为数不多的从11区搬来艺术桥商业长廊的工匠之一。我问他，为什么其他巴黎匠人没跟着来。"因为，"他低声说道，"大部分的巴黎匠人都神神秘秘的，他们保守，传统，脾气暴躁，而且过分独立。"这样说似乎还不够，他补充道，许多怀旧的人就是不愿意搬来，或者因为不喜欢负责分配场地的委员会而不愿动身。正如这个项目的名称所示，"艺术桥商业长廊"强调的是"l'artisanat d'art"，这指的是那些附庸风雅的东西，它们应该是优美、安静而清洁的，而且对城市的形象有益的。

我为法耶感到高兴，同样的，我也为在之前参观过的现代化、缺乏灵气楼群中做事的匠人们感到高兴。但是，在高兴之余，我重访了几位老匠人，这又让我伤感了起来。20 世纪 80 年代，当我第一次搬到玛黑区时，我走访了三位巴黎城内顶尖的手工匠人，他们都在玛黑区充满艺术氛围的工坊中工作。如今，其中二人还很活跃，第三位匠人则快要退休了，而且工坊也要盘出去了。帕特里克·德赛尔姆（Patrick Desserme），这家在白菜桥街上的玻璃吹制（bombeur de verre）工坊就是我的匠人寻访之旅开始的地方。

1789 年，当巴士底狱遭到猛攻并被摧毁的时候，其中的一些石头被用来建造玻璃工坊。直到最近，作为玻璃吹制工匠第三代的德赛尔姆还在工坊中制造巨大的玻璃球、弧形窗户和灯笼式窗格。精力充沛的德赛尔姆在冬天都穿着 T 恤衫，他和他的助手在六个发出地狱般的高温的火炉旁工作（其中包括一个从 18 世纪留下来的柴炉）。

擦去汗水，德赛尔姆低吼道，还在人工制作玻璃器的欧洲匠人已经没几个了，他就是其中一个。他的工坊中堆放着五千件新的和古老的模具，他骄傲地说：用这些模具，他能给所有的东西更换玻璃部件，从路易十五时期的灯笼到后现代的家具都不在话下。他的祖父曾与拉力克（Lalique）①共事，他的父亲曾

①　热内·拉力克（René Lalique，1860—1945）是 19 世纪末 20 世纪初法国重要的玻璃艺术家、设计师。拉力克曾经是新艺术运动中最引人注目和最富有创造精神的珠宝制作家，后期他转向了玻璃制品创作，成为 20 世纪玻璃艺术史上有极大影响力的玻璃设计师。

与马科斯·安格兰（Max Ingrand）[1]一起做事。他本人则曾与现代设计大师们合作，例如菲利普·斯塔克（Philippe Starck）、安德莉·普特曼（Andrée Putman）、让－米歇尔·威尔莫特（Jean-Michel Wilmotte）、加鲁斯特（Garouste）和博内蒂（Bonetti）。他的儿子，继承人雨果会不会和他干同一行，他还不清楚。

在玻璃匠中，像遁世隐居的德赛尔姆这样的人很少见。他还创作了几件收藏级的作品，比如独特的玻璃嵌板、台子和其他艺术品，不过他从未大肆宣扬这些作品，而且，实际上他宁愿大家都没有注意到这些东西。由于玻璃塑模具有危险性，巴黎的家族工坊的命运曾被大肆渲染。不久前，豪华私人公寓取代了工坊的位置。但是德赛尔姆的儿子雨果决定了，他要在远离巴黎的鲁昂市独力将家族工艺传承下去。

从德赛尔姆的炉子边离开，走五分钟就到了吉尔伯特·霍蒂瓦勒（Gilbert Rotival）的工坊，这间工坊只有碗橱大小。和他的父亲和祖父一样，手工皮革工匠和制箱工匠霍蒂瓦勒曾获得"法国最佳工匠奖"提名。虽然已经过了退休年龄，他还是在一个完全和现实脱节却充满魔力的工坊里延续着传统，这家工坊嵌在1637年的一座宅邸的一楼。除非你将霍蒂瓦勒那如黄油般柔软的钱包装满超大面额的钞票，否则那钱包可比里面装着的钱要值钱得多。他的珠宝盒和里面的宝石一样珍贵——如果你非要问我到底有多珍贵的话，我不得不说，盒子比宝石珍贵得多。霍蒂

---

[1] 马科斯·安格兰（Max Ingrand）是著名法国玻璃工艺大师和装饰大师。

瓦勒安静，善良，羞涩，他再次向我展示了古老的工具和充满历史的缝纫机，他用这些东西将染了色、经过装饰的皮革变成公文包、手包和扁皮箱，只有几个幸运的人或者卡地亚和莫拉比托这样的公司才能获得这些成品。我问他，他最难忘的一件成品是什么。他想了一下，然后平静地说："那是一个精心制作的皮革面百宝箱，是给沙特国王法赫德用来装他收藏的无价金器的。"他最后说道："我和五位助手花了两百个工时才把它做出来。"

我回想了一下这个数字：用两百个工时做了一个百宝箱。我很好奇法赫德国王会不会喜欢它。当我把这事情想明白，并联想到他与法国在地缘政治上的分歧时，我已经走上自由民路（Rue des Francs-Bourgeois），然后往左一转走进了一条小街艾乐歇维赫街（Rue Elzevir）。六十年前，有位名叫让－赫努维勒（Jean Renouvel）的木雕匠人在这里成为一名卑微的学徒，开始了他的职业生涯。他用雕刻刀开出了通往顶峰的路。大约三十年前，赫努维勒开始培训一位年轻、羞怯的学徒，这位学徒名叫安娜－玛丽·尼科勒（Anne-Marie Nicolle）。20世纪90年代，当我第一次见到让和安娜·玛丽的时候，他们正在凡尔赛宫，修复重建特里亚农宫（Petit Trianon）①玛丽·安托瓦内特（Marie Antoinette）卧室的木镶板。尼科勒还是一如既往的羞涩，但她最终还是接掌了工坊。但是工坊里和周围的东西都没有任何改变。古老的木雕和石膏模型——它们是用来做模子的——从天花板垂挂

①　特里亚农宫是路易十六送给王后玛丽·安托瓦内特的礼物。

下来，底下是丘比特画像、科林斯式柱头、垂花雕饰和雕带。当我第一次和赫努维勒见面时，他告诉我，他完全不愿意使用新的凿子和圆凿，原因很简单，它们并不比他在 20 世纪 50 年代继承的那套沉重、累赘的工具好用到哪里去，而且通常比那些旧工具要差得多。尼科勒现在已经人到中年，她本人也成了师傅，还继承了一千两百件赫努维勒的老工具，默默地追随着师父的榜样。

# 亲爱的亡者文森特·凡·高

墓园景观，瓦兹河畔奥维尔，1999

总有一天，我会想办法在咖啡馆里开一场我的个人展览。

——文森特·凡·高对他的弟弟提奥如是说，

1890 年 6 月 10 日

从巴黎北站发出的通勤列车开了一小时十五分钟，经过二十英里路程，越过一个叫作圣 - 旺 - 乌芒普（Saint-Ouen-l'Aumone）的近郊住宅区，抵达瓦兹河畔奥维尔（Auvers-sur-Oise）。"那比凡·高 1890 年时还多花了十五分钟时间呢，"在奥维尔老车站前的咖啡馆中，一个男人嘲笑道。他抿了一口咖啡，展开双臂。"当文森特从蒙马特到这里来的时候，那列火车走的是直线，而且我们本该住在乡村中——有农场、瓦兹河、茅草屋，景色很美，很美……"

外面路上很拥堵。郊区的低收入住宅区就圈在巴黎城的南边。奥维尔现在是巴黎大区的一部分，而巴黎是文森特·凡·高又爱又恨的一座城市，城中的很多居民也和凡·高深有同感。

我从这个多话的当地人的话中听出两个关键信息：第一，他管凡·高叫"文森特"，就像他们俩是旧相识一样；第二，他显然非常怀念过去的某段时光，但是他不可能知道那段时间的情况。据我判断，他也就五十岁左右。而凡·高是在 1890 年 5 月21 日来到奥维尔的。他在这里的拉芙客栈（Auberge Ravoux）中去世，当时那儿还是一家廉价客栈。在客栈里住了七十天之后，突如其来的间歇性精神病又攫住了他，他朝自己的胸口开了一枪，结束了他三十七年纷乱的生活。他的病可能是一种癫痫症，或者也有可能是卟啉症，那是一种遗传性的神经系统疾病。有人认为，提奥·凡·高也是死于这种病症——在文森特去世六个月后，提奥也随之而去，年仅三十四岁。

文森特和提奥·凡·高葬于奥维尔的一个原本并不起眼的公墓中。自那以后，凡·高声望日隆。每年，这里都会吸引五十万左右的凡·高迷前来朝拜。在法国首都住了几十年后，我觉得是时候加入他们的行列了。大部分人都直奔墓地、拉芙客栈和凡·高画画的地方，我决定也这么做。

宣传者们把奥维尔称为"印象主义的摇篮"。在凡·高到来以前，毕沙罗（Pissarro）、基约曼（Guillaumin）、莫奈（Monet）以及（巴比松画派的）杜比尼（C. F. Daubigny）和塞尚等画家，都曾在 19 世纪中期之后在此生活或工作。不过，文森特依然是主角，因为他结局悲惨，而且后来名声大噪——他的画作也卖出天文数字。

喝完咖啡，和车站前的咖啡馆中那个爱闲聊的男人道别之后，艾莉森和我往北走了几百码，到那个乡村教堂去。这个教堂很容易找。

从诺曼底人征服英格兰时起，也就是说，是在 1066 年（左右），奥维尔教堂（Notre-Dame d'Auvers）就矗立于此。不过，文森特喜爱的罗马式钟塔和后侧的扶壁则建于1170年。在教堂里，花檐处一位友善的女志愿者是这么说的。虽然里面没什么可看的，但是她很想带我们到处转转。显然，我们是这个冬天的工作日清早过来的唯一访客。这座寒冷、散发着霉味、响着回声的教堂，令我们逐渐沉浸在沉痛的思绪中，这和寻找凡·高之旅颇为应景。

艾莉森注意到教堂外通往公墓的路旁的油画板。上面展示了一幅全彩色的凡·高画作的复制品：蓝色教堂（L'Église d'Auvers）。当我们站在它前面发呆时，一群游客从巴士上下来，步履艰难地走上了小山，驻足停留。有些人在用他们的数字相机给这块画板和教堂取景。照相机在咔嚓、咔嚓、咔嚓作响。人们推推搡搡，每个人都在出谋划策，说着怎么取景才能再现这位疯狂天才的作品，同时将画板收入镜头中。

一匹骨瘦如柴的白马在教堂和高地上公墓间的空地上自在地悠游。奥维尔的这一部分被保护性开发过，而且从当年的照片来看，这里和1890年的样子基本一致。那匹马带着我们走向另一块画板。画板上是凡·高在夏季画的一块麦田，麦田中有乌鸦和弯弯曲曲没铺路面的路。呱，呱，呱，正当我们一脚深一脚浅地在结冰的泥浆中行走时，头上响起了乌鸦那嘶哑的叫声。

在文森特生活的年代，据说从这里往下看能将瓦兹河、无边的农田和茅草屋尽收眼底（不过，这位艺术家曾记录，早在1890年，这样的景色已经开始慢慢消失）。而现在，我们无法对眼前大片的公寓大楼、小工厂和企业视而不见。

　　不知什么原因，我们弄丢了地图，在凡·高兄弟的坟墓附近迷失了方向。一个笑眯眯的当地人把我领到了那里。这个人其实是个掘墓人，但是他和教堂里的那个女人，还有车站旁的咖啡馆中的那个男人一样友善，让人对他讨厌不起来。寒冷的巴黎就耸立在农田的另一面，虽然看起来很遥远。

　　赶在那一车的游客到来之前，我们匆匆去坟墓看了一眼。它让我想起了学校的架子床，只不过这里的床头板是覆满青苔的石头，上面还缠绕着常春藤。文森特的仰慕者们留下了供品。那个掘墓人清走一些腐烂的供品，和我们道别后就不知去向了。

　　我不由得心神不安起来。我们这两个无意中到此的朝圣者在唉声叹气，表情悲苦，而且已经开始用凡·高的名字称呼他了——文森特。

　　我们没有找到加谢医生（Dr. Gachet）的安息之地（这位援助凡·高的艺术收藏家、医生，其实葬在巴黎东区的拉雪兹神父公墓中）。这里没有一个我们能叫得出名字的历史名人，没过多久，我们就咯吱咯吱地走过高地，回到那块画着麦田的画板前。画板上有一句话，那是从文森特写给提奥的许多封信中摘取出来的："乌云翻滚的天空下是广阔无垠的麦田，我愿意将那种悲伤之情，那种极度的孤寂表达出来……"

　　文森特显然是在距此几百码之外的地方，城堡的后面，开枪自戕的。我不禁想到，到奥维尔来的游客中，有多少人会看漏了一件事情：是这个地方的某些东西逼得那个发疯的荷兰人

235

自杀的。

我们沿着泥泞的道路走下高地，走到镇子的另一头。奥维尔形状狭长，沿着高地延伸了 3 英里地。没过多久，我们偶然发现了风景画家查理·弗朗索瓦·杜比尼（1817—1878）的画坊。偶然发现？嗯，那倒也不是：有好几个路标指路呢。实际上，在奥维尔，几乎每个街角都有路标，指向某个景点。你不会很久都找不到方向的。

杜比尼是巴比松画派中杰出的一员，该画派最初在枫丹白露（Fontainebleau）附近进行创作。不过，他大部分的时间都是在奥维尔度过的。在凡·高到来的三十五年前，杜比尼曾在这里欢迎已步入老年的大师卡米耶·柯罗（Camille Corot），这位大师有时会被称为"印象派的先驱"；他还迎接过年轻的克劳德·莫奈（Claude Monet）。

虽然杜比尼的画室在冬日里应该是不开放的，但是我们还是不以为意，大大咧咧地就去按门铃。画室的主人没有对我们大吼大叫，反而面露动人的微笑，让我们进了屋。原来，他是杜比尼的玄孙。丹尼尔·哈斯金·杜比尼（Daniel Raskin Daubigny）是个六七十岁的小个子，说话柔声细气。他穿着旧皮拖鞋和像樵夫穿的衬衫，衬衫的领子是敞开的。他的妻子和我们握了握手，然后回到厨房中去，她正在里面做什么美味的东西，闻起来香喷喷的。

当哈斯金·杜比尼先生带着我挨个房间参观的时候，"美味"这个词一直在我脑海中盘旋。那是一个简朴的住家和画坊，它建于 1861 年，柯罗、杜米埃（Daumier）、乌迪诺（Oudinot）、杜比尼"爸爸"（pére）和他的儿子查理（又称卡尔）相继装修过房子。木地板在吱嘎作响，蜂蜡、灰尘和因年久而长出斑点的墙纸，混合着屋主太太细火慢炖食物时散发出的气味，都令人陶醉。冬天的日光透过高高的窗户斜射进来。墙上挂着美丽的乡村或海洋风景画，以及画着阳光、成捆的麦子及公鸡的画和象征四季的画，这些作品都妙趣横生。

当我们慢慢往前走的时候，哈斯金·杜比尼先生告诉我们，他如何用多年时间和可观的金钱修复这个地方，然后在 1990 年对公众开放的。这个故事非常曲折，那些关于继承和他的亲戚们所经历的痛苦情节，仿佛是从巴尔扎克或者左拉的著作中直接取材的。更让人无语的是，当他修好画室、敞开画室的门时，法国税务稽查员把他的税调成了原来的三倍左右，他反感地说。不过，他是个乐天派，而且他为自己继承下来的家业感到骄傲。

"噢，是的，这过去也是我的房间，"他边让我们参观一间叫塞西尔室的儿童房边说。"我以前特别怕大灰狼。"他又说了一句。1863 年，杜比尼、他的女儿塞西尔和儿子查理将传说中的奇幻场面和贝洛（Perrault）[①]、格林兄弟和拉·封丹等人所写的

---

[①] 《贝洛童话》诞生于 17 世纪的法国，这部童话集一经问世就受到孩子们的热烈欢迎，成为法兰西家喻户晓的儿童经典读物。奇幻美妙、趣味无穷的《贝洛童话》由几组文化故事组成，几个世纪以来，它像一个神奇的魔棒，点亮了全世界无数孩子五彩斑斓的梦境。其中的《小红帽》《灰姑娘》《林中睡美人》等传世经典已成为无数人美好童年的一部分。

寓言故事画在墙上。有小红帽，还有大灰狼。我，也曾经害怕大灰狼，我怕从婴儿床望出去会看到它在舔嘴。

好戏还在后头。这间带疑似起居室家具的画室，居然有大教堂式的天花板和一面布满窗户的墙壁。画着意大利湖区风光、苍鹭和法国乡村风景的巨型风景油画，则挂满了剩下的三面墙。"那些都是柯罗想出来的，"我们的主人说道，"杜比尼父子在乌迪诺的帮助下把它们画了出来。有一部分可能是柯罗本人完成的……"

不管是谁把它们画出来的，经过一个多世纪，它们依然和这个地方相得益彰，这是一件真正的不矫揉造作的装置艺术作品。我们兴高采烈地盯着这些风景画，久久不愿将视线移开，哈斯金·杜比尼先生则向我们说起他的曾曾祖父与柯罗和莫奈（Monet）之间引人入胜的友情故事，还有20世纪80年代，一个寡廉鲜耻的艺术商人如何盘算着从他手里把整间画室买下，然后将它拆卸并运到美国去。"我不在乎钱，"他说，"我在乎的是这个。"说这话时，他的双眼闪闪发光。"还好，这间画室被认定为文物，没有人能动它分毫。"

等我们研究完装在一个玻璃箱里的几件杜比尼纪念物——从绘画沙龙获得的奖章、一块达盖尔银版和几件石膏模型——走进花园时，已经快到午饭时间了。杜比尼先生和太太让我们见识了最后一件奇珍：莫奈使用过的流动画坊。那是一条小小的河船，上面有可作为工作室的船舱，可以在上面画画、做饭、睡觉。"其实这是莫奈根据我曾祖父用过的一条船而造的复制品。我祖父曾坐着那条船从瓦兹河顺游而下，到塞纳河去，船漂到哪里，他就画到哪里，一路漂向诺曼底和大海……"

在对这番可餐秀色的想象中，我们顺着路标走回奥维尔教堂和哈斯金·杜比尼先生推荐的一个地方吃午饭。虽然餐馆内饰有媚俗之嫌，倒也不失为一个用餐的好选择：那里的火腿和芝士煎蛋卷足有飞盘那么大，而且单是自家制的梨子巧克力派就足以让我们觉得，从巴黎到奥维尔这一趟是不虚此行了。和我们一样的游客们都压低声说着"可怜呐，苦命的文森特"。本地人坐的那一桌却在闹哄哄地为一只刚做过毛发美容的白色狮子狗喝彩，那只狗正随着指令发出吠声和打喷嚏似的声音。"它叫文森特吗？"我问道。"文森特？不，它叫宝贝，"狗的主人回答道，"因为它就是我们生命中的宝贝……"

杜比尼的官方博物馆——不是那间画室——和苦艾博物馆都关门了，但是无处不在的路标将我们指向了加谢医生的房子。我们一眼就认出了那间房子：靠近正门的地方有一块全彩画板，上面是凡·高的《加谢医生的画像》（*Portrait du Docteur Gachet*）①。画中的加谢是一个眼神真诚的小个子男人，戴着一顶皱巴巴的帽子，穿着蓝色外套，手中抓着一束指顶花，这种花又名药用洋地黄。

---

① 《加谢医生的画像》（荷兰文：*Portret van Dr. Gachet*）是文森特最著名的作品之一，绘于 1890 年，当时他已住进精神病院接受保罗·加谢的治疗。1990 年 5 月 15 日，此画以 8250 万美金创下有史以来艺术品拍卖最高价格。这幅画有两个版本，第一个版本，现由私人收藏；第二个版本目前存放在巴黎的奥塞美术馆中。

凡·高还在奥维尔画了另一幅画，那就是《加谢医生的花园》（*Le Jardin du Docteur Gachet*）。画里的一些树从入画的时间算起，在历经一个多世纪之后似乎依然生机勃勃。这栋高高的白色房子——加谢的另一位艺术家朋友塞尚也画过这栋房子——中曾藏有许多无价的画作。由于这栋房子关闭了几十年，因此当地人觉得这里变成了一座鬼宅。虽然这里已经重新开放，成为一个"纪念馆"，但是这一举措也没能完全驱散那种恐怖的感觉。红色的窗格已经不像过去那样往下掉皮，绿色的百叶窗曾如濒死的鱼的鱼鳃一般在风中摆动，如今也已修复。加谢医生的房子表面上看来是一个故居博物馆，但是当我在荡着回声的昏暗房间里徘徊的时候，我打了个冷战。可看的东西不多——一些旧照片、一幅铜版画的复制品，那是文森特唯一的一幅铜版画，上面画的是加谢医生。我向来不喜欢所谓的圣殿，尤其是那些和商业机构联系在一起的圣殿，而这座宅子正是一个商业化的圣殿。管理它的人就是拉芙客栈的主人。文森特在那家客栈咽下了最后一口气，因此那里被奉为圣地。

在奥维尔那些17—18世纪的城堡中，我们发现了镇上最受欢迎的家庭游景点之一，那是一个盛大的多媒体表演节目，叫作"重返印象派时代"。我们犹豫了一下。那听起来像是个附庸风雅的媚俗表演。但是天气很恶劣，而且，没过多久，我们就在城堡的泥地里扑哧扑哧地走烦了，而且我们也走不下去了，因为从一望无际的梯田上看去，雨要来了。

在城堡内，工作人员分给我们巨大的头戴式耳机，指了指第一个房间"肖像画廊"。大家应该也猜到了里面有哪些人的作品了：莫奈、毕沙罗、卡耶博特[1]、西斯莱[2]、布丹[3]，以及唯一一个女性印象主义画家，贝尔特·莫里索（Berthe Morisot）[4]。

突然间，我们被声音和影像一下子带回了 19 世纪 60 年代黑暗、潮湿的巴黎，置身于"Rue de la Tuerie"（杀戮之街）和其他充满魅力的地点，混迹于乱民之中。这些地方都在第二帝国重建巴黎城的过程中被乔治-欧仁·奥斯曼男爵清除了。当时的照片展示了奥斯曼如何摧毁中世纪的巴黎——大约两万五千座建筑物被夷平，以及印象主义画家们如何用画笔见证的现代化都市的诞生。

当我们在城堡中从一个房间走到另一个房间时，被运动传感器激活的场景和声音自动改变了。这里展示的是奥斯曼建造的舒

① 居斯塔夫·卡耶博特（Gustave Caillebotte, 1848—1894），是 19 世纪法国印象派画家，在他的作品中重写实造型和严谨的结构；画面形象整体、概括，重光感，以单纯的色块描绘对象，有的单纯得类似版画效果。画中艺术形象明暗对比强烈，很少使用过渡色。
② 阿尔弗雷德·西斯莱（Alfred Sisley），法国画家。1839 年 10 月 30 日生于巴黎，1899 年 1 月 29 日卒于巴黎近郊。主要画风景画，曾多次参加印象主义绘画展览。早期代表作《木料场》《枫丹白露河边》《圣马丁运河》等表明他对色彩感觉特别敏锐，笔触轻快而有变化，特别善于运用微妙的色彩关系，表现具有诗意的自然景色。
③ 欧仁·布丹（Eugene Boudin, 1824—1898）是法国 19 世纪风景画家。布丹曾师从米勒，并且是莫奈的启蒙老师，被称作"印象派之父"。
④ 贝尔特·莫里索（1841—1895）是法国印象派团体中不可或缺的人物和最出色的女画家。

适的新建筑，它们整齐地排在宽阔的大道旁，路旁还有新火车站、大咖啡厅、依法注册的妓院、铁桥、出来散步的中产阶级家庭……这里还有几十幅政治漫画，都挂在墙上或者投映在屏幕上。一切都是以印象派画家们的作品为参照的。一位不满的观赏者评论道："这些画作只可远观！"另一个评论者反驳道："我知道，所以我要走了。"其他的房间忠实再现了史上有名的巴黎内城风光，房间里还播放着19世音乐厅中的歌曲，令人联想到那个时期的巴黎有多么迷人，又有多么破烂。

我们在一座复制版的印象主义咖啡剧场中了解到苦艾酒（19世纪的致幻剂）有多令人难以抗拒；在一个仿造的19世纪70年代的巴黎火车站等车；然后学印象派画家们那样，"搭乘"这辆蒸汽火车驶进投影中的奥维尔的美丽乡村，这时我们都完全入迷了。因为我们早些时候已经吃了巨大的煎蛋卷，所以忍住了诱惑，没在城堡中的印象主义餐馆（guinguette）里吃午饭——雷诺阿等人都曾在画作中描绘这家很有人气的餐馆。

我想，这也许是奥维尔对巴黎迪士尼乐园的回应，但是这里的做法更巧妙、更有头脑，我从未像在这里一样清晰地看见光之城巴黎全盛时期的风貌。甚至连那用电脑修改过的、会傻傻地冲人眨眼的莫奈自画像也趣味十足，富有感染力。

我们只能赶在拉芙客栈关门前过去看一眼了。我们飞奔回去，经过大概一英里的路程，穿过小镇，挤进了客栈。客栈的历史可以追溯到1855年。它的对面是镇公所，另一面是一个铺满鹅卵石的庭院。在文森特生活的时代，客栈老板卖酒和木材，提供用餐服务，而且楼上还有三间房出租。在凡·高到来之前没多久，亚瑟·居斯塔夫·拉芙接手了这家客栈。一天花 3.50 法郎，这个荷兰人就有了一个小房间，而且能吃到三道菜：肉配蔬菜、沙拉和面包。

提奥·凡·高大概是希望他那饱受折磨的哥哥能在加谢医生的宅子里住上一段时间，并接受治疗，但是事实证明那是不可能的。于是他安排了另一位名叫安东·赫西格（Anton Hirschig）的年轻荷兰画家搬到客栈中，住在文森特的隔壁，让他密切留意文森特的举动。没有人能准确地说出文森特是在什么地方用什么枪开枪自杀的。他还是回到了客栈中，拖着身子上了楼，苟延残喘了一天半之后才咽了气。在他死后，没有人愿意在一个自杀的疯子住过的房间里睡觉，所以这个房间被用来作为储物间，这倒也让它逃过了被改建的命运。

交过入场费之后，我们通过二楼一间藏书丰富、装修奢华的图书精品店，进入了那个房间。拉芙客栈已不再是一家古色古香的小旅馆了：1987 年，在凡·高的画变成世上最贵的之后不久，一个名叫多米尼克－夏尔·詹森的商人买下了这个地方，成立了凡·高研究所，将这座建筑按原来的布局修复，并于 20 世纪 90 年代初将这个凡·高之家（Maison Van Gogh）作为旅游景点重新开放。詹森干得很漂亮。

我们在书店里找到一个破旧的门，打开这道门，爬上最后几级台阶。安东·赫西格的房间已经被还原为 19 世纪 80 年代时的简朴式样：房里铺着当时的墙纸、一张单人弹簧床、一只脸盆和一个五斗柜。文森特的房间在隔壁，他的房间更小，房里空荡荡的，没有家具，也没有墙纸。你能闻到空气中弥漫的生石膏气味。房间的一边摆着一个空空的平板玻璃展示柜，旁边放着一封信，那是 1890 年 6 月 10 日，文森特写给他的弟弟提奥的："总有一天，我会想办法在咖啡馆里开一场我的个人展览。"

从 20 世纪 90 年代中期起，詹森的研究人员就开始游说管理法国博物馆的官员们，希望他们能同意用凡·高画作《奥维尔雨后风景》(*Landscape of Auvers After the Rain*)——藏于俄国的普希金博物馆——装点这个房间，但是几十年过去了，他们依然未能如愿。空空如也的防弹展示柜与这件阁楼简朴的墙壁和阴郁的气氛有种不协调的感觉，由此营造出一种和加谢医生宅邸一样的神圣氛围。詹森想向世人展示出一个真实的凡·高的愿望似乎完全情有可原。修复后的客栈每年能吸引大约七万仰慕凡·高的人前来瞻仰。如果有价值上百万美元的凡·高原作放在房间里，那这个数字就要猛涨了。

在三楼的这个房间里，我们看了十二分钟的视频，视频讲述了文森特在奥维尔度过的七十天。视频制作精巧，还伴有理查德·施特劳斯的音乐，所有人的情绪都被调动起来了。我擤了擤鼻子，擦干脸颊上的泪，走下楼梯，放下三十美元，买了一本薄薄的、关于文森特在巴黎和奥维尔的生活的书。我克制住冲动，没买凡·高食谱。

我们的最后一站是一楼的餐馆，这里真实重现了当年的情景，中产阶级游客可以体验一个世纪以前这一带的生活。餐馆里有木桌，富有年代感的场景，玻璃水瓶和杯子也设计成凡·高的画作《苦艾酒》（*l'Absinthe*）中的形状。这家餐馆很快就成为巴黎上流人士的最爱。墙上挂着一幅素描，作画者是法国著名政治漫画家桑贝 ①。画中，一群人正在努力挤进巴黎的大皇宫看一场凡·高的展览。图片的解说词写道："这就是那个当初想要在咖啡馆开一场展览的家伙……"

---

① 让-雅克·桑贝（Jean Jacques Sempé），法国作家，1932 年 8 月 17 日出生于法国波尔多市。因为他过于顽皮，十七岁时被中学开除，从此走上谋生之路。他当过一段时间不太走运的葡萄酒经纪人，又当过兵。十九岁时，桑贝开始创作漫画。

# 博马舍的玛黑区

博马舍和同性恋游行，2002

我让自己笑对一切，免得不由自主地流下眼泪。

　　　　　　　——皮埃尔－奥古斯丁·卡龙·德·博马舍，

《塞维利亚的理发师》（ *The Barber of Seville* ）


　　你可以选择花半个小时步行穿越玛黑区，也可以像我一样，花一辈子的时间探索巴黎城中文化氛围较浓的这个社区，这儿有绿树成荫的广场、小巷和布满苔藓的庭院。这些3区和4区中的社区纵横交错于巴士底和波堡、塞纳河和教堂之间。如今，大部分的游客应该都是为了购物才被吸引，来这个过分追求时尚、被巴黎人称为"波波"——走波希米亚风的布尔乔亚——的主题公园。精品店、艺廊和仿酒馆外形的商店墙挨着墙，挤在由"路易某某"古宅改成的博物馆和行政管理办公室中间。

　　但是，在重建的房屋正立面和鹅卵石路面下埋藏着历史的底蕴。从20世纪80年代起，我就一直住在孚日广场附近，那里是玛黑区的中心。如果说到理解和欣赏玛黑区，我看到的还只是冰山一角。

　　虽然名字不吉利——"玛黑"（marais）在古法语中是湿地

或沼泽的意思——而且在原史时代 ①，这里就和漫滩一样阴暗、混浊，但是自古以来，这个地方不知吸引了多少风流人物。有些慕名而来的现代人喜欢循着千年的回声追寻历史的足迹，虽然我在闲逛的时候从未听到圣安托万路上响起隆隆的战车声（这个地区曾是古罗马的中枢），也没有听到中世纪的骑士们在去巴士底堡垒或教堂路上的谈笑声。但是玛黑区的历史回音，尤其是 17 和 18 世纪的"黄金时代"（Golden Age）的历史回音，依然在手机发出的白噪音和街角的各种声音之外回荡。尤其是其中的一个声音，它经常召唤着我，那就是皮埃尔－奥古斯丁·加隆（Pierre-Augustin Caron）的声音，通常人们把这个人叫作博马舍（Beaumarchais）。博马舍塑造的人物费加罗有句著名的俏皮话："我让自己笑对一切，免得不由自主地流下眼泪。"

博马舍身兼钟表匠、音乐家、剧作家、檄文作家、军火商和间谍的多重身份。1732 年，他出生于玛黑区西边的圣德尼大街（Rue Saint Denis）的钟表匠家庭，和玛黑区中心区隔着几个街区。后来，他住在圣殿老妇街的宅邸中，如今那里是玛黑区同性恋者聚集的地区。他于 1799 年去世，生前曾在后来以他名字命名的大道上造起一座奢华的宅邸，他在毗邻巴士底广场和勒努瓦大道（Boulevard Richard Lenoir）的这座豪宅中发过财，也曾

——————————

① 原史时代（Protohistory），简称原史，是史前时代与信史时代中间的一段时期，指在一种文明还没有发展出自己的书写系统、但被外部其他文明以其文字所记载的时期。比如在欧洲，凯尔特人与日耳曼人出现在同时期的希腊、罗马文献中的时代，就可以归为凯尔特或日耳曼原史时代。

赔得血本无归。博马舍当然热爱玛黑区。如果是今天，他还会喜欢这个地方吗？

在圣安托万路上，杜尔纳尔路的街角小广场上有一尊青铜雕像，那就是相貌英俊、精力充沛的博马舍。他的手杖是弯曲的：过去一百多年间，人们经常在示威游行的途中，在手杖的尖头挂上花束。按照传统，示威游行的队伍会从巴士底广场出发，顺着圣安托万路往北走到市政厅，或者沿着博马舍大道走到共和国广场。里沃利街边的一家酒店和墙上随处可见的标志牌都是以这位人物命名的。它们提醒着那些到玛黑区逛商店的人，博马舍是《塞维利亚的理发师》和《费加罗的婚礼》（*The Marriage of Figaro*）的作者。

与社区中建筑的正立面和坑坑洼洼的鹅卵石路一样，这些有形的证物打开了出于好奇心的想象之门。在我看来，博马舍之所以能在一拨接一拨的新潮人物中成为一棵常青树，是因为他身上有一股奇异的现代气息，一种难以界定的特质。他集激烈的冲突和剧烈的矛盾于一身，而这些应该更像是我们这个时代的东西，这一点是很多人没有想到的。如果真的有所谓的"地方精神"的话，那么博马舍应该说一直代表着（而且今后他依然会代表着）这种精神。玛黑区和玛黑区的许多居民也具有同样的精神：雄心勃勃，喜欢争论，颠覆传统，漠视常规，骄傲自大，留恋过去，锐意革新，思想开明，投机取巧，妄自尊大；既有贵族气派，又是十足的暴发户。这听起来是否像是在说如今那些以玛黑区为家的设计师、建筑师、政治家、时尚模特儿和小明星们呢？

如果叛逆的博马舍还在世，他应该会是巴士底歌剧院

（Opéra de la Bastille）的主管，领着文化部发给他的薪水加（作为歌词作者、音乐家和剧作家的）津贴，同时又张罗着拆除在背后支撑他的官僚机构、人情关系网。博马舍大道如今交通拥挤，平凡无奇，因此，他应该会选择住在安静又时髦的孚日广场之类的地方，也许他会住在社会党人、前教育部长雅克·朗住过的那座翻修过的别墅里。也许他会像著名建筑师让·努维尔那样，将自由民路上的一栋历史建筑掏空，然后再将它恢复成原来的样子。这个头顶光光、一身黑亮的设计师行头的男人，一直是这里街头巷尾好奇的对象。

更有可能的是，博马舍会推倒一两幢古宅，建起崭新、宽敞、能引发争议的建筑——毕竟，他是个充满激情的变革者。虽然他与路易十六和玛丽·安托瓦内特关系很亲密，但他还是在打倒僵化的旧政权过程中尽了一臂之力。生活在现代的博马舍肯定会是安博瓦兹餐厅或贝努瓦（Benôit）之类的米其林星级餐厅的常客，和左翼或右翼的政客们一起进餐，左右逢迎，得了便宜又送人情，周旋于敌友之间。或许，他会游说绿党成员将玛黑区变成一个步行区，这正是一些被误导的居民们现在争取的目标，但是，他会保证自己依然能开着自己的 SUV 或者法拉利到自己（和众多情妇）的豪华寓所去。

"不渴而饮，四季交欢，夫人，这就是人和动物的全部区别。"费加罗说。而且，博马舍的传记作者承认，费加罗和他的创造者完全是一个人。

他父亲受委托修理的钟表、珠宝和乐器，给了刚及弱冠之年的博马舍灵感，他发明了一种能让表走得更准确的弹簧装置。皇家钟表匠勒波特（Lepaute）剽窃了他的构思，在为自己的发明辩护时，博马舍表现出了作家和演说家的超凡天才。他在法国科学院院士们面前赢了这场官司，而且不久后就取代了勒波特在路易十五的凡尔赛宫中的地位。很快，他就被授予数职：给国王的女儿们担任竖琴教师，成为王国最大的军火商的合伙人，以及国王的正式情妇蓬巴杜夫人（Madame de Pompadour）的门客。

年轻时的博马舍渴望赢得社会地位，而且，虽然在路易十五统治末期，左岸圣日耳曼区即将成为巴黎城内最上等的地段，但是玛黑区依然是一个令蓝血贵族和顶尖的专业人士趋之若鹜的潮流集中地。通过攀权附势、宫廷阴谋、为国王打探消息、走私军火和两次婚姻（他的第一任妻子是一个富有的寡妇，她有一块名叫"博马舍"的封地），没过几年，这个钟表匠就摇身一变成为贵族，并且从凡尔赛宫走向伦敦，最后入住玛黑区的别墅，那就是豪华的德比塞伊宅邸（Hôtel Amelot de Bisseuil）。人们通常称这幢位于圣殿老妇街的房子为荷兰大使宅邸（Hôtel des Ambassadeurs de Hollande）。

如果从里沃利街出发，沿着这条两旁布满咖啡馆的街道向上走，你一眼就能瞧见右手边的卡伦·德·博马舍酒店，那是一家三星级酒店。它的名字和装潢主题，都是取自附近的博马舍宅邸——宅邸就在酒店北面，与此相距两个街区。酒店大厅中有一台1792年制造的埃拉德钢琴，房间是仿古风格，气氛温馨。在鳞次栉比的书店、时尚配饰和特色食品精品店中，你会马上认出

47 号宅邸，认出它那积满污垢的外墙和沉重的马车道大门，门上有精雕细刻的栩栩如生的美杜莎的头像。

17 世纪 50 年代，原来的屋主在中世纪的地基上重建了这处宅邸，在 1776 年博马舍租下这栋别墅之前，这里又经历了多次改建，因此这栋房子不仅仅是这位崭露头角的剧作家的梦中住宅这么简单。多少密使、艺术家都曾是这金碧辉煌、雕梁画栋的会客厅的常客。就是在这间会客厅中，博马舍设立了罗得利格－荷尔达来兹公司（Rodriguez, Hortalez et Cie）的总部，这是一个足可以搬到现代间谍小说中的秘密据点。该公司在一项错综复杂的秘密活动中扮演着关键的角色，它向美国革命党人提供船只、武器和火药。凭借灵活的手腕，博马舍一面在这幢宅邸中扮演着真实的费加罗，一面在背地里花费价值超过六百万里弗赫 ① 的法国和西班牙的黄金，帮助美国大陆军击败英国人。历史学家们称，如果没有博马舍，起决定性作用的萨拉托加战役就不可能取得胜利，而且美国也许就无法赢得独立了。如果没有费加罗和其他人的努力，巴士底狱也许就不会陷落。

博马舍既经营军火生意，又写剧本，这些都是他获利的手段，但是这并不会有损于他的成就——概括地说，他的座右铭就是"给公众做好事的同时让自己的钱包更鼓"。他是典型的现代派，眼睛一直关注着最底层。这也解释了为什么他会在这个宅邸的会客厅中，顶着 1777 年 7 月的暑热，成立戏剧家协会

--------

① 里弗赫：livre，法国旧时货币单位，1794 年停止使用。

252

（Société des Auteurs Dramatiques），为第一部关于知识产权和版权费的法律铺平道路。也是在这里，博马舍编辑、出版了《伏尔泰全集》。这一成本高昂的冒险举动令生来就含着金汤匙的世袭旧贵族和财阀对他提高了戒心，思想具有颠覆性、相信无神论和精英统治的博马舍让他们感到恐惧。"您除了从娘胎里出来时用过一些力气之外，还做过什么了不起的事情？"费加罗对阿玛维瓦伯爵说道。

按动马车道大门右侧门房处的门铃，推开雕刻着美杜莎的大门，走进这栋宅邸的外庭，看守人会在中途拦住你，这儿依然是私人物业。这栋建筑侥幸躲过了许多次劫难，因此和博马舍所处的时代相比，这里几乎没有什么变化。甚至连庭院周围的浅浮雕都幸存下来（上面描绘了母狼抚养罗莫路和勒莫的情景，关于力量、真理、和平与战争的寓言故事，还有谷神和花神）。你只能通过带有圆顶的走廊窥视令人心动的主庭院，那里刚刚修复过，有更多的雕塑、面具和花环。如果运气好的话，你也许能透过拉开的窗帘，一窥令人眼花缭乱的天花板，那位既是剧作家又是间谍的人物应该很熟悉这一切。

想象一下，博马舍那镶金带银的马车咔嗒咔嗒地走下自由民路，经过华丽的卡纳瓦雷宅邸（Hôtel Carnavalet），也就是现在的巴黎历史博物馆，穿过孚日广场，抵达今天以他名字命名的宽阔大道的场面。在这条大道东侧的几百码路上，博马舍和他的第三任妻子修建的花园连成了一片。花园所在的庄园是从 18 世纪 80 年代开始修建的，总价高达一百六十万里弗赫。拥有遗产、馈赠，加上房地产和巴黎第一个水务公司的多数股权，博马舍的财富多得令人难以置信。被称为"拥有两百扇窗户的豪宅"的博马舍宅邸是新贵的天堂，这里有半圆形的柱廊、敬奉酒神巴克斯和伏尔泰的圣堂，还有一座中国拱桥和瀑布。高耸的巴士底狱面朝南方，它的塔楼和堡垒就是预示着悲惨结局的戏剧背景。1789年7月，这里的主宅尚未完工，这时，博马舍和一群贵族朋友们，包括未来的路易·菲利普国王，亲眼见到暴民们洗劫附近的一处宅邸，后又袭击皇家守卫的恐怖景象，约有两百人在此事件中丧生。费加罗的精神继承人们都疯了吗？博马舍不禁想道。几个月之后，7月14日，博马舍在他的露台上再次目睹来自圣安托万新市区的蓝领暴民对巴士底狱发起猛攻。接下来的事情大家都知道了。

1784年，在其他方面见识不怎么高明的路易十六如此谈到《费加罗的婚礼》："如果我们允许这部剧上映的话，那我们就得把巴士底狱拆了。"这话说到了点子上，7月14日开始拆除巴士底狱的时候，身为玛黑区布朗克－芒都（Blancs-Manteaux）分区议长的博马舍和其他高官被派去监督整个过程。带着他特有的实用主义精神和沉着心态，博马舍买下了——或者是征用了——巴士底狱的一些石头，把它们滚动着运回了他的私人剧院的工地，这座当时正在施工的剧院位于塞维涅街（Rue de Sévigné）11号，也就是圣保罗和卡纳瓦雷之间——那里是玛黑区的心脏。

博马舍剧院（又称玛黑剧院）于19世纪中期被拆除，遗留下来的只有剧院的正立面。1791年至1792年，这位变色龙式的市民剧作家在此将费加罗系列的第三部——《有罪的母亲》（*La Mère Coupable*）搬上了舞台，这部剧没有什么名气。两百年过去了，1960年前后，一家匈牙利熟食店开始占据这家剧院的门厅位置，那里卖的是巴黎最好的萨拉米香肠。现在，一家外形高雅，在巴黎随处可见的精品店取代了熟食店。和许多平凡无奇的修鞋店、杂货店和五金店一样，那家熟食店只是玛黑区蓝领时代的标志，如今这里走进了高雅时代。当我抬头看着往日的剧院壁柱时，我的心灵之眼看到的是玛黑区历史的吉光片羽。出现在我眼前的首先是一片沼泽，然后是菲利普·奥古斯特建造的中世纪城墙，接下来是拉弗尔斯（La Force）监狱①，然后是用巴士底监狱的石头建造的剧院，匈牙利熟食店，最后是现在的时尚精品店。

镜头再回到博马舍那驾快速行进的马车——当时，它已经成为一驾平凡的马车，为了紧跟大革命的潮流，上面闪闪发光的黄金不见了。有谁知道它曾经在剧院和"拥有两百扇窗户的豪宅"之间辘辘地驶过多少回，载着囚犯的囚车从它身边飞快地掠过，驶向断头台。讽刺的是，公共安全委员会和罗伯斯庇尔差点就处死了颠覆性剧作《费加罗》的作者。他依然本色不改，将自己重新包装为法国新革命政府独裁者的军火商。靠着运气、机会和诡计，博马舍仅被划定为"反革命"，被判处流亡，脑袋算是保住了。他不在国内的时候，军队冲击了他在玛黑区的庄园，他们以

---

① 拉弗尔斯监狱为《悲惨世界》中的主要场景之一。

为能在那里发现武器。但他们找到的就只有上万本没卖出去的《伏尔泰文集》。

这幢拥有两百扇窗户的豪宅和庄园中什么都没剩下，公民博马舍在那里度过了他生命中的最后一段岁月，他依然富有，充满激情，但他不再是一个英雄。他在18世纪的最后一年，现代的曙光微露之时死去，死后葬于玛黑区边缘、他自己庄园内伏尔泰圣堂附近的花园中。这个非凡生命的终结篇还被加上了一段令人啼笑皆非的插曲：国王路易十八的手下拆毁了这个庄园，为圣马丁运河和勒努瓦大道开道。在此之前，他们在1822年将这位思想自由的剧作家的遗骨挖了出来，运往拉雪兹神父公墓——以一位耶稣会神父的名字命名的墓园。即使是在死后，这位四处为家、反对旧俗的人物依然不得安宁。在以他的名字命名的大道上，滚滚的车流中，我有时会听到博马舍在轻声地笑，那是他在提醒我：如果你不笑，那么你就注定要哭泣。

# X 夫人的调情学校

情侣和涂鸦的脸，1993

法国男人不像从前那么会调情了……

　　　　　　　　　　　　　　　　——X 夫人


　　一只黑色的小牧羊犬飞也似的跑过巴黎的时尚之地：布洛涅森林公园（Bois de Boulogne），它的身边还有做过毛发美容的杂种狗和像凯瑟琳·德纳芙（Catherine Deneuve）一样的狗儿。一个中年男子手握着一条可伸缩的遛狗皮带，灵活地移动到一位牵着贵妇犬、装扮雅致的巴黎女郎的身边。"啊，您就是菲菲夫人吧？"他借用站在旁边的一个女人的话，语无伦次地说道，"或许您可以指点我一下，怎么让我的狗儿适应巴黎的生活——您也看出来了，我是初来乍到……"

　　镜头转到一个熙熙攘攘的巴黎咖啡馆户外露台：另外一个男人，三十多岁，样子邋里邋遢，他的眼光一直盯着隔壁桌的年轻女子，但他没有勇气上前和她讲话。恰好，这时有个人在他身后的那桌坐下，露出半个身子。这个男人清了清嗓子，朝那令他动心的对象靠过去，脸上露出动人的微笑："打'捞'（扰）一下，我知道这听起来有点奇怪，我也不是经常做这种事情，不过我想说，您的报纸反面有些很有意思的内容。我能看看吗？"

在圣奥诺雷街的一家高端精品店中，可爱的女销售员在向年近四十的男子展示一双昂贵的鞋子，这个男子穿得就像费德里柯·费里尼（Federico Fellini）拍的电影《露滴牡丹开》（*La Dolce Vita*）中的人物。这名男子心思细腻，彬彬有礼，风度翩翩，不过，他显然有些羞涩，付完鞋子的钱，几分钟后，他带着一枝白玫瑰回来了。"您的双眼真美，我只想对您说声谢谢。"那位女销售平常都是和粗鲁或者冷漠的人打交道，她一时说不出话来。他朝她递上了名片。"等下次我来巴黎的时候，我可以请您共进午餐吗？"

"但是我的男朋友……"这个女子开始拒绝他。

"只是吃个午餐，我向您保证，您的男朋友没什么好担心的，您的身上有种说不清的气质，您的双眼……"

这些老套的搭讪场面有什么共通点呢？

X 夫人创立了巴黎第一家调情学校（École de Séduction），我把这位好胜的创始人称为躲在阴影里操纵木偶的人。X 夫人和她的一流团队——像拉丁情人一样的"调情教练"——陪高段学生上实践课。公园里的狗、咖啡馆里的报纸和精品店中的玫瑰，都只是 X 夫人的几个小花招，她用种种方式促使那些结结巴巴的法国男人放手一试，采取行动，尝试向他们的梦中美人搭讪。

在巴黎开调情学校？这里可是私通和调情的圣地，萨德侯

爵 ①和卡萨诺瓦 ②的源头之地。是的，没错。这家学校20世纪90年代开业，一炮打响，大获成功，以至于其他的调情学校也突然涌现（转眼又消失不见）。也许，在你附近的城镇上很快就会开设这样的一家学校，甚至在依然被法国人认为民风保守的美国中部地区，也有可能会出现这种学校。有段时间，X夫人在法国新闻界广受关注——她在电视上出现了三百多次，另有一百多篇文章写到了她。然后，几家美国电视台采访了她，她被塑造成了一位明星。十五年过去了，她依然在经营这所学校，而且依然在法国脱口秀中为人们所津津乐道。这是为什么？

答案很简单：任谁都会觉得难以置信，法国男人居然需要学习如何与女人调情。这个国家中的让－保罗·贝尔蒙多（Jean-Paul Belmondo）③、让·加潘（Jean Gabin）④和阿兰·德龙

---

① 萨德侯爵（Donatien Alphonse François, Marquis de Sade）是一位法国贵族和一系列色情和哲学书的作者。他由于描写色情幻想和由此引发的社会丑闻而出名，成名作是《索多玛的一百二十天》。

② 贾科莫·卡萨诺瓦（Giacomo Girolamo Casanova），极富传奇色彩的意大利冒险家、作家、"追寻女色的风流才子"，18世纪享誉欧洲的大情圣。生于意大利威尼斯，卒于波希米亚的达克斯（现捷克的杜克卓夫）。

③ 让－保罗·贝尔蒙多（法语：Jean-Paul Belmondo，1933年4月9日—），出生于法国塞纳河畔纳伊，法国电影演员，动作片演员；他的演艺生涯是法国电影业的一个缩影，他塑造的形象代表着法国人的面孔。也曾被称为"法兰西最丑的美男子"。

④ 让·加潘（1904年5月17日—1976年11月15日），原名Jean-Alexis Moncorge，法国著名演员，虽然外貌粗犷，但他几乎可以饰演所有角色，如贵族、农民、小偷、经理。让·加潘一生曾与许多法国著名导演合作，在各种类型电影中演出，曾两次获得威尼斯电影节最佳男演员奖、两次获得柏林电影节最佳男演员奖。

（Alain Delon）<sup>①</sup>们都怎么了？大部分的人都认为法国是感官天堂——这里有美妙的食物和百花齐放的文化，在性方面无所顾忌。

"法国男人没有 20 世纪 80 年代之前那么会调情了。"X 夫人用连珠炮式的法语对我说，说的时候还摆动手脚，以示强调。"男女之间的关系从那时起就开始走下坡路。原因就在于这五十年的女权革命。从某种意义上来说，这场革命对女人产生了事与愿违的效果。我们变成了自己发动的战争的牺牲品。"

X 夫人身材高挑，匀称，看起来四五十岁的样子，她原来是"地中海俱乐部"<sup>②</sup>的员工，曾任销售团队经理和商业顾问、婚姻中介主管，还当过舞者。她永远都是一副威风凛凛的大姐大的样子，分明的五官动来动去，一双褐色的大眼睛，发型庄重，动作很大，说起话来言辞激烈，活像一门加农炮。她的肢体语言在大声呼喊，但蹦出来的都是互相矛盾的词语——粗鲁、专横、冷酷，爱出风头，专心致志，鲁莽，坦诚，重视物欲。听到她说法国女人是女权运动的"受害者"时，我顿时觉得滑稽可笑。

三十年来，我在巴黎遇到过许多像她一样的法国女人，不过没有一个是像她一样，穿着一件宽松的直筒连衣裙，再配上一双红色篮球鞋的。她的头发上卡着一副太阳眼镜（可我们是在一栋

---

① 阿兰·德龙，法国影星，1935 年 11 月 8 日出生于索镇，他是法国 60 年代、70 年代最受欢迎的演员。

② 法国旅游公司专为单身汉开设的俱乐部。

办公楼里）。我认识的大部分巴黎大姐大都穿着干练的香奈儿套装，和那些来与她们签协议的主管们玩着刺激的心跳游戏。

精神高度紧张、缺乏耐心的 X 夫人在她那位于巴黎歌剧院附近的小办公室里走来走去，仿佛一头笼中的母狮——或者《西区故事》中的一个波多黎各舞者。她从美杜莎一般的卷发上一把扯下那副太阳眼镜，飞快地转了转，然后把它扔到了杂乱的桌子上。在她的桌上，移动电话正在发出尖锐的响声，她把眼镜放回原位，抓了抓自己那双因压力而备受折磨的手，拿起手机，对着话筒叹了口气。

如果说先前我还对她是否有撩动人心的魅力抱有怀疑的话——她当然没有征服我——这通电话打消了我的疑虑。当她带着猫咪一样的娇喘声，换着不同的语言，用甜言蜜语勾引电话另一头的女人时，她的面部表情和声线也跟着发生变化。别的先不说，我觉得，X 夫人至少是个好演员。

"我的顾客中有百分之七十是男人，"她刚放下电话就对我说，"百分之三十是女人。"事实上，几乎所有的女性客户都不是为了学习如何挑逗男人才来的。有些人想掌握更有效的商业沟通技巧。但是，在一个离婚率高达百分之三十三、转换性伴侣就如家常便饭的国家里，大部分的女性顾客只想学习如何留住她们身边的男人。

"这是对你我才这么说，"她用一种亲密的口吻说起大实话来，"我们法国女人都被惯坏了。我们拥有一切权利，我们可以堕胎，可以吃避孕药，欺骗自己的丈夫——如果你承认自己和别人私通，没有人会打得你屁股开花，而且现在的情况肯定不像过去那样了。我们有工作，我们独立自主——我不明白，我们为什么还要抱怨。我的祖母过去总是对我说：'你们可真走运！'我必须说，能出生并生活在现在的社会中，我很开心。"

法国男人面对的主要问题，似乎正是源于今日法国女性拥有的权利，这也是 X 夫人的学校存在的理由——女人们没有时间应付男人、家庭、爱情或者求爱。

X 夫人的男学员们——大部分都是三十至五十岁的工程师、电脑程序员、专业人士或者企业主管——不知道如何与这些女超人们相处，他们在沟通上面有困难，而且已经开始对她们产生畏惧心理。X 夫人的学校是最后一线希望，对许多已经去看过精神医生、参加婚介活动和各种各样的单身俱乐部的人来说，那是他们的"最后一线生机"。所以，她的客户们花上万美元和两个月至九个月的时间，学习如何克服他们的恐惧——不惧怕拒绝、嘲笑，或者精神阉割。

"有段时间，我自己也不讨男人们喜欢。"她边说边用犀利的眼神注视着我。"我就是那些'阉割者'之一。对，就是让男人闻风丧胆的人。对，我们就是让男人闻风丧胆，不过法国男人也变得太没用了，太软弱。就好像，'我们是受害者，现在男人们是受害者——每个人都逃不掉'。但是那解决不了任何人的问题。"

几乎同一时期，后女权主义者们实施的精神阉割，还在意大利催生出一系列类似的问题，可是那里一直以来都被认为是"拉丁情人"的中心地带。我对 X 夫人说起这个现象，并告诉她我参加并报道一家相似学校的过程。那家学校的经营者是一个叫朱塞佩·奇里洛（Giuseppe Cirillo）的博士，又称"调情王子"。在现实生活中，奇里洛是个那不勒斯人，他当过律师，后来又变成心理学家和性治疗师。他曾执导 2009 年的电影 "Impotenti esistenziali"——一部关于"心理阳痿"的电影。和法国一样，意大利的社会流动性越来越高，家庭价值逐渐被削弱，从 20 世纪 80 年代起，意大利男人突然发现自己的事业就像一个大浪，把他们冲到陌生城市的岸上，身边都是陌生又挑剔的女人。无拘无束的当代意大利女权主义者们想出了这么一个标语"要面包，也要玫瑰"，这让许多意大利男人感到气馁，望而却步，而且催生出无数家开张之后又没了动静的"寂寞芳心俱乐部"，还有奇里洛的调情学校。

我体验过有趣的"奇里洛疗法"，其中包括许多个人和团体活动，从老一套的技巧到一些古怪偏门的方法：将面部表情与奇里洛提出的所谓的"七十五种原始情绪"配对，判断"步态和肢体语言"，使用"语音调节、眼神和手势技巧"。我们不仅参加了亲密的角色扮演游戏——在其中一个环节，我和女朋友的闺蜜被捉奸在床，我还得为自己开脱；在另外一个环节中我要尝试向慈幼兄弟会的奥拉托利分会（Salesian Brother's Oratory）[①]推销半裸的芭蕾舞女雕像。我们还见识到奇里洛的秘密武器 "tavola

---

① 慈幼兄弟会是意大利人圣若望·博斯科创立的男修会，奥拉托利是其法国分会。

delle esclusioni"，一块画出女性轮廓的木头。这个木美人的头上、肩膀和腰部都安上了巧妙的机关。灯光熄灭，一个女子的身影出现在我们面前。我们可以看着这位神秘女郎的眼睛、嘴唇或者腰肢，前前后后地滑动那个倩影的控制板，在那之后，奇里洛命令我们走上前去，揉捏她，爱抚她。那是我成年之后最尴尬的一段经历。但是在我的同学当中，有些人很多年都没有碰过有血有肉的女人了，所以他们很开心。

作为一名法国人，而且是一名法国女人，X 夫人完全没有让她的客户体验奇里洛博士的倩影装置之类的东西。当我说完整个经过时，她的情绪被点燃了。"他手里肯定有一帮完全无可救药的客人，一群垂死挣扎、害羞到病态程度的家伙，"她在谈到奇里洛和他的男学员们时说道，"我这里没有害羞到病态程度的人，我这里都是正常人。"为了证明这一点，她让我看了一些照片。她的客户看起来确实很正常。她说，当她见一位潜在客户时，她做的第一件事情就是采访他，然后送他到与她合作的临床心理师那里去。等了解他的概况之后，她和那位心理治疗师会与那位客户协商并制定严格的私人指导课程。课程的内容包罗万象，从角色扮演到实地学习（在俱乐部、咖啡馆、公园中练习搭讪），再到舞蹈课或者接受性治疗师的治疗。"我的一些客户还是处男，"她承认，"有些客户说他们不知道怎么戴避孕套。"

通常，在为巴黎人制定的典型课程开始时，X 夫人会从着装和卫生方面重塑客户的形象。她让我看了一组照片，上面展示了她和她的团队如何将一位客户从一个毫无希望的邋遢汉——不相称的领带和衬衫、松松垮垮的户外运动裤和雨具、蓬乱的头发——变成一个新潮的美男子。照片中改头换面的男人穿着一件灰色的西装、深色的高领衫，像个浪子一样将头发往后梳，一副标准的调情高手的架势。这种装扮技巧被称为"re-lookage"，X夫人喜欢说这种法式英语。"我经常用阿兰·德龙作为着装典范。"她面无表情地说，又加上一句，她相信人确实是要靠衣装。"他是一个成功的榜样。你可能喜欢他，也可能不喜欢他，但他不是你们眼中普普通通的演员，而且他靠自己做到了这一点，也就是说，你可以让一个人旧貌换新颜。当你为之努力的时候，当你有毅力要改变自己的时候，你就能做到。"

奇里洛博士有他的"倩影"，而X夫人有两件自己的秘密武器：第一件是一只黑色的小比利时牧羊犬，当我们谈话的时候，这只狗在办公室里到处闻，到处跑。巴黎人都爱狗成痴。X夫人把她的宠物借给她的客户，这样他们就能在任何地方轻而易举地和养狗的女性搭上话了。第二件武器是到X夫人熟悉的罗马去实地考察。她和她的丈夫是在那里相遇的，她的丈夫是一个意大利人，在一家咖啡馆里向她搭讪。这也解释了，为什么X夫人深信奇里洛的客人全都是不可雕的朽木。

"我带着一群巴黎男人，我们飞到罗马去，到市中心区，我和我的女助手就是诱饵，"她解释道，"我们坐在一家咖啡馆里，向他们展示罗马男人怎么向我们搭讪。我们精心打扮完毕，坐下，客户们坐在我们附近，然后我们就等着。我向你保证，我们等不了多久就会有人搭讪。如果到巴黎的咖啡馆里一坐，除非你穿着一件短到大腿根的超短裙，否则你就得等上两个小时才会有一个男的来和你聊两句。"

于是，我问道，虽然奇里洛那里有一群无可救药的懦夫，但要成为情圣的秘诀是否就是成为一个意大利人。X夫人今后可能会在美国开学校，可我能想象的就是，像比尔·盖茨一样的一群人在校园中将书呆子的装束换成花花公子的行头，穿着大胆，在当地星巴克中勾搭单身小妞，她正喝着二十盎司一杯的拿铁咖啡，男友不在身边。

"我不是要教美国男人怎么像罗马男人一样和女人搭讪，"她反驳我，"关键是要在接近某人的最初几秒内让她们产生好感。"

我一下子就明白了，为什么X夫人打算在美国，尤其是在加利福尼亚开一家学校。那里遍地都是网虫、运气不佳的中产阶级波波族和奇葩，而且他们身边都是穿着亮眼的紧身衣，钱包鼓鼓，连约会也要约法三章的后女性主义"阉割狂"（你不能碰我，除非我特别要求你那么做……）

不过，我的心里还有一个疑问。她够格吗？X夫人去过美国，但她从没在那里住过。她说着流利但却漏洞百出的英语，而且显得对美国文化了解很深。"在我印象里，"她坦诚地说道，"美国人不知道怎么调情。没有一个美国人知道怎么调情，我指的是求偶之舞、诱惑之舞，他们不知道怎么来。他们在餐桌上的仪态也不好。我不是说所有美国人都是那样——当然，总有些人不是那样的，不过……那些在硅谷整日坐在电脑前的家伙，他们只知道怎么抓住叉子。美国男人可能很会开玩笑，懂得享受，而且他们会出其不意地伸出手抓你的屁股，说'我想干你'之类的。他们真的会表现得像个土包子。而中产阶级美国男人更冷静，更古板。"

当我走出她的办公室的时候，我想到"X夫人疗法"可以分简单的三步。第一，如果你是个男人，请接受罗马基因移植疗法。第二，如果你是个女人，飞到罗马去，在那里喝拿铁咖啡——虽然实际上意大利成年人都不喝拿铁，简单地说，那就是"牛奶"。第三，如果前两个办法不奏效，买一条狗。不管怎么样，不要到巴黎来找浪漫。如今这里的女人显然都是泼妇，而男人都是懦夫。

巴黎的风物

# 春　日

植物园，1997

善心的美国人死后都去了巴黎。

——奥斯卡·王尔德,《无足轻重的女人》

(*A Woman of No Importance*, 1893)

"Il fait beau, c'est le printemps." 蓬皮杜中心语音室里的录音甜甜地播道。"天气晴好,春天来了。"我重复着那句话,旁边有一群急切的声音也在重复着,窗外的雪正纷纷落下。我到巴黎的第一个 4 月——距今已有三十年,不管我去哪里,无论是遇到雨夹雪、下雨、刮风,还是下雪,我都会用我那小学水平的法语开心地说 bonjours(你好),眨一眨眼,再加上一句 "c'est le printemps"(春天来了)。仿佛是一种回应,多云的天空中吹来一阵风,几分钟后,碧空如洗,阳光明媚,时不时照亮潮湿的锡和瓷砖搭成的折线形屋顶,看起来就像沙滩上的鹅卵石。

爱愤世嫉俗的人会提醒你,那首叫《巴黎四月天》的曲子起了这个名字,是因为作曲者需要一个双音节词来和副歌押韵,而"五月"或者"六月"和副歌押不了韵。那么,用寒冷的巴黎四月份带来的"激动"和"冷冻"押韵行不行呢?巴黎的春天是一场盛大的庆典,一首赞美诗,一份希望—— 一个让千万人继续前行的平凡梦想。哪怕是那些只在想象中到过这座城市的人也知道巴黎的 4 月是什么模样。他们在书本中、电影中和图画中嗅到过、尝到过巴黎的春光,无论在莫斯科还是曼哈顿,人们都曾感受巴黎春光熨过肌肤的暖意。对喜爱浪漫的人和熟悉莎士比亚的人来说,巴黎之春就是在塞纳河上缠绵的甜蜜爱侣。对美食家来说,它是当年新的米其林法国住宿及餐饮指南。对于像艾莉森和我这样,喜欢自由自在、到处乱走的人来说,春天代表着花团锦簇的花园和灿烂阳光下的徒步旅行。当然,对于那些惯于通过有色镜头看生活,看到鹅卵石闪烁就想到地面污染的人们来说,春天意味着雨天、刮风,还有第一拨讨厌的游客。

其实我挺喜欢春雨:当雨停下来,水洼表面静止不动的时候,你能一眼看到两座城市,一座在倒影中——而且往往还意外地多了一个画框。我常想到后印象主义画家居斯塔夫·卡耶博特的画作《巴黎的街道;雨天》(*Paris Street; Rainy Day*)[1],行人高举着雨伞,雨伞仿佛是在闪闪发光大道上航行的船只的船桅,路上能看到大厦、马车和人的倒影,这是对中产阶级生活的真实记录,尽管我们可能一眼看不出来。

W. 萨姆赛特·毛姆(W. Somerset Maugham)的作品《刀锋》(*On the Razor*)中的主人公为巴黎春天的"明亮,转瞬即逝

---

[1] 该作品描绘的是法国巴黎的街道风景,因打着雨伞的人们服色深暗,显出雨天街道的空朦。近景、中景和远景的人物相互交迭,体现了画面的空间感。零散的人们分割着街道的空间,安闲而不匆忙,显示出一种平静的生活气息。

的欢愉，世俗而不粗俗"而着迷，巴黎之春令他焕发出青春的光彩。埃米尔·左拉写下"苏醒的欲望散发着魔力，希望与期冀震颤着心灵"的句子。所以，就听我这一次，让那些故作深沉的人为那些陈词滥调而烦恼去吧，不要让他们坏了你的兴致。这个季节对我总有特殊的意义：每一年，我在巴黎度过的头几个月都充满冒险和希望，春的魔力飞回人间，像这座城市春季的典型象征——马栗树一样花朵绽放。

虽然这座城市如今一年到头都是旅游热点，但是游客数量还是会在复活节和仲夏，也就是春天开始和结束的时候达到高峰。1月，当人们想到4月、5月和6月就感觉恍如隔世的时候，我开始收到明信片；如今则是电子邮件，邮件中谈到的都是朋友们的春季旅游活动日程。巴黎冷吗，他们问道。他们忘了，巴黎在地理上是真实存在的（不只是存在于他们的梦中），而且它在圣约翰市、纽芬兰、蒙特利尔北部、波士顿、维也纳和布达佩斯的北面。为了确保公正，我在回信中附上了从百科全书和旅游指南中抄下的统计数据。"3月平均气温，"我写道，"为50.4华氏度，4月是60.3度，5月是61.9度，6月是74度。"让他们自行判断这算不算暖和。我常常在想，这些朋友们在阳光灿烂的罗马或者洛杉矶发来这些信息时，有没有想过它们会产生什么样的效果。在一片死灰的巴黎冬日，只要谈到"春天"，这里的居民就会坚强地与这望不到头的灰色磨到底。在大家的脑海里，仿佛时光逆转一般，香榭丽舍大道上突然冒出了叶子，布洛涅森林中的划艇沿着水波不兴的湖面上缓缓行进，街角的咖啡店处长出了一万把伞，看上去就像绚丽多彩的蘑菇。

是期待，是那似乎永无止境的巴黎的秋天和冬天，令这里的春天如此特别。这不仅是天气现象的问题，还是你的心态问题。郊游的人们在 2 月和 3 月初碰了钉子，逼人的寒气像冰冷的爪子将他们从长椅上拽了下来，在那之后，突然一切都变了。卖烤栗子的人收起他们的铁皮鼓和手推车，手里拿着刚修剪好的含羞草再次露面。哈巴狗也出现了，身上没了小衣服。卢森堡公园中突然出现了郁金香和勿忘我。鲜艳的小帆船掠过杜伊勒里宫的池塘。拉丁区年轻的时尚先锋们穿得比以往更潇洒了——一件衬衫加宽松的毛线衫，或者穿着一件薄薄的轻便上衣，还在红润的脖颈旁不羁地披上一条围巾。严肃的北欧和东欧人从巴黎圣母院后面的旅游巴士上涌出来，他们身穿温暖实用的衣服，不过，当他们发觉自己已不再身处赫尔辛基、华沙或者其他比巴黎天气更严酷的地方时，他们赶快脱掉了衣服。手握相机，他们从大教堂后的飞拱奔向塞纳河畔的花园，在盛开的樱花前留影。意大利人则缩在皮草和羊毛外套后面快乐地发抖，不管天气已经变得有多热。

在塞纳河的两岸，最先冒出头的不是番红花或水仙花，而是人行道上的桌子和仿藤椅。当地人警惕地看着它们，犹豫着要不要坐上去，因为还没有一个看起来像法国人的人敢在室外坐着。聪明的咖啡馆老板——尤其是圣路易岛、孚日广场上和圣日耳曼德佩区（Saint-Germain-des-Prés）——早早就买了树脂挡风玻璃和鲜艳的户外取暖器，抵御恶劣的天气。这些综合了第二帝国的街灯柱和科尔曼炉特点的物件效果奇佳，城中到处都能看到它们的踪影。无怪乎我手中这本 1912 年由沃德洛克出版公司出版的"新"得惊人的《巴黎指南》会写："咖啡馆是法国的宝地……伟大的法国诗人魏尔伦的诗没有哪篇不是在咖啡馆里头写作的！"

的确，在寒冷的月份里，咖啡馆既是办公室也是温馨的会客室，到了一年之中的其他时间，咖啡馆则变成了生机勃勃的游园会。没有哪个真正的巴黎人会一直拒绝融入春天。当几个英勇无畏的人开始勇敢地面对恶劣的天气，坐到户外时，露台上很快就会坐满人。服务员们穿着他们的老式黑白企鹅制服，端着啤酒、浓缩咖啡和热气腾腾的热巧克力来回飞奔。

其他将春天带回人间的地方是城中的露天市场。如果你去得够早，就会看到蔬菜水果商们将他们的水果和蔬菜摆成色彩分明的金字塔形、拱形或者笛卡尔网格状。去年冬天的胡萝卜和沾着泥土的花椰菜旁挤着小小的包裹在保护膜中的绿皮西葫芦和鲜嫩的小甜豆，这些都是从普罗旺斯的温室送过来的。新收获的马铃薯的皮发白，一个巴黎人一口咬下去才喊道，土豆还没剥皮呢。在冰冷的苹果和依然硬邦邦的梨子堆旁摆着一篮篮的浆果、泛白的樱桃和贵得离谱的第一批瓜，它们是果农在距此 500 英里之外的南部小镇卡维雍（Cavaillon）的土地上用心伺弄出来的。一眼望去，满目春光，你打不定主意要不要把它们买下，生怕破坏了这些饶有趣味而且汁多味美的"静物画"。"又香又甜的瓜啦！"当你走过食品杂货店时，杂货商喊道，保证你会尝到第一抹甜蜜、甘美和快乐。他那流畅动听的吆喝打动了你，你买下了一个还没成熟的瓜，你很清楚自己会失望的，但是你愿意上这个当，而且年年都是如此。

当春天即将到来的时候，一群群的室外写生的画家们都露面了：通过即将抽出嫩芽的林木间隙看去，那些历史古迹都被搬到了他们的画架上。我不喜欢春天去逛博物馆或者艺廊，除非那里展出的作品与大自然扯不上关系。我宁可在城镇的边缘找到一个好位置，或是城中的一片开阔地，安坐下来观看那最伟大的展览——春日的天空和变幻的城市风光。我不用排队等候就可免费观看这场展览。在圣米歇尔桥或者战神校场（Champs-de-Mars）、拉雪兹神父公墓的高处、能看见巴黎全景的贝尔维尔公园，甚至俗艳的老蒙马特都是我最爱去的地方。变幻的日光仿佛将卢浮宫和奥赛博物馆的杰作都排列在苍穹之上。打着旋儿、被风吹得圆鼓鼓的提埃波罗（Tiepolo）①式云景悬在意大利风格的法兰西学会（Italianate Institut de France）和带着花边的艺术桥上方。如巨浪般翻涌的"雷诺阿"覆盖在滑稽的圣心教堂圆顶之上。令人头晕目眩的毕沙罗②和西涅克③式云景飘浮在格兰大道、

① 乔瓦尼·巴蒂斯塔·提埃波罗（Giovanni Battista Tiepolo, 1696—1770），意大利威尼斯画派画家。他善于构图和运用色彩，在作品中融合了利用光线制造运动感的巴洛克风格以及洛可可式的欢乐气氛。

② 卡米耶·毕沙罗（Camille Pissarro, 1830—1903），法国印象派大师。在印象派诸位大师中，毕沙罗是唯一一个参加了印象派所有八次展览的画家，可谓最坚定的印象派艺术大师。他是印象派的先驱，有"印象派米勒"之称。

③ 保罗·西涅克（Paul Signac, 1863—1935）是法国新印象派（Neo-impressionism）点彩派（Pointillism）创始人之一，生卒于巴黎。西涅克的作品富于激情，善用红色作为基调，色彩鲜明和谐，使远近景产生秩序感。代表作有《菲尼翁肖像》、《圣特罗佩港的出航》（1902）和《马赛港的入口》（1922）等。

塞纳河和杜伊勒里宫之上。黄昏时分，淡紫色的莫奈云景和德兰等野兽派画家的亮蓝色、粉红色和红色云景，就压在这座灰色的古城上，而这座城市本身也是一幅尚未完成的画作。

4月的第二、第三或者第四个周日（具体按历年确定），在文森森林中的多梅尼勒湖会有两个节庆，在我看来，那是最奇异的春季节庆：传统的"王座集市"（Foire du Trône）游艺会，以及隔壁的一座市立寺院中举行的新年庆典活动。游艺会上，碰碰车撞来撞去，旋转木马和着怀旧的手风琴声旋转，法式炸薯片的香气浓得化不开。马栗树连成了点彩派画家笔下的一片云彩，树下的爱侣们轻吻着对方，孩子们抓着棉花糖到处跑，钓鱼者们在浑水中寻找着他们永远也不会吃的扁头鲇鱼。这里有著名的巴黎划艇，每一条划艇都有一个名字，而且，这里有天鹅、鸭子、报春花、水仙和洋水仙点染的花圃。顺着湖往下走，在几百码之外的地方，佛教徒的锣声和诵经声在空中回荡。空气中流动着调料、炸春卷和烤肉的馥郁香气。这两个本质不同的庆典和谐共存，各种你能想象得到的肤色的郊游者和行人之间完全没有恐惧感或焦虑感，我不禁想到 E.E. 康明斯（E.E. Cummings）对巴黎的赞美之词，他称赞巴黎是一个神圣的地方，"这里总会体现出人类的共性"。

当然，巴黎并不是天堂，不过，如果有时你觉得这里就是天堂，尤其是在春天，那也情有可原。这些欢乐、朴素的"春之祭"并没有斯特拉文斯基的音乐 ① 中那种原始的恐怖感，那曲子

---

① 这里指斯特拉文斯基富有争议性的音乐作品《春之祭》。

仿佛能将许多现代大城市的冲突感表现无遗。就拿欢乐的巴黎人的愚人节来说吧。每年我都会收到一通紧急电话，说是要给我一份能赚大钱的写书合同、一次到马耳他天体营的免费旅游，或者一些类似的事情，每次我都一定会中计。当我走到我们住的玛黑区街道，也就是查理曼大帝中学——一所规模很大的高中——附近时，我的背后总会被人神不知鬼不觉地贴上一条巨大的纸鱼。"Poisson d'Avril！"调皮但没有恶意的少年们喊道。四月愚人节！这时我才意识到，那份写书合同和诱人的马耳他之旅是子虚乌有，然后我会请自己吃一顿愚人节大餐，安慰一下自己。巴黎的面包师们都在互相较劲，要做出最令人垂涎的鱼形糕点、蛋糕和面包。这个愚人节我可能要放出风声，说我要参加巴黎马拉松、甩掉蛋糕、曲奇饼和冬天长出来的脂肪，但是我总觉得不会有人相信我。

春季最好的节日大概是五一劳动节。博物馆和公共建筑都关门，向男劳动者和女劳动者们致敬，即使是最擅长躲避人群的人和古板的工作狂，也无法逃避这一天的庆典活动。每个角落里都有卖"Muguet"的小贩的身影，他们别出心裁将这些铃兰摆放在小药瓶里、装了苔藓的罐子里或精致的篮子里。不管是雨天还是晴天，成千上万寻找欢乐的人——其中大部分都是政治上的左倾分子，会带上扩音器，聚集在巴士底广场，他们的衣服翻领上别着象征博爱的铃兰花枝。"天气晴好，"教师和学生们、工厂的工人们、巴士司机们、杂货商和怀旧的社会主义者，纷纷打出走下神坛的偶像们的旗帜，齐声唱道："春天来了。"

# 巴黎，光之城

旋转木马的倒影，杜伊勒里宫，1999

博物馆之都就像年老色衰的轻浮女子一样——只适合在柔和的灯光下观赏。

——罗贝尔·杜瓦诺，1989

韦氏词典对 "cliché" 一词的定义是一种 "陈腐的说法"，而 "陈腐"（trite）指的是 "因为经常使用而被用坏"。幸亏 "Ville Lumière" 或者 "光之城" 这个题目不是一种陈词滥调，也没有被人滥用。不过，人们在提到巴黎时经常会用到这个说法，它变成了一个昵称，一个绰号，一种表示喜爱的称呼。

对于我来说，它在我脑海中唤起的画面源自于历史却十分鲜活。说起 "光之城"，有些人的眼前就会浮现在塞纳河畔老式街灯洒出的光晕下，恋人们手牵着手散步的情景。有些人会想到香榭丽舍大道和埃菲尔铁塔灯火辉煌的样子。还有些人会想到夜里山丘上灯火通明的文物古迹——先贤祠、圣心教堂、特罗卡德罗广场，想象出沐浴在理想世界光辉中的城市风光。

就我个人来说，更多的时候我会想到这座城市的咖啡馆、书店、博物馆和大学的热情的灯光，在灯光下，人们聚在一起，你一言我一语地谈到深夜。

教授们和哲学家们会说，"光之城"这个称呼和实际的光源没有半点关系。这里的光象征的是政治、精神、文化和知识的能量。路易十四，这位开明的专制君主，被称为"太阳王"（不过他抛弃了光明的巴黎，选择了多沼泽的凡尔赛）。这里是 18 世纪启蒙运动的沃土，启蒙运动的哲学、社会和政治理想——经验主义、怀疑论、宽容和社会责任——都在此生发，伏尔泰、狄德罗、让－雅克·卢梭和其他的启蒙运动支持者们都被誉为"les lumières"（启蒙之光）。

在历史学家儒勒·米什莱（Jules Michelet，1798—1874）关于法国大革命的作品中，他首先将巴黎称为"la Lumière du Monde"（世界之光）、人性的灯塔。米什莱用一生见证了巴黎发生的剧变：这座城市的人口翻了一倍多，到了 19 世纪下半叶（从 1852 年第二帝国统治时期开始），巴黎真真正正地变成了最生机勃勃、最现代、最令人喜爱的欧洲城市。

在某些方面，这是一个完美的城市，一个由皇帝拿破仑三世构想、由他的手下奥斯曼男爵设计建造、由军人统治的乌托邦。不过，对于怀旧的人或者浪漫主义者来说，这里并不完美。在《恶之花》和其他作品中，夏尔·波德莱尔嗅到了奥斯曼式改建带来的死亡气味和都市的苦闷——激进的现代化导致这座中世纪的城市遭遇灭顶之灾。"老巴黎不再，"波德莱尔在他的《天鹅》一诗中写道，"城市的容颜变化之快更甚于人心。"

奥斯曼的城市是一些人的理想大都市，他们崇尚户外生活和阳光所代表的秩序、统一和卫生等特点。在拿破仑三世的命令下，这位长官在不到二十年的时间内推倒了大约两万五千栋建筑。宽广笔直的大道、形状规则的街道及两旁整齐划一的门面，取代了曾经纵横交错的黑暗小巷。

印象主义者们和早期的摄影师们几乎无一例外地记录下了这个重建起来的世界，他们被那新奇的城市风光和仿佛望不到尽头的远景迷住了。他们首先要捕捉一种新的光——那光既来自于现实，又来自于心灵——产生的影响。那是新大道上的树间洒下来的光，或者是 19 世纪 60 年代，在人行道上安装的成千上万盏煤气路灯发出的灯光。光流入现代建筑上高高的法式落地窗中。城中遍地开花的新咖啡馆、剧院和火车站中一整天都亮着灯。他们还联想到，"la lumière" 代表了这个奇妙的新世界中居民的开明态度。

19 世纪晚期的万国博览会（Exposition Universelle），尤其是 1889 年那一届纪念法国大革命一百周年和埃菲尔铁塔建成的博览会，在当时似乎预示着一个新时代即将来临，这个将以技术进步、科学理性和艺术繁荣为特征的时代，就是"一战"前的"美好时代"。虽然今天的我们可能会为他们的单纯而感到惊奇，但是，在 1889 年，当各个阶层、各行各业的观众们齐聚，观看埃菲尔铁塔落成典礼时，他们大为惊讶，目瞪口呆，欣喜若狂。这座世界最高的建筑上点了一万盏煤气灯。烟花和闪耀的灯光让观众的眼睛都忙不过来了。一对强力探照电灯——这是最早的探照灯——从高达 984 英尺的顶点掠过这座城市的名胜古迹。有人说，这一标志性事件就是"光之城"这个名字的由来。即使真是如此，我们也找不到任何书面证据。

当然，不是每个人都为铁塔、铁塔的灯光表演或者它所代表的意义而感到惊喜。当时的漫画和政治卡通上画了散步者们在夜里挡着眼睛走路的场面，巴黎城中新的现代事物令他们看不清前方的道路。一幅漫画的说明指出，从那时起，人们在晚上出去散步时就需要动用导盲犬了。到了 19 世纪 90 年代，城中大部分的煤气灯已经被更加明亮的电灯所取代，不过巴黎市中心的最后一盏煤气路灯是在 1952 年才被拆掉的。21 世纪初，在市区外还有一盏煤气路灯。

无怪乎在"一战"前美好时代的巅峰时期，恰逢 1900 年举行万国博览会并在会上展出更多的技术奇迹的时候，一位名叫卡米勒·毛克莱（Camille Mauclair）的小说家写了一本书，书名就是 *La Ville Lumière* ——《光之城》。这是关于巴黎这个称呼的最早的记录。这本书出版于 1904 年，而且在那以后的几十年间已经绝版。似乎没有人记得清这本书是关于什么内容的。巴黎市历史图书馆馆长乔治·弗里歇（Georges Frechet）曾表示，这本小说的书名和内容的灵感很有可能既来自于 1900 年的万国博览会（其中的一场展览"电力童话"歌颂了电力奇迹），又来自于当时的艺术家、表演者和作家们营造的百家争鸣的氛围。在作家当中，以斯特芬·马拉美（Stéphane Mallarmé）[1]的表现最为突出。

---

① 斯特芬·马拉美是法国象征主义诗人和散文家，生于巴黎一个官员家庭。1876 年其诗作《牧神的午后》在法国诗坛引起轰动。此后，斯特芬·马拉美在家中举办的诗歌沙龙成为当时法国文化界最著名的沙龙，一些著名的诗人、音乐家、画家都是这里的常客，如魏尔伦、兰波、德彪西、罗丹夫妇等等。因为沙龙在星期二举行，被称为"马拉美的星期二"。他与阿蒂尔·兰波、保尔·魏尔伦同为早期象征主义诗歌代表人物。

那么，什么才是真正的巴黎之光呢？巴黎的"intra-muros"（环城大道内的城区）依然保有许多第二帝国的特征。除了1870—1871年普法战争和巴黎公社起义造成的轻微损坏，这一部分从未经受轰炸或燃烧。造成最大伤害的是房地产投机。

　　这种表面的不变性超越了物质的范畴。让-保罗·萨特将波德莱尔描述为一个"决意面朝过去向后走"的人。在很多方面，巴黎和住在这里的人们可以说和波德莱尔一样。摄影师罗贝尔·杜瓦诺曾将巴黎称为"博物馆之城"，不过用"游乐园"来称呼这里也许更为准确，至少在许多游客看来是这样的。历史的重量、习俗和文化促使本地人和其他居住在这里的人在向前行进时频频回顾。

　　如果我们考虑这座"光之城"的具体照明细节，以及对光照产生作用的技术和政府因素背后的哲学（如果可以这么说的话），那么萨特和杜瓦诺的意见是特别恰当的。举个现实的例子，我们想一想第二帝国时期安装在巴黎街道上的灯具。今天依然有人在生产奥斯曼风格的灯。20世纪30年代还新增了新艺术派和其他风格的灯具。它们都过时了吗？当然。但是，没有人会妄想把它们拆掉。为什么？为了一种气氛。巴黎的老式灯营造出一种温暖、热情、充满怀旧气息的氛围。怀旧是一种心态，也是一种文化身份的象征。没有哪个城市会像巴黎这样下这么大的力气、花这么多的钱——大约一天三十万美元——去创造一种复古的"身份之光"，这种气氛会让你马上知道，你身在巴黎，这里是"光之城"。在很多地方，你可能会穿越一条朦胧的时光隧道，与波德莱尔、布劳绍伊①或萨特结伴而行。

这是大部分居民和游客们都熟视无睹的东西。但是在这些场景背后，二十位"éclairagistes"（照明技师）和"concepteurs-lumières"（灯光设计师）——加上建筑师、工程师和四百多名技工——正昼夜不停地为创造巴黎的夜之魔法而努力工作。

不管你身在城中何处，抬起你的眼睛，你就会看到灯光设计师皮埃尔·比多（Pierre Bideau）是如何用成百上千盏钠光灯点亮埃菲尔铁塔的。塔上的金色网眼在从里到外地发光，令人回想起1889年的煤气灯。这21世纪的新发明分秒不差地闪耀着，而且每小时都会突然跳起闪亮的舞步，这时，一道探照灯光辉掠过全城，我们不禁又想起了1889年的情景。

路易·克莱尔（Louis Clair）在拉维莱特圆亭（Rotonde de la Villette）设计的灯光很精巧，将18世纪的建筑师克劳德－尼古拉斯·勒杜（Claude-Nicolas Ledoux）在运河旁建造的、别出心裁的海关大楼的曲线和柱廊都衬托了出来。克莱尔还对圣厄斯塔什教堂的灯光进行了改造，将其由冷冰冰的庞然大物变成光彩夺目的灯塔，灯光映出了飞壁的轮廓，从彩色玻璃窗中透射出来。

罗杰·纳博尼（Roger Narboni）和伊塔洛·罗塔（Italo Rota）——法国灯光文化天空中的另外两颗闪亮的明星——曾合

---

① 布劳绍伊（Brassai，1899—1984）是20世纪欧洲最有影响的摄影大师之一。1899年9月生于匈牙利古都布拉索，1924年前往法国巴黎。30年代初开始从事摄影，1932年出版第一本摄影集《夜之巴黎》，受到全法国的关注，并赢得"夜间摄影之祖"的美誉。

作或独力用灯光捕捉巴黎圣母院大教堂、卢浮宫、塞纳河上的几座桥和香榭丽舍等著名大道的外在和内在精髓。大家都觉得巴黎第六大学朱西厄广场上建于 20 世纪 70 年代的摩天大楼很平庸，毫无吸引力，但是建筑师蒂埃里·凡·德·韦恩加尔（Thierry Van de Wyngaert）设法将其变成了迷人多彩的灯塔。还有许多夜间奇景同样令人过目难忘：旺多姆广场和广场上层层叠叠的建筑正立面在我看来就像舞台布景；协和广场或勒努瓦大道上的喷泉飞溅出来的不仅是水花，还有灯光。

这些项目的规划者们向大家保证，这些项目都有一个共同目标，那就是将每个景点的历史和象征意义都凸显出来。艳丽的、实验性或花哨的灯光展示在其他地方，可能会令人感到美妙无比，但在这里，这一套不管用，只能博得一时的眼球——而且有时候还会立刻招致强烈的抗议。比如几年前，巴黎的灯光工程师们在蒙马特顶端的圣心大教堂尝试一些新花样，将长方形廊柱式教堂刷成了粉紫色，此举激起了一阵骚乱，教士成了众矢之的。

诚然，前卫的法国灯光雕塑家雅尼·科萨雷（Yann Kersalé）的确曾为巴黎打造过特殊场合下使用的作品（比如 7 月 14 日的盛大演出、二百周年纪念等），还有许多法国灯光设计师认为自己是艺术家或者 "créateurs"（造物者）。但是，要想取得成功，他们就得将自己的才能与这座城市多层次的历史和现实牢牢地绑定在一起。要改写萨特描述波德莱尔的名言——眼观历史向前走——就必须点亮过去，才能照亮未来。

"如果你不知道该往何处去，你至少可以回望过去，从中得到一些想法。"弗朗索瓦·茹斯（François Jousse）在揣摩巴黎人的整体世界观，尤其是这种世界观在灯光照明方面的体现时说道。茹斯是巴黎市灯光照明和街道维修部门的总工程师，这个头衔只能代表他的职务的一部分。他就是有段时间将蒙马特变成紫色的那个人。我在他的办公室见到了他，他的办公室位于巴黎环城公路附近一幢平平无奇、灯光昏暗的大楼中。

满脸胡子的茹斯为人谦逊，但却个性开朗、富有感染力，他在法国照明行业中享有盛名，因为他在各个方面都是专家：从电灯泡的性能到古迹照明哲学，以及从古典时期至今的照明历史，他都了如指掌。如果要让一个人负责营造这座城市的夜间氛围，那么这个人非茹斯莫属。

茹斯爽快而坦诚地对我说，单个古迹、大楼和桥梁可以在夜间呈现出美丽的雕塑般的质感，但是他最感兴趣的还是这座在夜间灯火通明的城市作为物质、哲学和情感构成的整体时呈现出来的风貌——它就像一个大展柜，人们能从中看出巴黎和巴黎的生活方式。"夜里从郊区开车进城，你就能马上体会出那种差别，"茹斯眼中闪烁着光芒，对我说道，"顺着排成直线的交通指示灯，你一路前行，离开郊区，进入灯火辉煌的巴黎，那灯光连成一张飞毯——那就是一个终点，一个预定地点，一个最终目的地。"他轻抚着自己的胡须，往后一靠，靠在他那张并不时髦的办公椅上，准备进入过去几百年的时光中神游。

在中世纪时，灯笼或者蜡烛就是城市边缘和城中三个最重要的战略据点的标志，茹斯解释道。它们的重要性主要体现在象征意义上：卢浮宫、曾矗立在塞纳河上的瞭望塔纳勒塔（Tour de Nesle）、雷阿勒区附近的暴徒和情侣们最喜欢的聚会地点——"冤屈之墓"。多年来，城中各处增加了许多油灯。但是，直到 1669 年，那位名副其实的"太阳王"统治时，他才启动了第一个系统化的公共照明项目（他甚至还铸造了灯笼图案的纪念章以示庆祝）。到了 18 世纪 80 年代，有人发明了一种滑轮装置，将新颖雅致的灯挂到街上。再往后就涌来了 1789 年的"滔天洪水"①。"革命党们的歌曲《啊，事将成》（Ah! Ca Ira）的副歌部分说的就是将贵族们挂到灯柱上去的事情，"茹斯大笑道，"那些新发明的滑轮正好派上了用场。"

我们今天所看到的巴黎夜景，在很大程度上是随着 19 世纪中期的现代户外照明设备的出现而形成的。从那时起，城里的街灯都是同样的高度：6 米、9 米或者 12 米高——让 - 米迦勒·威尔莫特设计的香榭丽舍大道上的灯柱是例外，其高度是 11.5 米。灯柱在街道两旁的人行道上交错排开，投射出重叠、温柔的光晕。灯光在建筑上交叠，灯柱上方的屋顶轮廓线若隐若现。从整体上来说，这种灯光令巴黎拥有了人性的一面，在太阳下山之后，这座城市依然是个充满魅力的、很安全的地方。

"我最喜欢的是那些小东西，"茹斯说，他的话也是许多巴黎人的心声，"比如孚日广场不远处的蒂雷纳街上有一座 19 世纪的壁泉，白天的时候没有人会注意到它。就算是晚上，开车的人

---

① 此处指路易十五的名言"Aprèsmoi，ledéluge"，意为"哪怕在我身后，哪怕洪水滔天"。

也不会看到它。但是，当喷泉亮起两个小光点时，散步者会觉得那是个奇妙的发现。"

除了诗意和审美方面的因素，设置巧妙的灯光还是减少治安较差的社区中文物毁坏的一个方法。巴尔贝斯（Barbès）市场附近18区的古德多（Goutte d'Or）街区向来名声不好，这里有一尊现代雕塑，自从茹斯手下的技术员们用灯光装饰了这尊雕塑之后，当地居民已经将它当作他们自己的东西，备加爱护，这让他很骄傲。位于难看的意大利面碗高速公路下方的是科里尼安古尔门（Porte de Clignancourt），那里有城中最大的跳蚤市场，茹斯和他的照明技术员们在一面墙上安装了照明装置，隔出一条宽阔的人行道以保证安全。现在，这面墙不再被视为丑陋的障碍物，而是梦游者的界标，或是这座城市边缘的一个"欢迎入内"的标志。

也许，不少城市拥有比巴黎更明亮的灯光。纽约就是一个由灯火辉煌的摩天大楼和跳动多彩的光带组成的森林。东京和柏林的某些地方看起来就像巨大耀眼的户外广告牌，那正是我们所处的消费主义时代的客观对应物。这些眼观未来的城市闪闪发光，它们都是世界上最伟大的艺术、知识和经济中心。然而，人们做梦也不会想到把这三座城市称为"光之城"，而且那并不仅仅是因为巴黎在一个世纪以前就夺得了这个称号，还有一个无形的原因是：巴黎的生活质感、众多居民的怀疑精神，以及闪耀光芒但也充满讽刺的本质特征，令巴黎"Ville Lumière"的称号实至名归。所以，即使这个称号在有些人听来是一种陈词滥调，但是，只要这座城市继续发光、发亮，其他人——包括我在内——就会继续用这个称号来称呼它。

# 鹅卵石路、自行车和波波族

大石，玛黑区，1989

Sous les pavés, la palge.（铺路石下是海滩。）

——1968 年巴黎学潮的标语


  哪个城市的街道是用成千上万的梦想和孔雀开屏一样美丽的马赛克铺成的呢？猜中了也没有奖励。经典的巴黎鹅卵石是边长为 8 或 10 厘米的花岗岩方块，这种铺路马赛克（pavé mosaïque）铺成的图案被铺路工们称为"孔雀尾"（queues de paön）。在这座大都会的 5993 条街道中，有许多街道——总长度超过 1000 英里——是铺有鹅卵石的，它们覆盖了巴黎表面积的四分之一。那相当于百万块鹅卵石，而且这些鹅卵石通常都是藏在沥青之下，一直默默无闻。

  鹅卵石和埃菲尔铁塔一样，是巴黎的一部分象征。如果你阅读阿纳托尔·法朗士（Anatole France）和埃米尔·左拉等人的经典著作，找出其中的一场叛乱或者革命，你会发现，鹅卵石路就是故事开始的地方。在 1789 年、1830 年、1848 年、1870—1871 年正义之火燃烧时，这些道路应运而生。1944 年，纳粹败退时，它们又出现在人们的视线中。没有什么比鹅卵石路更适合设路障或投掷了。"到街垒这儿来，同志们！"（Aux barricades, camarades！）这句话暗含着讽刺之意。当人们将巴黎街道拓宽，铺砌路面，使其变得现代化时，鹅卵石路并没有消失。现代化——即"奥斯曼化"——意在将巴黎的中世纪小巷铲除，令骚乱者无处埋伏。鹅卵石路只是搬到地底下了，在沥青之下。

听起来像不像古代史？现在把镜头转到像我这样的五十几岁的老家伙还记得的年代吧。在 1968 年的鹅卵石街垒后面，骚乱者们喊出的不仅仅是"aux barricades"，还有"sous les pavés la plage"——"铺路石下是海滩"。这神秘的口号鼓动学生们像他们的先辈一样掀起石头，而且还暗示着一个不一样的世界，那是在这座大城市中的一片"海滩"，象征着一种更好、更自由自在的生活。

实际上，那片"海滩"就是镶嵌着或者曾经镶嵌着鹅卵石的含沙层。如今，沙子中掺杂了灰浆，而且鹅卵石之间的连接处都灌了薄泥浆。骚乱者们要使出九牛二虎之力才能把它们抠出来。这很能说明我们这个时代的问题。这些不起眼的鹅卵石代表着时下的一种正面价值，但这种价值面临着和鹅卵石路一样的命运，至少在那些握有绿色证书——倡导绿色政治或者钱包里鼓着绿票子——的人看来就是如此。

今天，那些偶尔还显露理想主义色彩的"68 一代人"（Soix-antehuitards of '68）和 1848 年皇家路（Rue Royale）一样，都已失去活力。除了上班族之外，似乎每个人都很喜欢鹅卵石路和它们的近亲铺路石，人们把它们视为低碳时代的预兆。无论何处新建这种孔雀尾路或者出现"débitumation"——沥青剥落而令旧"孔雀尾"暴露于地面——那里的房地产价格都会上涨。在这些社区掀起革命的不是拆除鹅卵石路的骚乱者们，而是对鹅卵石路趋之若鹜的开发商、新的大人物、绿党和波波族——因崇尚波希米亚式生活而闻名于世的巴黎中产阶级们。

"为街道铺上鹅卵石"是步道建设的一个组成部分，而且这意味着街道或者社区中没有或者限制车流。在巴黎，这些区域被称为"zone piétonnière"（步行区）、"aire piétonne"（行人专用区）、"quartier vert"（绿色区域），最近还多了一种叫法："réseau vert"（绿色网络）——一种专为行人或骑自行车的人设计的道路网络。

和其他尝试通过城市规划而实施的社会工程一样，欧洲首个也是最大的步行区创建于20世纪60年代。步行区将历史悠久的哥本哈根变成了一个巨大的商场，到处充斥着快餐店、粗鲁的人群以及打扮成维京人模样的人，还有宣传片中提到的"街头艺人"——演奏音乐的、卖艺的、画家、表演杂耍和吞火的。他们变成了世界各地步行区的永恒标志，也是反对兴建更多步行区的有力理由。

但是60年代的巴黎人都是机动车车迷，因此，巴黎在跟随丹麦的先例时脚步缓慢。"光之城"中第一个，也是迄今为止最大的一个步行区自20世纪70年代中期开始投入使用。它覆盖了过去的雷阿勒区批发市场和波堡广场的周边区域。其设计理念是要重新规划巴黎这样的典型欧洲城市，规范车流，为游客们尤其是购物者们在历史悠久但交通拥堵的城区设置安全区域。在雷阿勒－波堡试验区之后，政府又设置了圣塞沃兰及圣米迦勒步行区。这个挤满粗麦粉面包店和希腊酒馆的城区，曾是城市总体规划失调的反面例证。

在支持汽车发展的雅克·希拉克市长的领导下，"商场化"继续进行，直到他的继任者让·迪贝利（Jean Tiberi）在任期间，这项政策才开始有所变化，但是车流、噪音和空气污染令迪贝利难以招架，因此他没有发动全城限车，而是开辟了更多的避难地。这些避难地不是 70 年代和 80 年代的那种商场，但是它们维持了巴黎与车辆可以共存的假象。政府扩大了雷阿勒－波堡区世外桃源的面积，而且规划并建造了更多的步行区。

80 年代晚期和 90 年代，雷阿勒区东北面的蒙托吉尔街附近立起了阻挡车流的路障，创造出了一个设防的城中城，这一次的路障是用白色卡拉拉大理岩铺就的鹅卵石路。路的外围安装了充气式可伸缩活塞护柱——这种护柱被称为 "bornes telescopiques"，它们的作用相当于过去的吊桥。这些装置通过音视频连接着远处安保总部警察局的一个中央控制室（poste de contrôle），每周七天，一天二十四小时都有人维护这些装置。只有居民、运货卡车和应急车辆可以进入这座堡垒。

近年来，蒙托吉尔步行区已经拓展到圣但尼路和周边街道上，并延伸至蒙马特路。横跨这个步行区的是第一片绿色网络区，那是一个还在试验阶段的半步行性质的路网，其中有一部分是限制车辆通行的鹅卵石街道。为了限流，鹅卵石道在其他地方还是交叉路口和人行横道的标志。目前，绿色网络从夏特勒区（Chatelet）延伸至圣马丁运河。这很可能是 21 世纪的人们对 20 世纪围堡垒及建人行道的做法的回应。

虽然绿色网络是将近二十年前由绿党的规划者们发明出来的东西，但它是社会党市长贝特朗·德拉诺埃控制车辆的一件有力武器。这位市长发起了"去奥斯曼化"运动，将车辆挡在城外，这意味着开车的人会越来越痛苦，他们只能改用公共交通工具、自行车，或者步行。

几百码之外的地方，雷阿勒、波堡、蒙特吉尔、圣但尼步行区及绿色网络的西面是卢浮宫路，那儿也是巴黎道路运输局所在的地方。运输局道路工程部在反对限制机动车的斗争中站到了第一线。在这里，我见到了建筑师雅尼·勒·杜穆兰（Yann Le Toumelin），他是绿色网络的负责人。温文尔雅的勒·杜穆兰年纪尚轻，他不记得雷阿勒从一个批发市场变成商场之前的样子。对于五十岁以下的巴黎人来说，雷阿勒、圣塞沃兰及圣米迦勒步行区"一直就在那里"。

长寿不一定就代表成功。人们正在彻底地研究过去设置步行区时犯的错误——缺少通道，咖啡馆和乐手增加了街头的噪音，激进的人口迁移政策，周边街道的拥堵情况加重。"从那些鹅卵石道开始，"杜穆兰温和地主张，"一个步行区之所以看起来给人一种破烂的感觉，最重要的原因就是铺路石受损或者不见了。"

只要有一辆运货卡车经过，有些石头就在重压之下爆裂了，他边解释边推了一下他那时髦的无框眼镜。他在一张 A3 纸上给我画示意图，同时描述人们在巴黎能够见到的各种鹅卵石路和石板路。路上有拼成经典的孔雀图案的"pavés mosaïques"。最好的石头是花岗岩——其他石头磨损得太快了。人气排第二的是形状像各种面包条的"pavé échantillon"（铺路大板砖）——或者说像一盒由各种颜色组成的惠特曼巧克力。这些砖是长方形的，尺寸为 20 厘米 ×14 厘米 ×14 厘米，并排摆在一起。"dalle"是一种扁平的长方形石板，它有各种型号，各个型号之间差别很大。dalle 通常是灰色的，分量很沉，价格昂贵，人们不是把它们用在街道上，而是用在人行道上，例如里沃利路或圣路易岛上的那些人行道。有一种新玩意儿叫"dallette"，那是一种尺寸为 20 厘米 ×30 厘米 ×15 厘米的较小石板。勒·杜穆兰承认，"它们很难固定"。他还提到了玛黑区的主要街道——著名的巴洛克式圣保罗教堂前的圣安托万路——最近出现的一些问题。

走出这位亲切的建筑师的办公室时，我学到了一套新的词汇：包括 débitumer、dépoteletisation、axes civilisés、rallentisseur、dos d'ânes 和 gendarme en dormie。无论是将沥青从鹅卵石道上剥离、将人行道上的柱子除掉，或尝试教导巴黎司机们讲文明懂礼貌，还是安装鹅卵石减震带和横卧路脊，勒·杜穆兰和他的同事都只能半途而废。他们可以打造出一个为行人提供便利的天地，这里有低矮的人行道、美观的路面、设计巧妙的单行道，还有限速、超慢速的车流，但是巴黎市缺乏监督执行驾驶与停车法规的警力。那是国家警察总监的职责，但这位长官往往与市长意见不合。巴黎市是法国唯一一个没有自己警力的城市。

奇怪的事情还不止这一件：法国政府财政收入的一个主要来源是燃油税。燃油税会随汽油价格和汇率调整而变动，但是一般来说，每公升汽油会产生大约一欧元的燃油税，也就是每加仑四至六美元。所以，政府减少汽车使用的举措会有几分诚意呢？如果采取绿党的政策的话，也许距离政府破产就不远了。但从另一方面来说，巴黎市的财政收入来自于违规行驶和违规停车的罚款，所以市长发动的限车斗争不仅有理可依，而且有利可图。

更奇怪的是，市政规划者们已经委托研究人员调查，步行区居民是否感到满意，还有坊间传闻是否明确显示，铺设鹅卵石路导致社区贵族化——这意味着更高的房价、居民情况的剧烈变动、街头不法勾当和噪音问题。一旦政府大力推行一项政策，这条街上的人就只能选择适应或者搬走。为什么这些铺了鹅卵石路的社区没有相应的人口迁移情况统计数据呢？很难得到铺鹅卵石路之前和之后的情况的目击报告，原因很简单：铺鹅卵石路之前的街区居民都搬走了。

在桑蒂埃地铁站附近的蒙特吉尔街的尽头，有个用鹅卵石拼出来的年份：1991。我记得自己看着铺路工们铺设鹅卵石的情景，当时还疑惑着卡拉拉大理石与巴黎何干。那时，艾莉森和我正在使用蒙特吉尔街边一幢摇摇欲坠的建筑中的破烂健身房，据说那是巴黎最古老的健身房。我们互相打赌，猜波波族多久之后才会出现。我们在巴黎住了几十年，其中有二十五年以上是在玛黑区度过的，而且，我们见证了鹅卵石路带来的改变。

当我最近一次走在蒙特吉尔街上，朝雷阿勒走去的时候，路上的连锁面包店、咖啡屋、时尚精品店和新潮的餐厅令我不禁眼前一亮，至于那些网站设计师及艺术家的工作室、房屋中介就不提了，它们大部分都在小街上。那些卡拉拉大理石站不稳脚跟，它们都被经典的鹅卵石取代了，不过，我们无须为此介怀。

这时我看到了几家传统老店，这让人放心不少——其中一家老店是蒙特吉尔街 51 号的老糕饼店斯朵黑（Stohrer），店铺正立面和画有精美图案的天花板都是 19 世纪留下来的。这家店发明了朗姆酒蛋糕（Rum Baba）和名为"爱之泉水"（Puits d'Amour）的焦糖奶油酥塔。我经常在锻炼结束后在这里买些甜点。健身房当时就在隔壁——如今健身房已经不在，取而代之的是一栋豪华公寓大厦。

从 19 世纪经营至今的老牡蛎餐馆康卡勒岩石（Au Rocher de Cancale，门牌号为 78）里依然挂着美丽的壁画，画上是小鸟和酒鬼。餐馆外面是木雕牡蛎装饰。几个三十几岁的人懒洋洋地坐在人行道上的桌子边，脸庞在香烟烟雾后半隐半现，他们轻敲着笔记本电脑，连上无线网络。餐馆里坐着两个怪人，他们正把报纸翻得沙沙作响，看起来和这个地方格格不入。

黑美人（Au Beau Noir，59 号）那完全不符合政治正确性 [1] 的外观依然没变。我拉住那些常到这个社区来的人说话，这些新客人们觉得这家店的干洗服务很方便。顺着这条路再走一段，历

---

[1] 政治正确性（Political Correctness），简称 PC，即一个公民有义务按照宪法规定，保持一国所奉行的政治原则和立场。这里指这家店外观怪异。

史悠久的蜗牛餐厅（l'Escargot Montorgueil）出现在我的面前，它没有什么改变，店里有包间，环境温馨，不过现在这里的蜗牛大部分都是从东欧进口，老主顾们都走了。

不管怎么样，这个社区给人的感觉变了，彻头彻尾地变了。一个脾气古怪的肉贩告诉我，蒙特吉尔已经从粗俗但便利的货真价实的市场街变成了波波族游乐场，据说"鱼子酱左派"①都爱到这里来。社会党在当地的总部确实是在蒙特吉尔街和利奥波德贝龙路（Léopold Bellan）的街角处。讽刺的是，当你想到这里的租金时，你会忍不住感到好奇，社会党还能撑多久——在蒙特吉尔堡垒般的步行区中，房地产价格是每平方米七千五百欧元，比没铺鹅卵石路之前涨了十倍。在这个租金居巴黎最高水平的地方，月租金一千欧元通常只能租到一间橱柜大小的工作室。这不是鸡生蛋还是蛋生鸡的问题。与雷阿勒、波堡和圣但尼的情况一样，这里是先有了鹅卵石路才有了昂贵的租金。

离家更近了，我在玛黑区最新的小型行人区转了一圈。我的眼睛注视着鹅卵石拼成的孔雀尾和惠特曼巧克力图形，无暇顾及 dale 和 dalle。20 世纪 80、90 年代，在没有鹅卵石路的情况下，玛黑区的大部分地方已经走向贵族化——只有圣凯瑟琳市场广场（Place du Marché Sainte-Catherine）之类的街道和广场没变。但是，直到几年前蔷薇路（Rue des Rosiers）及周边和圣安托万路上的犹太人旧社区重铺路面、基本上只能步行通过时，整个社

---

① "鱼子酱左派"（Gauche Caviar）指的是持"左派"政治立场的有钱人。

区贵族化的进程才算完成。精品店密密匝匝地挨在一起，房地产价格显然没有受到 2008—2010 年大萧条的影响而迅速上升。目前，一些老住户还因为宗教、家庭和文化羁绊而在此坚守。越来越多的行人和骑自行车的人涌入，居民们却对日益提高的噪音没有什么怨言：这条街上一直都是这么乱糟糟的。

经过几个月的电钻轰鸣和交通混乱，另外一个半步行区于 2008 年在圣安托万路上诞生了。如果建筑师雅尼·勒·杜穆兰的看法准确的话，蔷薇路和圣安托万的现状就是未来的发展方向：它们是绿色网络的一部分。这里没有用活塞式护柱包围起来的堡垒——护柱时常出故障，造成汽车损坏——这里会采取其他的方式。其中包括简单又便宜的交通灯、限速每小时 15 公里的指示牌、挡住擅闯车辆的鹅卵石路和交通警察。人行道加宽并降低了高度，而那些用来阻止汽车前进——但却妨碍散步的——柱子被拆掉了。此地不许停车——理论上来说是这样的。关键在于公民意识，但是公民意识有时也解决不了问题。圣保罗的试点区和绿色网络经常像战区一样，懊丧的开车人和气愤的骑车人、行人相持不下。也许斗争也是贵族化进程的一部分吧。

新一代的鹅卵石人行区只能与限制车辆通行的旁道配套使用，因此自行车在此是必不可少的。公共自行车租赁计划——规定骑车人可以在几十个停车区取车和停放自行车的计划——受欢迎得不得了，每天，这些自行车的用户最高达到十万人次以上。面对行人和骑车人组成的大军，司机们只好让步——或者说理论上是这样的。斗争？"Aux barricades, camarades！"（到街垒这儿来，同志们！）

从 7 区的克雷尔街（Rue Cler）到 11 区的皇家锻造局路（Rue de la Forge Royale）和 18 区的卡瓦罗蒂街（Rue Cavallotti），城中不断冒出新的铺有鹅卵石的半步行区。假如——我只是说假如——绿色道路网络能完全应用的话，它会将这些绿色岛屿连接在一起。不过这主要还得看坐在市长位置上的人是谁。还有一件令人啼笑皆非的事，那就是如果整个巴黎市如德拉诺埃市长所愿，"去奥斯曼化"得以实现，那么第一代步行区可能又会重新回到人们的生活中。它们会成为更加理性、文明、车流堵塞较少的市容的一部分。没有人会奢望步行区内的房价下降，或者让波波族搬出去。老前辈们一旦走了，就再也不会回来了。与此同时，投资者们正在观望，鹅卵石路——以及自行车道——接下来要通向何方。

# 拿铁哲学

雕像，杜伊勒里宫，1994

昨日此处是侏罗纪公园，明日此处可会变成智人公园？

　　　　　　　　　　——灯塔咖啡馆中的哲学界新秀


　　"我思故我饮。"坐在我身边看起来很用功的一个人吟道。这里是灯塔咖啡馆（Café des Phares），也是人们口中的"哲学咖啡馆"，咖啡馆的露台直通巴士底广场。"给这位'小笛卡尔'上一杯'小奶油咖啡'。"当侍应生向我走来的时候，附近一个爱开玩笑的人轻声笑道。

　　"先生您要点什么？"

　　我在记忆里翻箱倒柜，寻找一句妙语——柏拉图应该说过那么一句话——，我要用这句话来点这杯周日早晨迟来的拿铁①。"来杯能把我送出幻象之洞穴②的'浓咖啡'③。"我面红耳赤地说道。这位侍应生眼睛都没眨一下就走了。和平日一样，咖啡馆里的小圆桌全都座无虚席，香烟的烟雾聚成一片蓝色的氤氲，盘旋在露台上空。当日的报纸挂在杆子上。镜子仿佛通人性一般微微

————————

①　拿铁（au Lait）指加入大量牛奶的咖啡。

②　此处指柏拉图的《理想国》中的洞穴之喻。

③　express，此处为双关语，既指浓咖啡，又指快车。

颤动。这是巴黎咖啡馆中的经典景象，有些人厌恶这种景象，他们希望这座城市和住在这里的人们不要再活在发黄的照片中。我向咖啡馆外瞟了一眼，门外的人行道上乌压压地聚集了一群人，那是来晚了的客人，看着他们想方设法要进来的样子，我忍不住地笑了起来。

灯塔咖啡馆所在的位置正是攻占巴士底狱的地方，不过很少有人会注意到这一点。它是巴黎、法国各个省份和国外（欧洲、日本和美国）多家"哲学咖啡馆"（Philocafés）之母。

哲学咖啡馆这个概念——顾客自愿参与关于哲学困境的公开即兴辩论——是一位自称为教授的马克·索戴（Marc Sautet）想出来的，他生前在法国大学系统内是个不受欢迎的人物。他的目标是要让哲学变成每个人都能理解的东西，强调其净化精神、放松心情的作用，人们还能以此谋生。不难想见，当这位皮肤永远晒得黝黑、长着一双蓝眼睛的哲学之王攻占巴士底狱时，新闻界和主流哲学家们对他发起了一番狂轰滥炸："一个诡辩者的无稽之谈……"说这些话的人没有几个会移动大驾来参加他在周日上午 11 点举行的沙龙。索戴没有被吓倒，他出版了《苏格拉底咖啡馆》（Un Café pour Socrate）一书。或许是受到露西和史努比的启发，索戴还在玛黑区时尚人士集中的地方开了一个哲学工作室（Cabinet de Philosophie）。不久之后，许多哲学界大腕，包括一些学术造诣很深的哲学家，带着来自全国各地的热情高涨、水准参差不齐的哲学界新秀们来到了这里。

当索戴和哲学类畅销书作家让－吕克·马里翁（Jean-Luc

Marion）、安德烈·孔特－斯蓬维尔（André Comte-Sponville）和吕克·费希（Luc Ferry）成为文化界权威人士贝尔纳·皮沃（Bernard Pivot）的人气电视节目"文化高汤"（Bouillon de Culture）的嘉宾时，索戴迎来了事业的巅峰。法国人向来钟爱哲学：高中生要学习哲学，而且他们的高中毕业考试题会登上新闻头条。像贝尔纳·亨利－莱维（Bernard Hénri-Levy，简称BHL）这样激进、时尚又上镜的新哲学家们还拍了"哲学电影"——《日日夜夜》（ Le Jour et la Nuit ）等影片都是BHL的作品，《日日夜夜》一片被广泛认为是电影史上空前的失败之作。

不过，学术界依然对哲学咖啡馆这样一所属于平民的"法兰西公学"（在这里，德高望重的教授们会免费向专心致志、心态虔诚的听众——大部分是退休人士——讲授哲学知识）抱有怀疑的态度。法国的专家学者们并不欢迎特立独行的索戴和他身边的哲学高手们，而是认为哲学咖啡馆"获得成功"是一件"丑闻"，学者们甚至自寻烦恼地为这种现象争论不休。"这难道，"他们认真地问道，"是因为思想史的黄金时代已随1989年柏林墙的倒塌而逝去？或者，是全球化、家庭价值观减弱和长期居高不下的失业率导致的'集体绝望'的表现？也许这是世纪末的精神危机、宗教信仰缺失和第二个千禧年的共同作用的结果，或者，是商业电视、电影和互联网中出现的反'盎格鲁－撒克逊价值观'的革命？"

奇怪的是，法国知识分子中鲜有人扪心自问，哲学咖啡馆的高人气是否可以归因于一个简单的事实，那就是这些咖啡馆能让人们从粗俗的言论中找到乐子，这与巴黎咖啡馆的优良传统是一致的。这也正是你周日早晨在灯塔咖啡馆能够看到的景象——经过二十年的口水战，这里依然是这座城市里最活跃的哲学咖啡馆。按照惯例，来这里的人会从上午 10 点开始互相亲吻脸颊，互递香烟，这时会有几十个常客在吧台附近找座。那就是哲人舌战的地方。上百位临时参加讨论的人在吧台和人行道上的露台之间来来去去，通过扩音器聆听辩论。移动电话和其他便携电子设备都消失了，只见崭露头角的哲学家们挥舞着他们的注释板和参考书——从柏拉图的《理想国》到海德格尔的《存在与时间》、萨特、福柯、加缪、鲍德里亚、《拉鲁斯词典》，甚至是《圣经》——，什么书都可以。

到了约定的时间，一位哲学大腕就会起身，测试麦克风，和一张圆桌上的常客们商量，确定当天的主题。这就像大学城文学研讨会和贵格派祈祷会的合体，还有几分卡拉 OK 和流行心理学的味道。

"昨日此处是侏罗纪公园，"第一位发言人提出疑问，"明日此处可会变成智人公园？"这个主题引来一片疑惑的沉吟。

"不要心存盼望，万事都应亲身体验。"另一位发言者提议。最偏远的座位处嘀嘀咕咕的声音更响了。

"失业是否不是一个问题，而是一条出路？"一个爱挑衅的老嬉皮士问道。这个两难的命题也被排除了。不谈政治。

与此同时，侍者们托着咖啡和啤酒满场游走，一个哲学咖啡馆的常客已经开始在餐桌间挤来挤去，伸手去抓一叠《哲学》（*Philos*）——这种内部月刊名不虚传，里面都是浮夸费解的散文。"条条大路通罗马，"麦克风里传来颤抖的嗓音，听众们只闻那位大师之声而不见其人，"不如我们来想想这句古话的真实含义吧。"

这个问题听起来容易接受，于是它便成了当天的主题。

"因为巴黎马拉松的原因，"一个女人急不可耐地开了头，"今天早上我花了两个小时到这里来，我心里想，有时候走向一个目标是一个艰难的过程，所以，也许'条条大路通罗马'背后的意思是如果你够努力，你就能达到你的目标……"

"罗马指的是掌控一切的王座？"有人问道。

"梵蒂冈？教会？压迫的象征？"又有一个人问道。

"极权主义者道德说教的化身，宗教全球主义的第一个表现？"

"这引起阿维尼翁（Avignon）历任教皇之间的分裂，反对教皇是……"

"荒谬！这句话的年代要久远得多，它指的是罗马帝国！"

这场辩论很快又继续进行下去了，麦克风从一个人的手里传到另一个人的手里。一位坐在露台上抽着烟斗、穿着皱巴巴的裤子的教授发话了。然后是一个瘦骨嶙峋戴着爱马仕围巾的老江湖发言。"条条大路无穷尽，"一个藏在香烟和烟斗的烟雾后面的年轻人打趣道，"罗马是有尽头的，所以这个说法不成立！"

这句被重复了一千年的老话被翻来覆去之后变出了许多花样。条条大路都是一种体验，而所有的体验都是成立的。条条大路都是主的行事方式，是不可知的。罗马是美、爱、艺术和死亡的概括，条条大路都通向死亡，而较为可取的死亡之途是性。通往知识的道路是从罪恶中穿过的，因此，罗马是罪恶……一个书生气的男人引用了 16 世纪的编年史家蒙田的话（"殊途同归"），一个无理但却很机智的人把豪尔赫·路易斯·博尔赫斯（Jorge Luis Borges）的话[①]改头换面后说了一遍："如果你让一只猴子坐在打印机旁，在足够充裕的时间里，它迟早会写出莎士比亚全集。"事情开始失去控制了。在我看不到的地方，有人开始了错综复杂的哲学论证，但思路一乱，他就开始结结巴巴，语无伦次，仿佛没了油的摩托车。在无情的嘲笑声中，麦克风传到了下一位哲学新人手中。

"条条大路通性爱，"一位三十几岁模样，像拉伯雷一样粗俗幽默的男人重拾那个刚才就不再有人提起的具有力比多（libidinous）[②]意味的潜文本。

"你是说条条大路，还是说只是代表性爱象征式互动的部分？"一个人取笑道，"是指游侠行为还是性本能？"

"在黑暗中，所有女人都美丽！"

"所有男人都有魅力！"

一个穿着花呢夹克衫的帅小伙向对面一位表情真诚的年轻女子眉目传情。她对他报以一个腼腆的微笑，然后飞快地翻起了笔

---

① 此处指作家博尔赫斯的小说《图腾书库》中的句子："给六只猴子几台打印机，在足够充裕的时间内，它们将敲出大英博物馆的所有书。"

② 力比多（libido）即性力。这里的性不是指生殖意义上的性，它泛指一切身体器官的快感，包括性倒错者和儿童的性生活。精神分析学认为，力比多是一种本能，是一种力量，是人的心理现象发生的驱动力。

记本。还有几对有机会走到一起的恋人没有注意这场辩论，在一旁闲谈。最终，大腕发出理性的呼声，插了一句嘴，让一切回归正轨。在我旁边的人弯下身子评论道："不觉得这又愚蠢又做作吗？"我还没来得及回答，一位枯瘦的知识分子从另一边探过身子，嗤之以鼻地说："这缺乏严谨性，根本不是哲学。"正当这时候，一个顶着一头蓬松金发的中年女人手里拿着从勒努瓦大道露天市场买来的杂货，从我身边挤了过去，我能看到露天市场就在广场对面。当她伸手去够麦克风时，一股浓浓的芝士气味飘过来。"她刚才一直在为鸡肉和鸡蛋讨价还价。"我那爱开玩笑的邻座忍住笑，打趣道。一个滑旱冰的少年左闪右避地滑了过来，哲学家妈妈还没来得及拉他一把，他已经撞向一张桌子。

最后，听起来很权威的声音穿过了麦克风，这个声音带着歌剧演员般浓重的意大利口音。"说到现在，我们领悟到的，"他"唱"道，"似乎就是任何句子都可以把我们所有人牵着走！"一时间哄堂大笑。这时我终于引起了一位侍应生的注意——几位有情人已经成双成对，陌生人们都一起捧腹大笑，互相争论，赢得了胜利，也体验了失败，店里也卖出了很多饮料。我明白了一件事情，即使是最差的情况下，哲学咖啡馆也无伤大雅，毕竟，惺惺作态，或者喋喋不休地说一些做作的哲学术语并不会对任何人造成伤害；最好的情况则是一场令人兴奋、妙趣横生的辩论。无论是哪种情况，它们都是摇钱树。"一切运转如常。"（Ça tourne rond.）当我为那两杯明显走高端路线的浓咖啡付账时，侍者的脸上笑开了花。看来人声嘈杂对做生意还是有好处的。

310

# 人行道上的圣代冰淇淋

## 巴黎何以成其为巴黎

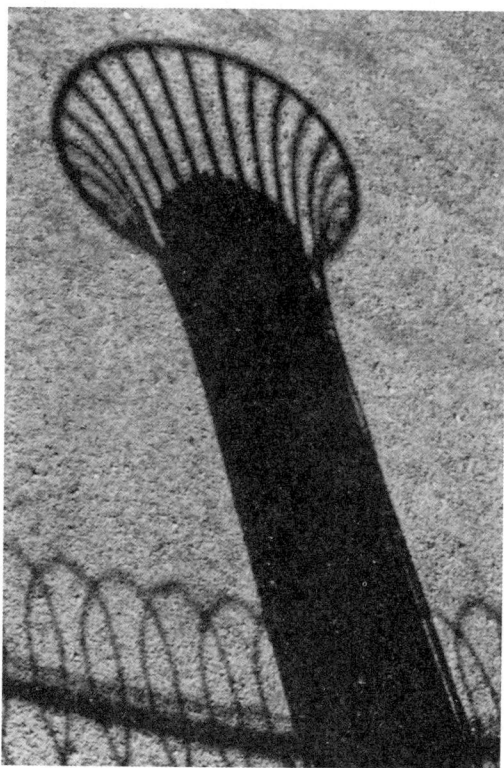

影子，奥斯曼时代的垃圾桶和铁丝网，1995

把水、新鲜空气和树荫给巴黎人吧！

——朗布托伯爵，巴黎地区行政长官

克劳德·巴赫迪洛，1830

（对"集体大众"来说）闪闪发光的珐琅商业招牌至少
是墙壁上的点缀装饰，不亚于一个有产者的客厅里的一幅油
画；贴着"禁止张贴"公告的墙壁不亚于后者的书桌；书报
亭不逊于后者的图书馆；咖啡店的阶梯平台不逊于后者工作
之余可以俯视街景的阳台。[1]

——瓦尔特·本雅明，1934


一说到"巴黎"，世界各地应该会有数以百万计的"巴甫洛
夫的狗儿"们叫出"埃菲尔铁塔"、"奥赛博物馆"或者"卢浮
宫"。对许多人来说，古迹和博物馆就是这座法国首都的全部。
对于我来说，古迹是都市风景中的导航工具，而都市的个性本身
体现在平凡而具有地方特色的实物中：排成一线的建筑物面墙、

---

[1] 选自本雅明著作《发达资本主义时代的抒情诗人》。诗人波德莱尔对 19 世纪中期
巴黎的现代性体验的考察深深吸引了本雅明。本雅明从这个被资本主义商品世界
异化了的抒情诗人的目光出发，重新阅读处于资本主义工业革命初期的巴黎。

树木和灯柱，以及人行道和街道的布局，包括指示牌、公交车候车亭、垃圾桶、厕所、电话亭、长椅和护柱。是的，还有护柱。

这是巴黎露天的文化身份象征的集合，正是这座城市的人行道和人行道上默默无闻的"装备"构成了巴黎。只要置身城中，无论你身在哪一个角落，你都会本能地意识到自己不是在里昂或者里尔，更不是在伦敦或者里斯本。每一件装点巴黎市的物品就像只有博物馆馆长才会喜欢的小艺术品，它们折射出的是自己所处的年代的精神和需求，人们可以从中窥见这座城市的前世、今生和未来。

就拿护柱来说吧，法国人亲昵地称这些难看的石块或水泥块为界柱（bornes）。大部分的国民对这些界柱都不甚了解，其实它们比大部分的博物馆藏品更能反映巴黎人的特点和巴黎文化。一方面，界柱和它们的"兄弟"标识牌（les poteaux）——就是人行道上密密麻麻地竖立着的状如阳具的棕色标杆，又称"桩子"（les bittes①）的东西——是唯一能够有效地避免车辆闯入步行区的工具。如果让巴黎司机随心所欲的话，他们会拱上"人行道"（les trottoirs），把车停在任何一个地方，包括你的脚趾头上。界柱已经存在了好几个世纪：1838 年，第一张用达盖尔银版照相法拍出的照片显示，在今天的共和国广场附近的圣殿大道（Boulevard du Temple）上有几排界柱。界柱衍生出了一句经典的法国老话"dépasser les bornes"——意思是超出限制，不可理喻，超出了以推行自由（liberté）、平等（egalité）和博爱

---

① bitte 又有阴茎之意。

（fraternité）价值观为己任的官员们的控制。"bitte"在俚语中的意思再明白不过了。巴黎有着复杂的路障和标志系统，用来限制，阻止和引导不规矩的当地人，无论从实际功能，还是从其喻义来看，粗短的界柱和如阴茎的标识牌，在这个系统中都是无可比拟的。

1910年，街道照明技术的日新月异令诗人纪尧姆·阿波利奈尔看得晕头转向，他半开玩笑地提议在这座"光之城"中创建一座路灯柱和相关设备的博物馆。阿波利奈尔看见的也许是城中街道上多种型号的街灯，从用滑轮吊上去的古代油灯到挂在优美的铁艺灯柱上的油压煤气灯，还有后来生产的各种电灯，包括由赫克多·吉玛德（Hector Guimard）设计的照亮20世纪的地铁站入口的螳螂形街灯，都让人眼花缭乱。阿波利奈尔于1918年去世，在他死后，灯具家族中又添了十几代成员。持续不断的技术革新是出人意料的，而当时把新事物改造成旧事物的文化倾向更为突出。比如，人们一再改造19世纪50年代的铸铁汽灯，这表现出了人们对过去的依恋，而这种依恋只能说有一部分是经济原因所致。

就我个人来讲，我是在研究"Ville Lumière"——"光之城"的这个昵称时，突然领悟到人行道有那么多故事。我的脑子里亮起了一个灯泡，那些平日里摆在面前我却视而不见的美好顿时历历在目。我开始注意巴黎的特色装饰，并且意识到，这座光之城的熠熠光彩都是工程师和设计师们打造出来的。同样的，这座城市还有许多建筑师、规划师和管理者，他们是数量众多、环环相扣的政府部门中的成员，这些人用毕生的努力去创造、布置和保养街道设施，而这些街道设施会告诉世人"你身在巴黎"而非别处。现在，每当我走过那些将我家院子和公共区域隔离开的"界柱"时，我都会想到圣安德鲁受的难，因为城中的很多横杆都有关于圣安德鲁受难场景的描绘（横杆的一侧会有一个大写的X，而且几乎每个十字路口都能看到这种横杆）。1923年，这里第一次安上了交通信号灯。我默想着交通信号灯的红色（激情、危险）、黄色（警告）和绿色（希望、安全）的象征意义。我喜欢坐在19世纪50年代风格的双面长椅上，旁边可能会坐着年轻爱侣或者唠叨的怪老头。我绕开地上的脏东西，衡量着脚下的花岗岩或柏油路面的优缺点，想着在有人行道这样一个还比较新的发明出现之前，巴黎是什么模样。上千个广告牌、广告柱、广告杆发着光，旋转着，闪烁着，这些总让我感到厌烦，想诅咒它们，那些嵌在水泥罐子里的叫"sanisette"的付费厕所也丑得让我吃惊。

这些广告牌和厕所（还有许多其他的现代人行道上的物件）都是德高公司（JC Decaux）设计和经营的，该公司是全球最大的街道设备供应商和欧洲顶级户外广告代理商。他们与巴黎市政委员会合作，请来曾获大奖的英国建筑师诺曼·福斯特（Norman Foster），这位建筑师设计出了玻璃公交车候车亭；他们还请来了设计界的国际巨星菲利普·斯塔克，菲利普发明了仿高卢独木舟船桨（船桨上有巴黎各景点历史信息的简要介绍）；让-米迦勒·威尔莫特则更换了香榭丽舍大道上段的长椅、照明设备和交通信号灯。特意做得不引人注目的福斯特公交车候车亭现在已经出现在世界各地的许多城市中。威尔莫特的设计很不错，但是有些普通。最好的当属斯塔克的船桨，它们能提供有用的信息。

我不是个爱唱反调的人，对当今的设计大师们也没有什么不满。但是，要说巴黎人行道上的物件，那么总体而言，越古老的那些物件越好。不管你是不是站在维克多·雨果那一边，而鄙视乔治－欧仁·奥斯曼男爵在第二帝国时期摧毁中世纪巴黎的做法，总有一天你会承认，拿破仑三世手下这位狂热的行政长官在1853年至1879年间还是有一番了不起的作为的。他将整个城市装点一新，在新栽种的树木下、新奇的人行道上、广场上或公园里因地制宜建造了巴黎独有的喷泉、长椅、售货亭和书报摊，供社会各阶层消遣娱乐。

在奥斯曼手下的首席工程师让－夏尔·阿尔方和建筑师加布里埃尔·让·安托万·达韦奥德的策划下，巴黎的公共领域被改造为"充满鲜花的沙龙"。在这里，满心烦恼的巴黎人和他们的马儿可以解渴，释放自我，呼吸清新空气，在十几万棵树木投下的绿荫里歇息。如果他们还有多余的时间，他们可以坐观世事流转。达韦奥德这个名字也许算不上家喻户晓，但是他在无意中建成了最早的街道公共设施，世界各地的城市规划师都尊他为"街道公共设施之父"（这个名词是法国人让－克劳德·德高［Jean-Claude Decaux］在20世纪60年代创造出来的）。在达韦奥德看来，他只是在"装饰"首都。在他去世之后的一个世纪中，如果说巴黎还有令人一看便知的街道景观和氛围的话，这份功劳在很大程度上要归到他身上。

尽管自己的名字很长，而且拿过"罗马大奖"（Prix de Rome）①，达韦奥德为人却很谦逊，很少炫耀自己的作品。布置完巴黎人行道装修之后，他又赶制了二十四座公园和花园广场的蓝图，这些蓝图上巨细靡遗地标注了道路、门、栅栏、树木养护罩、喷泉和娱乐用的看台——这里一个洋葱形的圆顶，那里一个滑稽的怪模怪样人面装饰，还有许多植物模型和真的植物。然后他又腾出手来设计沙特莱（Châtelet）的两座双子剧场、圣米迦勒广场、天文台和多梅尼勒的几座喷泉。巴黎城中几十座绿色的旧亭子、圆形建筑和避护所也都是他的设计。达韦奥德的影响无所不包，不可磨灭，因此，我们很难想象在他出现之前，巴黎的街道是什么样子。但是，他的设计并非没有根据。它们植根于欧洲历史，意大利文艺复兴和 18 世纪英国贵族在修业旅行（Grand Tour）之后对文艺复兴的重新诠释，都是这些设计的灵感之源。

我们把视线投回工业革命之前旧政权统治之下的巴黎：那是一个人口不过五十万的城市，其布局和建筑风格依然体现出高卢－罗马人的卢泰西亚城的显著特征，并夹杂了中世纪和文艺复

①　1663 年，路易十四在位期间创设了"罗马大奖"。该奖当时由法国皇家绘画和雕塑学院在其学员中经过严格选拔而出，共有四个名额，分别给予绘画、雕塑、建筑和雕刻四个方面最杰出的参与者。获奖者可以前往罗马，在著名的美第奇别墅中居住三年，并接受意大利著名艺术家的指导。如果皇家学院院长认为有必要的话，"留学"时间还可以延长。获奖者在罗马期间的所有支出，由法国国王负担。

兴时期的装饰。在从巴黎圣母院延伸出来的蛛网般交织的大街小巷中，几乎看不到标志牌，也没有人行道。泥土路交叉口的排水沟中流淌着黑色的污水。砖木结构的建筑物旁堆着高高的垃圾堆。空气中弥漫着烂糊白菜和燃烧的菜籽油的臭味，凹凸不平的建筑外墙上挂着的灯笼，用的就是这种菜籽油。在一片昏暗和恶臭之中，马车隆隆驶过，行人们见状都作鸟兽散，他们只能躲到成排的石头护柱、柱子和上马石后。杜伊勒里宫和富豪的私人花园外的禁苑中没有长椅或树木。公共喷泉被围得水泄不通：室内管道还没有发明出来。大部分的水井都有污染。没有饮用水的社区要靠送水工来运水。在这种脏乱环境的边缘，唯一一处方便人们行走和玩乐的地方是圣殿大道，那是建在一座旧堡垒之上的游憩场，五排17世纪晚期种下的无花果树为此地的剧场和咖啡馆遮蔽风雨。

从18世纪中期快进到工业时代早期，成千上万从土地上被赶出来的法国乡下人开始迁往巴黎，到工厂做工。突然之间，下层民众开始涌上街头。交通事故数量骤增。一位无名作家在《大道谍影》（*L'Espion des boulevards*）一书中提道："腿脚不灵活的行人只有死路一条！"拥挤不堪的公屋中霍乱横行，成千上万的人因此丧命。老巴黎已经变成了一个疾病和饥荒肆虐的鬼地方，接二连三的暴动在1830年达到顶峰，这座城市变成了一片废墟。

现在翻到属于1830年的巴黎地区行政长官——朗布托伯爵克劳德·巴赫迪洛的那一页。在他走马上任的时候，城中仅有一百四十六处饮水点，但却要供将近一百万人饮用。只有三条街道有人行道。朗布托的口号是："把水、新鲜空气和树荫给巴黎人吧！"当时的一位编年史学家曾用诙谐的笔调写到，这位伯爵"宁可拔掉自己的牙，也不愿拔起他刚栽下的树"。正是这位朗布托开始了给中世纪巴黎"消毒"的进程：1838 年，那条以他的名字命名的路穿过了波堡，毁掉了六条建于 11、12 世纪的街道和大量建筑。在朗布托的治理下，1841 年，福堡－圣马丁变成了第一个安装全套设施的社区：这里有人行道、路灯、长椅、树木、饮水处，还有一件被认为是卫生学上的奇迹的设备——男用小便池。到拿破仑三世免去他的职务的时候，朗布托总共建造了一千八百四十个饮水点、一百五十英里的人行道，安装了上百张长椅，种了上千棵树。

这是个喧嚣不安的年代，先锋摄影师、达盖尔银版照相法的发明人路易·雅克·曼德·达盖尔（Louis Jacques Mandé Daguerre）用抛过光的金属板捕捉了这个年代。他的工作室正好就在圣殿大道上方。历史上的情况和现在是一回事吗？在描述巴黎时，语法中的过去时态已经不够用了。如果你拿出一个放大镜，仔细研究达盖尔在 1838 年春拍摄的影像，你会看到，界柱和现在一样挨着路边，铁制的树木养护罩支撑着树苗，街灯上的鱼缸状灯罩高高地挂在一端如七弦竖琴的灯柱上，那灯柱和今天的一模一样。

无论朗布托多努力，他还是没能治愈巴黎日益加剧的苦痛。这座城市在 1848 年再次陷入骚动。新政府很快从内部瓦解。1852 年，夏尔·路易－拿破仑·波拿巴（Charles Louis

Napoléon Bonaparte）称王。作为一位思想开明的独裁者，拿破仑三世致力于将巴黎打造为世界上最现代的城市。他将这个任务委派给奥斯曼男爵。

这位男爵不仅掀起了一场社会工程方面的变革，他还变革了城市生活方式。由于产业工人居住的公寓里缺乏生活设施，皇帝便在人行道上提供了基本的便利设施。由于一群人有意垒砌鹅卵石建造路障，切断狭窄弯曲的羊肠小道，于是皇帝决定将这些道路修直加宽，并拆除迷宫般的住宅区——因为那里是游击战的理想地点。工人们需要一点休养生息的空间，这样才不会造反？那就给他们公园和广场，那里有水花四溅的喷泉和人造瀑布。音乐台上演奏的军乐提醒着市民，谁才是"老大"。

暴民和马粪蛋是阿尔方和达韦奥德面临的当务之急。这些建筑师们不用担心地铁、电力、机动车、电话和消费主义的问题——自1900年起，这五大问题令整个城市改头换面，也改变了居民的行为。渐渐变得整洁如新的第二帝国街道和人行道换了模样。先是地铁入口、格栅、标志牌和地图。然后，当街道和建筑物都通上电时，上百个电箱出现了。汽车、卡车、摩托车和公共汽车需要更宽的车道、停车位、引导标识、交通信号灯、加油站，再到后来还需要停车收费码表。于是，人行道变窄了，树木倒下了，长椅被搬走了。随后而来的是电话，一夜之间，每个角落都冒出了电话亭。更多人涌进了首都，城市更加拥挤，这也就意味着需要更多的街道设施以及供繁忙的男士们使用的男用便池（公用便池的总数量在1930年达到高峰，多达一千两百个，拆除便池的运动也兴起于 30 年代初）。战后的一次性消费文化和每天产生的成吨垃圾令市政府官员不得不安上了许多垃圾桶，整个城市比以往任何时候都更加杂乱。

到 1975 年，巴黎可以说是跌入了现代时期的最低谷，街道设施危机已经变得很严重。市历史博物馆的馆长对此深有感触，他在一份题为"巴黎，街道"（Paris，la Rue）的展览目录序言中以这样一句话作为开场白："传统巴黎街道已经死去。"他哀叹道，道路只是人活动的场所，亮光特色，也不再是一道鲜活的风景。那场展览不久之后，我抵达巴黎，住在奥德翁街（Rue de l'Odéon）。那时我并不知道 1781 年这条街道旁曾经首次铺设人行道。我真真切切地记得巴黎大部分街道的拥塞情况，还有街道上衰败、破旧的物件，这些倒是特色鲜明。

20 世纪 70 年代中期之后，从行人的角度来看，尽管更多的汽车和摩托车在污染空气，霸占空间，但是巴黎在很多方面已经有所进步。近年来，人行道变宽了，其中许多还是与公共汽车道和自行车道隔离开的。那座所谓的"华莱士喷泉"—— 一位英国慈善家将这座设计于 1871 年、以女像柱为装饰，造型优雅的铸铁喷泉捐给了这座渴望饮水的城市——它又回来了，年代更久远一些（1868 年）的"莫里斯柱"也回来了。那些富有喜感的洋葱形的圆顶塔柱上挂着剧院海报或德高公司的广告，而且后者的数量越来越多了。第二帝国风格的新免费公厕正逐渐取代 20 世纪 80 年代的混凝土公厕。人们发起了一个城市绿化活动，这个活动有个听起来很别扭的名字："植物化"（vegetalisation）。

作为这个活动的一部分，城中将栽种大约八千棵树苗，这些树苗将会令巴黎树木的总数回升至 19 世纪 70 年代的十万棵的水平。市政官员们信誓旦旦，要让人行道变回"欢乐天堂"，而且人行道上的卫生情况将得到改善，这意味着狗粪会更少，而且重新设计的透明垃圾桶将取代现在的反恐透明塑料袋。尽管步履蹒跚，巴黎还是在一步步地重新走进世界最适宜步行的城市的行列。谁知道呢？也许有一天，礼仪之花突然开遍大地，连法国司机们也将受到触动，这样，城市规划者们也可以不再担心行人被车撞上，可以将那些永不消失的"界柱"和"桩子"连根拔除了。

# 狗的生活

餐馆桌旁的狗，2004

幸福的狗主人们请注意：您的伙伴当然并无恶意，但我们希望能与它保持友好的关系，并避免任何可能不愉快的事件，因此，我们建议您，在我们到您家中时，管束好您的伙伴。

　　　　　　　　　　——法国国家电力和天然气公司敬告巴黎市民

　　**森巴！热风！撒旦！**布洛涅森林公园中的三个遛狗人在叫他们的宠物回来。艾莉森和我东张西望，想看看这场乱斗是怎么回事。那条名号如雷贯耳叫作"撒旦"的杂种狗戴着有尖齿的颈圈，如斗兽场的公牛般，和血统纯正的"森巴"、绑着名贵的爱马仕狗绳的"热风"扭打成一团。那三只动物和它们的主人纠缠了一小会儿，慢慢冷静下来，然后尽快抽身了——它们之间显然有摩擦。

　　这件事情发生的时候，艾莉森和我正走在公园里一条绿树成荫的小道上，小道旁是一片湖水，高档社区集中的塞纳湖畔纳伊区就在公园的这一面。正如艾莉森所说，狗绳的学问很深，不是我们眼睛看到的那么简单。在巴黎，狗的品种、狗的配饰和狗的绰号都有名堂——人们可从中窥见狗主人的社会、教育、婚姻状

324

态，甚至政治倾向。

"'撒旦'这名字真是土气。"当遛"森巴"的中年妇女与我们在湖畔小道擦身而过时，只听见她轻蔑地说了一句。"热风"那迷人的主人用戴着手套的手指指向公园远处一个老土的郊区，以示赞同。"撒旦"和它那身上有文身的女主人——用她的话来说就是狗的"后台"（la patronne）——看起来正往那边走。"你永远也不知道在狗绳另一端你遇到的是谁，就算在森林公园里也是一样。""森巴"女士回应道。这两位上了年纪的名媛似乎之前并不认识对方，现在却已经把对方当成了自己人，她们养的纯种动物也开始在对方身上舔来舔去，爬来爬去。

"养一条狗，"在巴黎土生土长的艾莉森说，"是在这里结交朋友的最好办法。"她想到的是我们的朋友，一对美国夫妇，自从他俩买了可爱的边境牧羊犬"兰迪"之后，他们在巴黎的生活顿时一片阳光。我们经常照看兰迪，它是一只活泼的黑白小公狗，有长长的毛发而且笑口常开。每次我们带它出去的时候，我们似乎都能遇到人很好的陌生人，而且大家说话都很客气——无数的巴黎女士和先生们都是随他们的狗儿姓的。于是，每次我们带兰迪的时候，我们就变成了兰迪先生和兰迪太太——在巴黎这样一个生机勃勃的城市中，拥有这么一个名字倒不是什么坏事。

我不太喜欢引用统计数据，那些数据都是经过世界各地的新闻媒体、政客和民众舆论篡改过的。但是，提到巴黎人和他们的狗儿时，我还是要用数字说话。根据我最近读到的报告，大约有一千六百万只狗儿生活在法国这个居民人口约为五千万的国家中。也就是说，平均三个半人养一只狗。关于巴黎的狗儿数量的统计数字波动巨大，从十五万到接近五十万不等（首都的人口数量是二百二十万）。因此，巴黎不仅是"光之城"还是"欧洲狗粪之都"——每天的狗粪重量达十六至二十吨——而且是世界狗迷们的"麦加圣城"。狗粪对人类健康危害很大，仅次于交通事故，它已成为许多领域的研究对象。迄今为止，许多广告、海报、电台和电视节目都以教导巴黎狗主人们掌握狗儿如厕技巧为目标，但是都没有成功。

兰迪的主人每天都会清理它的粪便，当地人一开始都为此感到震惊。后来我们才了解到，一般来说，巴黎人不会爱宠及人，所以，甚至连比较时尚的区域也狗粪成堆。最初，为了解决这个问题，巴黎市派出了几支配有狗粪吸尘器的机车队伍，外加配有绿色塑料扫帚的街道清扫车队。如今，从理论上来说，狗粪残余物还是由狗主人们进行清理——如果他们真的会去清理的话。有几个遛狗人和我成了朋友，他们甚至还开了几家宠物店和宠物美容沙龙，但是几年前当我问他们法语中"长柄粪铲"要怎么说时，没有人能回答我，而且没人告诉我能在哪里买到这玩意儿。我思前想后，得出了结论，大概是法兰西学院（Academie Française）还没有想出这个东西的法语官方译法，于是法国文化部就禁止进口或者生产这种可疑的工具。最后，我只找到了两样替代品："ramasse-crotte"和"toutou-net"。从字面上来理解，它们的意思就是"捡粪器"和"狗狗净"。解决这种语言上的难题对脚下污物的清洁于事无补，不过，不可不提的是，21 世纪第一个十年的中期，巴黎市政府开始在一些园区中修建试验性的狗狗厕所。这些厕所实质上就是安插了小便杆子（实在找不到更合适的词）的沙坑。有些狗狗厕所旁附有悬挂式的塑料袋抽取盒。盒子的面板上有指示语，狗主人们可以依照指示抽取袋子，捡起粪便，将袋子里朝外翻过来，系紧，扔进垃圾桶——这是大西洋两岸的标准做法。

"真受不了。"我们楼里的一个狗主人一想到处理地面上的污物时就恶心得直发抖。她的迷你梗犬曾不止一次地弄脏我们庭院里的鹅卵石道，我对她提起过那种"粪"袋。"你们'新大陆'上的人有时候太前卫了。"她绷着脸说道。

也许吧。我们的门房最后只好贴了一块指示牌，礼貌地请狗主人们清理他们的宠物的粪便（excréments）。在那以后不久，新闻记者们还拍摄了几位名人和政客挥动着袋子，在大庭广众下慷慨激昂地宣讲遵守养狗礼仪的好处。市政当局终于招架不住，组建了一个狗粪整治大队，英勇无畏的巡警们埋伏在树后面（应该是穿着塑胶裤），如果你不跟在你的淘气包后面打扫卫生的话，他们就会手拿罚单，从树后面跳出来。开始的时候，罚金很低，但是对于惯犯，罚金会逐渐提高，最后可以达到四位数。在为钱包出血感到肉痛之后，可想而知，如今大约有一半的巴黎狗主人都会清理狗粪，至少在部分时间里是这样的。

至于巴黎人特有的爱狗癖则是另外一回事。狗能带来自尊、偏见和大笔利润。我们从追求纯种狗的现象开始讲。和世界上的其他某些地方一样，巴黎纯种狗儿名字里的第一个字母是按照年份和字母表顺序确定的。这就是为什么总有那么多叫"阿尔法"（Alfa）和"阿提斯帖"（Artiste）或者"泽博拉"（Zebra）和"佐罗"（Zoro）的狗，中间还有许多其他的名字，所有你想象得到的名字都在此列。当你的身边全是叫"森巴"（Samba）和"撒旦"（Satan）的小狗时，"汤米"（Tommy）和"泰格"（Tiger）很快就会出现了。往日里你熟悉的那些提图斯（Titus）和塔塔（Tut-Tuts）长大繁殖之后会生出乌尔苏拉（Ursulas）、乌尼克（Unics）和乌拉诺斯（Uranuses），维尼斯（Venis）、维尔吉妮（Virginy）和维奥莉特（Violette）。奥德特（Odette）和奥斯卡（Oscar）会产下皮德（Peter）和普吕娜（Prune）、昆腾（Quantum）和阔吐尔（Quatuor）等等等等。正是因为有首字母的强制规定，所以当你在巴黎各地旅游的时候，你总是会一再地听到同样的狗名，或者这些名字的各种烦人的相似的变体。

为什么狗儿的名字的组合会那么像英语？这是一个谜，至今没有人能给我一个充分的解释。也许那是因为巴黎人认为盎格鲁－撒克逊人犯下了种种罪行，而这就是报复他们的一种微妙的方式。但我很怀疑这种说法：巴黎人爱他们的狗胜过任何东西，可能只有车子能与狗儿相媲美。盎格鲁－撒克逊人可能创造出了任丁丁和拉西之类的狗英雄——这些栩栩如生的狗的样子、行动和气味可能都像真的动物一样——但是在20世纪的某个时间点，法国人强行将爱狗的风气搬上升到了更高的境界——狗狗的卷发、香水和修剪过的爪子是教养、文明甚至感官的终极衡量标准。对一个年老色衰的巴黎交际花来说，有什么玩具能比毛发经过精心打理的宠物狗更好呢？——这个幼稚、娇嫩而又忠诚的爱人蜷成了一团小毛球。对于年事渐高雄风不再的花花公子来说，一只生机勃勃活蹦乱跳的大狗——比如一只金黄色的拉布拉多犬或者罗得西亚脊背犬是再好不过的——这可能会促成一段因狗生情的风流佳话。

　　我是一只美国"杂种狗"，在多民族融合背景下出生，自由自在地长大，结交的朋友都是人类和从沙滩和停车场救回来的杂种宠物，它们的名字通常只有一个音节。对于我来说，巴黎狗儿的世界太复杂了，我搞不懂。当有人向我郑重其事地解释巴黎狗主人们如何像对待自己的孩子们一样（如果他们有孩子的话）对待自己的宠物时，我还是听了半天才恍然大悟。已故巴黎笑星格鲁谢（Colluche）曾打趣道，只有养不起狗的法国家庭才会生儿育女。由此，我们可以推而广之，如果你懒得为家人（比如年迈的父母）倾注感情，那就给他们买一条宠物狗吧。巴黎的小老太太和老头子们，尤其是那些在繁忙的年轻人看来可能活得太久的寡妇和鳏夫离不开这些狗伴侣。

　　孤独是一个很重要的因素。另外一大因素是控制。那些在生育高峰期出生，名叫路易－阿玛德乌斯、玛丽－阿斯特里德、让－吕克和保罗－安德烈的正派小姑娘和小伙子都长大成人，走出家门，可能有一天还会有自己的家庭。家里专横霸道的独生子女们常说起的不是在勃艮第的唱诗班或者每个假期他们都得耐着性子过去住上一段时间的老房子。他们不会聊这个。他们常提起的是手机和其他便携电子设备、发短信、社交媒体、身体穿刺和刺青、真人秀、阿拉伯风格的法国街舞和饶舌歌曲，还有到说英语、认为垃圾食品美味无比的遥远地方去独自旅行。但是毛发光鲜的老伙伴森巴、乌拉诺斯和维纳斯永远不会抛弃"妈妈"，也不会听法语电子音乐。在花了几千美元让这些狗儿们学会听从命令之后，它们会一直戴着它们的缎带和项圈，直到木地板上不再响起它们的小爪子发出的啪嗒啪嗒的声音。

兰迪有柔软的舌头，在照顾它的过程中，我对法国大部分的人狗相处之道有了一定的了解，准确地说，这个国家的人民是用对待孩子、丈夫、妻子或情人的态度对待狗儿的。想让散步变成浪漫之旅吗？带上您的伴侣，但不要忘了您的狗：布洛涅森林公园是炫耀您的约克夏犬、西岛梗犬或者穿着犬牙纹外套、戴着黑白相间口套的西藏西施犬的理想之所。吉娃娃又重新流行了——它们大受欢迎——但是过气的狮子狗就别带出来了。以上提到的四种狗在巴黎纯种宠物犬迷中大行其道。拉布拉多犬和斗牛犬在市中心小资人群的心目中依然是纯种狗里的佼佼者，像兰迪这样的边镜牧羊犬虽然排在后面，但也不是完全没有市场。比特斗牛犬和獒在硬汉和个性女孩中最流行，尤其是在"贫民区"——20世纪60年代，爱异想天开的规划者们在城市周边建设的沉闷郊区和卫星城——特别受欢迎。

鉴于法国经济状况平平，失业率长期居高不下，移民大量涌入、城市异化、全球化和以牛肉为主的快餐与鹅肝酱、山羊乳干酪并存的饮食文化，已经引发越来越多复杂的社会弊病，我无意中发现的一些统计数据和价格就显得特别能说明问题。法国有大约三千家宠物美容沙龙，其中上百家是在巴黎，它们的生意似乎都很红火。那些卖鱼的档口和干货店，还有我们都曾喜欢去的真正的本地小酒馆都已经成为明日黄花，而狗类美容沙龙的生意则蒸蒸日上。大部分的狗狗美发店都是规模较小的社区店。不过，我听说其中一家很有名，这家店会为爱装模作样的狗迷们举办 T 台时尚秀。这家店与时髦的店主同名，叫玛丽·普瓦里耶，它位于巴黎 17 区的巴提诺格里斯大道（boulevard des Batignolles）上，那是一条小资氛围很浓的主干道，许多衣着光鲜、品种优良的狗都会在这附近出没。在这家沙龙里，给乌拉诺斯修一下毛就要花掉你一百三十美元左右——我打电话过去咨询的时候听说大概是这样子。除了狗狗的外套和短靴等要价上百美元的时尚单品之外，你还可以花个四位数买一些时髦的配饰，例如镶满宝石的项圈和名师设计的狗绳。

在电话线的另一头，那个热情的女人补充了一句，在全方位的毛发美容时尚体验之后，您要和您的宠物一起乘车到市区的其他地方吗？沙龙的管理人员非常乐意为您招来 Taxi Canine（犬用出租车）、Taxi Animalier（动物用出租车）或者 Taxi Dog（狗用出租车）。我问她，那都是些什么东西。"这可能是世界首创的狗主人专属服务。"这那位热心的女士说道。显然，人们会用犬用出租车和其他出租车的原因是，并非所有标准的巴黎出租车会接受狗，尤其是大狗，甚至连一些喜欢鲍泽[①]的出租车司机有时

① 鲍泽（Bowser）是 2013 年 5 月在美国俄克拉何马风灾中坚强地存活下来的狗。当时大家都以为被废墟压倒的鲍泽已经死了，但当电视台拍到它时，它奇迹般动了一下，给人们带来了生的希望。

331

候也会为狗的粪便、气味、跳蚤等东西而小题大做。

　　这就是多年以来，这么多的出租车司机会拒绝载我的原因：他们把我当成了一只体型巨大、邋邋傻气的杂种狗——可能是圣伯纳德和德国牧羊犬杂交出来的狗之类的。

　　在我开始了解本地的宠物世界，并与仿佛来自另一个星球的犬类爱好者们有过几次美好的邂逅之前，我一直不相信会有下面这样的事情。为了满足本国无数的上流狗主人们的要求，市面上不仅有狗舍之类的配件，还有欢迎狗入内的酒店和愿意接待狗的餐厅，其中大部分都是奢华的酒店和高档的餐厅。巴黎人通常会带着宠物外出用餐，而且会与它们一起旅行。有一次，在香榭丽舍大道上久负盛名历史悠久的"莱·杜瓦昂"餐厅，影星让-保罗·贝尔蒙多满手珠光宝气，一手托着一只花高价打理了毛发的袖笼犬进来了。艾莉森和我很快就看腻了这位年迈的万人迷——这位在《精疲力尽》（*Breathless*）[①]和《里奥追踪》（*That Man From Rio*）[②]担任主角的男性曾是我心目中的银幕英雄之一——但是我们、服务人员和餐馆中的大部分其他食客在享受着贵得可怕的一餐的过程中，都目不转睛地盯着贝尔蒙多的那对怪异的像娃娃一样的狗儿，他们两个和到处都是的镜子及金光闪闪的装饰堪

---

① 拍摄于 1959 年的《精疲力尽》是法国电影大师让-吕克·戈达尔的成名作，这部作品也在一定程度上奠定了法国新浪潮电影流派的基调与风格。

② 法国动作巨星贝尔蒙多在本片中饰演介乎詹姆斯·邦德与印第安那·琼斯的英雄，负责找寻被盗取的巴西珍贵古物。在 20 世纪 60 年代，本片是法国乃至欧洲影坛少数能与好莱坞产品在商业和票房上相抗衡之作。

称绝配。这一幕令人想起过去堕落的旧政权时代。

事实上，米其林红色《法国指南》将不欢迎"toutou"或者"clébard"——法国人对"小狗"的俗称——的店家都标示了出来。所以，我们可以认为，这片土地上所有其他的酒店和餐馆应该都会为狗儿敞开大门，也许还会提供一个便利的篮子，老"赫克托"（Hector）[1]和年轻的"三剑客"可以将这个篮子放在星级餐厅的桌子下，或者安置在玛丽·安托瓦内特皇后或大床的床脚边。据说有美食家会为他们的宠物点那些星级食物，并在主厨同意的情况下偷偷地喂它们吃，不过我一直没有机会确认这个传闻是否属实。

当然，见到狗主人时，巴黎的肉贩们都毕恭毕敬。圣安托万路上的当地肉类专家，已故的勒弗菲尔先生说得很妙，大部分的巴黎爱狗客都是家人吃什么，宠物就吃什么，而且宠物往往吃得比家人还好。"下脚料？"当我说到这个词，暗指那些可以免费获得——也就是对于商家没什么赚头的东西时，勒弗菲尔倒吸了一口气。"不，不，他们要的是里脊、肋骨牛排、绞好的牛臀肉……"

噢，如果你的杂种狗在逛完光之城之后觉得疲惫，或者您需要在没有狗的情况和您的人类朋友溜出去一下，您可以将您的名贵宠物寄养在任何一家犬类日托中心中里，比如"城市犬屋"或者"犬类托儿所"。那里的工作人员会温柔而体贴地为狗儿提供

---

[1]　赫克托是普里阿摩斯的长子，特洛伊战争中的英雄，后被阿喀琉斯所杀。

游乐场、玩伴和专业的娱乐消遣活动。

购物已经变成世界各地的休闲活动，所以当我得知这里的小狗时尚生意市场很大时，我并不觉得惊奇。也许你会以为，最高档的礼品是香奈儿、古奇和爱马仕出品的镶有钻石的项圈或者奢华狗绳。那么，当你看到路易·威登出品的起价约一千五百美元的小狗便携箱时，你会作何感想？一天，当我带着兰迪出门的时候，我从一位遛狗的朋友那里听说了一个叫作"toutouboutique.com"的网站，网站上有极品狗绳、衣服、项圈、狗沙发等等。在玛黑区"市政厅百货公司"新开的小狗精品店"La Niche"中，你还能为你的甜心找到包括从橡皮咀嚼玩具到要价上百美元的奢华犬类装备在内的所有东西。在我们所住的玛黑区之外还有两家豪华犬类配饰精品店，走两步就能到。一天，当艾莉森和我在这些店里到处寻找给兰迪的完美礼物——而不是给兰迪的主人带一瓶香槟之类的礼物时，我自己都感到惊讶，甚至是震惊了，我们知道给它买礼物能讨得主人们的欢心。恋狗癖会不知不觉地渗入你的内心。

就是在那个时候，我们在"巴黎春天"（Le Printemps）——这家我通常都会将其与祖母们联系在一起的名店找到了巴黎真正的狗儿奢品大本营。"巴黎春天"变成了爱狗者的天堂，在这个城中的热门地点，你可以买到一个名叫"狗狗世代"的公司出品的"欧帝"狗香水和毛皮护理产品或者"神狗多吉"幸运护身符。在那里逛的时候我们发现，如果兰迪因为主人把它交到我们手里而神经过敏或者沮丧，它可以在店内看一个疗程的兽类心理医生。我和一位刚从犬类精神病医生办公室里出来的"提图斯"太太攀谈，她告诉我，那个疗程不是单纯的噱头。"提图斯现在冷静多了。"她一边抚摸着提图斯厚重的下颌，一边面无表情地说道，长着一颗巨头的提图斯的下颌正在往外流出黏液。她看来也冷静多了。不幸的是，这项服务只是昙花一现，最后，"巴黎春天"没有继续尝试推广狗的时尚项目，又重新把焦点集中到人的身上。

"您一定要跟上世界各地的狗的潮流啊。"一位我们在巴黎东边的文森森林公园结识的"昆腾"太太这样说，在那之后的整个夏天里我们还见到了她很多次。她向我们提到的精品店似乎是所有定制珠宝项圈（要价250—1300美元）或者带有丝绸华盖的狗床（大约2600美元）的发源地，而且，更棒的是，"昆腾"夫人说，店里所有利润都会捐给崇高的动物福利事业。唯一的麻烦是，这家店不是出门就到——它不在巴黎。"您知道，真正为狗痴狂的人们都住在里维埃拉，""昆腾"太太深信不疑地对我们说，"我们在戛纳买了一套公寓……"为了这只狗？"嗯，也不只是……"实际上，这间精品店是在尼斯。"那里的天气好得多，您的狗也能健康得多，对吧，我的昆腾小宝贝？"

那一天，当我们带着兰迪穿过那片森林公园时，我们之前认识的一位和蔼的狗主人"宫嫔"（"宫嫔"是一只老年德国母牧羊犬）先生告诉我们，是时候让他亲爱的伴侣留下永远的影像了。"Vous savez（您知道），"他叹了口气，"'宫嫔'不会永远活着……"所以，他已经安排了一位知名的动物肖像画家趁"宫嫔"的犬牙和门牙还在的时候捕捉下她的倩影。

"为什么这么看重这个呢？"我傻乎乎地问道。

"这样她才能微笑啊。""宫嫔"先生答道。

我们得知那位宠物画家开了一家名叫"Pour Sourire"的店，从字面上来理解，店名的意思就是"为了一个微笑"。"宫嫔"先生提到，这位画家能将一张快照，甚至是一张数码照变成一张令人感到愉悦的油画，起价只要五百美元。

几个月后，我们在多梅尼勒湖附近再次偶遇"宫嫔"先生，那里是到文森森林公园遛狗的人们最爱的湖畔约会地点。他改了发型，手里拽着一条红色的新狗绳，牵着一只汪汪乱叫的小狗，我们听说这只狗的名字叫"落水狗"。我们告诉他一个不幸的消息，兰迪已经上了属于动物们的天堂。他向我们吐露："'宫嫔'也走了。"看来他给"宫嫔"画肖像画时说的话确实没错。"宫嫔"先生，也就是现在的"落水狗"先生照例打电话叫犬用出租车过来，要求他们为"宫嫔"安排火葬，并将骨灰放进一个别致的狗用骨灰瓮——这是他们提供的一项服务。"他们将我们载到维勒班特的宠物墓园去。"他回想道。原来，这个墓园是巴黎人心爱的名贵犬类和郊区杂种狗的安息地，相当于大都市犬类世界中的拉雪兹神父公墓。"我们的活法和狗一样。""落水狗"先生又补充了一句，说这话的时候，他拽了一把狗绳，"来吧孩子，趁着你还小，享受生活吧。"

# 玛黑区缘何旧貌换新颜

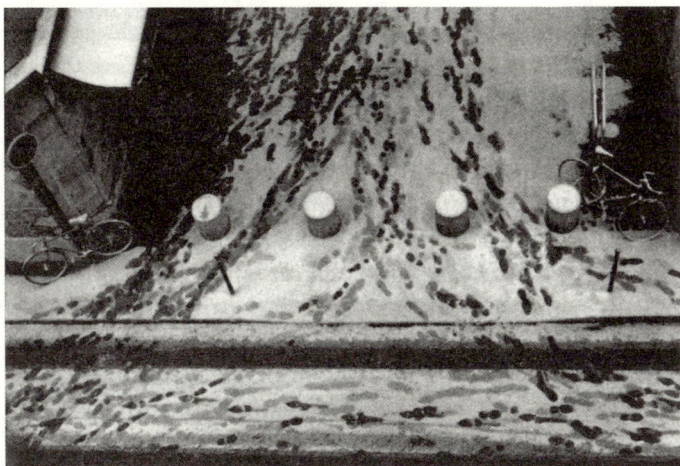

玛黑区观景，雪中的脚印，2005

我想谈谈巴黎，可是我要告诉你的，是我的人生故事。

——丹尼尔·阿莱维（Daniel Halévy）


在搬到玛黑区之前，我已早闻其大名：年少时，我读过乔治·西姆农的犯罪小说，书中描述的这片由多个社区交会而成的地方曾是位于波堡和巴士底之间、圣殿和塞纳河之间的沼泽地，如今它属于巴黎3区和4区。西姆农笔下的巴黎是一个黑暗、凶险的地方，这里全是荒颓的排屋，妓女们在这里扎堆做皮肉生意，杀人犯们在阴影中躲藏。

1976年，当我第一次到巴黎来的时候，我曾有幸路过玛黑，却对其魅力浑然不觉。如果我没记错的话，它在我印象里就是内陆的马赛、热那亚或者那不勒斯——当然，没有码头和码头工人。那种破破烂烂、令人不安的气氛让我觉得很兴奋。那里有简陋的小饭馆，没有刮胡子的粗人在饭馆里灌着廉价的红酒，抽着玉米纸卷的高卢香烟。见不得光的生意人成群聚集在中庭上，那里开满了小店、工厂和工艺品店。这里是一个集《法国贩毒网》（*French Connection*）、《豺狼的日子》（*Day of the Jackal*）和西姆农的《窗上人影》（*L'ombre chinoise*）于一体的地方。

1986 年，我从岱纳广场（Place des Ternes）附近的 17 区搬了出来，那里对称的楼房极其单调乏味，而且房间只有佣人房那么大。我搬到了圣玛丽教堂后面，这是由皇家建筑师朱尔·芒萨尔（Jules Mansard）设计的一座宗教改革时期风格的圆顶教堂，教堂的庭院中有一家灯罩工厂，楼上就是一套两室的公寓。我当时倒没怎么在意芒萨尔。巴士底区和东倒西歪的巴士底电影院，以及富有乡土气息的奥弗涅餐馆（Auvergnat）距此仅有 200 码之遥。在那之后差不多一年的时间里，我总是从圣玛丽教堂慢悠悠地走到我妻子的公寓去，她住在圣保罗广场，也就是今天我们还在住的地方。

一家叫瑞尔达（Relda）的包装材料制造公司在我们的楼里设立了总部。这栋楼的院子有两个停车场和装货码头那么大。卡车从早到晚轻快地出出入入，柴油机燃烧产生的滚滚烟雾呛得人透不过气。工人们身穿蓝色工作服——那是工人阶级的标志，推着推车或者人力搬运车，穿过伤痕累累、油迹斑斑的鹅卵石路，他们似乎陶醉于震耳欲聋的轰鸣声。我们的那位样子很凶、大嗓门的门房甘巴罗太太在维持秩序，她手里举着拖把指挥交通，看起来仿佛是从 20 世纪 50 年代的电影或罗贝尔·杜瓦诺拍摄的静态图片中搬出来的场景。与此同时，建造我们这栋楼用的熟石膏又回到了石膏粉的状态，从院子里建于 17 世纪的马车入口的飞檐上纷纷洒落。支撑我们的楼梯井的木材都凹陷了下去。我们的地窖里积满了从漏水的管道中一滴一滴渗出来的水，有一些流入了楼梯过渡平台上的公共厕所。据记载，最后一次大修是在

1784 年。

今天，我们院子里的鹅卵石路干干净净、闪闪发亮，甘巴罗太太的继任者、和蔼可亲的莫里斯每天都会将这里擦洗一遍。工厂和汽车已消失无踪。一批批的旅行团涌过来欣赏那曾获大奖、修复后非常精美的奶油色外墙，格子架支撑着的忍冬花，开着花的灌木丛和树叶繁茂、突然开出淡紫色花朵的泡桐树，那花朵的形状很像金鱼草。我们家里非常好用的灰色老百叶窗也没了：负责美化玛黑区的建筑师们称，1640 年的时候，这里本来是没有百叶窗的，而且我们的百叶窗是在 19 世纪 40 年代才加上去的——它们非消失不可。整栋大楼白天的时候静得可怕。不过，到了夜里，在我们窗外楼下的步行广场上，玛黑区新开的咖啡馆和餐馆热闹了起来，那是一个波波族的"阿戈戈舞台"—— 一个供崇尚波希米亚生活方式的中产阶级玩乐的地方。寻欢作乐的人们发出撼天动地的响声，相比之下，暗无天日的老"瑞尔达"包装厂是小巫见大巫了。

我们所住的楼房之所以值得一提，是因为它是玛黑区——和巴黎其他地方的几十个景点中典型的一个。我在西姆农的小说中发现了这个破烂的社区，20 世纪 70 年代又偶然经过这里，如今这里已经彻底旧貌换新颜。古宅全被博物馆、图书馆和行政办公室占据。为了迎合购物者和游客的需要，这个如明信片般完美、仿佛只存在于想象中的地方挤满了设计精品店和食肆。街头手风琴师和仿迪克西兰的爵士乐队为游客们或四处游历的记者带去欢乐，而居民们却气得想杀人。这个社区的名气越来越大，连《国家地理》杂志也被这种变化打动，在新千年到来之际派出一位记者来记录巴黎这首伟大的"波希米亚狂想曲"。

为什么要有如此转变？原因很简单：房地产投机的需求。面对巴黎市中心几百英亩最优质的地产，其中还有许多史上有名的宅邸——而且大部分宅邸就和我们住的那栋楼一样濒临崩塌——你会怎么做？你应该会将这一切全盘拆除或者修复成原来的模样。玛黑区现在就是这两种做法双管齐下。

出于对我的第二故乡的痴迷，多年来，我把自己能找到的关于玛黑区历史的每一本书都研读了一遍。我采访了当地的专家和老住户，而且，我这么做并不只是为了写文章。我主要是想认真地对待正在发生的一切，认真地对待这个引人入胜的，甚至从某种程度上来讲是令人恐惧的过程。

起初，玛黑是因塞纳河的季节性泛滥积淀而成的一片沼泽地。因此，我们可以想象，这里过去是一个昏暗、混浊的地方。生活在这个地区的前罗马时代居民乘坐独木舟，穿过这片沼泽地。他们划动船桨，在捕鱼的同时拍打蚊子（这些蚊子的后代直到今天还在捉弄我们）。罗马人设计了一条凸起的道路（如今这条路被称为圣‐安托万路）穿过沼泽，而且，在公元 700 年前后，僧侣们开始修建圣热尔维教堂，这座教堂正好坐落在一片天然的高地上。他们还改造了周边地区的土地。最终，僧侣们修建起来的岛屿都被菲利普·奥古斯特和查理五世修建的城墙囊括在内。

大部分游客都对这件事情毫不知情：玛黑区因文艺复兴时期和 17 世纪鼎盛时期（Grand Siècle）风格的 "hôtels particuliers"

（华美的宅邸）而闻名于世，为了修建这些宅邸，许多中世纪的建筑被夷为平地。比如，在市政厅附近的弗朗索瓦·米龙街上，修建于1590年的乌斯康宅邸和许多其他古宅在最早的修道院和住宅上方拔地而起，晚些时候建造的古宅的典型是市政厅街上有塔楼、戒备森严的桑斯公馆（Hôtel de Sens）。它是巴黎市遗留至今的两幢仿中世纪宅邸中的一幢，它们完全是19世纪中期的产物，建造者是热衷于修复古迹的建筑师维欧勒·勒·杜克（Viollet le Duc）。玛黑区最宏伟的几幢建筑，包括卡纳瓦莱公馆（巴黎历史博物馆）和拉莫瓦尼翁公馆（巴黎历史图书馆）都是16世纪流传下来的。它们比皇家广场年代更久远，而这个广场如今的名字叫孚日广场。整个广场都源自国王亨利四世发起的一个革命性的城市改造计划，它至今仍是玛黑区的最大特色。该广场本身就盖在14世纪的杜尔纳城堡（Hôtel des Tournelles）的喷泉上方，1559年，亨利二世在那里突然驾崩。那以后城堡就被废弃了。再过不久，城堡被拆除。

"如果你两年后再回来巴黎，"1608年10月3日，一位姓马勒布的先生在给他的朋友佩雷斯克写信时提到了玛黑区新建的皇家城堡，"你会认不出它的。"今天，你依然可以对几十年没到孚日广场或者玛黑区来看过的人说同样的一番话。

那些落满灰尘的史书给我们的一个教训是，周期性变化不是例外，而是常态。亨利四世拿出平日里的派头，对原来的这片沼泽地大加改造。大约三百五十年后，拿破仑三世的地方行政长官奥斯曼男爵也对巴黎内城做了同样的事情：他夷平中世纪的混乱局面，在原来的位置修建起一座舒适的现代城市。打造崭新的玛黑区、改造玛黑区的想法突然变成了一种潮流。苏利公爵和黎塞留主教下令在亨利四世的行馆附近建造宅邸。后来又有很多溜须拍马的人跟风。到书信界女王塞维涅夫人开始在卡纳瓦莱公馆写她著名的《书简集》（*Lettres*）时，皇家广场和附近的区域就变成了狂欢派对、纵情酒色和追求豪华排场的代名词。

当意气风发的十六岁君王路易十四将他的童贞交给凯瑟琳·贝利尔（Catherine Bellier）时，这个声色犬马的年代可谓达到了高峰。贝利尔的脑子是出了名的转得快，她野心勃勃，后来成为富有的博韦男爵（Baron de Beauvais）的妻子。人到中年的她只有一只眼睛，毫无姿色，不过，她是奥地利的安妮 ① 的侍女，奥地利的安妮就是路易十四的母亲。精力充沛的年轻国王很快就被她一手掌控了。摄政太后乐得有人在宫中作陪，所以她特别喜欢贝利尔，而且愿意聆听她的建议。结果，一袋袋的真金白银滚滚流入贝利尔和博韦的小金库，并精明地向任何想要接近安妮或者路易的人提出要求。到了 1660 年，这位狡猾的侍女和她那快乐地戴着绿帽子的丈夫已经推倒四幢中世纪的房子，在这个社区建起了一幢更加豪华的住宅——博韦宅邸，这处宅子也在弗朗索瓦·米龙街上。

潮流瞬息万变，皇宫迁往凡尔赛宫，而且，1789 年爆发

①　奥地利的安妮（1601—1666），法国国王路易十三的王后，路易十四亲政前的摄政王（1643—1661）。

了大革命，从那时起，玛黑区就开始走下坡路了。随后而来的工业化将绫罗绸缎和富裕人家变成了脏兮兮的煤灰和流出的脏水。宅邸被拆成了公寓和工厂。工人们从乡下涌入城区。玛黑区变成了一片挤满下层民众的沼泽地。20世纪初，这片沼泽地似乎已经妨碍了城市的进步。轧路机出现了。第一次世界大战爆发，这个地区大受打击。在20世纪20年代的经济繁荣期，勒·柯布西耶与名叫瓦赞的汽车制造商合作，提出一个具有独创性的计划，将玛黑区和邻近的波堡社区推平，在区内建起了一条一百码宽的高速路，两旁矗立着十八座高高的塔楼。由于施工过程中的拖沓和第二次世界大战的爆发，该计划被搁置到20世纪50年代。战后的开发者们重新提出了这个计划，而且还使用了重型设备。他们宣称玛黑区的百分之七十都不适合人类居住。据规划者的说法，一些最好的宅邸会被保留下来，但是要将它们拆除并在塞纳河附近的"玛黑村"主题公园中重新组装起来。一些担心房产被没收或者等着炒作房价的屋主已经在听任这些建筑腐朽崩坏，直至摇摇欲坠。1962年，救星终于来了，根据所谓的"马尔罗法案"（Loi Malraux）——也就是以文化部长安德烈·马尔罗命名的一项法案——当时整个玛黑区被宣布为历史古迹。"一个孤零零的建筑杰作，"马尔罗强调，"是一个死掉的杰作。"

他提出了激进的策略，要让玛黑区摆脱那些"寄生虫建筑"和"脓疮"，他第一个用这种字眼形容那些依附在历史建筑旁边，或者无意中闯进这些建筑的庭院中的小建筑和玻璃铁艺工坊，其实那些附加建筑的造型往往都很美观。这个给社区"除虱"的办法有个问题，那就是有人在这些"寄生虫"建筑中生活，有人在"脓疱"中工作。八万间公寓和一万份工作的处境岌岌可危。于是，人们开始寻找既能保存玛黑区的活力，又能保障小康居民和工薪阶层的福利的折中方法。但是起决定性作用的还是市场规律。从 1962 年到 1982 年间，这一社区的人口降至三万五千人，比原来减少了一半。轻工业和手工业搬往租金更低廉的地区。当巴黎市和法国政府开始将重建后的玛黑区宅邸改为博物馆或者行政办公大楼时，租金和房地产价格水涨船高。20 世纪 80 年代，同性恋社群和波波族中的"丁克家庭"开始陆续抵达玛黑区。和世界各地的景区发展过程一样，时尚精品店、夜总会和专门敲游客竹杠的黑店也随后入驻。

社区贵族化的推动者们对那些怀旧的人都有一番说辞，他们认为那些人对破落的旧玛黑区的怀旧之情对本地区"有害"。"这个社区已经回到了原点，"他们说，"这里再次成为富人的禁苑，就像在亨利四世、路易十三和路易十四统治的'鼎盛时期'一样，那是法国史上最伟大的时期。"

历史告诉我们的却是一个更加微妙的故事，其中充满难言之隐。我曾在雕梁画栋的巴黎历史图书馆中待过好几天，一边和咨啬的馆员们纠缠，一边仔细查看积满灰尘的文件，很多文件都非常脆弱，必须轻拿轻放。我发现务实的亨利四世于 1605 年提出了具有独创性的要求，他希望在皇家广场上能有可供出租的公寓、工坊和精品店。他并不是要创造一个富人专属的区域，不过他是为了自己大捞一笔。还有一个趣闻，在法国大革命之前，玛黑区大部分贵族宅邸的底层都设有铺面，屋主可从中获利。富有的贵族公寓则在第二层，也就是所谓的"贵族楼层"，而那些中产阶级或者没那么富裕的贵族则住在他们楼上的第三层。佣人或者穷人住在顶层，在没有电梯的年代，人们都不太愿意住顶楼。宅邸两旁是专供工匠们居住的临时寓所。这种有机组成的都市生活方式说明，各个阶级都曾共同生活，（一部分人）共同工作。

法国人在形容只逛不买的人时有一个巧妙的说法："leche-vitrines"，其字面意思就是"舔玻璃的人"。不久前，在一个没有车流喧嚣的周日，我带着自虐的心态开始了我的侦察之旅。和往日一样，我发现自己被"leche-vitrines"给里三层外三层地围住了，他们都如饥如渴地伸出了舌头。我们慢悠悠地走过了狭窄的西西里王街（Rue du Roi-de-Sicile）、爱固孚街（Rue des Ecouffes）、蔷薇街、马勒街、石块铺路街（Rue Pavée）和自由民路上的几栋矮楼——这几条街在玛黑区的中心地带围成了一个不太规则的平行四边形。这一次，我数了一下，这里有大约一百五十家面向成年人的时尚精品店，还有几家是面向儿童的（那些为狗狗而设的精品店则在更远的地方），数量相比于我上一次的非正式调查得到的数据又有所上升。

那些仿 19 世纪风格特意做旧的铺面在向我招手，它们备受大众喜爱。往日的面包房飘出的不是法棍面包的香味，而是另外一种生面团的气味。在历史悠久的蔷薇街犹太人聚居区（这里的犹太人显然在迅速减少），许多犹太熟食店和杂货店从几年前开始就把他们出售的腌制食品换成了手镯和闪亮的皮带。老住户已经捞到好处，搬走了。一些从 20 世纪 80 年代起搬到这里，自诩"前卫"的精品店和 20 世纪 90 年代到 21 世纪初期进驻这里的"第二代"居民现在开始抱怨，新迁入的商家玷污了他们的形象。平价服装店、连锁店和折扣店已经把钱袋子安在玛黑区最后一块肥沃的地皮上。谁能责怪它们呢？

二十五年前，巴黎的同性恋社群开始在扎堆出现在充满生气的圣殿老妇街和附近的街道上。如今，同性恋书屋、酒吧、餐馆、面包店、酒店、卡巴莱歌舞厅、咖啡馆和俱乐部，不论白天黑夜都生意兴隆。据估计，玛黑区有超过四百家做同性恋生意的商家。许多同性恋商店的店主和他们的老顾客们坚信，他们创造了而且现在维持着这个社区永久的"生机"，说得好像在他们来之前，这个社区都戴着呼吸器苟延残喘似的。那些只对平凡的事物感兴趣的居民，尤其是那些还留在这里的上班族都蒙受了损失。但是，睡眠不足和房地产投机都是难以抵挡的，特别是在当权者都站在寻欢作乐的人的一边时，情况就更加严重。

巧的是，我是与第一代波波族同时到这里来的。当我住在圣安托万路上的圣玛丽教堂后时，这里的几十家杂货店店主有一半还在人行道上推着破旧的木车卖水果和蔬菜。最后一个推车小贩是一个身形干瘦，名叫洁的女士，她退休时称自己干了三十五年，是这一行的老手。她每天早晨三点起床后就出门卖卷心菜、卖瓜，一直工作到晚上八点，每周工作六天。就这么看着她离去，身后没有一个人跟随，有谁会为此而感到讶异呢？当地政府趁机将这些杂货摊位改成了停车场，他们还极力阻拦这些小商贩继续做生意。

快餐店之王热涅汉堡（Génie Burger）是社区中具有代表性的商店，对于这种商店的逝去，我心中的悲痛之情难以言表——这家店曾变成一家"贝纳通"品牌店，不久后又变成一家鞋类精品店，然后变成一家室内装饰品店，现在应该是卖便携式设备或糖果的小店。但是，即使是那些具有历史视野和黑色幽默感的人，当他们在短短几个月的时间内——看到老字号的特色食品店变成中餐外卖点，干货店变成婴儿饰品连锁店，城中最好的鸡肉店变成二流的三明治店，花店缩成一家新的蔻凯（Kookaï）服装店，并且在那以后又换了几家店，两个卖鱼的摊档变成了手机店时——他们还是会感到忧虑不安。眨一眨眼，那些昙花一现的精品店就变了。这里的生态系统的法则似乎是这样的：一旦往日那些有用的店铺售出之后，那些可以随时随意被取代的连锁店，以及那些出售吸引人但却无用的东西的平凡商店就可以一直转换下去。任何曾经在20世纪60年代和70年代目睹"夫妻店"消失的人都会觉得这一幕很熟悉。

80年代初，一位法国邪典犯罪小说作家搬进了我们住的大楼。20世纪末，他创作了一个畅销书系列，这个系列的背景不是设定在玛黑区，而是在与此毗邻的11区——没有人情味的奥贝康夫区和罗盖特街区。具有讽刺意味的是，用我们的英国朋友的话来说，现在的11区完全是"麻雀变凤凰"了。房地产中介将这个地方吹嘘为玛黑区"令人兴奋的翻版"。

在巴黎，怀旧是一个大商机，但是它也是一种令人不易察觉的毒药，这种毒药通常是由模糊的概念和选择性记忆调和而成。好消息——用爱揭短的记者，我的旧金山同乡马克·赫兹加德（Mark Hertsgaard）的话来说，"在你购物时可以利用的消息"——是让一切运转如常的关键因素。所以，我尽量用第一次到这里来的游客的眼光来看待玛黑区现在的模样。与过去很长一段时间中的情况相比，这里当然更加干净、更加安静，至少在白天是如此。许多店老板的勤奋和想象力是值得钦佩的。比起社区贵族化前狭小简陋的廉价日用品商店，他们现在的商店、餐馆和酒店要亮堂得多，而且对过路的人的吸引力也提高了。毕加索博物馆、欧洲摄影博物馆、犹太历史博物馆都富丽堂皇。被损毁遗迹的修复工作做得很不错。无怪乎我的波波族新邻居们坦诚地表示，那些几十年前穿着蓝色工作服、吸着玉米纸卷成的"高卢"牌香烟的蠢人，还是住在郊区比较好。玛黑区在他们手里就是浪费。

好在 2010 年来临之际，玛黑还有值得人庆幸的事情。圣安托万路上和附近的三家超级市场、多如牛毛的食品便利店、礼品店和上百家连锁店，还没有将我们的两家很棒的芝士店和三家老店给消灭掉。这三家店分别是：独立品牌的酒庄、面包房，还有家族式经营的野猪狩猎（Au Sanglier）餐厅，这是一家很棒的餐厅，兢兢业业的主厨们能做出世界上最美味的食物和前现代的菜肴。每当一丝锥心刺骨的怀旧之情涌上心头时，我就会走到我的旧办公室所在的社区。在 20 区住的都是下层民众，坦白说，那个籍籍无名的行政区毫无美感可言，但是，我能在那里追忆玛黑区往日的风采。乔治·西姆农曾写道："这里是'奇迹之殿'（Court of Miracles）[1]……到处都是可怜的底层民众。"在那里，"阿尔及尔"通过"桑给巴尔岛"与"北京"相遇——虽然波波族就在不远的地方。未来，还有什么在等待着玛黑区呢？也许会有一场新的法国大革命。更有可能的是，波波族房地产泡沫会在未来几十年间破裂。与此同时，玛黑区的下一家博物馆应该会用来纪念"并不遥远的往昔"。

---

[1] 《悲惨世界》中，巴黎圣母院教区前方的广场聚着大群流浪者与乞丐，他们称这处安乐窝为"奇迹之殿"。

# 夜　游

塞纳河畔的探戈，2004

晚上，在去拜访侯爵夫人的途中，我想从圣塞沃兰墓园中走过去；墓园关门了。我走进了司铎小巷，听着大门处的动静。我听到了一些响动。我坐了下来，在长老会的门口等待着。一个小时后，墓园大门打开了，四个年轻人走了出来，还扛着一具包着裹尸布的死尸……

——尼古拉-埃德姆·雷斯蒂夫·布列塔尼，

《夜巴黎》（*Les Nuits de Paris ou Le Spectateur nocturne*），1788

夜幕降临，华灯初上，圣路易岛的豪宅内，灯光次第亮起。艾莉森和我站在外面，靠着塞纳河畔的栏杆，从这条黑黢黢的河上回望那些豪宅中一闪一闪亮起来的窗户。在色彩瑰丽的天花板下，身穿无尾礼服的男子偕同身穿晚礼服的女子与宾客谈笑寒暄。家族成员的肖像画的目光正盯着这群寻欢作乐的人、端着银质盘子的女佣，也望向窗外的码头边——我们正在这里闲逛。一艘观光客轮（bateau-mouche）朝下游驶来，我们抬头望去，船上的灯光倾泻而下，笼罩住一幅活色生香的画面。"无尾礼服"和"晚礼服"们一个接一个地将喝空的香槟高脚杯放在女佣的盘子上，然后鱼贯而出。由司机驾驶的豪华轿车载着他们飞快地驶过。女佣向下一看，发现了我们，她皱着眉头拉上了百叶窗，还用双手打了个响指。

艾莉森和我默契地静静向前走，不再看着那条河而是抬起双眼，望向岛上的豪宅，我们仿佛人们常说的"夜蝶"——这是"飞蛾"的一个诗意的叫法——被灯光吸引。豪宅的墙角处，一盏灯在温暖的夹层楼上，在低矮的天花板下闪烁。夹层楼里有皮革包边的书籍和黄铜壁灯，照亮了一幅幅小小的油画。我们只看得清一个酒柜和一颗牡鹿的头。房里有人走动，墙上投下了人影。我们都很好奇，屋主是不是在抽雪茄——他的剪影令人感到阿尔弗雷德·希区柯克（Alfred Hitchcock）又从坟墓中走出来了。

没过多久，街灯在我们身边亮起，微黄的灯光晕染在环绕整座岛屿的石头人行道上。再往东走，在银塔美食餐厅门前，我们听到了一阵钢琴声，抬头一瞥，只见马车出入的大门上方有一个低矮的夹层。一位腰杆笔直、脑后盘着圆髻的钢琴教师在指导她的弟子弹琴，那曲子听起来像是《致爱丽丝》（Für Elise）。那个正在与贝多芬较量的女孩在凳子上动来动去，一次又一次地弹奏着同一个小节，踟蹰不前。她头上扎着一条发带，身穿百褶长裙，那一刻，她的身上透出了法国中产阶级少女的那种纯粹的笨拙的气质。

我们和平常一样，按逆时针方向绕着岛走。当我们走出一盏街灯的光晕，走向下一盏街灯时，我们想象了那个女孩的人生故事、她的钢琴教师的人生故事、那个挂着牡鹿头的房间中抽着雪茄的男人的人生故事，然后是端着银质盘子的女佣和每个到岛上来玩、从那幢豪宅中走出的狂欢者的故事。

几艘观光客轮带着潺潺的水声驶过，船上在用四种语言播报解说词。船上的强光灯泼洒在建筑物的外墙上。在它们的照耀下，塞纳河畔必不可少的情侣都露出了真容，宅邸内部庞贝红的墙纸或俗丽的枝形吊灯、装饰华美的平顶梁、灰泥镶嵌物和17世纪的壁炉架都一览无余。这些游船和船上的强光灯虽然令人目眩，声浪喧嚣，但是它们令河畔停放的平凡无奇的汽车和人行道上的长椅——还有我们这样的散步者——变成了一个魔幻灯光秀的组成部分。

这一幕在我脑海中像花朵一样绽放开来。我终于意识到，在巴黎的这些年里，我为什么会不知不觉地爱上夜游。

从一方面来讲，日光令巴黎显得单调、冷酷，凸显出市内被烟雾熏成灰色的石膏外墙、笔直的大道，以及这座城市的对称格局，奥斯曼男爵和拿破仑三世在第二帝国时期强加在这座城市上的这种格局，古板得让人受不了。

夜间的微光则不然，它令拐角和暗处、锯齿状的边缘、隐秘的室内情况、塞纳河的蜿蜒曲折、飞檐和其他在现代化运动中逃过一劫的中世纪产物都得以显露。

今时今日，夜间漫步对于我来说似乎是最好的体验巴黎的方式，这其中还有一些现实原因。时间越晚，车流越少，空气越干净，景色和气氛越纯粹，没有了多余的颜色和杂音。当汽车、卡车、公共汽车和导游团消失的时候——除非把他们也看作巴黎夜游的景致的一部分——这座城市的魔力就偷偷地回来了。花哨的皮加勒区看起来与它那嗞嗞作响的霓虹招牌和那些浮浪地笑成一朵花的面容出奇地般配。从远处看，埃菲尔铁塔变成了一具怪异的发光的骷髅，每隔一段时间，它会突然活过来，爆发出蓝色和银色的光，那密密麻麻的光点涌动着，似乎发出嗖嗖的声音。甚至连先贤祠那铅灰色的圆顶似乎也轻飘飘地悬在锡和瓦片拼成的屋顶上。冬天，当巴黎人都躲到屋里取暖的时候，夜晚的街道和人行道就任你遨游了，这是在无伤大雅的情况下窥探他人的绝佳时机。

二十几年前，我在圣路易岛的暮色中第一次有了心灵感悟，从那时起，我夜游的次数更多了，时间也更晚了：我还在文学作品中寻找夜游同好者。"noctambulism"（夜游）似乎在巴黎有悠久的历史和优良的传统。这个读起来怪怪的词在英语里的意思很简单，就是"梦游"。但是在法语中，"noctambule"（夜游者）是夜猫子，是在黑暗中——而且意识相当清醒地——行走的人，他们是生活在黑夜中的人，是在夜间行走、潜行或者徘徊的人。为了方便这些人，RATP（巴黎大众运输公司）贴心地开通了 Noctambus（夜间巴士）——巴黎夜间巴士的服务标志就是一只猫头鹰。

大家都知道，巴黎是"la Ville Lumière"（光之城）。一个多世纪以前，巴黎还没有这个绰号，当时，一个生性好动的作家成了巴黎夜猫子的鼻祖，他名叫尼古拉-埃德姆·雷斯蒂夫·德·拉·布列塔尼（Nicolas-Edme Restif de la Bretonne）。

他在《夜巴黎》一书中记录了自己从 1786 年开始的夜间探险活动，那是"一千零一夜"式的夜游漫话。当我得知布列塔尼最初是在圣路易岛开始夜游，而且这里是他最喜欢的夜游地点时，我感到很欣慰。当时，他住在双岛路（Rue des Deux Iles），那个位置相当于这座岛的腰际线。至少从外观上来看，彼时这座岛和今天的样子相差无几：大部分的宅邸都已经有一百五十年的历史（它们修建于 17 世纪中期），车流稀少，码头上铺满鹅卵石。在布列塔尼生活的年代，一盏盏带有 réverbères 反光镜的油灯悬挂在街道中心，投射出微弱的光芒。圣路易岛处于巴黎市中心的边缘地区，如今，这里的公共照明设施由精美的 19 世纪街灯和年代更近的部件组合而成。两者合力发出的光芒不仅吸引来了"夜蝶"，还引来了岛上的贝蒂咏（Berthillon）冰淇淋的爱好者。

在阅读和夜游的过程中，我确定了一点：没有哪个城市会如此积极地营造夜间的氛围，这是光之城的一张会发光的名片。"光之城"这个词是在一个多世纪以前（应该是在 1900 年的万国博览会启发下）杜撰出来的，但是光之城的存在全赖人的巧思。数百位技师、工程师和灯光设计师为了将巴黎打造为魔幻夜间王国而全天候地工作着。他们依照的是一套涵盖一切灯光照明的总体规划方案，从人行横道到建筑物外墙、历史古迹和桥梁，无所不包。灯柱的交错间隔和高度也有讲究，这样才能形成一大片光毯。这一切都不是偶然形成的。

布列塔尼也许是夜间小品文流派的创始人，但是在许多法国人心目中，文学之夜还是属于夏尔·波德莱尔。这位铁杆夜游迷将他的暗影世界浓缩为《恶之花》（*Les Fleurs du Mal*），他那不拘章法的诗歌不仅仅歌颂太阳，还讴歌第二帝国时期那明灭的汽灯，灯光点亮了奥斯曼的大道旁那宽广、崭新的人行道，还有街道上涌现出来的咖啡馆、剧院和火车站，人们不分昼夜地穿梭来往于这座曾是世界第一座现代大都会的城市。波德莱尔恰好也住在圣路易岛，他的住处位于贝蒂讷码头 22 号马尔迈松的勒弗菲尔宅邸中，后来，他又住进了安茹码头 17 号的的洛赞宅邸，与一群吸大麻的人一起吞云吐雾。

在夜里的街灯下，安全地行走在铺好的路面上，这对波德莱尔来说不是能够理所当然地接受的新事物：他的内心会感到矛盾，因为对他来说，这意味着他所钟爱的黑暗的旧巴黎将逝去。波德莱尔曾带着矛盾的心情，拖着沉重的脚步走过许多笔直的大道。今天，这些大道已经有将近一百五十年的历史，而且现代人认为它们最能体现巴黎的古风。但我却不这么想，而且我很少将它们——除了圣日耳曼大道、圣米迦勒大道和蒙帕纳斯大道——纳入我的夜游行程中。虽然第二帝国时期和"一战"前的"美好时代"建造的一些豪华咖啡馆和剧院依然存在，但是歌剧院大街（Avenue de l'Opéra）、奥斯曼大道和几十条类似的主干道，在我看来是城中最糟糕的漫步地点，即使巧妙的照明也无法令它们增色。

我还推断出一些别的东西：不管你是不是好色之人，夜游都会不可避免地诱发偷窥癖。户外一片漆黑，你会忍不住地抬头盯着那些公寓看，盯着那些像玩具般的屋子里上演的夜间默剧，那画面似乎就是专门为了取悦你而出现的。裸露癖也是构成夜游景观的一大因素。巴黎人往往都无拘无束，我有时候在想，他们不拉窗帘是不是想从中获得一种刺激感。

除了圣路易岛和岛上的豪宅，我所知道的玩具屋夜景的最佳观赏地点是在孚日广场及其周边，也就是右岸玛黑社区的中心位置。这座广场有三十六座一模一样的楼——全部都是在 17 世纪的头二十年间建成的——人们可以欣赏这些楼的精美建筑细节，还有机会通过这些楼来满足自己的好奇心。在倾斜的石板屋顶上有许多箭窗，楼上还有拱形装饰和雕画精美的天花板。有时，在背光的映衬下，那些著名拍卖商和富人家中的超凡艺术藏品就露出了真面目，这些人家在那里生活了几十年或者几个世纪。

当那些白天在玛黑区走走逛逛的文化狂热分子们进入梦乡、潮人们聚集在圣殿老妇和西西里王街边时，这里宁静的居民区街道为英勇无畏的夜游者提供了无尽的可能。圣保罗路上耸立的塔楼上，一扇窗户开了一道小缝，一个人在那里探头探脑。鬼气森森的老建筑中，窗帘飘动着——原来是有人非法占用了牧羊女街（Rue Pastourelle）上的这栋建筑，直到最近才被发现。蒂雷纳街上的公寓三楼上出现一道闪光，模特儿们在那里搔首弄姿，一位时尚摄影师在那里工作到深夜。每个角落都有神秘的事情在等待着我们。

王宫是夜游者的另一片乐土，从外观上来看，它那长长的灯光迷离的拱廊和雷斯蒂夫·德·拉·布列塔尼生活的时代相比没有什么改变。不过，那里回响的不再是妓女们的木屐声或刺客的靴子声，而是穿着考究的人们从唯福餐厅（Le Grand Véfour）

这样的米其林星级餐厅走回家的轻快脚步声。让·科克托和柯列特的幽灵自修剪成长方形、排成一道道直线的椴树间掠过，越飞越高，盘旋在藏着他们巨大骨灰瓮的露台上和倾斜的敞着宽阔天窗的屋顶上。

我最喜欢的夜间巡回旅行线路之一是从王宫开始，经过有柱廊的"Bourse"（交易所），穿过灯光昏暗的走廊和小巷，走到福堡-蒙马特路上。这里的建筑物外墙看起来像面庞宽大、皮肤皱巴巴的悬崖洞人那凹陷的眼窝。顺着这条路往上，经过一道穿越洛雷圣母院的拱门，这条路就变成了另外一个名字。圣母院白天时平平凡凡，但是夜里看来还算漂亮——然后经过布兰奇广场（Place Blanche），到达那片著名的高地，高地顶端就是圣心大教堂的长方形廊柱大厅，看起来特别令人讨厌。

几个世纪以来，许多法国和外国作家都贡献了与夜游相关的文学作品。20世纪20年代和30年代，路易-费迪南·塞利纳（Louis-FérdinandCéline）——《茫茫黑夜漫游》（*Voyage au Bout de la Nuit*）的作者——在巴黎和他居住的勒瓦卢瓦附近的郊区之间着了迷似地跑来跑去，反复思考现代社会的可怕之处。除了寻找户外男厕和盯着自己肚脐眼看的时间之外，亨利·米勒都是在克里希广场和蒙马特附近，在夜灯映衬下的圣心大教堂的剪影和它那宛如"野人乳头"一般的圆顶下进行（或者描述）他所谓的"强迫症式散步"——这种夜间漫步能为他带来启示。

当我在蒙马特周边散步时，我不禁想到了阿梅代奥·莫迪里亚尼，昵称"莫迪"（Modi），这听起来很像"maudit"，在法语里的意思是"受诅咒的"或者"倒霉的人"。莫迪本人从没有写过关于夜晚的作品——他用他的铅笔做出了其他的贡献——但他追蜂逐蝶的事迹还是许多关于他的传记的主题。这位永远嗜酒如命、身无分文的天才，似乎永远不会在他栖身的蒙马特小屋中进行绘画或者雕塑，他通常都在寻找不同的枕边人，或者在小丘广场讨酒喝。

圣心大教堂前的广场和街道从黎明到深夜都像动物园一样热闹，如果你热衷于假装高雅的媚俗之作，那就请自便吧。不过，在夜深人静之时，它们会散发出美丽的哀愁，令人流连忘返。附近的索勒街和圣文森特街则环抱着小山的背面，通向一座小葡萄园。我喜欢在那里徘徊，走下比张开的双臂宽不了多少的"Allée des Brouillards"（迷雾小径），穿过一个曾被称为"丛林"（Le Maquis）的区域，这片荒郊野地充满摇摇欲坠的棚屋和工作室。夜晚，你依然能在这个如今看起来非常理想的社区中找到莫迪的临时画室，画室里亮着灯；或者通过勒比克街（Rue Lepic）之类歪歪扭扭的街道去窥视这座城市。大约十年前，巴黎的照明工程师开始将一系列的蒙马特户外楼梯改为"光雕塑"，这是环境艺术的一种新的表达方式，与夜晚的魅力相契合，而且能防止游客们晚上在路上绊倒。

作为一种无成本、无污染而且出人意料地安全的活动，巴黎夜游的最大优点就是它有无穷的变化。我的另外一段惊奇之旅是从勒努瓦大道旁的塞纳河出发，沿着蜿蜒的圣马丁运河前进，一路走到拉维莱特和城市边缘的环城快道。走在高耸法国梧桐树下的鹅卵石人行道上，你会经过北方旅馆——还记得"气氛！

气氛！"①这句台词吗？吊桥、青苔丛生的水闸和富有想象力的建筑师克劳德－尼古拉斯·勒杜于1789年设计的洛东达（La Rotonde）圆形海关大楼。或者徘徊于贝尔维尔，这个鲜为人知的社区位于19区和20区，从贝尔维尔公园（Parc de Belleville）能看到意想不到的美景，还有许多未经改造的都市边缘区。

当我想体验更加平淡的环境时，我会从全年无休的蒙帕纳斯咖啡馆穿过正在睡梦中的圣日耳曼德佩，去西岱岛上的巴黎圣母院，然后向前走，到古旧的玛黑区去。或者，我会坐车去位于时髦的16区的帕西，在陡峭的阿尔伯尼街上绕圈，这条街两旁都是高大的装饰艺术风格建筑。在那之后，我会顺着听名字就令人联想到水的"水街"（Rue des Eaux）、马塞尔·普鲁斯特大道和雷努阿尔街（Rue Raynouard）一路走去，看看最有钱的那一部分人是怎么生活。本杰明·富兰克林路和灯火辉煌的纪念堂都是纪念那位老而弥坚的美国革命分子的，从那里走出来时，我总会被塞纳河的特罗卡德罗段和闪闪发光的埃菲尔铁塔迷住。但是，我最爱的夜游方式永远都是绕着圣路易岛慢慢地走，边走边沉思。雷斯蒂夫·德·拉·布列塔尼和波德莱尔的名句，还有观光客轮的灯光会引导我前行。

---

① "气质！气质！……我长得就这么有气质吗？"（"Atmosphère！Atmosphère! Est-ce que j'ai une gueule d'atmosphère"?）这是马塞尔·卡尔内（Marcel Carné）1938年拍摄的《北方旅馆》中女影星安娜贝拉的著名台词。这部电影是战前诗意现实主义的绝佳代表，改编自著名作家欧仁尼·达比（Eugène Dabìt）的小说。

# 死亡之境

芭蕾舞鞋和花环，蒙马特墓地，2010

出生，死去，转世再生，如此循环往复，此乃自然之
法则。

　　　　　　——拉雪兹神父公墓中亚兰·卡甸墓的墓志铭


　　拉雪兹神父公墓中的奥古斯特·帕尔芒捷 ①墓顶上的马铃薯
仿佛一双双绿色的眼睛，盯着过往的行人看。这里已经不是第一
次堆满马铃薯了。

　　一百码之外的 92 区中，火葬场附近，一个显得一本正经的
女人紧张地瞥了一眼四周，然后偷偷地抚摸了一下已经长眠的维
克多·努瓦尔（Victor Noir）隆起的裤子，他那个异常巨大的身
体部位已经被许多只手磨光了。②再往东一百码的地方，一个少
年往唇上涂了口红，撅起嘴亲吻奥斯卡·王尔德的坟墓。

　　火葬场的烟囱北面，一个穿打着皮革补丁外套的男人倚靠

---

①　奥古斯特·帕尔芒捷（Auguste Parmentier）是因马铃薯而出名的植物学家、农
　　学家，他的坟墓四周都种着马铃薯。

②　1870 年 1 月，拿破仑三世的堂兄弟皮埃尔王子杀死了一个年轻的法国记者维克
　　多·努瓦尔。后来人们建造了一个和维克多真人一样大小的雕塑来纪念他。这
　　个躺着的年轻人特殊的突起被女子们摸得很亮，以增加她们生育的机会、改善
　　性生活或找到丈夫。

在马塞尔·普鲁斯特的墓碑上。他从《去斯万家那边》(*Swann's Way*)中撕下一页，像祈祷一样背诵着其中的句子，然后悄悄地将这一页塞到其他人留下的十字形小树枝下。

过去，从我的办公室走到拉雪兹神父公墓只要一分钟，那个寂静的安息地位于巴黎东部的山坡环路上。二十年来，我是那里的常客。在那些年里，我从未真正读懂过它：为什么那里会有马铃薯、撕下的书页、抚摸和亲吻墓碑和雕像的人？一天，我终于搞懂了那是怎么一回事。那位葬在墓园 39 区的新古典主义坟墓中的农学家帕尔芒捷曾教会欧洲人种植马铃薯，到了 19 世纪初，他的努力已经让欧洲基本摆脱饥荒。两个世纪之后，农民、植物学家或厨师还会来向他致谢。

1870 年，与皮埃尔·波拿巴 (Pierre Bonaparte) 王子——拿破仑三世的堂兄弟进行决斗，并因此丧命的青年维克多·努瓦尔的形象定格在栩栩如生的青铜塑像中。很少有人知道努瓦尔曾经是一名记者和政客，他去世时年仅二十二岁，而他的葬礼吸引了十万名哀悼者。不过，人们看重的不是关于他的历史，而是他的身体。在过去一百四十余年中，他的伟岸雄风在无法生育和房事无能的信徒中被视为灵药。每天都有几十位连伟哥也帮不上忙的男男女女来爱抚青春永驻的维克多·努瓦尔。

至于献给王尔德的亲吻和普鲁斯特的书页，那个少年显然和那个松散悠闲的读者一样，打算向开路先锋致谢，向艺术天才致意，并与王尔德或马塞尔谈心。那是一个更加奇特的巴黎现象：与死者谈心，而理解这种现象的关键，就是了解这些人的想法。

成百上千座巴黎伟人的坟墓吸引了上百万名满怀好奇、争相到此的游客。他们留下鲜花，拍下照片，向肖邦、柯列特或者奥斯曼男爵致敬。但是，只有一小部分亡者的坟墓——这些亡者通常不为大众所知——才是真正的圣地，它们吸引着追随者们来到城中三大主要的墓园。更奇特的是，很多在坟墓留言、做记号或者带走坟墓上的东西当作纪念品的人，看起来都非常正常。他们是教授、芭蕾舞女演员、音乐家、摄影师和教师，还有肉贩、面包师和制造手机的人。

畅销小说《午夜善恶花园》（*Midnight in the Garden of Good and Evil*）和后来的同名电影令萨凡纳的博纳旺蒂尔墓园（Savannah's Bonaventure Cemetery）一夜成名。但是在巴黎之外，很少有哪个地方会吸引这么多决心要与亡灵恳谈一番的墓穴朝圣者。在这方面，这座城市的表现和其他领域一样出类拔萃。不久前，我决定要去一探究竟，并且将拉雪兹神父公墓、蒙帕纳斯公墓和蒙马特公墓的热点墓穴列成了一个简短的清单。

我的墓园之旅的第一站是"吉姆"·莫里森墓（"Jim" Morrison）[1]，那是拉雪兹神父公墓中经久不衰的明星景点。在我看来，这个满是涂鸦之作、到处扔着威士忌瓶子、周围都是防止骚乱的栅栏，而且常有警察把守的坟墓，比墓园中的其他圣地逊色多了。从 20 世纪 70 年代到 90 年代，莫里森的歌迷们会在

---

[1] "吉姆"·莫里森，前文提到过的"大门"摇滚乐队主唱。1971 年 7 月 3 日死于巴黎公寓的浴缸中。

闭园时间后偷偷溜进来，举行瘾君子仪式或者纵酒狂欢，其中一个歌迷还盗走了他的半身像。如今，这座坟墓主要的访客都是因为看过那部电影才来的。歌迷的激情和信仰已经逝去，也许这是件好事情。伊迪丝·琵雅芙之墓遭受了同样的命运。这位歌手的坟墓在墓园 97 区，一直都有歌迷前来凭吊。自从 2007 年初电影上映之后，人们蜂拥而至，不过，这个地方的那种温柔的魔力如今也消失无踪了。

近日里，一个潮湿的早晨，在向帕尔芒捷、努瓦尔、王尔德和普鲁斯特致敬之后，我走向了亚兰·卡甸的坟墓，这个由新式墓石牌坊、石柱构成的坟墓位于墓园 44 区。《摩登原始人》中的弗雷德·燧石族（Fred Flintstone）①会喜欢这个的。出于某种不为人知的原因，在凯尔特人出现之前的时期，欧洲民族建造了墓石牌坊——就是用岩石支起来的扁平散石，或是笔直的柱形石碑。我想，这位通灵术之父是想借此与他的无名先民们进行沟通。

卡甸生活于 1804 年至 1869 年之间。照片里的他是个身材魁梧的江湖骗子，但是这个圣殿里的青铜半身像引来了一帮热情的追随者。卡甸的真名是伊波利特·莱昂·丹尼札-瑞法伊（Hippolyte Léon Denisart-Rivail），他的通灵术信仰就是要通过

---

① 《摩登原始人》，又称《聪明笨伯》（英文名：*the Flintstones*，原意为"燧石家族"），是由汉纳-巴伯拉制片公司制作的美国动画电视剧。1960 年至 1966 年，它是美国最成功的动画电视剧之一。

与鬼魂对话收集永恒的秘密。据说，亚瑟·柯南道尔（Arthur Conan Doyle）和维克多·雨果私底下都是他的信徒。时至今日，熟悉卡甸的人依然相信灵魂永存，而且人们可以通过媒介去感知灵魂。镌刻在坟墓上的铭文是："出生、死亡、再生和不断进步，如此即是法则。"（Naître, mourir, renaître encore, et Progrésse sans cesse telle est la Loi.）

从这种对转世永生的信仰中我们可以了解，为什么信徒们会徘徊在这个圣地周围，或者抚摸这块被瀑布般的鲜花簇拥着的圣地，而且似乎总是念念有词——他们的嘴唇和眼皮在动。许多信徒还倚靠在这座扫墓人数最多的墓石牌坊上——为此，坟墓上贴了告示阻止这种行为。总有一天，这个圣殿会倒塌，但也无疑会被重建，再重建。

英勇的通灵术士们还知道卡甸的继承人们的地址。如果你学我，像个侦探一样偷偷地跟在一位通灵术士身后，你就会发现自己到了一个规模较小的墓石牌坊前，那是墓园 70 区附近的皮埃尔 - 加埃唐·莱马里（Pierre-Gaétan Leymarie）之墓。他曾是一本名为《通灵》（Spirite）的杂志主编，用照相的手段捕捉亡灵（每六张快照要价二十法郎），并在卡甸"脱离肉身"之后进行招魂术表演。在莱马里也脱离肉身之后，加布里埃尔·德拉纳（Gabriel Delanne, 1857—1926）出现了。如今德拉纳也已摆脱尘世的烦恼，长眠于墓园 44 区。这座坟墓很平庸，不过上面永远都覆盖着鲜花，而且经常有一群通灵术士静静地围在墓旁。

另一位继承人是鲁菲娜·诺格拉斯，又称"巧婆婆"

（Bonne Maman，1821—1908）。她是一个印度人，在一连串离奇的事件之后，她成为卡甸圣会的首领，并将她的肉身留在墓园 94 区。据说，如今她还在继续帮助那些视力不好的人。如果那些人的视力像我这样的话，那就没有几个人能找到她的坟墓了（墓的地址是 82P1908）。我去看那座墓的时候，坟墓上有很多眼镜和黑色眼罩，还有一只蓝绿色的玻璃眼珠，那是用来阻挡恶灵的。想着自己的眼罩和三副眼镜，还有许多迷信的人在见到我的时候做的恶灵之眼的手势，我不寒而栗。

最受亡灵探寻者们喜爱的，应该是安妮－玛丽·勒·诺曼德（Anne-Marie Le Normand）之墓。它的位置很不显眼，在墓园 3 区距离主墓道二十英尺远的地方。勒·诺曼德精通塔罗牌，直到 1843 年她离开人世之前，许多 19 世纪的上流社会人士都曾到她那里寻找刺激。她那简单的墓碑上刻着"小姐"二字——她一直在游戏人生，从未结婚。在一束束的鲜花旁，我注意到一个浅浮雕的小天使、一个镀银的十字架和洋葱纸上的神秘讯息。"请告诉她，我依然爱她，"一个人用法文请求道，"你知道我是谁，亲爱的安妮－玛丽。"

觉得毛骨悚然了？拉雪兹神父公墓的大奖要颁给艾蒂安·加斯帕·罗伯逊（Etienne Gaspard Robertson）的追随者们。这位自称的"幻术师"曾以他早期的灯光魔术秀赢得容易轻信的善男信女们的喝彩，令他们感到恐惧，并蒙蔽他们。他今日依然受到狂热的崇拜。秘诀就是用烟雾、镜子、薄纱幕和透镜来放大那些由他制造出来的鬼怪影像。他那位于墓园 8 区卡西米尔－佩里埃路（Avenue Casimir-Perier）的坟墓上摆满了长着翅膀的头骨、恶魔和象征恶魔的猫头鹰，以及刻着飞翔骷髅和目瞪口呆观众的石板。这座墓不在名人墓地地图上。一天，我很惊讶地发现，这座坟墓闪着洁白的光芒，而且很干净。谁出了修墓的钱？这可是一个死了一百七十多年的人。一位守卫说，有一次，黑魔法专家们夜里聚集在此举行邪恶仪式。幸好这里加强了保安（多亏有"吉姆"·莫里森），并在墙上安装了铁丝网，那一切才终告结束。

为了向塞尔日·甘斯堡（Serge Gainsbourg）致敬，我乘坐地铁从拉雪兹神父公墓到蒙帕纳斯公墓去。我没有遇到那位著名的检票员——"里拉站的检票员"（Le Poinçonneur des Lilas）——受到人们顶礼膜拜的歌手塞尔日最受欢迎的歌曲，也用了这个名字。大约三十年前，科技将巴黎的检票员都淘汰掉了。他们依然活在歌曲中，还活在塞尔日墓前留下的地铁车票上的留言中。甘斯堡有个很好的墓址，位于这座平坦、整洁的墓园中央。墓园里全是军事英雄、文人墨客和精力充沛的中产阶级。他长眠于主墓道和交叉路旁的墓园 1 区，身边是他的父母约瑟夫和奥尔加。这个本名为吕西安·甘斯堡（Lucien Ginsburg）的男人出生于1928 年，对于这样一个贫穷潦倒的俄国犹太移民之子，这里是个不错的归宿。他去世的时间是 1991 年，当时的他是一个外表桀骜不驯、整日吞云吐雾、受人追捧的酒鬼。他表面上故作放荡不羁——这是他英年早逝的原因——这就是为什么他的身边有啤酒瓶盖、烟蒂、还没开封的几包吉坦尼斯牌（Gitanes）香烟，那是他喜欢的"棺材钉"①的牌子。

甘斯堡的墓上有各种乱七八糟的东西：实心的泰迪熊、石灰卡通半身像、木刻动物、打火机，还有装满车票和留言的大塑料罐。因此，他的坟墓可能是巴黎墓旁杂物集锦比赛的冠军。在那个罐子中放着的是酒吧和餐馆的收据。我读了其中一条留言。"我们有过一段美好的时光，想着你，我们又度过了一段又一段的美好时光。"塞尔日墓前留下的玩偶、鸟舍、没有光泽的玻璃球和其他纪念物，都是与他的歌词相对应的。墓碑上放着一个塑料袋，里面装着一份曲谱和歌词，供那些不熟悉他的歌词的人使用。我看到一对夫妇拿起那张纸，在伞下唱起了歌。

墓园中另外一位"被诅咒的诗人"（poète maudit）——生活在老巴黎的叛逆的吟游诗人——当然就是夏尔·波德莱尔。他应得的不只是一座普普通通的家族墓穴（位于墓园 7 区），还有一座壮观而奇特的衣冠冢，衣冠冢凌驾于 26 区和 27 区之间的交叉路上。与甘斯堡之墓一样，他的墓上有地铁票、狮子、橡皮筋和用"贝斯特弗斯特酒店集团"（Best Western Hotels）的信笺纸手写而成的一封信。"Cher Baudelaire（亲爱的波德莱尔），"信上写道，"merci pour tes vers, une prof de lettres（谢谢你的诗句，一位文学专业女教授敬上）。"为什么一位女教授要给《恶之花》的作者写信呢？我想不通。"噢，他会听我们说话，"一位法国少年睁着圆圆的大眼睛，盯着坟墓看，"他会帮助我们。"

---

① "棺材钉"在美国俚语中指香烟。

波德莱尔的衣冠冢—— 一座没有尸体的纪念碑——是新艺术风格的杰作。它将这位诗人表现为一个被布料包裹着的木乃伊，而另一尊波德莱尔雕像则神态癫狂，高悬于空中，胯下骑着一只双翼褶皱的巨型蝙蝠。木乃伊附近有一个底朝天的花盆——里面的是花还是罪恶？我把它举起一看，里面有一份波德莱尔的著作《忧郁之四》（*Spleen 4*）[①]——是从全法高中会考口试中抽出来的选段："Ah ! Seigneur ! donnez-moi la force et le courage de contempler mon coeur et mon corps sans dégoût."（啊！主啊！给我力量和勇气吧，让我看着自己的身体和内心而不厌恶。）我意识到，这段祈祷文一语双关。它请求波德莱尔能够伸出援手，不仅赋予他的热心读者们审视自己的内心和身体而不厌恶的力量，还要帮助他们通过严酷的会考。

墓园 3 区一处相对较新的圣地吸引了来自布宜诺斯艾利斯的拥趸，他们在那里留下了机票、石子、大理石等。那座坟墓的主人是阿根廷小说家胡利奥·科塔萨尔（Julio Cortázar，1914—1984）。有人在那个白色大理石墓穴上刻了一个跳房子游戏的图案，还有人献上了一只黑猫的剪贴画，还有点了一半的蜡烛。这里也有信件，许多信已经被太阳晒黄或被雨水冲刷过了，而且信上都是我看不懂的语言。

---

[①] 《忧郁之四》选自波德莱尔《恶之花》的第一部分《忧郁和理想》。此诗刻画忧郁这种精神悲剧。诗人没有进行静态的描写，而是通过一系列真实生动的形象，在动态中由远及近地把这悲剧凸现出来。这是化抽象为具体，创造出极富暗示、联想的意境。

在出口附近，我在让－保罗·萨特和西蒙娜·德－波伏娃的安息之所驻足停留。他们同眠于墓园 20 区。令人惊讶的是，那里有两条留言是专门写给长期备受折磨、思想深刻的波伏娃的，JP①反倒没有得到只言片语或者任何标记。我不禁想到，这位擅长调情的存在主义哲学家在晚年时发出的狂言，是否毁了人们对他的印象。如果我带着《自由之路》（*The Roads to Freedom*）三部曲来的话，也许我会撕下一页，留在那里。"谢谢你，JP，"我会这么写，"你的书改变了我的生活（你只要看看现在的我就知道了）。"

尽管人们低估了蒙马特公墓的冥界居民的魅力和地位，但作为最后一站，这里会让你大有收获。黄昏时分，在这里结束一天的墓园漫游再好不过。当我在卫兵路（Chemin des Gardes）找洗手间的时候，我恰好遇到了深受怀念的女歌手尤兰达·吉寥蒂（Yolanda Gigliotti）之墓，这位又被人们叫作"达丽达"（Dalida）的女歌手就葬在蒙马特。虽然她的坟墓位置不佳，在洗手间附近，但是她那华丽的坟墓旁挤满了人。头发渐渐花白的时尚达人们戴着耳机偷偷地溜进人群，嘴里哼着歌词，那调子我没听到过，不过我应该去听一听这首歌。和许多"法国"英雄一样——吉寥蒂身上有意大利血统——但她的出生地是开罗。1954 年，她当选为"埃及小姐"，主演了无数部 B 级片，最后移居巴黎。由于长期抑郁，她于 1987 年 5 月 3 日自杀。从她的出

① JP 为让－保罗名字的首字母。

身我们就可以了解，为什么她的坟墓会有法老墓一样的灰绿色大理石，还有用大量镀金的真人大小的雕塑。因为她的死亡充满悲剧性，所以歌迷们神情消沉似乎也情有可原。

"达丽达"之墓没有笔记或者车票之类的东西，只有官方设置的纪念牌。不过，就在我打算离开的时候，我发现了一些有意思的东西。一个访客在这座坟墓上放了一封信，在上面压了一块石头，然后离去。几秒钟之后，一位维护人员抓起那封信，将它塞进了塑料垃圾袋——我看到袋子里还有别的信。"这是不允许的，"当我问他原因时，他摆动着手指说，"你要知道，蒙马特不是蒙帕纳斯或者拉雪兹神父公墓！"

许多蒙马特名人吸引着访客们。有些访客留下了标记——在歌手让－克劳德·布里亚利（Jean-Claude Brialy）或者阿尔丰西娜·普莱西（Alphonsine Plessis）的坟墓上都能见到这些标记，这两座坟墓都位于墓园 15 区。普莱西就是小仲马（Alexandre Dumas）的《茶花女》（*La Dame aux camélias*）中描述的高级妓女玛格丽特·戈蒂埃（Marguerite Gautier）的原型。而小仲马本人死后的形象则被打造得像教皇，他的脚趾和鼻子都被损坏了——大概是被搜集纪念品的人扯下去了。但是，迄今为止，最令人震惊的还是位于墓园 22 区的一座坟墓，就在芭蕾传奇人物瓦斯拉夫·尼金斯基（Vaslav Nijinski）那配有绶带、造型粗俗的青铜半身像旁边。覆满青苔的石板上堆起了一座芭蕾舞鞋的小山，石板上刻着的名字是"塔格里奥尼"（Taglioni）。一些鞋子腐烂了，还有一些被烧过，另外一些是新摆上去的。有几十双鞋子洒落在铺满落叶的墓园地面上。我在记忆中搜索了一下，但是脑子里还是一片空空，最后我决定在那里等着。

最后，一位年长的男士慢悠悠地走了过来。他之前一直在打扫附近的一座坟墓。"塔格里奥尼？"他问道，"那是一位伟大的浪漫派芭蕾舞女演员，她于19世纪80年代去世。自那时起，巴黎的每一位舞者都来过这里，将她们的第一双芭蕾舞鞋留在这里，就像庆祝人生过渡到一个重要阶段的一种仪式。"我告诉他，那堆鞋子令人感到悲伤。这名男士叹了口气。"玛丽其实根本没葬在这里。这里葬的是她妈妈。扒拉开轻便的舞鞋，读一读这些墓志铭吧。玛丽葬在马赛。但是，如果你想告诉一个芭蕾舞女演员……"我细细品味着这则趣闻，在雨中等待着。当太阳开始露出脸庞时，只听一声口哨响起，魔咒破除了。没有芭蕾舞女演员踮着脚尖从我身边经过。我很庆幸。每个人都有属于自己的古怪幻想。

# 双面城，或时光为何定格在 1900 年

蓝火车餐厅，2005

如果你热爱生活，那么你就会热爱过去，因为那是活在记忆中的现在。

——玛格丽特·尤瑟纳尔（Marguerite Yourcenar）

巴黎是一个博物馆，这是一份光荣。但是如果它想忠于自己的历史的话，它就必须敢于创新，敢于挑战——它必须走进 21 世纪。

——巴黎市长贝特朗·德拉诺埃

按巴黎标准来看，这是一个温和的早晨——气温是 5 摄氏度。前一夜的狂风暴雨和圣西尔维斯特举行的无数场通宵狂欢会一样，已经散去。这一次，新年午夜的庆典将 1899 年 12 月 31 日与 1900 年 1 月 1 日联系在一起。

如果你早早起身了，赶在这个大都会中睡眼惺忪的人们之前，爬上已经十一岁的埃菲尔铁塔顶端的瞭望台往下一瞥，你就会看到一个熟悉而又陌生的城市。熟悉的笔直大道两旁都是奥斯曼风格的公寓大楼，这座城市中的凯旋门、加尼叶歌剧院（Garnier Opéra）和巴士底狱的廊柱依旧；它的地形也依然没变，蜿蜒曲折的河流和平缓的高地在蒙马特达到最高点，顶端处有个巨大的

"白色婚礼蛋糕"，那是崭新的圣心大教堂长方形廊柱大厅。

这一幕很熟悉，是的，然而，它却与过去不同，这种变化很奇妙但又令人不安。

当巴黎人从香槟、苦艾酒和乙醚中（或者侍奉那些彻夜狂欢的特权阶层的劳累中）缓过神，在20世纪的第一天悠悠转醒时，香榭丽舍大道和其他的大道上又开始和平日一样人头攒动。

人群中夹杂着车辆发出的不和谐的声音——成千上万辆小型出租马车（fiacres）和敞篷车（cabriolets）在木板路或鹅卵石路上颠簸着。使用蒸汽动力、电力或者由马匹拉动的街车，在一拨拨匆忙的工人、穿着时髦的小贩和四处闲逛的浪荡子（flaneurs）中间打了个趔趄——这些人组成了这座大都会中超过三百万的人口。不远处，河面上，第一艘观光客轮"老号"（Le Vieux Mouche）发出嚓嚓的声音，得意扬扬地从一处河岸开往另一处河岸，避开驳船和小货船，对于它来说，塞纳河就是这座城市的另一条大道。

如果你带了双筒望远镜上埃菲尔铁塔的话，应该会注意到成群结队的绅士们正脱下他们的大礼服和大礼帽，准备在大碗岛（Île de la Grande Jatte）或巴黎边缘一个精心美化过的树林——布洛涅森林或者文森森林——进行决斗。绅士在被冒犯时进行决斗依然是一种潮流。甚至连性情敏感、易受催眠的知识分子马塞尔·普鲁斯特也决斗过一次。

看看圣心大教堂的左侧或者右侧，在迷雾小径这样的有车辙的小路上，你应该可以看到一个身上套着轭的挑水工被水桶的重量压弯了身子，因为当时的自来水还不是人人都能用上的。或者，你应该可以看到一个负责点燃街灯的灯夫在还未供电的社区关掉"气嘴"（becde gaz）。

如果闻一闻空气，你会闻到一缕缕的毒雾从工厂中盘旋而出，工厂遍布城中各处，也许在摇摇欲坠的宫殿庭院中，几乎无处不在，只有时尚的 7 区、8 区和 16 区是例外。那里的名门望族和新晋富豪们在互相较劲，要用更大的排场和更华美的装饰压倒对方。

不必往远处看也能看到城中大片大片的贫民窟。1900 年 1 月 1 日，从埃菲尔铁塔底部的战神广场蔓延开来的吉卜赛营地和棚户区的清理工作仍在进行中。那些不受欢迎的东西都必须速速清除，一个不留。埃菲尔那刚刚重新镀上金色的塔身投下了阴影，在阴影下的那片区域中，造景和景观美化工程正在进行，那是处于世纪之交的巴黎即将迎来的最大盛事——1900 年万国博览会的一部分。

的确，任何从埃菲尔铁塔——1889 年的另一场全球盛会的标志物——往下看的人，都不会把注意力集中在这座潮湿、寒冷的城市上，而是万国博览会巨大的施工现场。

在德国提出一项竞争计划之前，巴黎并不想举办这场展览。但是民族自豪感很快就盖过了直觉判断力。到了 19 世纪 90 年代中期，巴黎的街头巷尾都堆满了碎石，在一个足有两英里宽的地带中，到处都是凹洞。

挖这些洞是为了给几十座新大楼和展厅打地基，其中大部分的建筑在不久之后就会消失，只有几座引人注目的建筑是例外，比如镀成金色的亚历山大三世桥（Pont Alexandre III）、大小皇宫博物馆（Grand and Petit Palais），它们是那次博览会的核心建筑。

但是，最壮观的洞还要数那些纵向的地道，它们是用来适应这座崭新的电气化大都会的需求的。这座城市的第一条地铁线路将位于巴黎最东端的巴士底广场和西面的马约门站连接在一起，而且，这条线路被视为文明社会的奇迹之一。"多么伟大的时代！多么伟大的世纪！工程学上多么了不起的胜利！我的天啊！（Nom de Dieu）"英国编年史家约翰·F. 麦克唐纳（John F. MacDonald）开玩笑似地惊呼道，"还有什么奇迹能与这个大都会相媲美？"

电在1900年还是一种新鲜事物，作为象征着现代化的一种积极因素，它变成了那次博览会的主题，在六个月的时间里吸引了五千八百万名访客。那次博览会的照明和机械运转全靠造型狂放、艳俗的"电力宫"（Palais de l'Électricité）里的发电机提供动力。这座有柱廊的巨型建筑中闪耀着五千盏彩灯。它的顶部是骑着二轮战车的"Fée de l'Électricité"（电力精灵），战车上有五颜六色的火花和烈焰。"La Ville Lumière"（光之城）就这样诞生了，这既是巴黎的绰号，也在字面上代表了"世界的精神和物质的灯塔"。

"当时，这座城市，"奈杰尔·高斯林（Nigel Gosling）在《奇迹岁月：巴黎1900—1914》中写道，"变成了一艘舰船，船上的二十个区承载了整个西方文明。"

20 世纪的第一个黎明细雨霏霏，巴黎并不知道自己身处"美好时代"（Belle Époque）。这个后来创造出来的引人怀旧的名词，指的是第三共和国时期的一个阶段：从普法战争和巴黎公社运动结束之后，欧洲无战事时代开始，到第一次世界大战开战（1913 年）时，美好时代方告结束。当时流行一种说法，第三共和国是一个"没有皇帝的帝国"，对于绝大部分的法国人来说，那是一个令人窒息、墨守成规、阶级泾渭分明的世界，一场深刻的变革一触即发。

　　在 1900 年，还没有人提起过"新艺术运动"。一开始，这个词指的是一家开在巴黎的设计精品店，店主是英国人西格弗里德·宾（Siegfried Bing），店里出售的是威廉·莫里斯设计的前卫的装饰品，时人称之为"自由风格"（Liberty Style）。

　　甚至连"fin-de-siècle"（世纪末的）这个词都还没有被发明出来——这也是后人发明出来的，这个复合词具有多种尚未确定的含义：可以用来形容谵妄式的颓废、扭曲的道德规范和社会行为，一种与这一阶段的政治、社会限制、艺术、建筑和文学共同构成的骚乱不安，一种与盘根错节的局面相呼应的态度和世界观。

　　在 1900 年 1 月冷冽的早晨，大部分的巴黎人都在他们所处的时代为生计而忙碌，无暇担忧"fin-de-siècle"可能意味着什么。连后来用文字向我们展示那个时期典型状况的作家普鲁斯特，当时也才二十八岁，他刚开始写作他那优美而曲折的"世纪末"散文。

　　然后，和现在一样，所有事物和与之相应的反面皆有可能出现。正如作家于贝尔·朱安（Hubert Juin）在《1900 巴黎之书》中写到的一样，处于世纪之交的巴黎是一座"双面城"（Janus city）①。与那位掌管门户和起源的双头罗马神祇一样，这座城市回望 19 世纪，又向前方看去，那里有它能隐隐约约看见但又为之感到忐忑不安的"现代"（la modernité）。

今天还在世的人们能回忆起的事情可以追溯到 20 世纪第二个十年，也许最远还能追溯到第一次世界大战，但是即使是一位百岁老人也记不起 1900 年的气氛和大事件。所以，虽然"世纪末的巴黎"的物质表象依然存在，但是在我们所处的 21 世纪，我们与当时的个人记忆之间的联结已被切断。要靠文字记载带我们走进这段并不遥远的过去。

为了得到在 1900 年 1 月 1 日醒来，突然打开百叶窗，面对这个熟悉而又陌生的城市的感觉，我向"Bibliothèque Historique de la Ville de Paris"——这座城市的历史图书馆出发了。它位于玛黑区的拉莫瓦尼翁公馆，建于 16 世纪。和往常一样来来回回地走动一番之后，我说服了图书馆的一位主管，他允许我详细阅读几份一百一十年前的新年当天印出来的报纸。唉，《时代报》（Le Temps）已经消失，《小小日报》（Le Petit Journal）的纸脆得几乎一碰就碎。但是如果我非常小心的话，我还是可以看一眼当时的《费加罗报》（Le Figaro）的。

夹着当年的《费加罗报》的皮革书脊已经快要散架了。脆弱的新闻纸上压着一块橙色的铅板，散发着陈年粉尘的气味。准确地说，那个平凡的世纪第一天是星期一。报纸的头版分为六个栏

① Janus（坚纽斯）为罗马神话中看守门户口的两面神，寓意同时望向过去和未来。

目。左边两栏是《战士—劳工》（Le Soldat-Labourer），那是关于法国殖民帝国的社论。当时，这个帝国从非洲延伸至亚洲。社论主笔问道："我们能管好我们的家业，使我们日益增长的财富和权力不致在未来导致帝国毁灭吗？"第四个栏目题为《巴黎之外》（Hors Paris），这个栏目中的一篇小文章报道了蒸汽船从马赛驶往苏丹或者东京（Tonkin）。[1]《回声报》（Les Échos）通知巴黎人，高气压系统还会持续作用，首都气温为 5 摄氏度，比亚里茨气温为 16 摄氏度，莫斯科气温为零下 14 摄氏度。《巴黎透视报》（A Travers Paris）宣布福赫-拉米成功穿越撒哈拉沙漠，详细描述了首相在圣诞街疯狂购物的行为，列出了巴黎五所院校的主管姓名。最后，此前不久成立的"法国汽车俱乐部"在吸引新车主入会只要他们拥有无需马匹的车辆（Automobile Club de France voitures sans chevaux）。

这份报纸最右边的栏目大部分是关于巴斯德研究所（Institut Pasteur）在血细胞、衰老和血管硬化症方面的最新发现。

最后，我的眼光落在第五个栏目中占了半页版面的的文章上，题目为《二十世纪的第一年》（L'an 1 du XXème siècle）。这位作者最关心的是要确定这是 20 世纪的第一年，还是 19 世纪的最后一年。他做了这样一番推理：如果从耶稣基督降生之日算起，第一个世纪的最后一年是 100 年，而非 99 年，所以，公元 101 年（而非公元 100 年）就是第二个世纪的第一年。因此，

---

[1] Tonkin 为越南北部—地区的旧称。

1900 年是 19 世纪的最后一年。"持相反意见的人的看法就和说 12 月 31 日是下一年的第一天一样荒谬,"他总结道,"如果 99 真的能取代 100,那么 2*99=198,而非 200,以此类推,这个世界在 1000 年的最后一年就会年轻十岁!"

有趣的是,在我那一天后来读到的 J.F. 麦克唐纳的《巴黎人的巴黎》(*Paris of the Parisians*)(1900 年出版)一书中,《新事件!》(*Nouvelle Affaire!*)一文中详细描述了 20 世纪初期,拉丁区咖啡馆中掀起了同一个话题的辩论。居民们分为两大敌对阵营,"新世纪人"和"旧世纪人"。所有的讨论都是由一个质疑的问题开始的:"您多大年纪了,先生?"如果你说你三十岁,那么一方就会同意你的说法,而另一方会大喊:"啊,不对,你才二十九!"

我快速地翻到《费加罗报》1900 年 1 月 2 号那一期,发现有一篇关于一位数学家的报道,他在一家不知名的咖啡馆中淡定地表态,称旧世纪和新世纪之争只是"arithmetic"(算术)或者年代学(chronology)里的一个问题。这篇文章的结尾是"然后两名男子动起手来了……"

这纯粹是冒傻气的行为吗?可能不是。"旧世纪人"会带着恐惧或者欣喜之情回顾"德雷福斯事件"(Dreyfus Affair)①,击

---

① 德雷福斯事件(法语:Affaire Dreyfus),或称德雷福斯丑闻、德雷福斯冤案,是 19 世纪末发生在法国的一起政治事件,事件起于阿尔弗雷德·德雷福斯,一名法国犹太裔军官被误判为叛国,法国社会因此爆发严重的冲突和争议。此后经过重审以及政治环境的变化,事件终于 1906 年 7 月 12 日获得平反,德雷福斯也成为国家的英雄。

垮无数股民的"巴拿马运河"（Panama Canal scandal）丑闻 [①]，阿尔萨斯和洛林落入普鲁士人之手，"公社运动"——几周之内，一万七千人在巴黎丧命，其中大部分是具有反叛精神的穷人，具有神授君权的国王们的倒台和开明君主们的末日，工会崛起，敌对的沙龙与咖啡社团的组合，德拉克鲁瓦（Delacroix）[②]和维克多·雨果的逝世。

"新世纪人"谈到的是万国博览会，电，无需马匹的车辆，卢米埃尔兄弟（Lumière Brothers）的电影，进一步的殖民控制和经济扩张，塞尚、卡耶博特和儒勒·凡尔纳。

但是实际情况并没有这么简单。那是机会党（Le parti opportuniste）—— 一个将不放过任何一个机会作为教条的政党——随心所欲地行事的年代（后来"机会主义者"这个词才开始带有负面含义）。一些君主主义者实际上是改革论者，而一些改革论者反对闪米特人，并且是不信任民主的人。当时的政治左翼、右翼就和现在一样，界限模糊不清。

1900 年，许多巴黎人和我们一样，充满感情地回顾着旧政权或第一、第二帝国统治下的旧时光，忘记痛苦和血腥的杀戮。

---

① 1892—1893 年，原巴拿马运河公司因贿赂政界、报界人士的丑闻被揭露出来，涉及的受贿者达一百余人。于是社会哗然，王权主义、教权主义、民族沙文主义又重新抬头，社会主义运动也再次高涨；温和派统治发生混乱，1893—1894 年更换了四届内阁。温和派实行高压政策，镇压反抗运动，限制民主自由，温和派管制报刊宣传，以强制手段暂时稳定了秩序。

② 德拉克鲁瓦作为浪漫主义及表现主义的先驱，善于运用色彩，表现幻想，如著名画作《自由引导人民》。

今天，通过因怀旧而走样的镜头，我们看不清处于世纪之交、世纪之末的 1900 年的巴黎，它复杂得令人困惑。

美好时代？是的，对于幸福的少数人——而且大部分都是男性——来说，这个世界是男人的天地。甚至连那些富有或出身贵族的女性也不能投票。1900 年，一位单身女律师成为首位被允许进入巴黎酒吧的女性。职业女性、男性和儿童如果每周只在血汗工厂和制造厂中工作十六、十七个小时的话，那么他们就都算走运的了。报纸和流行杂志向中产阶级提供建议：如何管理仆人，如何避免他们盗窃、做兼职或者沉溺于卖淫活动。

卖淫是仆人、舞者、模特儿和女裁缝的生存之道——这些人就是现代人热爱的德加（Degas）油画中那些优雅人物的原型——因为靠她们的工资，她们自己的吃饭、住房和穿衣都成问题。今天，大部分人都忘记了，"世纪病"（le mal du siècle）不是哲学思考引起的不安，它指的是梅毒，当时的这种不治之症折磨着许许多多的人，从埃米尔·左拉小说中的女主人公娜娜，到现实生活中各个阶层的男男女女——包括死于此病的居斯塔夫·福楼拜（Gustave Flaubert）和弗里德里希·尼采（Fredirich Nietzsche）——都难以幸免。性压抑和性放纵名副其实地如手和手套般密不可分：一些生活在 19 世纪，娇媚撩人的模特成为泄欲的对象，她们的双手都戴着极长的手套，每只手套上竟有 32 颗纽扣。

尤其在美好年代，那些因第二帝国和第三共和国的沉闷风气而感到泄气的上流社会人士，公然开始尝试各种获得性快感的方式。纵欲狂欢、女同性恋、娈童癖和穿着异性的服装，不仅在那些所谓的"非自然人"中成为一种时尚，而且在异性恋男女中也风行一时。苦艾酒、乙醚和酒精——作为图卢兹·洛特雷克（Toulouse Lautrec）、毕加索等人的战利品——成为私下聚会和城中的咖啡馆、酒吧和音乐厅的首选麻醉药。

我们现在认为是风平浪静、一团和气的美好时代的生活品质，休伯特·朱安提供了一份相关的有意思的统计数据。1900年，仅一天里就有六万辆车、七万匹马和四十万名行人经过歌剧院广场（Place de l'Opéra）。在这一年之中，仅在巴黎市内就有一百五十人因被马车和街车所伤而丧生，另有一万两千人受伤。普鲁斯特的读者们会想起在《斯万的爱情》（*Swann in Love*）中，绝望的斯万多么希望他那堕落的交际花爱人奥黛特·德·克雷西（Odette de Crécy）——她既是男人的情妇，又是女人的情妇——能就这么死于一场交通事故，光是从她的车上下来也可能险象环生。街道上的鹅卵石是用木头仿制的，这不是为了美观或安全，而是为了减弱金属框的车轮发出的可怕噪音，但是这种尝试并没有成功。

塞纳河？那确实是一条风景如画、帆船点点的河流，但也是一条敞开的阴沟：回收垃圾的人从艺术桥上将成堆的垃圾倒入河中，数百万立方米未经处理的污水流入河中，汇成褐色的水流。

前瞻时的乐观精神和渴望退回过去的怀旧之情，既是一种财富，也是一种痛苦，正是这二者的结合，将1900年的巴黎变成创造力的熔炉和吸引世界顶尖人才的磁铁。

带着这个想法，我决定再到最喜欢的、几个能反映 1900 年巴黎特色的地方去看看。在玛德莲娜广场（Place de la Madeleine）一家名为"巴黎－伦敦"（Le Paris-Londres）的咖啡馆附近，我循着螺旋楼梯往下，走向位于地下颇有名气的新艺术派作品"公厕"（toilettes publiques），那是一个由精雕细琢的木头、黄铜和镜子构成的豪华洞穴，每个"隔间"里都有绘制花卉的壁画和彩绘玻璃窗。我唤醒了正在睡觉的"小解夫人"（Madame Pipì）（也就是如今依然被法国人隐晦地称为卫生间管理员的人），等我像"世纪末"绅士一样梳理完毕之后，就动身前往我常去的巴黎景点"居斯塔夫·莫罗博物馆"。

这位精力充沛的象征主义画家（从克利姆特到毕加索，无人不敬佩他）的家庭画室建于 19 世纪中期，自 1898 年莫罗去世之后，这间画室基本上没有经过任何改动。显眼处挂着的是一幅珠光宝气、饰有黄金浮雕的画作，画作中是勾魂摄魄的莎乐美——这大概是莫罗最著名的画作了，它是基于"世纪末"的男性们对危险海妖塞壬一般女性的幻想而作的。

距离博物馆半英里之外的地方，在福堡－蒙马特路上，我偷看了一眼沙尔捷餐厅，它无疑是在世纪之交开张的最具魅力的巴黎餐馆之一，专门为工薪阶层顾客设计。在巨大的天窗下挂着黄铜枝形吊灯，挂着白色的玻璃球。餐厅内有黄铜衣帽架和精雕细刻的盘子、曲木椅子、巨大的镜子和艳俗的图画。在它开张一个多世纪之后，手写菜单上的食物种类依然相同，想必是因为巴黎人和游客依然喜欢它们。

再往东走四分之一英里就能看到又一座美好时代的美食名店：于连餐厅。这家为 1900 年万国博览会而建的餐厅中有天青石色的孔雀、彩色玻璃天窗和风格狂放的花朵主题灰泥天花板，它是那个时期建筑的典范。这家餐厅的菜单也是一样，食物没有什么改变，而且这两家餐馆的环境都算不上热闹、欢快。

这个时候吃饭还太早，但是在里沃利街上的安吉丽娜茶室里喝杯咖啡，倒是个不错的选择。1903 年之后（除了在 20 世纪 30 年代添了几盏装饰艺术风格的灯，隔段时间换上新的座套之外），这里没有改变过，这个风格古板的美食家的殿堂曾是可可·香奈儿和马塞尔·普鲁斯特常来的地方，不过那些由石灰包裹着的镜子现在映照出的是一批完全不同的从"新世界"和亚洲来的顾客。

我一边品尝咖啡，一边思考如果要继续这闪电式的 1900 年之旅，我还要去哪些地方。清单如下：宝塔影院（La Pagode），这是一座根据日本的宝塔而造的疯狂的影院，于 1896 年开张；当然还有建于 1900 年的格雷万博物馆（Grévin muscum）和其中的剧场——忘掉那里的蜡像藏品吧；还有幻影宫（Palais des Mirages），那是一个装满镜子的大厅，里面挂着象头和蛇的雕塑，还有从 1900 年万国博览会上保留下来、一直放在那里展览的"电力精灵"。

1900 年之后还有什么具有代表性的东西呢？这张长得可怕的观光清单似乎永远也到不了头，从 BHV（市政厅百货公司）和奥篷马歇（Au Bon Marché）百货店，再到街道两旁成千上万座建筑。事实上，这张清单无穷无尽，就像这座城市中那些建于世纪之交，仿佛没有尽头的大道。奥斯曼男爵对巴黎的创造性破坏——也许开始于拿破仑三世统治下的第二帝国时期——但是时至1900年仍在继续，我们不能简单地划清界线，说19世纪到这里结束，20世纪从这里开始。

现在，我感到饥肠辘辘了，于是决定再坐上地铁，去里昂火车站（Gare de Lyon），并在蓝火车餐厅（Le Train Bleue）吃饭。火车站及其中这家楼上的豪华餐厅和地铁一样，都是为1900年的万国博览会而建。不过，与地铁和车站不同，已经成为地标的蓝火车餐厅真的从来没改变过。

这是一座令人目眩的万神殿，天花板上满是由灰泥塑成的丘比特裸像和溢出美酒的双耳细颈酒罐，由水果和花卉组成的花环攀附在镶金描银的新洛可可风格天花板上。黄铜、切割出来的水晶和木雕嵌在涂漆的木板上，从中可以看到经过楼下轨道的那些火车会去往哪些目的地。这家长达一百码的餐厅中的装饰也因此显得更加圆满。我在一个舒适的小隔间坐下，就着清凉的桑塞尔白葡萄酒，狼吞虎咽地吃下美好时代的餐点——法式干煎鳎目鱼（sole meunière）之后，一切都清晰了起来。为什么本地人和访客们会对1900年和美好时代着迷呢？答案很简单：因为许多巴黎人还活在那个时代。

当我们看着后视镜中最近的"世纪之末"的入口越来越模糊，那位守卫门户的两面神的目光似乎就定格在从前的巴黎，他不愿也不能摆脱过去。也许，坚纽斯只是在提醒我们，在这片"老欧洲"的土地上，巴黎依然是文化之都，如果要朝前看，我们就必须首先向后看。

# 生活是一家咖啡馆

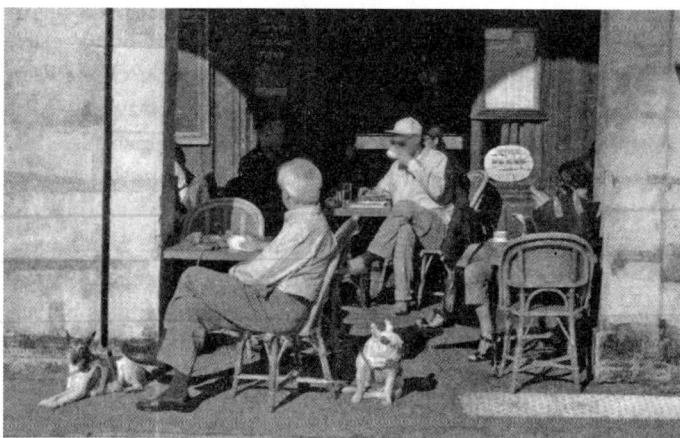

玛黑咖啡馆，2010

我们同情那些在花神咖啡馆中无所事事的年轻人，但是
这种同情里又夹杂着一丝不耐烦：他们离经叛道的行为主要
是为了给自己的消极、懒散寻找借口，还有就是他们真的是
非常非常无聊。

——西蒙娜·德·波伏娃，《岁月的力量》

（ *La Force de l'âge* ）

除了周日，每天早上 6 点左右，蕾妮夫人和她的丈夫荷西
会拖拽他们的咖啡馆外那些快要散架的桌椅，将它们安在铺着鹅
卵石的露台上，露台就在我们的卧室窗户下。

在晚上 11 点到凌晨 2 点这段时间里，他们会用力将这些桌
椅再搬进来。蕾妮这一辈子都在做这件事情，就连她还在子宫里
也不例外：在她之前，她的母亲经营着这家咖啡馆。几年前，蕾
妮和荷西退休了，将这个地方卖给了附近的餐馆。这种搬动桌椅
的传统仍在继续，还有震耳欲聋的音乐作为伴奏。

艾莉森和我在这家咖啡馆上方住了二十五年，换句话说，桌
椅在这段时间里被拖拽了大约一万八千两百五十次。我们并不特
别感到荣幸。巴黎有大概一万家咖啡馆，我觉得巴黎可以考虑更

名为"咖啡因和尼古丁之城"。在伤痕累累的沥青人行道上和古雅的鹅卵石广场上,无处不在的咖啡馆店主在黎明和夜半时分为巴黎二百二十万居民跳着搬动家具之舞。

你也许会说,就凭这个,我们就该讨厌蕾妮、荷西、他们的后来者和巴黎所有的咖啡馆店主了吧?我们从没这么想过。嗯,也许我们有过从窗户往外倒沸油的想法,而且有时候我确实往外探出身子,用几种语言开骂。但是没有了咖啡馆,巴黎会成什么样子呢?它们是这座城市的胃、肺、肝和坏了的良心,对了,是它的灵魂。你可以在一些咖啡馆(烟草店)买香烟,在别的咖啡馆(兼 PMU①或乐透站)里赌马或者买乐透彩,(在哲学咖啡馆、文学咖啡馆、网络酒吧里)进行哲学讨论、信手涂鸦或者上网,在所有咖啡馆里都可以喝饮料、吃东西,有时吃得还不错。爱意在萌发,敌意在燃烧,灵光开始浮现,暴力喷薄而出,幸运的赢家脸上浮现出财星的笑容,每个人的眼中都蒙上了烟雾——一切尽在户外的露台上。从 2007 年起,在室内吞云吐雾的行为已被禁止。

不说别的,咖啡馆令这座城市生机盎然,也就是说,它们用噪音和大多合法的刺激物让它保持清醒。它们已经存在了几个世纪:巴黎的第一家咖啡馆——波窛咖啡馆(Le Procope)在如今看起来很滑稽,这家建于 1686 年的咖啡馆的创始人是西西里人波窛。虽然今天的咖啡馆比二十年前少,但是咖啡馆不太可能消

---

① PMU: Pari Mutuel Urbain 的简称,法国垄断博彩机构帕里·"彩池"·于尔班。

失。诚然，这些咖啡馆中的咖啡通常味道都很糟糕，这也是星巴克、哥伦比亚咖啡和其他大量"新世界"风格的竞争者们逐渐赢得市场的原因之一。

"去喝咖啡？天哪，不，我上咖啡馆不是为了那个，"我的一个咖啡行家朋友说道，"咖啡只是在你为了占一个多小时的座时能点的最便宜的东西……"

时间已是上午。朋友和我都坐在圣日耳曼德佩区，布西街（Rue de Buci）的翡翠咖啡馆（Café Jade）里。我总会在咖啡馆里遇到这位朋友。她是一个在巴黎住了五十多年的英国女人，她在咖啡馆里招待客人、开会、修订稿子、编辑手稿，她的生活乐趣都在此。当我们谈到咖啡馆的轶事时，她像蜂鸟一样啜了一口杯中的意式浓缩咖啡，那咖啡简直就是用黑焦油冒充的。这么说吧，这不是合她口味的那杯茶，不过，巴黎的茶通常比咖啡更难喝。

她冲有动静的地方点了点头：侍应生在蘑菇形的桌子和形形色色的顾客中转来转去——顾客里有住在这个社区、上了年纪的常客，落寞的人，特立独行的人，游客、巴黎大学的学生，还有在阴凉的露台上坐着的商人，他正冲着自己的手机大吼大叫。拐角处的商店都开了门，于是，街上变得色彩缤纷，充满动感。我们的桌子就是这条溪流中的旋涡：为了保险起见，我们也赶紧用外语和法语交谈了起来，尽情享受眼前的风景，陶醉于厨房中传来的食物的香味。

"这就是人们到咖啡馆来的原因，不是吗？"我的朋友问道，

"是为了这个——生活和人与人之间的接触。"

圣日耳曼德佩区曾是巴黎必不可少的大人物——比如让－保罗·萨特、毕加索、海明威等经常光顾的地方，但如今大部分的知识分子、艺术家和跟风捧场的人都自此消失了，虽然这里的几十家咖啡馆依然存在。和大部分游客认为咖啡馆过时的想法相反，双叟咖啡馆（Deux Magots）和花神咖啡馆（Café de Flore）是例外，这两处精致高雅的"旅游陷阱"长盛不衰，依然大受非巴黎本地人的欢迎。

朋友和我原本并不打算在翡翠咖啡馆见面，那里如今已是赶时髦的人经常出没的地方。在新千年到来之前，它的名字一直是太子咖啡馆（Café Dauphin）。由于我们不常到这家咖啡馆来，所以都忘记了这种转变。太子咖啡馆的小隔间，还有隔间内南瓜色、滑溜溜的鼹鼠皮座椅都不见了。翡翠咖啡馆（Jade）开始转型为怀旧主题的景点，所有东西都换成了仿古木制品，一条鲑肉色的霓虹灯管从天花板的这一头穿到那一头。但是近年来，这里又走起了极简抽象风，所有东西都是灰色或者黑色，店里还用巨大的字母拼出艺术家、作家和思想家们的名字，这些人过去常常到这个社区来，但是现在都不再出现了——他们要么已经去世，要么就是不愿在这些装腔作势的新时代面前丢人现眼。

为老太子咖啡馆和它那丑陋的七十年代装修、难以下咽的食物以及黑焦油般的咖啡而哀叹，无疑是荒唐可笑的。但是正如我的朋友指出的，装修、食物和咖啡在常客眼里都是次要的。重要的是这个地方的感觉和气氛，侍者和顾客之间、侍者和老板之间、老板和顾客之间、顾客和顾客之间如蜘蛛结网一般的关系。

这面网是在几个月、几年甚至几十年的时间中结成的。摄影师罗贝尔·杜瓦诺在捕捉这种具有法国特色的缩影方面付出的努力大概比其他人都多，从他的那些构图精巧的黑白影像中就可见一斑。它们已经变成和贝雷帽、法棍面包、滚球戏玩家和成熟的卡门培尔乳酪一样的标志物和过去时代的象征。

不管是否俗气或老套，今天，大部分的巴黎咖啡馆依然是归家族所有或者由家族经营，而且许多咖啡馆是自上一辈传承下来的，关系网和相关的一切也随之传承。这些极其大众化的社会机构是官方关注的一个焦点，部分原因是它们正在逐渐消失，一部分是因为有一些店其实能提供很像样的食物，而且已经引来美食评论家们。政府正在重新审视咖啡馆和它们的兄弟姐妹们：小酒馆和啤酒馆。人们曾在十年前的年度"酒馆节"（Bistrots-en-Fête）上为前路坎坷的咖啡馆复兴事业宣传，那是一个在9月下旬举办的为期两天的盛会。这个现代酒神节的特色活动是舞蹈、尽情吃喝，而且通常都会闹过了头。因为活动非常成功，全法国都纷纷效仿，直到它渐渐退出巴黎公众的视野。人们不再需要它了：那时候，巴黎"新潮派文化运动"（movida）开始了，咖啡馆变成日常聚会的场所。

与这种思潮相反，讲求时髦高端生活方式的时尚界接受了咖啡馆的概念，将它与简餐店相结合，以此向20世纪晚期创始于伦敦和纽约的消费主义致敬。如今，时髦的巴黎人会在香榭丽舍大道上的维珍大卖场（Virgin Mégastore）里买DVD，然后在维珍咖啡馆（Virgin Café）消磨时间；他们在安普里奥·阿玛尼（Emporio Armani）给钱夹减负，在瘦得像闪电般的人们中间贪婪地吸吮拿铁咖啡；或者在时髦的布勒咖啡馆（Café Bleu）里吃午饭之前，去华丽的福堡·圣-奥诺雷路上的浪凡（Lanvin）店内把玩饰品。喜欢自己动手的人会前往著名的 BHV 百货商店底层的五金专区，布里克洛咖啡馆（Café Bricolò）就在那里，位于仿 20 世纪初风格的五金（bricolage）商店中。

这种沉醉于咖啡因的风潮还出现了另一个令人意想不到的转折，这一幕是从 20 世纪 90 年代的灯塔咖啡馆开始的。作为城中第一家哲学咖啡馆，也算得上当时最有人气的一家，那里永远坐满了戴着眼镜的书呆子和故作姿态的哲学家，人人手捧帕斯卡尔、笛卡尔、加缪、萨特、德勒兹、鲍德里亚和福柯的大部头。而且，巴黎城内还衍生出了几十个类似的聚集地。

"哲学咖啡馆"和 17 世纪开张的波寇咖啡馆或标准的 19、20 世纪咖啡馆还差得太远，后者的经营者是所谓的奥韦尼亚（Auvergnat）"黑手党"。在一百多年的时间里，巴黎的咖啡馆一直都在奥韦尼亚家族的掌控之中。从家具到抵押贷款，莴苣到咖啡豆，"黑手党"什么都能供应。这个体系是这样运转的：从 19 世纪开始，奥韦尼亚家族从位于法国中央高原中部的穷乡僻壤奥韦尼亚地区来到了这座都城。他们将最初的意大利风格的典型咖啡馆变成了工人阶级的天堂，做饮食业的同时，他们还经营一项主业：销售取暖用的煤或者木材。

这个"黑手党"实际上就是一个互助会，和集团犯罪没有丝毫的关系。问题是，奥韦尼亚供应给他们的兄弟姐妹们的配方咖啡令人难以下咽，但是大家也只能接受，而那些不继续从他们那里订货的人就会遇到危险。

我决定陪我的英国朋友去她当时最爱去的咖啡馆，参加她的午后咖啡聚会，那家咖啡馆位于奥德翁区的"文学爱好者集中营"，名字叫"Les Editeurs"，意为"出版商"。几家备受尊崇、历史悠久出版社还在附近经营，它们向这家咖啡馆捐赠了许多书。"出版商咖啡馆"甚至还自设文学奖项。和翡翠咖啡馆以及其他无数的咖啡馆一样，在上世纪之交，这家咖啡馆也进行了彻头彻尾的改造。在转变之前，它是一家庸俗的阿尔萨斯风格的小餐馆。如今店里有木桌和舒适的长毛绒扶手椅、有品位的版画，当然，还有吱吱嘎嘎的书架。实际上，法国作家和编辑们确实会在这里碰头。"出版商"咖啡馆摆脱了鼹鼠皮和油毡，重塑了自我，在这方面，它做得比大部分的咖啡馆都成功。

当我在楼上品尝美味的意大利咖啡，听着笔和指甲划过或者在触摸屏上跳踢踏舞的声音时，我想起自己在巴黎认识的大部分职业作家——不管他们是法国人、意大利人、英国人，还是美国人——都是咖啡馆的常客。每个人都有他自己最中意的咖啡馆名单。很少有人——准确来说，只有三个人，包括我的这位英国朋友——在公共场合做严肃的工作。我猜，她随身携带精美的墨水笔、皮革包边便签簿、笔记本电脑和便携设备是用来写电子邮件、处理网上银行业务、写信回她皮奥利亚的老家、写巴黎大学课程大纲或者购物清单的——可悲的是，这些杰作都是无法发表的。

我向我的英国朋友道别，然后乘坐 96 路公共汽车到城市的另一端。我要完成几项严肃的工作：途中，我打算数一数我们经过的咖啡馆的数量。我估算了一下，在奥德翁和博马舍大道之间有大约一千家咖啡馆，这时候，一个穿了脐环的肚脐眼和一份打开的《世界报》封锁了我的视线。

任何一位略有生活阅历的人都会告诉你，暴饮暴食有很多种形式，包括偶尔进行自我惩罚的欲望。带着这个念头，我决定下车，再喝一杯咖啡，不过这杯是 déca（无咖啡因的）。从公共汽车站走到街道对面，在离奥贝康夫路和圣莫尔路最近的地方，能看到沙邦咖啡馆（Café Charbon）。要充分领略这家老店的魅力，你就必须懂几句巴黎的俚语。"Branché" 的意思是时髦、酷、火辣、时尚等，不过，2010 年之后，"branché" 不再 "branché" 了，它被 "tendance"（流行）、"trendy"（时尚）、"cool"（酷）和 "underground"（地下先锋）这几个词取代了。实际上，"branché" 已经 "démodé"（过时），而且，如今它往往会被当成贬义词，因为它暗含着缺乏真实性和太过 "frime"（虚假）的意思。就像另一个相关的词 "frimeur" 一样："fimeur" 指的是装腔作势，而且还指对他人有害的一类人，就是那种在当代最糟糕的法国电影中担任主演的人，或者在那些吃着公饷、喝着拿铁咖啡的自由党人的支持下，建造奇丑无比的建筑的人，这些自由党人们被称为"鱼子酱左派"。"frimeur" 在沙邦咖啡馆中很常见。

在过去的一百三十多年间，这个地方已经几度变换容颜，甚至曾经变成小型影院和工业作坊。但是，它从来不是一家名副其实的销售煤（"charbon"的意思就是煤）和木材的奥韦尼亚咖啡馆。这家咖啡馆中的一切以及关于咖啡馆的一切，都令人惊异，真的百分之百都是"frime"。这里有《世界大战》（*War of the Worlds*）里出现过的螳螂形的灯。柜台是镀了锌的（不过，更有可能是镀了锡）。地板上覆盖着破裂的瓷砖，就像1950年前后真正的奥韦尼亚咖啡馆中的瓷砖一样。简而言之，这儿是一个复古装潢设计师的梦想之地。这里的仿古元素浑然天成，大部分的常客真的以为这个地方曾经积满煤灰，坐满像《吃马铃薯的人》里[①]画的，戴着滑稽帽子的蓝领阶层。

　　幸运的是，沙邦咖啡馆的铁杆粉丝、众多"frimeur"直到下班之后才出现。他们大部分都在建筑事务所里做事，所以，上午或者午后到咖啡馆一游是件乐事。我坐在一个隐蔽的地方，观察那些穿着运动鞋、没有穿制服的侍者，欣赏那些优雅地坐在隔间里，或者在巨大的镜子前摆好姿势的潮人。有几个人看着烟雾从自己的嘴里和鼻孔中翻滚而出，仿佛斯大林时代的煤电厂。这种特别"frimeur"的行为如今成了人行道旁露台上独有的一道风景，正如沙邦咖啡馆中的情景一样。通常，这些露台都直接通往室内无烟区。这是一种颠覆禁烟令的"branché"的方式，因此，人们广泛认为这很"cool"，很"tendence"，很"trendy"，

---

① 《吃马铃薯的人》是荷兰后印象派画家文森特·凡·高创作于1885年的油画，描绘了贫困农家晚上在昏暗的灯光下吃马铃薯的景象。

而且"très underground"（很前卫）。

电台中播放着爵士乐。侍者没有缠着要我消费或者离开。我一个人占据了整张桌子，空间很充裕，通风情况也不错，所以我不至于因为露台上漏进来的烟雾而窒息。最让人感到奇怪的是，咖啡挺好喝。不用说，那是进口的意大利咖啡，而且除了全盘仿造的装修之外，这家咖啡馆和奥韦尼亚以及他们的日常工作已不再有任何关系。

也许我正在体验法国咖啡馆的未来，我暗自想道，希望不是这么回事。

在摄入足够让我直到第二天的"桌椅仪式"重新开始时都能保持清醒的刺激物之后，我坐立不安，没办法回办公室里工作。而且，我到那里的时候将会是开胃酒时间。出售我的法国朋友们所说的"l'apéro"（开胃酒），是这家咖啡馆的另一重要功能。我怎么能忽视这一点呢？

艾莉森同意和我回拉丁区的巴尔扎尔酒馆（Brasserie Balzar）会合，这家四面由玻璃围住的酒馆，是我们大约一百万本地人和游客们的最爱。每张桌子前都坐了人。我们几乎没有立足之地。

"肯定是气氛的缘故，"艾莉森说，她指的是这家酒馆的装饰艺术风格的内饰、镜子和温馨的桌子，能烘托出在鼹鼠皮长凳上开怀畅饮的感觉，"这里的食物当然一直都不怎么样，但是谁在乎呢？"

我们不顾一切地痛饮了几轮啤酒，偷听一对偷情男女的谈话，然后决定继续走，到我们的另一个"食堂"，先贤祠附近的雷风藤餐厅（Les Fontaines）去吃饭。

雷风藤餐厅的氛围和巴尔扎尔酒馆完全相反，而且这里幸运地避开了美食情报员和真正的美食评论家的注意。这里的装修很俗气，但是食物很好。其他身材粗壮、懂行常来的食客正心醉神迷地大快朵颐，看到这一幕，那下垂的猩红色乙烯基塑料灯管和黄澄澄的灯光也显得没那么讨厌了。现在的雷风藤餐厅没有二十年前那么让人觉得不舒服了，虽然这里依然嘈杂，它是住在巴黎的法国乡下居民的最爱。它的菜单上列出的是那种热量超高，前现代的美食，神经质的食客会因此感到不适。它的酒水是用开口瓶或杯子装的，比许多高档餐厅供应的酒水更加平易近人。

在吃完鸡心沙拉、肉酱、配有黄芥末酱的兔肾、柔软的胰脏、奶油野生蘑菇、草莓派和一整杯冰凉的布鲁依牌（Brouilly）葡萄酒之后，我的肝脏需要歇一会儿了。肚子里已经容不下咖啡。于是，真见鬼，我们决定在原来蕾妮夫人的那家咖啡馆——也就是现在我们要用咆哮的方式说出的"我们窗户下面那家咖啡馆"里——给这个夜晚画上句号。那天等我们回到那里时已经是下半夜，店主早关门了。"哎呀，"我对其中一个店主大叫道，"你们今晚不会把我们吵醒了。"艾莉森和我一前一后地打了个哈欠，道过晚安，然后和往常一样在次日早晨的"桌椅舞"陪伴下醒来。在巴黎，生活就是一家咖啡馆。

# 译者后记

王尔德曾说："善心的美国人死后都去了巴黎。"言下之意，巴黎美景和人文风情堪比天堂。所幸的是，我们无需等那么久，只要跟随本书作者的脚步，透过他好奇的双眼，我们足不出户也可一睹这"人间天堂"的风采。

20世纪80年代，大卫·唐尼（David Downie）搬往巴黎居住。从此，他在这个集"文化之都""时尚之都""浪漫之都"多个头衔于一身的城市工作、生活了二十多年。在搬往巴黎之前，他曾在意大利米兰从事笔译、口译和新闻工作。多语言环境下的工作经验和新闻工作者所特有的敏锐视角，为他在本书中所描写的巴黎寻秘探幽之旅打下了基础。

从圣路易岛到雷阿勒，从蒙苏里到拉雪兹神父公墓；从乔治·蓬皮杜、弗朗索瓦·密特朗到可可·香奈儿；从鹅卵石路到咖啡馆，从夜游时的灯光到与巴黎人为伴的狗儿……在作者笔下，巴黎所特有的"景物""人物""现象"无一不可亲、可爱，值得细细观赏、品味。用作者自己的话来说：

"巴黎是这样的一座城市，（如果将其比作蝴蝶）捕蝶者难以将其网住，固定起来，细细研究……它和所有的大城市有相似之处，但又显得与众不同——它鲜活而富有生命力，在塞纳河的微风吹拂中，随光影而变幻。这个叫作巴黎的地方是文学和电影之城，是一片存在于想象中的土地，是通过不断移动的迷蒙的镜头看到的远景，是让-保罗·萨特在圣日耳曼德普雷咖啡馆中安着镜子的墙上留下的烟蒂，也是我和两百多万人在其中缴税，给鞋子换鞋跟，买卷心菜和清洗液的城市。"

在带领我们在这座历史文化名城里"神游"的过程中，作者不免旁征博引，但其笔调毫不生硬、枯燥，仿佛多年老友在我们的耳边，用他自己的话而非教科书或者旅游指南上的说法，将此地，此人，此景的前世今生娓娓道来。

更为难能可贵的是，作者想方设法带领我们进入许多鲜有人涉足，而且作为普通游客的我们往往无缘得见其庐山真面目的"冷门"景点（比如潜入戒备森严的圣路易岛豪宅）去一探究竟；有些令人看到名字就望而却步的景点（如"冤屈之墓"和"拉雪兹神父公墓"）也没有逃过作者的慧眼，在一支妙笔下折射出幽暗而神秘的旧时代的光辉。在几十年间多次造访这些景点的过程中，作者亲眼见证、亲身经历了这座"光之城"中的世事变迁。因此，他在描写这里的一草一木、一人一景时少了几分置身事外的超脱，多了几分对这座传统与现代互相碰撞的城市"爱恨交织"的情感。文中随处可见的"黑色幽默"，令我们可以窥见作者乐观精神和怀旧之情并存、略带无奈的矛盾心理，读来妙趣横生，令人回味无穷。

身为《巴黎，巴黎》的阅读者，无论您是想循着作者的足迹以走马观花的方式欣赏巴黎风物，还是想深入了解每个巴黎景点、巴黎人物背后不为人知的故事，这本小书都将为您打开一扇窗，窗外总有令人意想不到的风景。

陈丽丽

广州航海学院

吴奕俊

暨南大学外国语学院

2015 年 6 月 29 日

**图书在版编目（CIP）数据**

巴黎，巴黎：漫步光之城／（美）唐尼著；陈丽丽，吴奕俊
译；（美）哈里斯摄. —北京：生活·读书·新知三联书店，2016.6
（旅行之道）
ISBN 978 - 7 - 108 - 05626 - 9

Ⅰ.①巴…　Ⅱ.①唐…　②陈…　③吴…　④哈…　Ⅲ.①游记-
作品集-美国-现代　Ⅳ.① I712.65

中国版本图书馆 CIP 数据核字（2016）第 020562 号

责任编辑　李静韬　邵慧敏
特邀编辑　郭晓慧
装帧设计　康　健
责任印制　崔华君
出版发行　生活·讀書·新知 三联书店
　　　　　（北京市东城区美术馆东街 22 号　100010）
网　　址　www.sdxjpc.com
经　　销　新华书店
印　　刷　北京隆昌伟业印刷有限公司
版　　次　2016 年 6 月北京第 1 版
　　　　　2016 年 6 月北京第 1 次印刷
开　　本　880 毫米 ×1230 毫米 1/32　印张 13.25
字　　数　265 千字　图 31 幅
印　　数　0,001 - 8,000 册
定　　价　42.00 元
（印装查询：01064002715；邮购查询：01084010542）